Petra Hammesfahr, geb. 1951, lebt als Schriftstellerin in der Nähe von Köln. Ihr gelangen mit den Romanen «Der Puppengräber» (rororo 22528), «Die Sünderin» (rororo 22755), und «Die Mutter» (rororo 22992) große Bestsellererfolge.

Im Rowohlt Taschenbuch Verlag liegen ferner vor: «Der gläserne Himmel» (rororo 22878), «Lukkas Erbe» (rororo 22742), «Das Geheimnis der Puppe» (rororo 22884), «Meineid» (rororo 22941 und Wunderlich Taschenbuch 26462), «Die Chefin» (rororo 23132 und Wunderlich Taschenbuch 26461), «Roberts Schwester» (rororo 23156), «Merkels Tochter» (rororo 23225 und Wunderlich Taschenbuch 26460), «Der stille Herr Genardy» (rororo 23030), «Das letzte Opfer» (rororo 23454) sowie die Erzählungen «Der Ausbruch» (rororo Großdruck 33176). Ihr neuer Roman «Die Lüge» erschien im Wunderlich Verlag.

PETRA HAMMESFAHR

Der Puppengräber

Roman

Wunderlich Taschenbuch

Neuausgabe November 2003

Veröffentlicht im
Rowohlt Taschenbuch Verlag GmbH,
Reinbek bei Hamburg, August 1999

Umschlaggestaltung any.way, Barbara Hanke/Cordula Schmidt
(Foto: photonica/Kamil Vojnar)
Satz Sabon PostScript (PageOne)
Gesamtherstellung Clausen & Bosse, Leck
Printed in Germany
ISBN 3 499 26459 5

Die Personen

Jakob Schlösser, geb. 1932, Landwirt, nach Aufgabe seines Hofs im März 91 Lagerarbeiter im Baumarkt Wilmrod.

Trude Schlösser, geb. 1936, Bens Mutter.

Anita Schlösser, geb. 1963, Jurastudium, Doktortitel, lebt seit dem Abitur in Köln.

Bärbel Schlösser, geb. 1967, verheiratet mit Uwe von Burg, lebt auf dem Hof ihrer Schwiegereltern.

Benjamin Schlösser, geb. 1973, genannt **Ben.**

Tanja Schlösser, geb. 1982, wächst bei der Familie Lässler auf.

Paul Lässler, geb. 1931, Landwirt, Jakobs bester Freund.

Antonia Lässler geb. Severino, geb. 1951, Italienerin, seit 1969 verheiratet mit Paul.

Andreas Lässler, geb. 1969, verheiratet mit Sabine Wilmrod.

Achim Lässler, geb. 1971, Erbe des väterlichen Hofs.

Annette Lässler, geb. 1975, arbeitet in der Apotheke ihres Onkels Erich Jensen und ist befreundet mit Albert Kreßmann.

Britta Lässler, geb. 1982, ist für Tanja Schlösser wie eine Schwester.

Erich Jensen, geb. 1947, Apotheker, Mitglied der SPD, gehört dem Stadtrat von Lohberg an.

Maria Jensen, geb. Lässler, geb. 1952, Schwester von Paul Lässler, wurde in ihrer Jugend von mehreren Männern heiß begehrt.

Marlene Jensen, geb. 1978, verschwindet im Sommer 95 spurlos.

Heinz Lukka, geb. 1928, Rechtsanwalt mit Kanzlei in Lohberg, Mitglied der CDU, gehört dem Stadtrat von Lohberg an. Sein Bungalow liegt außerhalb des Dorfes. Maria Lässler war seine große Liebe. Er ist ein guter Freund von Ben und vermittelte Jakob den Job im Baumarkt Wilmrod.

Toni von Burg, geb. 1934, Landwirt. Tonis älteste Schwester

Heidemarie ging ins Kloster, nachdem Paul Lässler die Verlobung mit ihr löste. Die jüngste Schwester

Christa war geistig behindert und kam während der Nazizeit um.

Illa von Burg, geb. 1935, ist befreundet mit Trude Schlösser.

Uwe von Burg, geb. 1965, Erbe des Hofes, verheiratet mit Bärbel Schlösser.

Winfried von Burg, geb. 1968.

Eine Tochter – verstorben.

Richard Kreßmann, geb. 1940, Landwirt, besitzt 1500 Morgen Land, trinkt übermäßig. Es geht das Gerücht, er hätte die Tochter von Toni und Illa von Burg auf dem Schulweg überfahren.

Thea Kreßmann (Ahlsen), geb. 1949. Theas Vater

Wilhelm Ahlsen war während der Nazizeit Ortsgruppenleiter, schickte die jüdischen Familien Stern und Goldheim sowie die kleine Christa von Burg in den Tod.

Albert Kreßmann ist im gleichen Alter wie Ben, Erbe des Hofes, befreundet mit Annette Lässler, aber lieber wäre ihm Annettes Cousine Marlene Jensen.

Igor, ein russischer Zwangsarbeiter, blieb nach dem Krieg auf dem Kreßmann-Hof.

Bruno Kleu, geb. 1951, Landwirt, geht keiner Prügelei aus dem Weg, hat zwei uneheliche Kinder. Seiner großen Liebe Maria Lässler war er nicht fein genug. Ihr Bruder Paul war strikt gegen Marias Beziehung zu Bruno. 1977 mußte Bruno auf Befehl seines Vaters heiraten.

Renate Kleu stammt wie Trude Schlösser und Antonia Lässler aus Lohberg.

Dieter Kleu, geb. 1977, ist stark interessiert an Marlene Jensen.

Heiko Kleu, geb. 1980.

Otto und Hilde Petzhold waren Nachbarn von Jakob und Trude, als der Schlösser-Hof noch an der Bachstraße lag. Hilde liebte Katzen.

Die Schwestern Rüttgers betreiben das väterliche Café, beide sind unverheiratet, ihr Bruder fiel im Krieg.

Sibylle Faßbender, die Cousine der Rüttgers-Schwestern, betreute in jungen Jahren die geistig behinderte Christa von Burg, liebt Ben wie ihren eigenen Sohn.

Gerta Franken, geb. 1891, bis zu ihrem Tod eine Nachbarin von Jakob und Trude Schlösser an der Bachstraße, verwitwet seit dem Ersten Weltkrieg, informiert über alles, was im Dorf vorgeht.

Werner Ruhpold, Besitzer von Ruhpolds Schenke, war vor Ausbruch des Krieges verlobt mit Edith Stern und wartete bis 1981 auf ein Lebenszeichen von ihr. Nach seinem Tod übernimmt sein Vetter **Wolfgang** die Kneipe.

Althea Belashi, eine junge Artistin, verschwand 1980 spurlos.

Ursula Mohn, das geistig behinderte Mädchen lebte mit seinen Eltern in Toni von Burgs Mietshaus am Lerchenweg, wurde 1987 schwer verletzt.

Svenja Krahl, das siebzehnjährige Mädchen aus Lohberg verschwindet spurlos im Juli 95.

Edith Stern (22) kommt aus den USA, um das Schicksal ihrer Großtante und Namenspatronin zu klären, und verschwindet spurlos.

Nicole Rehbach, eine wichtige Zeugin.

Brigitte Halinger, ermittelnde Hauptkommissarin und Chronistin.

BENS REVIER

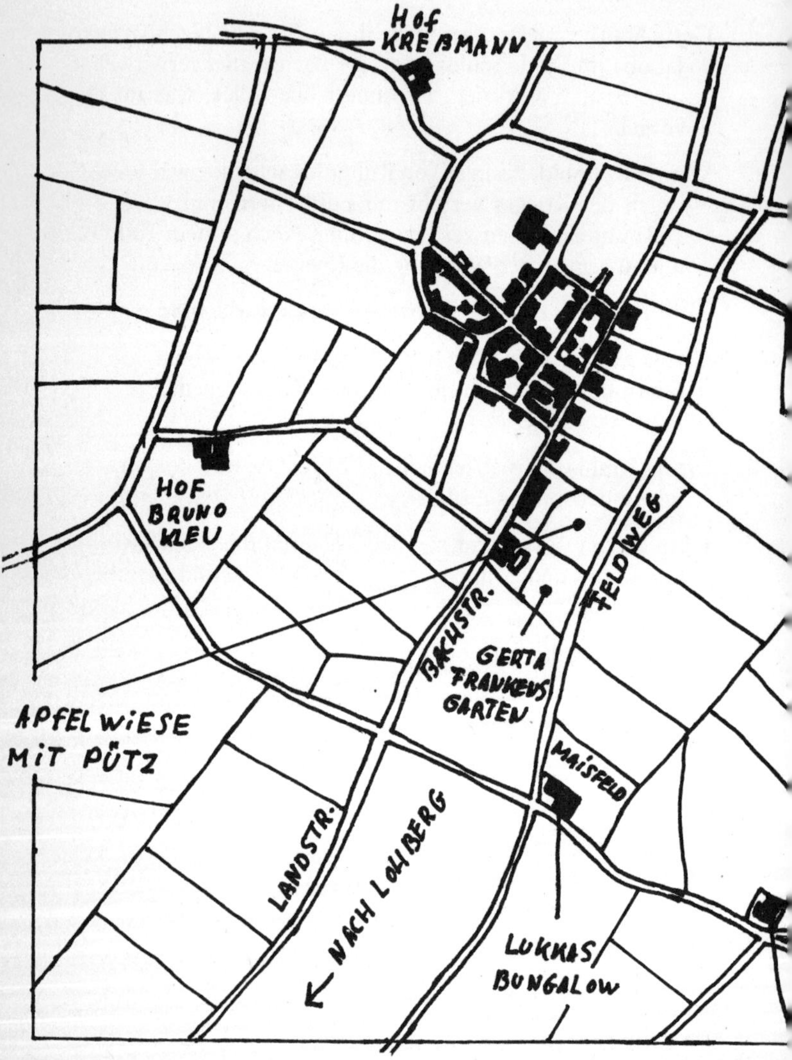
HOF
KREBMANN
HOF
BRUNO
KLEU
BACKSTR.
FELDWEG
GERTA
FRANKENS
GARTEN
APFELWIESE
MIT PÜTZ
MAISFELD
LANDSTR.
NACH LOLLBERG
LUKKAS
BUNGALOW

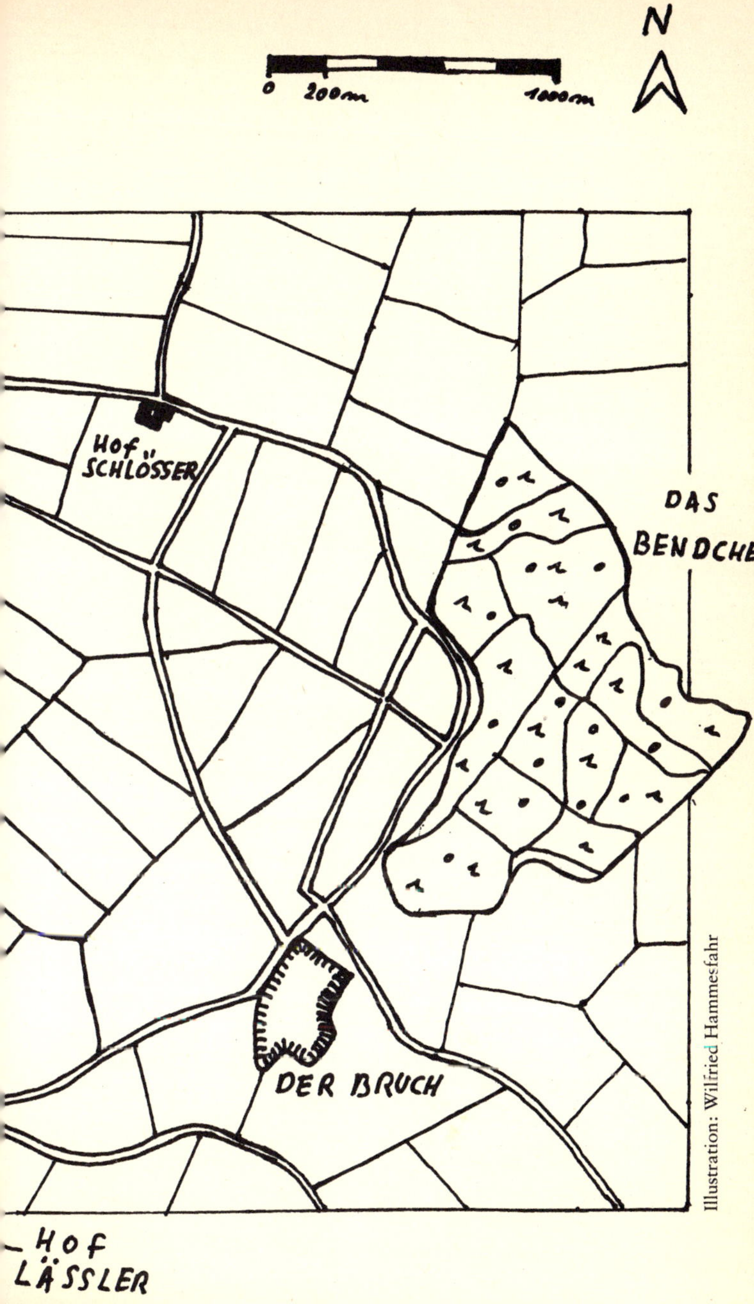

Illustration: Wilfried Hammesfahr

Prolog

Es ist in den vergangenen Jahren etwas Gras gewachsen über den furchtbaren Sommer, der fünf Menschenleben gekostet hat. Es wurde viel darüber geredet, zuviel diskutiert, gestritten, spekuliert und Schuld zugewiesen. Alte Feindschaften flammten neu auf, alte Freundschaften verbrannten in der Glut. Jeder im Dorf wußte etwas, und jeder, der bis dahin geschwiegen hatte, riß das Maul auf, als nichts mehr zu ändern war.

Ich habe mit allen gesprochen, die noch reden konnten. Ich habe mir ihre Erklärungen, ihre Entschuldigungen und ihre faulen Ausreden angehört. Ich habe ihre Versäumnisse gesehen und ihre Irrtümer erkannt. Nun will ich für den sprechen, der niemandem sagen konnte, was er fühlte. Für Ben.

Es wird nicht leicht, das weiß ich. Es gab nicht für alles Zeugen. Trotzdem bin ich sicher, daß auch die Situationen, die niemand beobachtet hat, sich in etwa so abgespielt haben, wie ich sie schildern werde. Warum sollte ein Mensch mit beschränkten intellektuellen Fähigkeiten ausgerechnet in den entscheidenden Momenten sein Verhalten ändern?

Über mich gibt es dabei nicht viel zu sagen. Ich war das Schlußlicht, nur eine Randfigur mit einer erfolglosen Rolle in einem Zwischenakt und am Ende die ermittelnde Hauptkommissarin Brigitte Halinger. Im Sommer 95 war ich dreiundvierzig Jahre alt, verheiratet und Mutter eines siebzehnjährigen Sohnes. Das ist vermutlich mein Problem bei der Sache.

Ich fühle mit seiner Mutter – Trude Schlösser. Auch wenn ich ihr Verhalten nicht billige, verurteilen kann ich sie nicht. Und am Ende gelang es ihr, ungeachtet der Konsequenzen, die es für sie hatte, über den eigenen Schatten zu springen und sich selbst anzuklagen. Für ihr Geständnis bin ich Trude zu großem Dank verpflichtet. Nur ihre schonungslose Offenheit versetzte mich in die Lage, den Fall zu klären und nun Bens Geschichte publik zu machen. Und an die Öffentlichkeit muß sie gebracht werden. Vielleicht hilft es mir, mein eigenes Entsetzen zu verarbeiten. Vielleicht vergehen dann die Alpträume, die mich auch nach all der Zeit noch nachts aus dem Schlaf reißen.

In diesen Träumen begleite ich ihn auf seinen Runden durchs Feld. Ich liege von Gestrüpp verborgen auf dem Bauch, spähe mit ihm durch das Fernglas, fiebere mit ihm den jungen Mädchen entgegen. Ich schaue über seine Schulter, wenn er den Spaten ansetzt. Dann wache ich schweißgebadet auf und frage mich, wie ich ihn eingeschätzt hätte, wäre ich ihm in diesen furchtbaren Sommerwochen begegnet, womöglich noch in der Nacht – auf einem einsamen Feldweg.

Zweiundzwanzig war er in dem Sommer. Ein riesiger Kerl, massig und schwer, mit einem sanften Blick und dem IQ eines zweijährigen Kindes. Er trug immer ein Fernglas vor der Brust, einen Klappspaten am Taillenriemen, meist ein Messer in der Hosentasche. Hätte ich ihn gefürchtet? Oder hätte ich gedacht wie viele andere, zweijährige Kinder sind harmlos, sie nehmen allenfalls ihr Spielzeug auseinander.

Daß er Puppen zerriß, war allgemein bekannt. Es wußten auch viele, daß er ständig unterwegs war in seinen dunkelblauen Anzügen. Nicht die eleganten mit den weißen Hemden. Er trug nur die bequemen mit Gummizügen um Taille und Fußknöchel. Damit war er unabhängig, konnte seine Notdurft im Freien verrichten.

Es gab schon früh einige im Ort, die ihre Nasen rümpften und sagten: «Es ist eine Schande, daß die den so laufen lassen.» Aber eine Gefahr sahen nur wenige in ihm. Vielleicht wäre er in einer Großstadt gar nicht aufgefallen, da laufen viele merkwürdige Gestalten herum. In einem Dorf jedoch, wo jeder mit argwöhnischen Augen nach nebenan schaut …

Dörfer haben ihre eigenen Gesetze. Es geschieht eine Menge, und man läßt es nicht gerne nach außen dringen. Man weiß, welchen Dreck der Nachbar unter den Teppich kehrt, und oft genug ist man ihm beim Kehren behilflich. Anschließend klopft man sich auf die Schulter und sagt: «Schwamm drüber.» Zu ihm konnte man das nicht sagen. Er hätte es nicht verstanden.

Und niemand verstand ihn. Es war eine lange Kette von Mißverständnissen und sinnlosen Bestrafungen, die ihn zu dem machten, was er im Sommer 95 war – der Puppengräber.

12. August 1995

Marlene Jensen hatte noch etwa sieben Stunden zu leben, als ihr Vater um neunzehn Uhr die Wohnung verließ. Der Apotheker Erich Jensen war Mitglied der SPD und saß im Stadtrat von Lohberg. Er wollte an diesem Samstag abend einige Parteifreunde überzeugen, bei der nächsten Stadtratssitzung ein bestimmtes Thema erneut zur Debatte zu stellen und in seinem Sinne darüber abzustimmen.

Es ging um ein Abkommen mit den beiden Taxiunternehmen der Stadt. Erich Jensen wollte einen Fahrdienst organisieren und verbilligte Preise aushandeln, um die nicht motorisierte Dorfjugend an den Wochenenden sicher aus der Diskothek in Lohberg zurück in den vier Kilometer entfernten Ort zu bringen.

Der letzte Bus nach Lohberg fuhr kurz nach fünf, zurück fuhr in der Nacht keiner mehr. Im Dorf gab es für die Jugend nicht die kleinste Abwechslung. Die nahe gelegene Kleinstadt bot auch nicht viele Möglichkeiten, es gab eine italienische Eisdiele, ein Kino und die Diskothek «da capo», in der sich die jungen Leute aus dem Dorf jeden Samstagabend beinahe komplett einfanden.

Für Marlene Jensen wäre der Fahrdienst nicht notwendig gewesen. Ihr Taschengeld reichte, um eine Taxifahrt zum normalen Tarif zu bezahlen. Doch Erich Jensen hatte seiner Tochter für das komplette Wochenende Hausarrest erteilt, zusätzlich hatte er ihr Taschengeld konfisziert – wegen einer Sechs in Mathe.

Die harte Maßnahme war bereits Mitte der Woche verhängt worden, und das nicht zum erstenmal. Marlene hatte sich trotzdem mit ihrer Freundin verabredet. Sie ging davon aus, daß ihre Mutter sie nach Lohberg fahren, das beschlagnahmte Geld erstatten und ihren Mann bei seiner Rückkehr im Schlafzimmer beschäftigen würde, damit die Tochter sich unbemerkt wieder einschleichen konnte. So hatten sie es bisher immer gehalten. Erich Jensen hatte am Wochenende häufig Termine außer Haus, und in Erziehungsfragen stimmte seine Frau Maria nur selten mit ihm überein.

Maria Jensen war eine geborene Lässler und das Nesthäkchen in ihrer Familie gewesen. Zwanzig Jahre nach ihrem Bruder Paul auf die Welt gekommen – als Ersatz für einen im Krieg gefallenen noch älteren Bruder –, waren die Eltern für Maria wie Großvater und Großmutter, die sie hätschelten und verwöhnten. In Paul hatte sie einen jugendlichen Vater gefunden, der nur in Ausnahmefällen einschritt und ihr Grenzen setzte. Gerade als sie das kritische Alter erreichte, hatte Paul geheiratet, und seine Frau Antonia war genauso alt beziehungsweise jung wie seine Schwester. Maria war ohne nennenswerten Zwang und unsinnige Verbote aufgewachsen und gestand ihrer Tochter die gleiche Freiheit zu.

Marlene saß bereits ausgehfertig auf ihrem Bett. Doch ehe Erich Jensen zu seinem Treffen mit Parteifreunden aufbrach, schloß er die Tür ihres Zimmers von außen ab und steckte den Schlüssel ein. Kurz nach ihm verließ auch Maria die Wohnung über der Apotheke am Marktplatz. Den lautstarken Protest ihrer eingeschlossenen Tochter glaubte sie nicht stundenlang ertragen zu können.

Maria fuhr zum außerhalb des Dorfes gelegenen Lässler-Hof, um sich bei Bruder und Schwägerin wieder einmal bitterlich zu beschweren, daß Erich einfach kein Verständnis für die Bedürfnisse junger Menschen hatte. Wie erwartet stimmten Paul und Antonia mit ihr überein, der Sonntag nachmittag müsse auf jeden Fall zurückgenommen werden. Antonia wollte am nächsten Nachmittag vorbeikommen, beiläufig erwähnen, daß sie ihren Vater besuchen wolle. Ihm gehörte die Eisdiele in Lohberg. Dann wollte Antonia fragen, ob ihre Nichte Lust hätte, sie zu begleiten. Falls Erich protestierte, wollte Antonia ihm den Kopf zurechtsetzen. Doch dazu kam sie nicht mehr.

Kaum war der Wagen ihrer Mutter außer Sichtweite, öffnete Marlene Jensen das Fenster ihres Zimmers. Darunter lag das Flachdach der Garage, an der Garage war eine Leiter fest montiert. Etwa zehn Minuten später erreichte Marlene die Landstraße Richtung Lohberg. Sie rechnete nicht damit, die vier Kilometer bis zur Stadt laufen zu müssen.

Tatsächlich hielt schon kurz darauf ein heller Mercedes neben ihr. Im Wagen saßen ihre Cousine Annette Lässler und deren Freund Albert Kreßmann. Beide wollten – wie nicht anders zu erwarten – zum «da capo». Sie nahmen Marlene mit. Gegen halb neun trafen die drei jungen Leute in der Diskothek ein. Annette Lässler half mit zwanzig Mark aus, das reichte für ein paar Getränke, nicht für ein Taxi. Aber Albert Kreßmann war natürlich bereit, Marlene in der Nacht auch wieder zurückzufahren.

Das hätte noch ein weiterer junger Mann aus dem Dorf liebend gerne getan, Dieter Kleu. Doch er wäre der letzte gewesen, von dem Marlene sich hätte heimbringen lassen. Und das sagte sie ihm auch deutlich, als er ihr gleich zu Beginn des Abends das Angebot machte.

Dieter Kleu wurde erst im Oktober achtzehn, er durfte zwar als Sohn eines Landwirts einen Traktor fahren, besaß aber noch keinen Führerschein der Klasse drei. Trotzdem benutzte er das Auto seiner Mutter, wie es ihm beliebte. Allerdings war das nicht der Grund, aus dem Marlene sein Angebot ablehnte.

Sie hatte sich zu Jahresbeginn einmal mit Dieter verabredet. Unsympathisch war er ihr nicht. Er sah gut aus, war ein erstklassiger und ausdauernder Tänzer und hatte

– was einen besonderen Wert darstellte – stets ein Auto zur Verfügung. Aber ihre ansonsten so verständnisvolle Mutter hatte Zustände bekommen und Dieter als Bauerntrampel bezeichnet, als Marlene erklärte, mit wem sie ausgehen wollte. Und bei aller Sympathie, ein Risiko ging Marlene lieber nicht ein.

Aber noch hatte Dieter Kleu die Hoffnung nicht aufgegeben. Er tröstete sich an diesem Abend mit Marlenes Freundin, versuchte, sie als Vermittlerin zu gewinnen, und fuhr sie kurz vor zwölf heim. Zu diesem Zeitpunkt amüsierte sich Marlene Jensen mit zwei jungen Männern aus Lohberg, die niemand kannte.

Etwa eine Viertelstunde nach Dieter Kleu und Marlenes Freundin brachen auch Albert Kreßmann und Annette Lässler auf. Albert verabschiedete sich von Marlene mit dem Hinweis, er käme in einer Stunde zurück, um sie abzuholen. Das war ihr recht. Sie ging nicht davon aus, daß ihr Vater bei seiner Rückkehr ihr Zimmer kontrollierte. Aber er hätte etwas hören können, wenn sie zu früh wieder einstieg. Um halb zwei in der Nacht würde er fest schlafen.

Daß Albert Kreßmann sie nicht sofort mit zurück ins Dorf nehmen wollte, war leicht zu erklären. Er plante mit Annette Lässler noch einen Abstecher zu einem stillen Fleckchen, dabei hätte Marlene nur gestört. Allerdings machte Albert vor seinem Aufbruch eine Bemerkung, die Marlene beunruhigte. Er wollte ihr zeigen, welche Plätze ihre Cousine besonders liebte und welche Stellungen sie bevorzugte.

Es war nicht das erste Mal, daß Albert Kreßmann eine derartige Anspielung machte. Bisher hatte Marlene ihn nicht ernst genommen. Nur war sie bisher auch noch nie mit ihm allein gewesen. Alberts Vater, Richard Kreßmann, war der reichste Mann im Dorf. Albert war seit frühester Jugend daran gewöhnt, daß man für Geld so ziemlich alles kaufen konnte. Wenn sich einmal etwas nicht kaufen ließ, konnte er sehr unangenehm werden.

So stieg Marlene Jensen kurz vor eins lieber in das Auto der beiden jungen Männer, mit denen sie an diesem Abend die meiste Zeit verbracht hatte, von denen sie jedoch nur die Vornamen kannte – Klaus und Eddi. Auf dem Parkplatz kam es dann noch zu einer Schlägerei. Dieter Kleu hatte Marlenes Freundin vor der Haustür ihrer Eltern abgesetzt, war längst wieder zurück und versuchte es mit einer kleinen Erpressung: «Wenn du nicht mit mir fährst, erzähle ich deinem Vater …»

Eddi und Klaus verwiesen ihn gemeinsam in seine Schranken. Klaus hielt ihn fest, Eddi verpaßte ihm ein blaues Auge und eine blutige Nase. Mit einem letzten Hieb in den Magen setzte er Dieter für einige Sekunden völlig außer Gefecht. Dann stieg Eddi hinters Steuer, Klaus nahm im Wagenfond neben Marlene Platz.

Anfangs schien es, als täte Eddi das, was er versprochen hatte. Er fuhr zur Landstraße, die nach vier Kilometern – ab dem Dorfrand – Bachstraße hieß und sich über zwei Kilometer durch den gesamten Ort zog. Vor dem Ortseingang zweigte nach rechts ein schmaler asphaltierter Weg ab, der hinaus zum Hof von Marlenes Onkel Paul Lässler führte. Eddi bog in diesen Weg ein, gleichzeitig wurde Klaus zudringlich.

Marlene wehrte sich, konnte jedoch im engen Wagenfond nicht viel ausrichten. Eddi fuhr relativ schnell. Nach etwa dreihundert Metern kreuzte der schmale Weg einen breiten, der parallel zur Bachstraße verlief und wie die Landstraße nach Lohberg führte. An dieser Wegkreuzung hatte der Rechtsanwalt Heinz Lukka seinen Bungalow bauen lassen. Eddi bog mit unverminderter Geschwindigkeit in den breiten Weg ein. Für den Bruchteil einer Sekunde sah Marlene den Bungalow wie einen dunklen Klotz an der Kreuzung liegen.

Heinz Lukka war lange Jahre ihr Nachbar am Marktplatz gewesen. Marlene kannte ihn von klein auf und fand ihn ganz nett. Dies um so mehr, weil ihr Vater den alten Rechtsanwalt nicht ausstehen konnte. Im Stadtrat vertraten sie konträre Positionen. Davon abgesehen hatte Heinz Lukka früher ihre Mutter glühend verehrt. In dieser Situation jedoch erwartete Marlene von ihm keine Hilfe. Am Wochenende war er nur selten zu Hause, und selbst wenn, war kaum anzunehmen, daß er einem vorbeifahrenden Auto eine besondere Bedeutung beimaß.

Etwa fünfhundert Meter hinter der Kreuzung kam der Wagen abrupt zum Stehen. Kaum hatte Eddi die Scheinwerfer gelöscht und den Motor abgestellt, sprang er vom Fahrersitz und quetschte sich ebenfalls auf die Rückbank. Marlene kämpfte mit allen Kräften gegen beide Männer, biß und kratzte, büßte ein Büschel Haare ein und zwei sternförmige Nieten ihrer Jeanshose. Unentwegt sagte einer von beiden: «Hab dich nicht so.» Aber schließlich sahen Klaus und Eddi ein, daß sie ihr Ziel nur mit Gewalt erreichen konnten.

Ehe Marlene sich versah, fand sie sich auf dem Feldweg wieder. Die hellblaue Blousonjacke und ihre Handtasche wurden ihr hinterhergeworfen. Der Wagen brauste davon.

Ihre Erleichterung hielt nicht lange vor. Es war eine finstere Gegend. Die Wege draußen waren in relativ gutem Zustand. Eine Straßenbeleuchtung gab es nicht. Es hätte sich nicht gelohnt für drei noch dazu weit verstreute Anlieger auf dieser Seite des Ortes. Die Höfe von Richard Kreßmann und Dieters Vater Bruno Kleu lagen auf der anderen Seite des Dorfes.

Etwa fünfhundert Meter zurück stand der Bungalow des alten Rechtsanwalts. Zu sehen war davon nichts in der Dunkelheit. Von der Wegkreuzung waren es weitere achthundert Meter bis zum Hof ihres Onkels. In der entgegengesetzten Richtung führte der Weg an offenen Gärten, Zäunen und Mauern vorbei. Es waren große Grundstücke, die darauf erbauten Häuser lagen an der Bachstraße und waren kaum auszumachen. Nur vereinzelt schimmerte noch ein erleuchtetes Fenster in die Nacht. Nach anderthalb Kilometern kam eine zweite Wegkreuzung, von der aus man nach links auf die Bachstraße und nach rechts zum Anwesen von Jakob und Trude Schlösser gelangte. Von der Bachstraße bis zur elterlichen Wohnung am Marktplatz war es noch einmal ein guter Kilometer. Der Weg zum Hof ihres Onkels war kürzer.

Unbehaglich zog Marlene die Schultern zusammen, hob Jacke und Tasche vom Boden auf, zog die Jacke an und setzte sich in Bewegung. Es war unheimlich. Linker Hand die Felder, rechter Hand lag eine von hohem Stacheldraht umzäunte Wiese, auf der drei Dutzend Apfelbäumchen zwischen teilweise hüfthohem Unkraut wuchsen. Daran schloß sich ein völlig verwildertes Stück Land an, ein ehemaliger Garten, um den sich seit Jahren niemand mehr gekümmert hatte. So war aus ein paar Brombeersträuchern ein undurchdringlicher, dorniger, hauptsächlich mit Nesseln durchsetzter Urwald geworden.

Marlene Jensen atmete durch, als sie diese Wildnis endlich hinter sich gelassen hatte und das riesige Maisfeld ihres Onkels erreichte, das Heinz Lukkas Grundstück an der Wegkreuzung von zwei Seiten umschloß. Und dann war er plötzlich hinter ihr, ein riesiger Schatten. Er näherte sich mit raschen, aber fast lautlosen Schritten. Marlene bemerkte ihn erst, als er mit einer Hand in ihr langes Haar griff. «Fein», sagte er.

Nachdem Marlene die Erstarrung abgeschüttelt hatte, schlug sie mit beiden Händen nach hinten und veranlaßte ihn damit, ihre Haare loszulassen. Dann fuhr sie wütend zu ihm herum und schrie ihn an: «Bist du bescheuert, mich so zu erschrecken?»

Angst hatte Marlene Jensen in diesem Moment wahrscheinlich nicht. Es war nur Ben, der Sohn von Jakob und Trude Schlösser, furchteinflößend mit seiner massigen Gestalt und seiner äußeren Aufmachung, aber völlig harmlos. Seine Mutter und ihre Tante Antonia betonten das ständig. Er ließ erneut seine Finger durch ihr Haar gleiten. «Fein», sagte er noch einmal.

«Laß das, du Idiot!» schrie Marlene.

Er zog seine Hand zurück. «Finger weg?» fragte er.

«Ja, genau», sagte Marlene in etwas gemäßigterem Ton. «Finger weg. Mach das nicht noch mal.» Dann drehte sie sich um und ging weiter auf die Wegkreuzung zu. Er folgte ihr.

«Finger weg», sagte er wieder. Diesmal klang es nicht nach einer Frage. Er griff nach ihrer Schulter. Marlene schüttelte seine Hand ab und begann zu laufen. Er hielt sich neben ihr, packte ihren Arm und zerrte daran, daß er sie beinahe zu Boden riß. Jetzt schrie er: «Finger weg!»

Ein Fetzen ihrer Jacke blieb in seiner Hand zurück, als Marlene ihren Arm mit einem Ruck aus seinem Griff befreite. Sie rannte schneller. Er überholte sie, baute sich breitbeinig vor ihr auf und spreizte die Arme, um ihr den Weg zu versperren. «Finger weg!» schrie er zum viertenmal.

«Hau ab!» schrie Marlene. «Hau bloß ab, du Idiot!»

Als er erneut die Hand nach ihr ausstreckte, schlug sie mit der Faust nach ihm. Er begann auf der Stelle zu tänzeln, griff dabei in seine Hosentasche. Als er die Hand wieder zum Vorschein brachte, hielt er ein Springmesser darin. Marlene erkannte es in der Dunkelheit erst, als er die Klinge herausschnappen ließ und ihr damit vor den Augen herumfuchtelte. Seine ohnehin dürftige Sprache verkam zu unverständlichen Gurgellauten, nur zwei Worte waren noch deutlich. «Rabenaas, kalt.»

Als er geboren wurde, an einem frostigen Tag im Februar 73, gab ihm niemand im Ort eine Chance. Wochenlang brannten vor dem Maria-Hilf-Altar in der Kirche die Kerzen. Das Unglück hatte sich schnell herumgesprochen. Trude war erst im sechsten Monat gewesen und so unglücklich auf den Stufen zur Küche gestürzt, daß sie mit Blaulicht und Martinshorn ins Krankenhaus nach Lohberg gefahren werden mußte. Noch im Rettungswagen zogen sie ihn ans Tageslicht, dann brachten sie ihn auf dem schnellsten Weg in eine große Klinik nach Köln.

Ein Menschlein von knapp drei Pfund. Jeder, der seine Eltern kannte, bangte mit ihnen. Jakob und Trude Schlösser waren ehrliche, aufrichtige und tüchtige Menschen, denen man von ganzem Herzen gönnte, daß die Ärzte ihren Sohn durchbrachten, wo sie so lange darum gekämpft hatten, ihn zu bekommen.

Jakob war Jahrgang 32, Trude vier Jahre jünger. Geheiratet hatten sie 1957 und fest damit gerechnet, bald Eltern zu werden. Aber Trude wurde nicht so leicht schwanger. Erst fünf Jahre nach ihrer Hochzeit kam Anita zur Welt, zwei Jahre später die zweite Tochter Bärbel. Dann tat sich nichts mehr.

Jakob war stolz auf Anita. Seine Älteste war ein überaus kluges Kind, das unentwegt Fragen stellte, auf die niemand eine Antwort wußte. Er empfand Zärtlichkeit für Bärbel. Sie war ein wenig phlegmatisch und längst nicht so aufgeweckt wie ihre Schwester. Jakob wollte sich darauf nicht verlassen, daß ihm die Mädchen eines Tages die richtigen Schwiegersöhne brachten – bei dreihundert Morgen Land sollte man einen Sohn haben.

Es gab Ende der sechziger Jahre noch dreizehn landwirtschaftliche Betriebe am Ort. Acht kleine, die kaum ihren Mann ernährten, und die fünf großen Höfe, die den Familien Schlösser, Lässler, Kreßmann, Kleu und von Burg gehörten. Mit Abstand der größte war der Besitz von Richard Kreßmann. Fünfzehnhundert Morgen, das war beinahe die Hälfte der näheren Umgebung.

Richard Kreßmann war 1968 noch ledig, obwohl er die Dreißig schon überschritten hatte. Aber Sorgen um die Erbfolge machte er sich nicht. Er war überzeugt, mit seinem Geld könne er sich Zeit lassen. Häufig erschien er mit jungen Frauen in Ruhpolds Schenke, der einzigen Kneipe im Ort. Die Gesichter wechselten oft. Wer einigermaßen bei Verstand war, ließ sich höchstens zweimal auf ein Rendezvous mit Richard ein. Er trank zuviel.

Paul Lässler besaß dreihundertzwanzig Morgen. Er war ein Jahr älter als Jakob und seit Kindesbeinen eng mit ihm befreundet. Auch er war Ende der sechziger Jahre noch nicht verheiratet, hoffte jedoch darauf, das bald zu ändern. Er war seit zehn Jahren verlobt mit Heidemarie von Burg.

Heidemaries Bruder Toni von Burg und seine Frau Illa bewirtschafteten vierhundert Morgen. Ihre Zukunft war schon gesichert: Uwe, ein kleiner Wildfang, der Illa gehörig auf Trab hielt und es ihr kaum erlaubte, gesellschaftliche Kontakte zu pflegen. Aber vielleicht war der lebhafte Junge nur eine Ausrede, Toni und Illa von Burg hatten immer sehr zurückgezogen gelebt.

Der Familie Kleu gehörten knapp dreihundertfünfzig Morgen. Über den alten Kleu und seine Frau gab es nicht viel zu sagen. Ihr Sohn Bruno war noch zu jung, um ans Heiraten zu denken, aber seine Wahl hatte er schon getroffen. Er war hinter Maria Lässler her wie der Teufel hinter der armen Seele, was ihr Bruder Paul gar nicht gerne sah. Bruno Kleu war bekannt für seine Prügeleien und bewies schon mit achtzehn Jahren, daß er imstande war, Söhne zu zeugen, er schwängerte ein Mädchen aus

Lohberg. Zum Leidwesen seines Vaters, der für die Alimente aufkommen mußte.

Für Jakob und Trude gab es von Monat zu Monat Hoffnung und Enttäuschung – sechs lange Jahre. Überall tat sich etwas. Im Frühjahr 69 löste Paul Lässler seine Verlobung mit Heidemarie von Burg, heiratete noch im gleichen Monat die achtzehnjährige Antonia Severino und hielt drei Monate später den ersten Sohn im Arm, leider nur für ein paar Minuten. Pauls Ältester kam mit einem Herzfehler auf die Welt. Doch der war rasch behoben, und Antonia war ein knappes Jahr später erneut schwanger.

Illa von Burg schenkte Toni nach den beiden Söhnen noch eine Tochter. Bruno Kleu schwängerte das zweite Mädchen aus Lohberg, bekam den zweiten unehelichen Sohn und von seinem Vater eine anständige Tracht Prügel, die ihn vorübergehend zur Vernunft brachte.

Richard Kreßmann überzeugte Thea Ahlsen, die sich Hoffnungen auf den jungen Apotheker Erich Jensen gemacht hatte, daß fünfzehnhundert Morgen Land ein paar Schnäpse zuviel ausglichen und entschieden mehr Wert hatten als eine Apotheke. Sechs Wochen nach der Trauung verkündete Thea im ganzen Dorf, sie sei schwanger, es hätte schon in der Hochzeitsnacht funktioniert, was sich allerdings als Irrtum erwies.

Jakob und Trude Schlösser hatten die Hoffnung schon fast aufgegeben. Jakob überschritt die Vierzig, auch Trude wurde allmählich zu alt. Und dann lag er im Brutkasten, der ersehnte Erbe für den Hof. Benjamin ließen sie ihn taufen, weil er so winzig war. Doch wenn sie von ihm sprachen, nannten sie ihn nur Ben. Es hörte sich kräftiger an.

Trude fuhr täglich mit dem Auto zur Klinik, damals fuhr sie noch selbst. Sie lieferte die Muttermilch ab, die er über eine Magensonde eingeflößt bekam. Eine geschlagene Stunde stand sie jedesmal neben dem Inkubator, betrachtete das erbärmliche Bündel Mensch, dessen Knöchlein sie durch die dünne Haut zu sehen glaubte, weinte ein paar Tränen und betete, der Himmel möge ein Einsehen haben, ihn überleben und wachsen lassen. Und irgendwo wurden die Gebete erhört.

Als sie ihn nach vier Monaten endlich nach Hause holen durften, wog er fünf Pfund. Die Finger und das Gesicht waren noch so durchscheinend, daß niemand es wagte, in seiner Nähe tief Luft zu holen. Aber die Ärzte sagten, er sei über den Berg. Auch Freunde und Bekannte machten Mut.

Thea Kreßmann, selbst gerade erst Mutter geworden, brachte beim ersten Besuch ihren Albert zum Vergleich mit. Mit seinen sechs Wochen war Theas und Richards Sohn doppelt so schwer wie Ben. Thea war mehr als stolz und überzeugt, es sei ein Ammenmärchen, daß ein bißchen Alkohol den Kindern schaden würde.

Antonia Lässler erinnerte Trude an die Herzoperation ihres Ältesten, der sich danach prächtig entwickelt hatte. Bruno Kleu war noch nicht verheiratet, seine Mutter kam, um zu gratulieren. Illa von Burg hielt sich etwas zurück, kam wegen ihrer lebhaften Kinder nicht gleich in den ersten Tagen. Auch die Männer kamen nicht ins Haus, sie ließen sich in Ruhpolds Schenke von Jakob berichten, wie es mit Ben von Tag zu Tag aufwärts ging.

1973 war Jakob noch Mitglied im Schützenverein, spielte manchmal am Sonntag nachmittag in der Alte-Herren-Mannschaft Fußball. Erich Jensen und Heinz Lukka bedrängten ihn gleichermaßen, der SPD oder der CDU, auf jeden Fall aber dem Gemeinderat beizutreten. Die kommunale Neugliederung stand bevor, dem Dorf drohte die Eingemeindung in die Stadt Lohberg. Der Apotheker und der Rechtsanwalt meinten, man könne das vielleicht verhindern. Doch Jakob hatte keinen Sinn für die Politik und das Gemenge hinter den Fassaden.

Er hatte auch keine Zeit. Zwar lebten seine Eltern noch, aber sein Vater war dreiundachtzig. Das sah ihm allerdings niemand an. Groß war er, der alte Schlösser, fast so groß, wie sein Enkel später einmal werden sollte. In jungen Jahren war er auch von ebenso massiger Gestalt gewesen. Das Alter hatte ihn hager gemacht und zäh. Er fuhr noch regelmäßig den Traktor und erledigte die Arbeit in den Ställen fast alleine, bis ihn im März 75 der Schlag traf.

Auch Jakobs Mutter war trotz ihres hohen Alters noch sehr rüstig. Sie führte den Haushalt, versorgte die Hühner, kümmerte sich um die beiden Enkeltöchter Anita und Bärbel. Sie nahm auch den Säugling in ihre Obhut, damit Trude weiterhin bei der Feldarbeit helfen konnte.

Unter der Fürsorge seiner Großmutter gedieh Ben, daß es eine Freude war. Zur Kirmes im Mai 74 saß er schon halbwegs aufrecht im Kinderwagen, den Rücken mit einigen Kissen gestützt, aber mit rosigen Wangen und prallen Fäusten. Trudes Augen leuchteten vor Stolz, als sie ihn über den Festplatz schob und auf jedem Meter angesprochen wurde.

An einer der Buden kaufte sie eine bunte Rassel, die ein Alpenläuten erzeugte, wenn man sie kräftig schüttelte. Schütteln mochte Ben sie nicht, der Lärm machte ihm angst. Aber er behielt sie in der Faust, warf sie nicht in hohem Bogen aus dem Kinderwagen, wie Albert Kreßmann es mit jedem Ding tat, das man ihm in die Finger drückte.

Beim Schützenfest im September trug Jakob ihn schon auf dem Arm über den Platz, stellte ihn dort, wo das Gewimmel von Menschen weniger dicht war, auf seine Füße und ließ ihn eigene Schritte tun. Trude kaufte ihm ein Windrad, mit dem er allerdings nichts anzufangen wußte.

Und im Mai 75 – Jakobs Vater war zwar gerade erst unter der Erde, aber den Kindern wollte man die kleine

Freude nicht verderben – fuhr Ben zusammen mit Bärbel auf dem Karussell. Jakob mußte während der Fahrt aufspringen und ihn herunternehmen, weil er in Panik geriet und losschrie, als wolle man ihm an die Kehle.

Was schon seit Monaten wie ein drohendes Unheil über ihren Köpfen hing, ballte sich allmählich zu einer Faust, die Trudes Herz schmerzhaft umklammerte. Ben hatte gelernt, zu sitzen, zu stehen, einige Schritte zu tun und ein paar unverständliche Laute von sich zu geben. Aber mehr kam nicht. Es geschah nur noch, worum Trude so inbrünstig gebetet hatte. Er lebte und wuchs.

Jakobs Mutter sagte bis zu ihrem Tod im November 76 häufig, es sei ein Glück, daß ihr Mann es nicht mehr habe erleben müssen. Zusammen mit den alten Frauen aus der Nachbarschaft zerbrach sie sich den Kopf, wessen Schuld es sein könnte.

Man rekonstruierte die Zeit bis zu seiner Geburt, so gut man sie im Gedächtnis hatte. Doch niemand erinnerte sich an einen großen schwarzen Hund, vor dem Trude sich erschreckt haben könnte. Es waren auch keine Zigeuner auf den Hof gekommen, die – als man sie abwies – einen Fluch zurückgelassen hätten. Und in beiden Familien gab es keine gleichgelagerten Fälle. Bei den Schlössers sowieso nicht, aber auch von Trudes Seite war nichts Negatives bekannt.

Daß die Ursache allein in Trudes Sturz auf den vereisten Stufen zur Küche liegen könnte, zog Jakobs Mutter nicht in Betracht. In diesem Fall wäre sie die Verantwortliche gewesen. Sie hatte an dem Unglückstag versäumt, rechtzeitig Asche zu streuen.

Bis zuletzt hoffte Bens Großmutter, daß sich noch etwas ändern würde. Einen Monat vor ihrem Tod pilgerte sie mit der katholischen Landfrauengemeinde nach Lourdes, brachte zwei Flaschen Weihwasser und eine

Lungenentzündung mit heim. Mit dem Wasser beträufelte sie Bens Hinterkopf, an der Lungenentzündung starb sie.

Für Trude war der Tod ihrer Schwiegermutter ein herber Schlag. Auf die ersten beiden Jahre voll Stolz, Mutterglück, bangen Nächten und dummen Fragen folgte für sie eine dumpfe Zeit. Sie wollte nicht wahrhaben, was sie sah, wenn sie vom Feld oder aus den Ställen kam, die Küche betrat und Ben in einer Ecke sitzen sah.

Seiner Großmutter gehorchte er aufs Wort, wo sie ihn hinsetzte, blieb er sitzen, oft genug mit wundem Hintern und vom Weinen verquollenem Gesicht. Er schaute nicht auf, wenn Trude hereinkam, war völlig apathisch in seiner trüben Welt versunken.

Für seine Schwestern war er nicht mehr als ein Besen, den man in eine Ecke stellte. Anita strebte nach Höherem, war mit einer Arzttochter befreundet und tat, als existiere ihr Bruder nicht. Bärbel erbarmte sich manchmal, stopfte ihm einen Bonbon in den Mund und strich ihm übers Haar, wenn keiner zuschaute. Jakob nahm ihn abends auf den Schoß, ließ ihn auf seinen Knien reiten und sagte: «Ach, das wird schon.» Aber nicht einmal er konnte Ben ein Lächeln abringen.

Der Winter 76/77 war für Trude besonders hart. Sie schleppte ihn auf Schritt und Tritt mit sich, sagte ihm ein paar Worte vor. Und abends besprach sie mit Jakob, wie es nun weitergehen sollte. Bis zum Frühjahr mußte eine Lösung gefunden werden, alleine konnte Jakob die Feldarbeit nicht bewältigen.

Mit dem Problem hatten auch die anderen schon zu kämpfen gehabt und eine Lösung gefunden. Paul Lässler, Toni von Burg und der alte Kleu hatten Anfang der siebziger Jahre eine Arbeitsgemeinschaft gebildet. Richard Kreßmann war darauf nicht angewiesen, er beschäftigte ein halbes Dutzend Leute.

Nun wollte Toni von Burg aus der Arbeitsgemeinschaft aussteigen und sich auf Geflügelzucht spezialisieren. Er war dabei, einen Großteil seines Landes zu verkaufen – als Bauland. Thea Kreßmann berichtete bei jedem Besuch, daß Toni sich eine goldene Nase damit verdiente. Den Gewinn wollte er in große Mietshäuser investieren, erzählte Thea, damit ihm die Steuer nicht alles wegfraß. Nur zu gerne trat Jakob an Tonis Stelle und organisierte nun mit Hilfe seiner Freunde die Arbeit auf seinem Hof.

Trude legte zum Ausgleich für sich einen Gemüsegarten neben der rückwärtigen Ausfahrt an. Im Frühjahr und im Sommer 77 floh sie täglich nach dem Mittagessen hinaus und setzte Ben auf einem Pfad zwischen den Beeten ab, wo er auch anfangs noch sitzenblieb. Aber nicht lange. Er mochte zu blöd sein, das Wort Mama auszusprechen, doch er begriff schnell, daß seine Mutter aus einem anderen Holz geschnitzt war als die Großmutter.

In den ersten Tagen verwirrte ihn die Weite ringsum noch. Er blinzelte unsicher ins Sonnenlicht, staunte mit halboffenem Mund die Wolken an und zuckte erschreckt zusammen, wenn ihm eine Biene oder ein Falter zu nahe kam. Dann kroch er das erste Mal ein Stück vorwärts auf den Feldweg zu, der parallel zur Bachstraße hinter dem Garten vorbei Richtung Lohberg führte. Den Blick hielt er dabei noch mißtrauisch und ängstlich auf Trude gerichtet. Schon nach einer Woche wieselte er seinem Ziel so schnell entgegen, daß Trude die Luft ausging, ehe sie ihn wieder zu packen bekam. «Nein, nein», keuchte sie jedesmal. «Du mußt bei mir bleiben.»

Es half nicht viel, mit ihm zu reden. Er verstand es nicht. Für ihn war es ein Spiel, weglaufen und gefangen werden. Trude dachte oft, daß er wirklich nur begriff, was verboten war, wenn man ihn verprügelte, wie ihre Schwiegermutter es getan hatte. Das brachte Trude nicht übers Herz. Anbinden mochte sie ihn auch nicht, er war doch kein Tier. Aber jedesmal, wenn sie hinter ihm her hetzte, hatte sie das Gefühl, daß ihr alles über dem Kopf zusammenschlug.

Isoliert und ausgeschlossen, das Stigma nicht auf der Stirn, nur an der Hand. Sie konnte nicht mehr mit Illa von Burg am Sonntag morgen die heilige Messe besuchen. Sie konnte Antonia Lässler nicht mehr am Sonntag nachmittag nach Lohberg begleiten und sich eine Stunde in der Eisdiele gönnen, während die Männer auf dem Fußballplatz waren. Sie konnte niemanden mehr einladen auf einen Kaffee am Nachmittag. Sie konnte auch die Einladungen anderer nicht mehr annehmen, schon gar nicht, wenn es sich um größere Ereignisse handelte.

An der Hochzeit von Erich Jensen und Maria Lässler hatte sie noch teilgenommen. Aber das war 1974 gewesen. Da hatte ihre Schwiegermutter noch gelebt und war mit Ben daheim geblieben. Als Bruno Kleu das dritte Mädchen aus Lohberg schwängerte und Renate auf Befehl seines Vaters im September 77 heiraten mußte, schob Trude eine Migräne vor. Jakob ging mit den beiden Töchtern hin.

Als Anfang Oktober Bruno und Renate Kleus Sohn auf den Namen Dieter getauft wurde, hatte Trude so starke Rückenschmerzen, daß sie unmöglich in der Kirche stehen und auch nicht an einem Kaffeetisch sitzen konnte. Und als drei Wochen später Toni und Illa von Burgs kleine Tochter auf dem Schulweg überfahren wurde, bekam Trude zur Beerdigung eine Magenverstimmung.

Nur konnte sie niemanden wegschicken, der unaufgefordert kam. Antonia Lässler ließ sich das nicht nehmen. Durch die enge Freundschaft ihres Mannes zu Jakob hatte sie schon vor Bens Geburt regen Kontakt mit Trude gehabt. Der Lässler-Hof lag ebenfalls an der Bachstraße, die damals nur auf einer Länge von etwa dreihundert Metern bebaut war. Pauls Anwesen lag am Anfang, Jakobs

Hof praktisch am Ende, da waren sie fast Nachbarn. Und trotz des Altersunterschieds von fünfzehn Jahren hatten sie sich immer sehr gut verstanden.

Antonia wollte nicht einsehen, warum es damit vorbei sein sollte, nur weil Trude jetzt einen Sohn hatte, der unerwartet am Tischtuch riß, eine Kaffeetasse umstieß oder mit einem Autoschlüssel im Hühnerstall verschwand, wenn man nicht aufpaßte. Antonia war sogar der Ansicht, man könnte ihn einmal mit in die Eisdiele nehmen. Ihr Vater würde sich bestimmt nicht aufregen, wenn Ben ein bißchen herumsprang, weil er nicht stillsitzen konnte. Aber das hätte Trude nie gewagt.

Illa von Burg konnte Trude verstehen und sah ein, daß Trude ihn nicht mit in die Kirche nehmen wollte. Aber die halbe Stunde nach der Messe verbrachte Illa jeden zweiten Sonntag in Trudes Küche, weil sie ohnehin in der Nachbarschaft zu tun hatte. Nicht einmal nach dem Tod ihrer Tochter stellte sie diese Besuche ein, wollte wenigstens guten Tag sagen, auch wenn Ben dabei seine schmierigen Finger an ihrem schwarzen Rock abwischte.

Sogar die junge Renate Kleu erschien hin und wieder mit dem Kinderwagen. Bei ihrer Hochzeit hatte sie von Jakob gehört, daß auch Trude in Lohberg aufgewachsen war. Neu im Dorf, nicht vertraut mit den Gepflogenheiten auf dem Lande, schüchtern und überfordert von Brunos Verhalten, sah Renate ausgerechnet in Trude den einzigen Menschen, mit dem sie offen reden konnte.

Von sieben Abenden in der Woche verbrachte Bruno sechs außer Haus. Seine Mutter fand, man könne einem jungen Mann ein Bierchen nach Feierabend nicht verweigern. Sein Vater riet ständig, Renate solle Bruno begleiten und sich vergewissern, daß es bei den Bierchen in Ruhpolds Schenke blieb. Aber Bruno wollte sie nicht mitnehmen. Seit sie verheiratet waren, wollte er sie eigentlich gar nicht mehr. Wenn er mit ihr schlief, höchstens einmal im

Monat, war das eine Sache von fünf Minuten. Und dabei schwärmte er ihr von Maria Jensen vor, stieß Verwünschungen aus gegen Paul Lässler und Erich Jensen. Aber an Scheidung wagte Renate nicht zu denken, was sollte dann aus ihrem Sohn werden?

Da wußte Trude beim besten Willen keinen Rat. Sie konnte nicht einmal richtig zuhören, war nur bemüht, Ben von Renates Kinderwagen fernzuhalten.

Am schlimmsten war es immer, wenn Thea Kreßmann erschien, um dumme Ratschläge zu erteilen und ihren Albert vorzuführen wie einen gut dressierten Hund. Thea kam mindestens viermal in der Woche und wies auf die Unterschiede hin, als ob Trude die nicht selbst bemerkt hätte. Albert konnte Eier einsammeln, jedenfalls behauptete Thea, er würde ihr dabei helfen. Wahrscheinlich wußte Thea nicht einmal, wie ein Hühnerstall von innen aussah.

Ben wußte es um so besser, weil Trude ihn zwangsläufig an ihrer Seite halten mußte. Und wenn sie nicht hinschaute, schnappte er sich ein Küken, rieb sich die Wangen damit ab und stopfte es sich in die Hosentasche. Wenn es dort ankam, hatte er es meist schon in der Faust zerdrückt.

Als er fünf Jahre alt wurde, konnte er es an Größe, Gewicht und Körperkraft bereits mit einem Achtjährigen aufnehmen. Allmählich begannen die Leute, ihn mißtrauisch zu beäugen. Trude schwitzte Blut und Wasser, wenn sie ihn mit ins Dorf nahm – mitnehmen mußte, weil Anita sich weigerte, ihn auch nur für eine Viertelstunde zu betreuen, und Bärbel nicht mit ihm fertig wurde.

Also lief oder stand er neben Trude, den Mund halboffen, einen Speichelfaden über das Kinn gezogen, die Stirn in Falten gelegt, als denke er unentwegt über ein schwieriges Problem nach. Vielleicht tat er das. Wer wußte schon, was ihm durch den Kopf ging? Manchmal stieß er unvermittelt einen wilden Schrei aus, und die Leute drehten sich auf der Straße um. Manchmal sprang er urplötzlich in die Luft, und Trude renkte ihm fast den Arm aus im Bemühen, ihn vor einem Sturz zu bewahren. Hielt sie ihn nicht fest genug am Handgelenk, riß er sich häufig los, stürzte auf Passanten zu, umklammerte sie mit blödem Grinsen. Und Trude fühlte sich, als ginge sie mit einem tollwütigen Hund spazieren.

Die meisten Leute wagten es nicht, sich zu beschweren, wenn er sie belästigte. Jakob und Trude waren angesehene Bürger, da rang man sich ein gequältes Lächeln ab, strich ihm mit spitzen Fingern übers Haar und sagte: «Ach, das ist doch nicht so schlimm, Frau Schlösser.»

Für Trude war es schlimm. Sie litt unter Herzrasen, Kreislaufbeschwerden, Schlafstörungen und Schweißausbrüchen. Zweimal die Woche mußte sie ihren Blutdruck messen lassen, hielt ihn auch dabei an der Hand oder auf dem Schoß. Hielt seine Hände fest im Griff, weil er sonst nach den blinkenden Instrumenten grapschte, die in einer Schale auf dem Tisch lagen, neben dem sie in der Arztpraxis Platz nehmen mußte. Alles, was blinkte, faszinierte ihn. Keine Gabel, kein Löffel, kein Messer auf dem Tisch war sicher vor seinem Zugriff. Hundertmal am Tag rief Trude: «Finger weg!»

Noch schlimmer als das ständige Grapschen war sein Nachahmungstrieb. Wenn Albert Kreßmann Faxen machte, war Ben sein Spiegelbild. Wenn der kleine Dieter Kleu seine Mutter vors Schienbein trat und sich vor Wut auf den Boden warf, weil er seinen Willen nicht bekam, lag Ben Sekunden später neben ihm.

Wenn Bärbel sich am Nachmittag eine Puppe vom Bett holte, wollte er auch eine haben. Und wenn Trude ihm die Puppe aus der Hand nahm, weil er doch ein Junge war, warf er sich auf den Boden, wie er es oft bei Dieter Kleu sah, kreischte und heulte, trat mit den Füßen und schlug mit dem Kopf auf. Oder er rannte auf seinen flinken Beinen in den Hühnerstall, erwürgte zwei oder drei Küken und bockte den Rest des Tages.

Albert Kreßmann wurde trotz seiner Faxen Anfang 79 für reif befunden, ab Herbst die Grundschule zu besuchen. Bei Ben schüttelte man nur den Kopf. Es reichte nicht einmal für die Sonderschule. Der Professor, den Trude im März 79 auf mehrfachen Rat Thea Kreßmanns doch noch konsultierte, sprach aus, was Trude bis dahin nicht zu denken gewagt hatte: Hochgradiger Schwachsinn!

Ben saß noch nackt auf dem Untersuchungstisch, einen blinkenden Stab in der Faust, ein Stück Schokolade im Mund, weil man ihn nur mit Süßigkeiten veranlassen konnte, für ein paar Minuten stillzusitzen, als der Professor erklärte: «Sein Nachahmungstrieb bietet natürlich einige Möglichkeiten. Aber rechnen Sie nicht damit, daß er mit Ausdauer bei einer Sache bleibt. Er ist sehr aktiv und leicht abzulenken. Und er ist sehr groß und kräftig für sein Alter. Auf Dauer sind Sie mit seiner Betreuung überfordert. Das Beste wird sein, wenn Sie so schnell wie möglich ein gutes Heim für ihn suchen.»

Trude schaute ihn an, diesen Sohn, den sie sich mehr gewünscht hatte als sonst etwas auf der Welt. Und er schaute sie an, wälzte die Schokolade im Mund. Brauner Speichel rann ihm übers Kinn. Trude wischte ihn ab. Er grinste schief, hob die Faust mit dem Stab, als wolle er sich mit dieser Geste für das saubere Kinn bedanken.

Das war der Augenblick, in dem Trude begann, ihn zu lieben, wirklich, wahrhaftig und inbrünstig zu lieben. Es war der Moment, in dem sie sich schwor, ihn gegen alle Anfeindungen und jede Willkür zu verteidigen und für ihn zu kämpfen, allen gerümpften Nasen, allen pikierten Gesichtern zum Trotz.

Genaugenommen war Trude die einzige, die den Schrekken dieses Sommers in seinem gesamten Ausmaß erlebte. Für sie hatte es schon im Juli begonnen. Da legte Ben an einem Montag morgen eine kleine, mit den Abdrücken blutiger Finger beschmierte Handtasche auf den Küchentisch.

Über das Blut machte Trude sich keine Gedanken. Ben hatte ein paar tiefe Kratzer auf dem linken Handrücken und zwei aufgerissene Fingerkuppen. In der Tasche befanden sich eine Geldbörse mit ein paar Münzen, zwei in ein Papiertuch eingewickelte Pillen, Kamm, Spiegel, Lippenstift und ein Personalausweis, ausgestellt auf den Namen Svenja Krahl mit einer Adresse in Lohberg. Alles war sauber. Trude nahm an, er hätte die Tasche irgendwo draußen gefunden und eine Weile mit sich herumgetragen.

Er brachte oft etwas mit von seinen Streifzügen. Einen verbeulten Aluminiumtopf, den Trinkbecher einer Thermoskanne, den irgendwer draußen verloren hatte. Einmal kam er mit einem ausrangierten Autoreifen heim und wollte Jakob eine Freude damit machen. Aber meist waren es Kleinigkeiten, die er Trude auf den Küchentisch legte, hübsch geformte oder gemaserte Steine, Scherben und die Überreste von Feldmäusen.

Vor zwei Jahren hatte er Trude einen Schrecken eingejagt mit einem alten Knochen, der unmöglich von einer Feldmaus stammen konnte, eher von einem Schwein. Nur verscharrte niemand ein Schwein im freien Feld. Dafür gab es Schlachthöfe. Der Knochen konnte ebensogut zu einem Menschen gehört haben, der vor Jahr und Tag am falschen Platz unter die Erde geraten war. So genau hatte Trude ihn nicht angeschaut, daß sie ihn mit Bestimmtheit hätte zuordnen können. Darüber hinaus hatte sie bis zu dem Moment, als Ben ihr das verwitterte Ding auf den Küchentisch legte, noch nie einen menschlichen Oberschenkelknochen aus der Nähe gesehen.

Im vergangenen Jahr hatte er mal einen dreckigen Lappen bei sich gehabt, der sich bei näherer Betrachtung als Unterhöschen entpuppte und im Mittelteil außer dem Dreck ein paar Blutspuren aufwies. Aber derartiges fand sich schnell in einer Gegend, in der sich in lauen Nächten die Liebespaare im Dutzend tummelten. Da mochte auch mal eine Jungfrau mit von der Partie sein, die sich anschließend nicht traute, ihrer Mutter einen Beweis heimzubringen, und ihr Höschen lieber an Ort und Stelle zurückließ.

Und warum sollte nicht ein junges Mädchen, das anderes im Sinn hatte, als seine Sachen beisammenzuhalten, seine Tasche verlieren? Und Ben hatte sie dann eben gefunden. So sah Trude die Sache zu Anfang. Sie lobte ihn, wischte das Blut ab und suchte im Telefonbuch. Aber unter dem Namen Krahl gab es keinen Eintrag. Also legte Trude die Tasche an die Seite, um sie beim nächsten Besuch in der Stadt bei der angegebenen Adresse abzugeben.

Aber am Dienstag abend erzählte ihr Heinz Lukka dann, in der Nacht zum Montag sei er aufgewacht, weil draußen ein Mädchen geschrien hätte. Er sei aufgestanden, habe aus dem Fenster geschaut, jedoch nichts gesehen in der Dunkelheit.

Daraufhin verbrannte Trude die kleine Tasche samt Inhalt im Küchenherd, war glücklich und dankbar, daß sie vergessen hatte, Jakob davon zu erzählen, und immer noch überzeugt, daß Ben sie draußen gefunden und sich die Hände am Stacheldraht der eingezäunten Wiese aufgerissen hatte. Die Wiese gehörte zu ihrem ehemaligen Grundstück an der Bachstraße. Ihn zog es immer noch dorthin.

Aber wer hätte ihr geglaubt, daß er in der Nacht zum Montag nur harmlos auf der Wiese gespielt hatte? Jeder hätte doch angenommen, er habe Svenja Krahl die Handtasche entrissen. Und jeder hätte sich gefragt, warum das Mädchen den Vorfall nicht bei der Polizei gemeldet habe. Und wenn Heinz Lukka dann erklärt hätte, er habe ein Mädchen schreien hören …

Nach diesem Ereignis im Juli hatte Trude jeden Tag die Zeitung kontrolliert, keine Zeile über Svenja Krahl gefunden und sich allmählich wieder beruhigt.

An dem Mittwochmorgen im August fand sie einen Artikel über Marlene Jensen, die seit Sonntag von ihren Eltern vermißt wurde. Gehört davon hatte Trude schon am Dienstag beim Einkaufen. Renate Kleu hatte ihr erzählt, daß Marlene sich am Samstag abend in der Diskothek in Lohberg mit zwei jungen Männern amüsiert, kräftig auf ihren Vater geflucht und es strikt abgelehnt habe, sich von Dieter mit zurück ins Dorf nehmen zu lassen. Von den Schlägen, die ihr ältester Sohn hatte einstecken müssen, hatte Renate Kleu nicht gesprochen.

Von Thea Kreßmann hatte Trude zusätzlich erfahren, daß auch Albert die Heimfahrt angeboten und sich nachts um eins noch einmal vergebens nach Lohberg bemüht hatte. Außerdem wußte Thea Kreßmann, daß Erich Jensen für das gesamte Wochenende einen Hausarrest verhängt hatte. Thea war überzeugt, Marlene sei ausgerissen, um Erich zu zeigen, daß sie sich nicht alles bieten ließ.

Auch in der Zeitung war die Rede von häuslichen Differenzen. Es war ein kleines Foto dabei, eine Beschreibung der Kleidung – Jeans mit auffälligen Nieten, hellblaue Windjacke. Der Artikel endete mit der eindringlichen Bitte von Maria Jensen, Marlene möge doch endlich heimkommen, man sei ihr nicht böse. Darüber hinaus gab es nur noch einen Appell an die beiden jungen Männer, in deren Wagen Marlene gestiegen war, sich in der Apotheke oder bei der Polizei zu melden und Auskunft über den Verbleib des Mädchens zu geben.

Gemeint war die örtliche Polizeistation in Lohberg. Erich Jensen kannte den Dienststellenleiter persönlich, sie waren beide Mitglieder derselben Partei. Der Apotheker wollte kein Aufsehen, er war sogar dagegen gewesen, daß seine Frau die Presse informierte. Maria Jensen hatte sich mit Unterstützung von Bruder und Schwägerin durchgesetzt. Angesichts der Ausgangssituation schien es für die Polizei in Lohberg eine alltägliche Sache. Grund zur Besorgnis sah man nicht. Daß bereits vier Wochen zuvor ein gleichaltriges Mädchen verschwunden war, wußte niemand.

Das wußte auch Trude nicht mit Sicherheit, weil sie nichts unternommen hatte aus Furcht vor dummen Fragen oder anderen Konsequenzen. Trude hatte sich nur den Kopf zerbrochen, ob Svenja Krahl das Mädchen gewesen war, das Heinz Lukka hatte schreien hören. Wenn ja, ob sie vor Schreck geschrien hatte oder vor Angst oder aus anderen Gründen.

Um Marlene Jensen machte sie sich nur halb so viele Gedanken. Sie überflog den Zeitungsartikel rasch, nachdem sie das Frühstücksgeschirr abgewaschen hatte. Dann faltete sie die Zeitung zusammen und trug sie ins Wohnzimmer, damit Jakob abends einen Blick hineinwerfen konnte. Morgens kam er nur selten dazu. Meist wurde die Zeitung erst geliefert, wenn er schon aus dem Haus war. Es hatte viele Vorteile gehabt, im April 1987 den Hof von der Bachstraße ins freie Feld zu verlegen. Die Zeitung war ein kleiner Nachteil.

Kurz vor neun hörte Trude die Kellertür klappen. Ben kam grundsätzlich durch den Keller. Sie hatte ihm verboten, mit seinen erdverschmierten Stiefeln durch die oberen Räume zu laufen. Und einfache Verbote merkte er sich recht gut. Auch seinen Spaten ließ er immer unten.

Er war die ganze Nacht unterwegs gewesen. Seit dem Wochenende im Juli hatte er keine Nacht mehr in seinem Bett verbracht. Wenn er zum Abendessen nach Hause kam – was er meistens nicht tat, weil er befürchtete, festgehalten zu werden –, verschwand er, kaum daß der Teller geleert war. Trude sah ihn erst am nächsten Morgen wieder, wenn sein leerer Magen ihn heimtrieb.

Zu hören war er auf Socken nicht, als er die Treppe heraufkam. Unvermittelt tauchte er im Türrahmen auf und füllte ihn fast aus. Schultern wie ein Ringer, Fäuste wie Schmiedehämmer, eine Kraft in den Armen, die es ihm erlaubt hätte, einem Ochsen mit einem Schlag das Genick zu brechen, wäre er nur auf die Idee gekommen, einen Ochsen zu schlagen. Aber er war friedfertig, sanft wie ein Lamm, davon war Trude trotz unzähliger unliebsamer Vorfälle fest überzeugt.

Er kam in die Küche, schmutzig wie einer, der stundenlang im Dreck gewühlt hat. Das Fernglas baumelte am Riemen vor seiner Brust. Er trug es stets bei sich, wenn er draußen war, obwohl es ihm nachts nicht viel nutzte.

«Nein, nein», sagte Trude, als er sich an den Tisch setzen wollte, «erst Hände waschen. Das weißt du doch.»

Natürlich wußte er es, aber er versuchte immer, sich davor zu drücken. Nicht weil er das Wasser scheute, nur die Schmerzen, wenn Trude ihn verarztete. Seine Hände und Unterarme waren mit alten Narben, frischen Kratzern und Blasen übersät, die er sich regelmäßig an Disteln und Nesseln, am Stacheldraht und anderen Hindernissen holte.

Widerstandslos ließ er sie sich von seiner Mutter unter den Wasserhahn halten, ließ Trude schrubben und kontrollieren, ob frische Wunden dazugekommen waren, die versorgt werden mußten. Trude fand einen Holzsplitter. Er steckte tief in der Kuppe des rechten Mittelfingers und ließ sich allein mit der Pinzette nicht fassen. Sie mußte mit einer Nadel nachhelfen. Er zog zischend die Luft ein.

«Wo hast du dir den wieder geholt?» Sie fragte aus Gewohnheit. Mit einer Antwort rechnete sie nicht. Sein Sprachschatz war äußerst dürftig, umfaßte nur wenige deutlich gesprochene Worte. Wenn man so vertraut mit ihm war wie Trude, konnte man mit etwas gutem Willen interpretieren, was er von sich gab. Trude war sicher, daß sie ihn immer verstand. Man mußte halt genau hinhören, ob er fragte, Auskunft oder eine Bestätigung gab.

Nachdem der Splitter aus dem Finger gezogen war, lutschte er an der blutenden Kuppe, setzte sich an den Tisch und äugte erwartungsvoll zum Schrank. Trude holte Brot heraus, bestrich ein paar dicke Scheiben mit Butter und Mettwurst, füllte eine große Aluminiumtasse mit Milch und stellte alles vor ihn hin. Während er sich über sein Frühstück hermachte, wusch sie das Messer vom Eßbesteck ab und legte es zurück in das Schrankfach, verschloß die Schranktür und steckte den Schlüssel in die Kitteltasche.

In Windeseile hatte er seinen Teller und die Tasse geleert, danach verließ er die Küche. Als Trude wenig später nach ihm schaute, lag er in seiner schmutzigen Kleidung auf dem Bett und schlief. Kurz nach eins kam er herunter, ließ sich ein frisches Hemd und eine saubere Hose anziehen, einen Teller füllen. Er aß und verschwand durch den Keller.

Seit Juli blieb die Kellertür für ihn Tag und Nacht offen. Einmal in den letzten Wochen hatte Jakob sie geschlossen. Da hatte er versucht, sich durch ein Kellerfenster ins Freie zu zwängen. Er war steckengeblieben, hatte gewimmert und gejault wie ein junger Hund, bis Trude und Jakob aufwachten und ihn mit Mühe befreiten. Die Druckstellen, die der eiserne Fensterrahmen in seinem Fleisch hinterlassen hatte, waren immer noch zu sehen.

Als Jakob um sieben von der Arbeit kam, war Ben noch unterwegs. Trude hatte sein Bett frisch bezogen, putzte das Fenster in seinem Zimmer, hielt dabei ein wenig Ausschau und hoffte, daß er für die Nacht heimkam.

Später saß sie mit Jakob im Wohnzimmer. Sie unterhielten sich über Marlene Jensen. Trude war ausnahmsweise einmal einer Meinung mit Thea Kreßmann. Jakob mochte nicht so recht glauben, daß Erichs Tochter ausgerissen war. «Mal für eine Nacht», meinte er. «Aber ein paar Tage, wo soll sie denn sein?»

«Vielleicht bei den Männern, die sie in der Diskothek kennengelernt hat», antwortete Trude. «Erich ist wirklich zu streng. Antonia sagt das auch immer. Ich könnte mir schon vorstellen, daß sie ihm einen Denkzettel verpassen will.»

17. August 1995

Am Donnerstag verließ Jakob das Haus wie gewöhnlich um sieben. Er holte den Wagen aus der Scheune und fuhr das erste Stück auf einem Weg, der so schmal war, daß zwei Fahrzeuge nur mit Mühe aneinander vorbei kamen. Nach etwa sechshundert Metern kam die erste Kreuzung, geradeaus verlief der schmale Weg noch zweihundert Meter weiter zwischen Gärten und Feldern, ehe er auf die Bachstraße traf.

Jakob bog nach links ab in den breiten Weg, der parallel zur Bach- und zur Landstraße nach Lohberg führte. Er fuhr die zwei Kilometer bis zur nächsten Kreuzung bei Lukkas Bungalow mit schwerem Herzen. Für ihn war dieses Stück immer die schwierigste Strecke. Sie führte vorbei an seinem ehemaligen Besitz, an unzähligen Erinnerungen.

Niemand gab so leicht einen Platz auf, an dem er geboren war, an dem er die Kindheit und Jugend verbracht hatte und danach noch so viele Jahre, in denen er hier geträumt, geliebt, gehofft, geschwitzt und gelitten hatte. Diesen Ort sah er nun unerreichbar hinter zwei Meter hohem Stacheldraht liegen. Jedesmal war Jakob erleichtert, wenn er den Stacheldraht weit hinter sich gelassen hatte und Heinz Lukkas Bungalow erreichte.

An diesem Morgen traf er bei Lukkas Grundstück mit seinem Freund Paul Lässler zusammen und hielt kurz an, um guten Tag zu sagen und ein paar Worte zu reden. Paul war als Bruder von Maria und Onkel von Marlene Jensen in großer Sorge und wütend auf seinen Schwager.

«Ich verstehe nicht, was Erich sich dabei denkt», schimpfte Paul. «An seiner Stelle hätte ich längst alle Hebel in Bewegung gesetzt, und er hält die Polizei zurück. Hat Angst vor einem Skandal. Der einzige Skandal bei der Sache sind seine Erziehungsmethoden. Er ist in der falschen Partei, von sozialer Demokratie hat er keine Ahnung. Maria weint sich die Augen aus dem Kopf.»

«Das glaube ich», sagte Jakob.

Paul schimpfte weiter, nun auf seine Nichte: «Das dumme Ding. Warum hat sie nicht auf Albert gewartet? Er ist extra noch mal zurückgefahren, um sie abzuholen, nachdem er Annette heimgebracht hatte.»

«Das hat Trude schon erzählt», sagte Jakob. «Aber warum hat Albert sie denn nicht gleich mitgenommen?»

Paul schaute zu Boden und zuckte mit den Achseln. «Es wäre ihr noch zu früh, hat sie gesagt. Und mit Dieter zu fahren war ihr wohl zu riskant.»

Das bezog Jakob auf den fehlenden Führerschein. «Ich begreife auch nicht, daß Bruno den Jungen jetzt schon immer fahren läßt», sagte er. «Die paar Monate bis Oktober, dann wird er achtzehn. Da müßten sie keine Angst haben, daß er erwischt wird.»

«Bisher ist er nicht erwischt worden», erklärte Paul. «Er fährt ganz manierlich.» Dann wurde er wieder heftig: «Aber er kann seine Finger nicht bei sich behalten. Da hat sie vermutlich gedacht, wenn sie mit zwei Männern fährt, ist es sicherer. Und das war ein Irrtum. Ich halte jede Wette, Jakob, sie ist mit denen nicht über alle Berge. So ein Typ ist sie nicht. Da ist was passiert.»

Auch an diesem Donnerstag war sein Sohn unterwegs, als Jakob abends das Haus betrat. Trude wischte mit einem trockenen Lappen über das Fenster in Bens Zimmer und hielt dabei Ausschau nach ihm. Beim Essen saßen sie allein am Tisch. Jakob berichtete von dem Gespräch mit Paul und endete mit den Worten: «Paul meint, Erichs Tochter sei was passiert.»

Trude stellte das benutzte Geschirr zusammen, füllte die Reste der Mahlzeit in einen Topf und stellte ihn in den Kühlschrank.

«Hoffen wir», fügte Jakob düster hinzu, «daß Paul sich irrt.»

Da fuhr Trude zu ihm herum: «Wieso wir? Ich hoffe es für das Mädchen, für Maria und Erich. Für uns muß ich nichts hoffen. Wir haben nichts damit zu tun!»

Jakob hob begütigend die Hand. «So hab ich es auch nicht gemeint.» Nach ein paar Sekunden fuhr er zögernd fort: «Ich dachte nur, Ben sollte mal ein paar Nächte im Haus bleiben.»

«Warum?» fragte Trude aufgebracht. «Sollen wir ihn einsperren, weil ein dummes Ding den Heimweg nicht findet? Sie ist in Lohberg verschwunden, nicht hier. Und er hat doch nur das da draußen. Was hat er denn sonst von seinem Leben?»

So ganz von ungefähr war Trudes Mutterliebe im März 79 nicht erwacht. Im ersten Augenblick war es auch nicht ausschließlich Liebe, es war mehr Scham und Instinkt. Derselbe Instinkt, der ein Tier veranlaßte, sein hilfloses Junges zu verteidigen. Vielleicht hatte es daran gelegen, daß der Vorschlag, diesen Professor aufzusuchen, ausgerechnet von Thea Kreßmann gekommen war. Und wenn es daran lag, kam einiges zusammen.

Schon auf der Hinfahrt spürte Trude ein leichtes Brennen in den Eingeweiden. Es war still im Zugabteil, kaum Mitreisende. Ben saß auf dem Fensterplatz, eingeschüchtert von der Schnelligkeit und all den neuen Eindrücken, betrachtete er mißtrauisch die vorbeihuschende Landschaft. Dörfer, ab und zu der Bahnhof einer Kleinstadt, viel freies Land, Wiesen, Äcker, grasende Kühe, eine Pferdekoppel und weidende Schafe am Bahndamm.

«Schäfchen zur Linken, wird Freude dir winken», hatte Trudes Mutter früher oft gesagt. «Schäfchen zur Rechten, wird Freude dir brechen.» Auf der Rückfahrt wären sie auf der rechten Seite.

Trude konnte nicht denken, war wie zugeschnürt. Das Brennen in den Eingeweiden, der hohl dumpfe Herzschlag, es war nackte Furcht. Die Schafe am Bahndamm waren ein böses Omen.

Schafe waren 1943 der kleinen Christa, Toni von Burgs jüngster Schwester, zum Verhängnis geworden. Christa von Burg und Thea Kreßmann. Zwei Namen und ein Rattenschwanz an Zusammenhängen.

Thea Kreßmann war eine geborene Ahlsen. Und Theas Vater Wilhelm war immer ein Patriot gewesen. Er hatte eine Menge gegeben und getan für sein Vaterland. Im ersten Weltkrieg von der Schulbank an die Westfront. Bei irgendeinem Heldenstück hatte er sein linkes Bein zur

Hälfte und den linken Arm ganz verloren, hatte einen Orden und eine mickrige Rente bekommen. Und erst einmal keine Frau.

Die alte Gerta Franken, die noch älter war als das Jahrhundert und eine Nachbarin von Trude und Jakob, erinnerte sich lebhaft an all diese Dinge. Gerta Franken hatte sich in der ersten Märzwoche 79 einen Nachmittag Zeit genommen, Trude über den Gartenzaun hinweg in die Hintergründe des Beziehungsgeflechts einzuweihen. Denn Trude, die in Lohberg geboren und aufgewachsen war, hatte keine Ahnung von den diversen Banden und Stricken und wie das alles zusammenhing.

Warum zum Beispiel Toni und Illa von Burg Richard und Thea Kreßmann schon immer so distanziert begegnet waren, lange ehe der Verdacht aufkam, Richard Kreßmann könnte der Unglücksfahrer gewesen sein, der ihre jüngste Tochter auf dem Schulweg überfuhr und anschließend flüchtete. Warum Toni und Illa sogar in einem Notfall mit dem Rezept für ein Medikament nach Lohberg fuhren, statt es bei Erich Jensen einzulösen, obwohl Erich nur zwei- oder dreimal mit Thea ausgegangen war und wirklich nichts dafür konnte. Aber verschiedene Wunden saßen tief und wurden von einer Generation an die nächste vererbt.

In den zwanziger Jahren und Anfang der dreißiger war Wilhelm Ahlsen ein armes Schwein gewesen. Zwangsläufig ledig geblieben. Nicht nur wegen des fehlenden Armes und des zur Hälfte fehlenden Beines, er machte auch sonst nicht viel her. Und was wollte er schon mit seiner mickrigen Rente, davon konnte er allein am Hungertuch nagen.

Aber ab 1933 ging es rapide aufwärts mit ihm. Patrioten und Kriegshelden waren wieder gefragt, sofern sie rein arisch waren. Das war Wilhelm Ahlsen, er konnte es beweisen. Und dann machte er Karriere. Ortsgruppenleiter! Um von Haus zu Haus zu humpeln, die Parolen vom Glanze des Reiches zu proklamieren, wenn erst der glorreiche Krieg gewonnen war, und den Leuten auf die Finger zu schauen, dazu war er noch gut.

Einmal, erzählte Gerta Franken, hätte Wilhelm Ahlsen in ihrer Küche gesessen und gedroht. Wirklich und wahrhaftig gedroht, sie solle nur hübsch vorsichtig sein und nicht immer das Maul so weit aufreißen. Von wegen: Warum sich denn kein Schwein erbarmt und den Gefreiten Adolf im Ersten Weltkrieg über den Haufen geschossen hätte. Sonst würde es ihr am Ende ergehen wie den Sterns und den Goldheims.

Die waren abgeholt worden von Wilhelm Ahlsen und zwei SA-Männern. Man hörte nie wieder von ihnen. Es ging allerdings das Gerücht, die Tochter der Sterns, die Edith, sei davongekommen. Aber auch von ihr hörte man nie mehr.

Und in das Haus der Familie Stern war Wilhelm Ahlsen eingezogen. Er brauchte eine geeignete Residenz, auch seine monatliche mickrige Rente wurde aus der Staatskasse aufgestockt. Kopfgeld! Für solche, nach denen kein Hahn mehr krähte. Da fand sich dann sogar noch, obwohl er schon über vierzig war, eine dumme Gans, die ihm aufs Standesamt folgte. Aber das war schon fast bei Kriegsende, und vier Jahre später wurde Thea geboren.

Und was nun die von Burgs anging ... Gerta Franken wußte nicht, wieviel Trude bekannt war, und erklärte es ausführlich, damit sie auch alles begriff. Es waren ursprünglich drei bildhübsche Kinder gewesen. Toni war ja immer noch ein Mannsbild wie aus dem Märchenbuch. Auch seine ältere Schwester Heidemarie hatte man nie als häßlich bezeichnen können. Gerta Franken meinte, es sei eine göttliche Schande um Heidemarie, daß sie ins Kloster gehen mußte, nachdem Paul Lässler ihr einen Tritt gegeben hatte für diese quirlige Italienerin.

Aber Heidemarie war nichts im Vergleich mit ihrer Schwester. Nach der kleinen Christa drehten sich alle Frauen auf der Straße um. Wie ein leibhaftiges Engelchen kam sie an der Hand ihrer Mutter daher, hüpfte und jauchzte vor Lebensfreude, wenn sie mit ins Dorf genommen wurde.

Und Schafe hatten die von Burgs damals. Und Christa, sonst ein reizendes Geschöpf, artig und kräftig, gerade gewachsen und blond, war nicht ganz richtig im Kopf. Nicht so schlimm daneben wie Ben, beileibe nicht. Sie sammelte nur die Schafskötel vom Hof auf und steckte sie sich in den Mund, wenn niemand hinschaute.

Aber Wilhelm Ahlsen hatte es gesehen. Er war ja damals überall und nirgendwo und immer dann, wenn man nicht mit ihm rechnete. Er konnte um Ecken sehen, hatte die Augen der gesamten Hitlerjugend zur Verfügung, seine Ohren in jeder Küche, in jeder Schlafkammer.

Die von Burgs mußten ihre kleine Christa in ein Sanatorium geben. Anordnung von oben, von Wilhelm Ahlsen persönlich überbracht – wie all die schlechten Nachrichten damals. In dem Sanatorium sollte sich ein Professor um Christa kümmern.

Die von Burgs, die nicht zu den Ärmsten zählten, hatten ihr jüngstes Kind hingebracht; zusammen mit ein paar Speckseiten, einem Dutzend Lammkoteletts, zwei Hühnern, Eiern, Butter und anderen Sachen, mit denen man sich einen Vorteil verschaffen konnte. Sie hatten wohl gehofft, die Speckseiten beim Professor zu lassen und Christa wieder mit heimzunehmen. Aber so einfach war das damals nicht. Ein paar Tage, hieß es, für eine gründliche Untersuchung. Und nach ein paar Tagen hieß es, Christa sei an einer Lungenentzündung verstorben. Sie war schon unter der Erde, als die von Burgs benachrichtigt wurden. So schnell ging das zu der Zeit.

Und Wilhelm Ahlsen hatte anschließend zusammen

mit dem alten Lukka, ein Rechtsanwalt wie sein Sohn Heinz und braun vom Scheitel bis zu den Fußsohlen, in Ruhpolds Schenke über die Ausrottung der Volksfeinde und die radikale Vernichtung unwerten Lebens debattiert. Während der junge Werner Ruhpold mit schneeweißem Gesicht den Tresen blankwischte.

Werner Ruhpold war Anfang 43 schwer verwundet worden. Gerta Franken wußte das noch ganz genau. Werner hatte eine Menge Blut verloren und erholte sich nach der langen Zeit im Feldlazarett auch daheim nur langsam. Aber sein schneeweißes Gesicht bei der Debatte zwischen Wilhelm Ahlsen und dem alten Lukka mußte andere Gründe haben. Einige im Dorf – Gerta Franken gehörte dazu –, erinnerten sich noch sehr gut, daß Werner Ruhpold vor Ausbruch des Krieges mit der jungen Jüdin Edith Stern verlobt gewesen war. Über die Auflösung dieser Verlobung ließ Gerta Franken sich nicht näher aus. Sie zählte lediglich mit einem Seitenblick auf Ben, der bei dieser Unterhaltung neben Trude im Gartendreck hockte, die Argumente auf, die Wilhelm Ahlsen damals in Ruhpolds Schenke vorgebracht hatte.

Eine Nation, die sich ihren ersten Platz in der Welt hart erkämpfen mußte, dürfe sich nicht damit aufhalten, Volksfeinde, Idioten und Krüppel durchzufüttern. Sich selbst zählte Wilhelm Ahlsen nicht zu den Volksfeinden, Idioten und Krüppeln, er war ein Kriegsheld und konnte auch mit einem Arm und anderthalb Beinen noch eine Menge zum Ruhme seines Führers beitragen.

Den Blick weiterhin auf Ben gerichtet, sagte Gerta Franken: «Unter Wilhelm wäre er nicht so alt geworden. Da hättest du längst vergessen, daß du mal unglücklich gefallen bist. Da hättest du es noch mal versuchen können, und wer weiß, vielleicht wäre dabei was Gescheites rausgekommen. Sei mal ehrlich, hast du nicht auch schon so gedacht?»

Das hatte Trude mit Sicherheit nicht. Sie hatte ja bis dahin gar nicht gewußt, welche Rolle Thea Kreßmanns Vater im Dorf gespielt hatte. An den Inkubator hatte sie hin und wieder gedacht, daß es vielleicht besser für Ben gewesen wäre, ihn nicht mit allen Mitteln durchzubringen. Aber als der Professor dann ein Heim vorschlug, sah Trude im Geist Wilhelm Ahlsen vor sich.

Vier Jahre hatten die Alliierten Wilhelm Ahlsen aufgebrummt. Lumpige vier Jahre für die Sterns, die Goldheims, die kleine Christa von Burg und ein paar Dutzend andere, nach denen kein Hahn mehr krähte.

«Es wird schon gehen», antwortete Trude dem Professor und schaffte es, seinen ernsten Blick zu erwidern. «Bis jetzt ist es ja auch gegangen. Er ist ein bißchen wild, aber er tut keiner Menschenseele etwas.»

Und die zerquetschten Küken gingen keinen etwas an.

Auf der Heimfahrt fand sich zwar ein Fensterplatz, aber kein ruhiges Abteil. Trude mußte ihn auf den Schoß nehmen, um Platz zu machen für einen Mitreisenden. Sie hielt unentwegt nach den Schafen Ausschau. Schäfchen zur Rechten …

Doch die Herde war über den Bahndamm auf die andere Seite gewechselt. Schäfchen zur Linken … Trude drückte ihn an sich und sagte: «Wir schaffen es schon, wir beide. Kannst ja nichts dafür, daß du so bist.»

20. August 1995

In den ersten Tagen unternahm die Polizei nichts, um das Schicksal von Marlene Jensen zu klären. Man sah keine Veranlassung. Von Marlenes Freundin hatte man eine Aussage erhalten, die den Verdacht untermauerte, die Tochter des Apothekers habe ausreißen wollen. Die

Presse war eingeschaltet, viel mehr hätte man nach Lage der Dinge ohnehin nicht tun können.

Aber dann kam der Stein plötzlich ins Rollen, genau eine Woche nach Marlenes Verschwinden, wieder in der Nacht zum Sonntag. Um acht Uhr in der Früh begann eine große Suche in der Umgebung des Dorfes. Auch das Bendchen – so wurde ein Waldstück genannt, das die offenen Felder nach Osten begrenzte – durchkämmten zwei Dutzend Männer. Die Polizei aus Lohberg wurde unterstützt von Mitgliedern der freiwilligen Feuerwehr und einigen Hunden.

Kurz nach zehn ging Trude hinauf, um die Betten zu machen und das Fenster zu schließen, damit die Sommerhitze nicht ins Haus drang. Als sie ans Fenster trat, fiel ihr das Treiben auf. Drei grünweiße Transporter auf dem Weg, der am Waldsaum entlanglief. Zu hören war nichts, es war zu weit entfernt. Zu sehen war auch nicht viel, die Männer eben, die Hunde, die drei Wagen. Minutenlang schaute Trude sich das an, fühlte den Herzschlag sich von Sekunde zu Sekunde ausbreiten. Als er den Kopf erreichte und in den Ohren zu dröhnen begann, rief sie nach Jakob.

Er war nach dem Frühstück ins Wohnzimmer gegangen und hatte es sich mit der Zeitung vom Samstag in einem Sessel gemütlich gemacht. Samstags war er nicht dazu gekommen, sie zu lesen. Und diesmal war es ein großer Artikel mit einem Hinweis auf die unzulänglichen Busverbindungen, einer herzergreifenden Bitte an Marlene und einem dringenden Appell an die beiden jungen Männer, sich doch endlich zu melden.

Auch das Foto von Marlene Jensen war um einiges größer als das von Mittwoch. Ein bildhübsches Mädchen, fand Jakob, der Paul Lässlers Nichte vorher nicht so bewußt zur Kenntnis genommen, nur manchmal gedacht hatte, sie sei Maria wie aus dem Gesicht geschnitten. Nun erinnerte ihn ihr Gesicht und mehr noch das lange, blonde Haar an eine aufwendige Porzellanpuppe.

Er legte die Zeitung auf den Tisch und erhob sich. Trudes Stimme schien ihm ein wenig hysterisch. Als er das Schlafzimmer betrat, zeigte sie mit ausgestrecktem Arm ins Freie. «Sieh dir das an. Was machen die da?»

Trude war mit ihren neunundfünfzig Jahren eine stattliche Frau, nur wenig kleiner als Jakob und kräftig gebaut. Sie war nicht dick, doch man sah ihr an, daß sie lange Jahre Männerarbeit geleistet hatte. Jetzt wirkte sie wie ein ängstliches junges Mädchen beim Anblick von drei Tropfen Blut.

«Was sollen sie schon machen?» sagte Jakob und legte ihr den Arm um die Schultern. «Suchen. Das siehst du doch.»

Trude nickte, ihre Stimme wurde vor Abwehr schrill. «Und warum ausgerechnet da?»

Es war Bens Revier. Tag und Nacht war er auf derselben Strecke unterwegs. Die sechshundert Meter von der Tür des Elternhauses bis zum breiten Weg. Dort wandte er sich nach links, lief die zwei Kilometer zwischen den Gärten und Feldern bis zu Lukkas Bungalow. Dort bog er wieder nach links und rannte die achthundert Meter bis zum Lässler-Hof. Dort trieb es ihn schräg nach links etwas mehr als einen Kilometer bis zum Bruch, einem alten Bombenkrater. Von da aus wieder schräg nach links noch einmal einen guten Kilometer bis zum Bendchen. Von dort kam er dann zurück zum Elternhaus.

Hier und da auf seiner Route machte er Station. Manchmal hockte er stundenlang in Paul Lässlers Maisfeld, das Heinz Lukkas Grundstück an der Wegkreuzung von zwei Seiten umschloß. Manchmal grub er auf der Suche nach verborgenen Schätzen den halben Bruch um. Manchmal legte er sich im Bendchen auf die Lauer. Dort war es nachts besonders interessant.

Jakob wußte es, Trude wußte es. Vermutlich wußten es alle im Dorf, weil Ben im Juni ausgerechnet Albert Kreßmann und Annette Lässler dort aufgescheucht hatte wie zwei Rebhühner. Albert hatte sich anschließend damit gebrüstet, wie er den bekloppten Ben zur Schnecke gemacht habe. Daß er ausgestiegen war und mit einer obszönen Geste gebrüllt hatte: «Paß auf, du Idiot, für dich nur so!», während Pauls älteste Tochter in aller Eile Rock und Bluse anzog, hatte Albert nicht erzählt, das mußte man sich denken.

Paul Lässler hatte ein paar Tage später, wahrscheinlich im Auftrag von Antonia, die mit ihrem großen italienischen Herzen für Ben mehr als eine Lanze brach, die Sache heruntergespielt. «Laß ihn in Ruhe, Jakob. Mal abgesehen davon, daß er vermutlich nicht mehr weiß, worum es geht, wenn du davon anfängst, was hat er denn gemacht? Nur mit der Hand ins Auto gefaßt. Sie hätten ja die Scheiben nicht runterdrehen müssen. Was hatten sie überhaupt dort zu suchen?»

Das hatte Trude auch gefragt. Und aufgeregt hatte sie sich, daß es beim Bendchen zuginge wie in einem Freudenhaus.

Jakob hob die Schultern und gab sich gelassen, um sie zu beruhigen, obwohl auch er einen Anflug von Hysterie verspürte. Ben war draußen gewesen in der Nacht, als Marlene Jensen verschwand. Daß er etwas mit diesem Verschwinden zu tun haben könnte, von dem Gedanken war Jakob noch meilenweit entfernt. Er fürchtete etwas im Grunde Harmloses.

Nur einmal angenommen, es hatte ihn einer gesehen. Dann hieß es garantiert wieder, sie müßten ihn festhalten. Er ließ sich nur leider nicht festhalten. Und dann hieß es wieder, wenn sie nicht mit ihm fertig würden, müßten sie ihn in eine Anstalt geben.

Das war Trudes Alptraum. Jakob wußte das. Er wußte

auch, es wäre Bens Untergang. Mauern, Gitter und Spritzen, wenn er toben würde. Wer könnte sich in einer Anstalt darum kümmern, daß er die Freiheit brauchte? Daß er nichts weiter wollte als laufen, springen, hier und dort ein bißchen graben?

«Irgendwo müssen sie ja anfangen», sagte Jakob und fügte nach ein paar Sekunden hinzu: «Und es wird doch Zeit. Nach einer Woche! Hast du gelesen? Die beiden Kerle, mit denen sie zusammen war, haben sich immer noch nicht gemeldet.»

Trude nickte. Eine Weile standen sie schweigend nebeneinander. Einige der Figürchen draußen verließen den Wald und schwärmten über den Weg. «Die wollen doch nicht etwa Richards Weizen zertrampeln?» meinte Jakob ungehalten. «Ich hol mal das Glas, das will ich genauer sehen.»

Er drehte sich um und ging zur Tür. Dabei schaute er zwangsläufig direkt auf das Bett. Der Überwurf lag bereits glatt über den Decken und Kissen. Unvermittelt gab es ihm einen Stich. Früher hatten am Kopfende immer zwei Paradekissen mit üppigen Bezügen aus Spitzen und Rüschen auf dem Überwurf gelegen. Und dazwischen hatte die Puppe gesessen, an die ihn Marlene Jensens Gesicht in der Zeitung erinnert hatte.

Im September 69 hatte Jakob die Puppe auf dem Schützenfest gewonnen, ein wunderschönes Exemplar, an dem Trudes ganzes Herz hing. Sie war fast so groß wie ein Kind von drei oder vier Jahren. Ein zerbrechliches Porzellangesicht unter halb aufgetürmten und halb bis auf die Schultern hängenden hellblonden Locken. Ein weißes Spitzenkleid, mit zarten blauen Bändern abgesetzt, unten im Rock ein Reifen, daß man das Kleid wie ein Wagenrad auf dem Bett ausbreiten konnte.

Für zehn Mark Lose, eine Niete nach der anderen.

Dann der Hauptgewinn. Und Trude war fast verrückt geworden vor Freude, hatte nach seinem Arm gegriffen, ihn gedrückt und geschrien: «Ich glaub es nicht! Ich glaub es nicht!»

Es war so unwirklich lange her. Damals waren die Mädchen noch klein, Anita sechs, Bärbel zwei, an Ben dachte noch niemand. Nur Trude sprach davon, daß sie einen Sohn haben wollte, daß sie unbedingt einen Sohn haben mußten. Wer sollte sonst den Hof übernehmen?

An dem Sonntag gingen sie nach dem Kaffee mit den beiden Töchtern zum Festplatz. Da hatte Trude die Puppe schon gesehen. Sie sagte nichts. Aber Jakob bemerkte den Blick. Sie ließen die Kinder ein paarmal auf dem Karussell fahren, kauften ihnen Flaschen mit Liebesperlen und Lebkuchenherzen. Eine Negerpuppe für Anita und einen Plüschaffen für Bärbel.

Abends, als die Kinder schliefen, gingen sie ins Festzelt. Jakob in der schmucken Uniform des Schützenvereins, Trude mit frischer Dauerwelle in einem neuen, hellgrünen Organdy-Kleid.

Sie saßen mit Richard Kreßmann und Thea, die damals noch Ahlsen hieß, mit Paul Lässler und der blutjungen, hochschwangeren Antonia an einem Tisch. Sie tanzten und tranken, lachten und amüsierten sich über Heinz Lukka, der schon einundvierzig und immer noch ledig war.

Heinz Lukka hatte einen über den Durst getrunken und bemühte sich mit hochrotem Gesicht, ein Mädchen für einen Tanz zu finden. Er suchte sich jedoch immer die jungen aus, holte sich einen Korb nach dem anderen und ging noch vor zehn Uhr nach Hause.

Nachdem er draußen war, lästerten sie weiter über ihn. Damals durften sie noch lästern und spekulieren, woran es liegen mochte, daß Heinz Lukka keine Frau fand. Ob es etwas mit seiner schmächtigen Gestalt oder mehr mit dem Gedächtnis der Leute zu tun hatte – der Vater war ein alter Nazi gewesen –, und wie der Vater, so der Sohn.

Von den alten Zeiten distanzierte sich Heinz Lukka inzwischen, er war seit langem ein Mitglied der christlichdemokratischen Union. Er rannte jeden Sonntagmorgen in die Kirche, brachte vorher noch frische Blumen zum Grab seiner Mutter. Und was für Sträuße, das mußte man gesehen haben, sonst glaubte man es nicht. Aber das änderte nichts.

Hinter Heinz Lukkas Rücken fiel noch häufig der Ausdruck Nazi. Mochte er auch seit Jahren eine Stütze der Gesellschaft sein, Mitglied im Gemeinderat und als Rechtsbeistand unentbehrlich für solche wie Richard Kreßmann, der häufig um seinen Führerschein zittern mußte, oder den alten Kleu, den die Unterhaltsforderungen gegen seinen Sohn und die Schadenersatzansprüche nach Brunos Prügeleien plagten. Den Jungzugführer der Hitlerjugend verzieh man Heinz Lukka nicht. All die kleinen und großen Schikanen, mit denen er solche wie Paul Lässler und Jakob Schlösser in Angst und Schrecken versetzt hatte. Mit vierzehn war Heinz hinter dem halben Bund deutscher Mädchen her gewesen. Mit vierzig schaute er in die Röhre.

Thea erzählte, Heinz Lukka habe ein Auge auf Maria Lässler geworfen. Maria war erst siebzehn. Paul wollte augenblicklich hinaus und dem alten Bock was aufs Maul hauen. Antonia hielt ihn mit Jakobs Hilfe zurück. Und Thea verstand nicht, worüber Paul sich aufregte. Immerhin war auch er zwanzig Jahre älter als seine Frau. Und Heinz Lukka hatte ernste Absichten, im Gegensatz zu dem Grünschnabel Bruno Kleu. Dem ging es doch nur um eines. Und wenn Paul seine Schwester noch lange mit Bruno durch die Gegend ziehen ließ, durfte er sich nicht wundern, wenn sie in Kürze mit einem dicken Bauch ankam.

«Das laß nur meine Sorge sein», sagte Paul. «Bruno hab ich mir schon zur Brust genommen. Den hat sie seit Wochen nicht mehr gesehen. Vergangenen Samstag war sie mit Erich Jensen aus.»

Auch das hätte Thea sich an Pauls Stelle noch dreimal überlegt. Ein Rechtsanwalt mit gut florierender Kanzlei in Lohberg war einem jungen Apotheker auf jeden Fall vorzuziehen. Daß sich die Jensen-Apotheke auf Dauer im Dorf halten konnte, bezweifelte Thea stark, nachdem Erich Jensen ihr den Laufpaß gegeben hatte. Die meisten Leute fuhren doch jetzt schon mit ihren Rezepten nach Lohberg wie Toni und Illa von Burg.

Heinz Lukka war um Längen die bessere Partie als Erich Jensen, fand Thea. Er war ein herzensguter Mensch, der eine junge Frau auf Händen tragen würde, Thea war als Kind in Lukkas Elternhaus ein- und ausgegangen – wegen der Freundschaft der Väter. Sie kannte jedenfalls die Verhältnisse und Heinz Lukka sehr genau und bedauerte ihn aufrichtig.

In jungen Jahren hatte seine Mutter ihm alles verdorben. Er hätte so gerne Medizin studiert, das war ihm nicht erlaubt worden. Heinz mußte, ob er wollte oder nicht, in die Anwaltskanzlei seines Vaters einsteigen. Anschließend hatte seine Mutter jede Frau vergrault, mit der Heinz ausging. Er hatte sich nie getraut, mit der Faust auf den Tisch zu schlagen und der Alten den Kopf zurechtzusetzen.

Jetzt gab es keine mehr, die altersmäßig zu ihm paßte. Eine Witwe hätte er noch bekommen können oder eine Geschiedene mit Kindern. So eine wollte er nicht. Das mußte man verstehen, er hatte seinen Stolz und wollte sich nicht mit angebissenen Broten begnügen. Und ein so verzogenes Geschöpf wie Maria Lässler hätte bei Heinz den Himmel auf Erden, meinte Thea. Es sei nicht damit zu rechnen, daß Maria bei ihm jemals mit eigener Hand einen Wischlappen auswringen müsse.

Thea erklärte und schwärmte, bis Richard nach dem zehnten Korn neben ihr von der Bank rutschte. Jakob und Trude halfen ihr, Richard ins Auto zu laden. Anschließend schlenderten sie noch einmal über den erleuchteten Festplatz, ein bißchen frische Luft schnappen nach dem Bierdunst im Zelt. Das Karussell und die Raupe hatten bereits geschlossen. Nur die Buden waren noch auf.

Für zehn Mark Lose.

«Bist du verrückt geworden?» sagte Trude mit einer Stimme, in der sich die freudige Erwartung bereits deutlich ausdrückte. Eine Niete nach der anderen. Die weißen Papierfetzen wie Schneeflocken um die Füße verteilt. Dann der Hauptgewinn. Und Trude tanzte auf der Stelle. «Ich glaub es nicht! Ich glaub es nicht!»

Die Puppe kam auf das Bett, wurde zwischen die Paradekissen gesetzt. Manchmal mußte das Kleid gewaschen werden, weil es leicht einstaubte. Trude wusch es immer vorsichtig mit den Händen, drückte es nur ein wenig in der Lauge, bügelte es dann sorgfältig auf und zog es der Puppe wieder an.

Sehr enttäuscht war sie gewesen, als sie der Puppe das Kleid zum ersten Mal ausgezogen hatte. «Nun sieh dir das an!» Ein anklagend ausgestreckter Finger. Die nackte Puppe auf dem Bett, Kopf, Arme und Beine aus Porzellan, aber der Leib war nur ein mit Sägemehl gefüllter Sack. Davon sah man nichts, wenn sie das Spitzenkleid trug.

Jahrelang saß sie zwischen den Kissen. Und von einem Tag auf den anderen verschwand sie. Ben war sieben Jahre alt gewesen. Tagelang sprach Trude mit Engelszungen auf ihn ein. «Wo hast du sie versteckt? Wenn du sie kaputtgemacht hast, vielleicht kann ich sie flicken. Wenn du mir sagst, wo sie ist, bekommst du ein Eis.»

Damals konnte man ihn mit Vanilleeis noch in die Hölle locken. Aber es war vergebens. Es war nie wieder ein Fetzen des Spitzenkleides oder ein Porzellansplitter aufgetaucht. Und jetzt suchten sie draußen nach der einzigen Tochter des Apothekers.

Jakob gab sich einen Ruck, es war kaum der richtige Moment, an eine alte Puppe zu denken. Ärgerlich, daß sie ihm ausgerechnet jetzt in den Sinn kam, stampfte er aus dem Schlafzimmer zur Tür schräg gegenüber. Dahinter lag Bens Zimmer.

Er war um sechs in der Früh heimgekommen. Jakob hatte ihn im Halbschlaf gehört; nicht wie er ins Haus kam, nur das Rumoren in seinem Zimmer, als er seine unverständlichen Rituale vollzog, die Schätze versteckte, die er regelmäßig von seinen Streifzügen mitbrachte. Er lieferte längst nicht alles ab, was er draußen fand.

Jakob rechnete damit, ihn schlafend auf dem Bett zu finden, aber er saß auf dem Boden. Zwischen seinen Beinen lagen ein paar Kartoffeln, in deren Schalen irgendein Muster geritzt war. Die rechte Hand steckte Ben auf den Rücken, kaum daß die Tür aufging. Er hob den Kopf, schaute Jakob ins Gesicht und blinzelte wie eine Katze, die um Freundschaft bettelt.

Jakob bemerkte die Hand auf dem Rücken und streckte seine auffordernd aus. «Was hast du da? Laß mich sehen!»

Ben brachte den Arm nach vorne, senkte den Kopf wieder und duckte sich ein wenig, während Jakob ihm das Messer aus der Hand nahm. Es war eins von den kleinen aus der Küche, die Trude zum Kartoffelschälen benutzte. Trude vermißte es seit gut einer Woche, das wußte Jakob nicht. Er wußte vieles nicht, und das wußte er genau.

Er hätte ihn jetzt schelten müssen. Nur hatte er ihn zu oft gescholten und geschlagen, und viel zu oft zu Unrecht. Aus Hilflosigkeit und Zorn, weil er keinen anderen Weg gesehen hatte, sich ihm verständlich zu machen. Weil er viel zu spät erkannt hatte, daß ein gutes Wort eher zum Ziel führte.

Als er das endlich begriff, hatten seine guten Worte für Ben nur noch den halben Wert. Er gehorchte ihm – fast immer. Aber Gehorsam hatte mit Liebe nichts zu tun und nichts mit Vertrauen. Bens Vertrauen und seine Liebe gehörten anderen.

Jakob steckte das Messer seitlich unter den Gürtel, schaute sich im Zimmer um, konnte jedoch das Fernglas nicht entdecken. «Das Glas», sagte er.

Ben kam erstaunlich rasch auf die Beine. Jakob wunderte sich immer wieder, wie flink er trotz seines massigen Körpers war. Dann stand er mit eingezogenem Kopf mitten im Zimmer, die Stirn in Falten gezogen.

«Das Glas», wiederholte Jakob. «Wo hast du es hingelegt?»

Ben ging zögernd zum Schrank, riß die Türen auf und kramte zwischen der Wäsche. Mit beiden Händen wühlte er sich durch die Stapel von Hemden, Socken und Unterhosen. Schließlich zog er aus dem hintersten Winkel ein Glas hervor und hielt es Jakob widerstrebend hin.

Es war eins von Trudes Einweckgläsern, gefüllt mit schwärzlich verfaulten und schimmelnden Kartoffelstükken in bizarren Formen, den gerollten und längst vertrockneten Blättern des Großen Wegerichs und einem Fetzen Stoff, dessen Farbe ursprünglich ein helles Blau gewesen sein mochte, jetzt war vor lauter Dreck kaum noch etwas von der Farbe zu erkennen.

Der Schimmel wuchs fast am Deckel hinaus. Der Dekkel war nur lose aufgelegt. Von dem Glas ging ein widerlich süßer Geruch aus. Jakob verzog angeekelt das Gesicht, als er in einem der gerollten Wegerichblätter den halbverwesten Kadaver einer Feldmaus entdeckte.

«Nein», sagte er, «das nicht. Ich will das andere Glas.» Um deutlich zu machen, was er meinte, klemmte er sich das Einweckglas unter den Arm, bog beide Daumen und Zeigefinger zu je einem Ring und hielt sie sich vor die Augen.

Ben begriff, rannte zum Bett, nahm eine große Stoffpuppe auf, tastete unter das Kissen und brachte das Fernglas zum Vorschein. Jakob nahm es ihm aus der Hand und trat ans Fenster. Es ging nach Südosten, gab den Blick frei auf die ausgedehnten Felder mit Zuckerrüben, Kartoffeln und Roggen. Dahinter lag der Bruch. Das Gelände fiel an der Stelle merklich ab.

Im März 45, praktisch in den letzten Kriegswochen, waren dort noch ein paar Bomben niedergegangen. Vorher hatte an der Stelle der Kreßmann-Hof gestanden. Ein stattliches Anwesen, zu der Zeit das einzige im freien Feld. Um die zwanzig Leute hatte Richards Vater beschäftigt. Doch an dem Abend, als die Bomben fielen, waren alle in Ruhpolds Schenke bei einer Versammlung gewesen. Sogar Igor, den russischen Zwangsarbeiter, der damals noch kaum ein Wort Deutsch verstand, hatten sie mitgenommen und zum Glück auch den fünfjährigen Richard.

Nur eine alte und fast taube Magd blieb auf dem Hof zurück, um nach der Kuh zu schauen, die in der Nacht kalben sollte. Und während alle einem energischen Vortrag von Wilhelm Ahlsen lauschten, der die Bevölkerung zu einer letzten Mobilmachung der allerletzten Kräfte aufrief, ließ die alte Magd trotz Fliegeralarm die Hoflampe brennen. Sabotage, wetterte Wilhelm Ahlsen später. Taubheit, sagten ein paar andere. Wie auch immer, es ging alles in Trümmer und wurde an der Stelle nie wieder aufgebaut.

Es war ein abenteuerlich geheimnisvoller Platz. Gerta Franken hatte früher erzählt, dort ginge die alte Magd um, Nacht für Nacht, um die Hoflampe auszuknipsen. Aber Gerta Franken hatte zu ihren Lebzeiten viel Unsinn erzählt. Jetzt hielten sich dort andere auf.

Sie versuchte, seinen Nachahmungstrieb für die Erziehung zu nutzen, und entschied, daß es nicht tragisch sei, wenn er mit einer Puppe spielte. Er wußte ohnehin nicht, daß er ein Junge war. Und vielleicht kam einmal der Tag, an dem sie froh und dankbar war, daß er es nicht wußte. Sie gab ihm eine der Puppen, die nur noch nutzlos auf Anitas Bett saßen. Und tatsächlich verschaffte sie sich damit die eine oder andere geruhsame Stunde am Nachmittag. Zeit, einen Korb Wäsche zu bügeln, Zeit zum Kochen.

Seinen Freiheitsdrang hielt sie mit einem verschlossenen Hoftor in Schach. Auch das Scheunentor wurde stets zugezogen, obwohl das nicht mehr unbedingt notwendig gewesen wäre. Nach seiner bitteren Erfahrung mit der Katze setzte er ohne Trudes Begleitung keinen Fuß mehr in die Scheune.

Nur wenn sie ihn mit in den Garten nahm, wurde es problematisch. Wie von einem Magneten angezogen trieb es ihn Richtung Feldweg. Trude versuchte, ihn zu beschäftigen, um ihn an ihrer Seite zu halten. Für jeden ausgerissenen Salatkopf, für jede vom Strauch gezerrte Bohne gab es ein dickes Lob. «Das ist lieb, daß du mir hilfst, da freu ich mich sehr. Das hast du fein gemacht.»

Und wenn er einen Wurm aus der Erde buddelte, wenn er eine Raupe vom Blumenkohl oder einen Käfer von den Kartoffeln pflückte, sagte sie: «Das Würmchen mußt du wieder begraben. Es ist gut für den Boden. Die anderen Tierchen sind Ungeziefer, die darfst du zertreten.» Er zertrat sie nicht, er stopfte sie sich in die Hosentasche. Und ehe sie dort ankamen, waren sie zerdrückt.

Mehrfach entwischte er ihr auf der Suche nach Tierchen und Lob. Ein paarmal geriet sie noch außer Fassung, hetzte den Feldweg entlang, erst in die eine, dann in die andere Richtung. Nachdem sie ihn auch beim fünften Mal auf der gemeindeeigenen Wiese fand – auf diesem Grundstück sollte später Heinz Lukkas Bungalow stehen –, ließ sie ihn laufen. Die Wiese lag nur fünfhundert Meter vom Garten entfernt, etwas anstellen konnte er dort nicht, nur Käfer sammeln. Wenn er die Hosentaschen voll hatte, kam er von allein zurück und brachte ihr seine Beute.

Allmählich normalisierte das Leben sich wieder, und Trude wurde ein wenig leichtsinnig. Ihr daraus jedoch einen Vorwurf zu machen wäre ungerecht. Sie tat, was sie konnte, sorgte auch dafür, daß seine Schwestern ihm nicht gar so arg zusetzten.

Anita wählte sorgfältig aus, mit wem sie Umgang pflegte und mit wem nicht. Ben gehörte entschieden nicht dazu. Sie wurde hysterisch, wenn er in ihre Nähe kam, brüllte ihn an, schlug nach ihm und hielt ihn sich so vom Leib. Mit Bärbel war es damals noch nicht so schlimm. Sie war sogar bereit, in Ausnahmefällen für eine halbe Stunde auf ihn aufzupassen, damit Trude rasch eine Besorgung machen konnte. Bärbel für ein Kilo Zucker oder ein Döschen Kondensmilch zu schicken brachte mehr Ärger als Erleichterung. Einmal vergaß Bärbel das Wechselgeld, einmal verlor sie unterwegs ein Fünfmarkstück, einmal brachte sie Puderzucker mit statt Gelierzucker, den Trude dringend für das Brombeergelee gebraucht hätte. Ben mitzunehmen, ihn vorher zu waschen und umzuziehen kostete Zeit, und wenn Trude in Eile war, riskierte sie es, ihn mit Bärbel allein zu lassen.

An einem Mittwochnachmittag im September 79 wollte Trude nur rasch zu dem kleinen Supermarkt an der Kirchstraße. Bärbel saß noch über einer Schularbeit. Ben spielte auf dem Hof mit seiner Puppe, badete sie in der Regentonne und war naß bis auf die Haut. Trude gab die Anweisung, ihn im Auge zu behalten, es dauere nicht lange, und schwang sich auf ihr Fahrrad. Kurz nach ihr verließ auch Anita den Hof und schloß das Tor nicht ordnungsgemäß hinter sich.

Trude stand noch an der Kasse und trat ungeduldig von einem Fuß auf den anderen – die Kassiererin unterhielt sich mit einer neu zugezogenen Kundin über das Mietshaus am Lerchenweg und machte keine Anstalten, Trude abzukassieren –, als Bärbel auftauchte. Bärbel entschuldigte sich wortreich, sie habe wirklich nur eine Sekunde lang nicht auf den Hof geschaut und bereits den Feldweg und die Gemeindewiese nach Ben abgesucht.

Während die Kundin der Kassiererin erzählte, sie habe eine Parterrewohnung gemietet und würde sich von den Nachbarn fernhalten, verließ Trude ohne Einkäufe den Supermarkt. Die Kundin und die Kassiererin tauschten einen pikierten Blick. Die Kassiererin erzählte von Ben. Die Kundin revanchierte sich mit einem ähnlichen Fall aus ihrer Nachbarschaft.

Eine Familie Mohn mit Tochter Ursula, rein äußerlich ein hübsches Kind, acht oder neun Jahre alt und so aufdringlich, daß es einem den letzten Nerv raubte. Egal, wem dieses Geschöpf im Hausflur begegnete, es grinste jeden an, erwartete ein freundliches Wort und wurde handgreiflich, wenn es das nicht bekam. Ständig faßte es die Leute an, hatte schon mehr als einmal seine klebrigen Finger an sauberen Hemden oder Kleidern abgewischt. Und der Hauseigentümer, Toni von Burg, vertrat den Standpunkt, das sei doch alles nur halb so wild. Eine Zumutung für die gesamte Nachbarschaft, wenn solche Leute ihre Kinder nicht unter Kontrolle hielten.

Währenddessen hetzte Trude, fast in den Pedalen stehend, durchs Dorf. Bärbel hatte sie heimgeschickt in der Hoffnung, daß Ben den Rückweg alleine fand. Trude war bereits am Café der Schwestern Rüttgers vorbeigerast, als sie hinter sich laut ihren Namen rufen hörte. Eine der Schwestern stand am Straßenrand und gestikulierte, Trude solle zurückkommen.

Die Rüttgers-Schwestern waren beide Anfang Fünfzig

und unverheiratet. Sie führten das Café und die dazugehörige Konditorei mit Unterstützung ihrer Cousine Sibylle Faßbender, die Bäcker und Konditor gelernt hatte.

Ben saß in der Backstube auf einem Stuhl, zappelte nur ein wenig mit den Beinen und ließ sich von Sibylle Faßbender mit Torte füttern. Sibylle erklärte, daß ihre jüngere Cousine auf Ben aufmerksam geworden war, als er ganz verloren über den Gehweg vor dem großen Schaufenster dahintrottete. Geistesgegenwärtig war sie hinausgerannt, hatte ihn bei der Hand ergriffen und in die Backstube geführt, wo sich Sibylle seiner annahm. Man habe bereits angerufen, sagte Sibylle, aber es habe niemand abgehoben.

Bis dahin hatte Trude es nur einmal gewagt, zusammen mit Jakob und Ben beim Sonntagsspaziergang das Café Rüttgers zu betreten. Antonia Lässler hatte sie dazu überredet und ihr einen Vortrag gehalten über falsche Scham. Anschließend hatte sich Jakob aufgeregt, weil Ben für erhebliches Aufsehen sorgte, als er sein Hemd mit Sahne beschmierte und seinen Teller zerbrach. Und als er Trude die Kuchengabel aus der Hand riß, weil er allein essen wollte, hatte er die kleine Vase mit den Nelken umgestoßen. Jetzt mußte man das als glückliche Fügung bezeichnen. Sonst hätte am Ende niemand im Café gewußt, wer vor dem Schaufenster vorbeischlich.

Am Abend erfuhr Trude von Jakob, daß Ben die Sympathie, die ihm entgegengebracht worden war, vermutlich der kleinen Christa von Burg zu verdanken hatte. Als junges Mädchen hatte Sibylle Faßbender die kleine Christa betreut. Darüber hinaus hatten die Rüttgers-Schwestern ihren einzigen Bruder an der Ostfront verloren. Und der sei auch nicht so hundertprozentig gewesen, sagte Jakob, ein Träumer, aber als Kanonenfutter gut genug.

Dann lächelte Jakob verhalten und bewunderte zum ersten Mal Bens Gedächtnis. «Wir waren doch nur einmal mit ihm da. Daß er sich den Weg merken konnte. Aber ich glaube, er merkt sich gut, wo die Leute nett zu ihm sind. Und wenn er dann noch was Süßes bekommt ...»

Trude glaubte nicht, daß es an der Freundlichkeit oder einem Stück Torte gelegen hatte. Ben war wohl einfach nur umhergelaufen, hatte seine Mutter gesucht und war zufällig zum Café gelangt. Aber sie widersprach Jakob nicht. Sie freute sich, daß es Leute gab, die Ben mochten. Und es waren nicht einmal wenige.

Der Rechtsanwalt Heinz Lukka führte regelmäßig morgens und abends seinen Schäferhund auf dem Feldweg aus. Jedesmal blieb er stehen, wenn Ben auf der Gemeindewiese oder im Garten spielte. Heinz Lukka sprach mit ihm wie mit jedem anderen, immer freundlich und wohlwollend. Er nannte ihn «mein Freund» und steckte ihm Süßigkeiten zu.

Die alte Gerta Franken, die ihn oft von ihrem Kammerfenster aus beobachtete und manchmal hinaus in ihren Garten kam, wenn Trude sich draußen beschäftigte, sagte einmal: «Wenn ich ihn so vergleiche mit dem Lümmel von Richard und Thea oder mit dem kleinen Biest, das Bruno Kleu seiner armen Frau ans Bein gebunden hat, dann ist er Gold wert.»

Auch Trudes zweite Nachbarin Hilde Petzhold fand, er sei trotz allem ein hübscher Junge und habe ein gutes Gemüt. Und wenn Trude zum Internisten nach Lohberg fahren müsse, sie würde ihn gern für ein oder zwei Stunden betreuen. Hilde Petzhold hatte keine Kinder, zusammen mit ihrem Mann Otto bewirtschaftete sie einen der kleinen Höfe. Sie besaßen nur fünfzig Morgen. Manchmal bezeichnete Otto Petzhold seine Frau als taube Nuß. Und wenn er etwas getrunken hatte, sagte er auch schon mal: «Man hätte einiges vorher wissen müssen.» Hilde hatte nach Bens Geburt die meisten Kerzen vor dem Maria-Hilf-Altar angezündet.

Sibylle Faßbender und die Rüttgers-Schwestern ließen sich zu mehr als einer zärtlichen Geste hinreißen, als Trude den nächsten Besuch im Café mit ihm riskierte. Sibylle nahm ihn mit in die Backstube, wo es keine Rolle spielte, wie er seinen Kuchen aß und ob er sein Hemd oder den Tisch damit beschmierte.

Antonia Lässler, die seit jeher der Meinung war, das Beste für ein Kind sei der Umgang mit anderen Kindern, kam häufig am Samstag nachmittag, brachte ihre Söhne und die dreijährige Annette mit und verlangte, daß die Jungs mit Ben spielten. Aber mit einem Fußball, einem Fahrrad oder Rollschuhen wußte Ben, obwohl er schon sechs war, nichts anzufangen. Die kleine Annette begeisterte ihn. Und Antonia hatte nichts dagegen, wenn er sich mit ihrer Tochter beschäftigte.

Trude warf den einen oder anderen Blick aus dem Küchenfenster. Einmal sah sie Ben auf dem Boden liegen, Annette saß auf seinem Bauch, kitzelte ihn an den Rippen, und beide Kinder lachten. Einmal sah sie, wie er Annette hochnahm, sie mit beiden Armen an seine Brust drückte und gleich wieder auf den Boden stellte, als sie zu strampeln begann.

Harmlose Spiele, mehr und mehr gelangte Trude zu der Einsicht, daß Ben bei aller Unberechenbarkeit harmlos war. Als Renate Kleu im Februar 80 den Kinderwagen mit ihrem zweiten Sohn auf den Hof schob, um Trude einen Blick auf den vier Wochen alten Heiko zu gönnen, hätte Trude bereits ihre Hand für Ben ins Feuer gelegt und war auch überzeugt, daß er ihr aufs Wort gehorchte.

Er schaute mit staunender Miene auf das Baby. Trude sah ihm an, daß es ihn in den Fingern juckte. Doch es reichte ein: «Finger weg!» Er schob beide Hände auf den Rücken und nickte ernsthaft.

Renate fragte: «Wie machst du das nur, daß er dir so

gut gehorcht? Ich wünschte, ich hätte so viel Glück bei Dieter. Stell dir vor, gestern hat er das Baby geschlagen.»

«Das würde Ben nie tun», sagte Trude. «Streicheln möchte er den Kleinen wohl gerne mal. Aber mit seinen schmutzigen Fingern muß das nicht sein.»

Nur wenn Thea Kreßmann mit Albert erschien, hatte Trude ein ungutes Gefühl. Albert lief wie ein überdrehter Kreisel vor der Scheune herum, wo Trude die Sache vom Küchenfenster aus nicht im Auge behalten konnte. Sie hörte nur Alberts Stimme: «Mach mal, Ben.»

Und Ben machte – jeden Unsinn nach, den Albert ihm vorführte. Er hüpfte auf einem Bein, bis er der Länge nach in den Dreck fiel und Albert sich vor Lachen krümmte. Er schlug sich mit einem Stein auf die Finger, weil er nicht gesehen hatte, daß Albert bei den eigenen Fingern daneben schlug. Er donnerte seinen Kopf gegen das Scheunentor, weil Albert sagte: «Jetzt spielen wir Rammbock.»

Wenn Thea von Zeit zu Zeit ins Freie ging, um zu prüfen, ob Albert die Sache bisher heil überstanden hatte – immerhin war er mehr als einen Kopf kleiner und erheblich schmächtiger als Ben –, fand Trude, man müsse sich eher um Ben sorgen. Sie sah es nicht gerne, wenn er mit Albert zusammen war.

Da brachte sie ihn lieber für eine Stunde nach nebenan zu Hilde Petzhold, obwohl die ihm immer als erstes seine Puppe aus dem Arm nahm. Hilde fand, ein so großer und kräftiger Junge sollte mit anderen Dingen schmusen, und legte ihm jedesmal die graugetigerte Mutterkatze in den Schoß.

Mehrfach machte Trude ihre Nachbarin darauf aufmerksam, daß Ben seit dem Erlebnis in der Scheune panische Angst vor Katzen hatte. Hilde tat jeden Hinweis und jede Bitte ab. «Sie tut ihm nichts, und er weiß das auch. Nicht wahr, Ben, das ist eine feine Katze, eine liebe Katze ist das.»

Ben saß wie versteinert auf Hildes Couch, schielte abwechselnd sehnsüchtig zu seiner Puppe hin und argwöhnisch auf die Katze, die sich in seinem Schoß zusammengerollt hatte und ihn anblinzelte. Trude schien es, als halte er die Luft an. Wenn Hilde verlangte, er solle die Katze streicheln, legte er dem Tier seine Hand ins Genick, so daß sie fürchtete, er könne irgendwann richtig zudrükken.

Es war im Mai 80, als Trudes Befürchtungen Realität wurden und sie auf drastische Weise begreifen mußte, daß jede Nachlässigkeit ihre Strafe fand. Es geschah an einem Freitag. Auf dem Marktplatz legten die Schausteller letzte Hand an das Karussell und die Buden. In allen Häusern wurde gewischt, poliert und die frisch gewaschenen Fahnen aufgebügelt.

Am Vormittag ging Trude in den Hühnerstall, um eine alte Henne für die Festtagssuppe auszusuchen. Ben trottete wie so oft neben ihr her. Und Trude hatte plötzlich das Bedürfnis, ihm eine Freude zu machen. Seine größte Freude war nun einmal, kleinen, lebendigen Wesen nachzurennen. Daß er nichts einfangen durfte, was größer als ein Käfer oder eine Raupe war, hatte Jakob ihm eingebleut. Und Trude erlaubte es ihm, weil sie an dem Tag ein wenig kurzatmig und er so flink war und sich vor Eifer überschlug, wenn sie fragte: «Willst du mir helfen?»

Sie zeigte ihm die für den Kochtopf bestimmte Henne und lobte ihn gebührend, als er sie ihr brachte. Er schaute verwundert zu, wie sie dem Tier den Hals umdrehte. Und kaum war das Huhn in ihren Händen erschlafft, rannte er zurück in den Stall, schnappte sich eine junge Legehenne, brach ihr das Genick und legte sie Trude mit erwartungsvoller Miene in den Schoß.

Hätte Trude sich in dem Moment entschließen können, ihn zu verprügeln, wäre vielleicht einiges anders gekom-

sie nach seinem Arm, riß ihn mit dem Bauch über ihr vorgestrecktes Knie und verabreichte ihm eine Tracht Prügel, die Jakobs Strafaktionen nicht nachstand. «Wenn du das noch mal tust!» schrie sie. «Wenn du das noch mal tust!» Zu mehr als dem halben Satz reichte es nicht. Sie ließ erst von ihm ab, als er wimmernd und kreischend von ihrem Knie rutschte und sich auf dem Boden zusammenrollte wie ein getretener Wurm.

Trude ließ ihn erst einmal liegen, räumte den Küchentisch ab und schrubbte ihn, bis ihr die Finger schmerzten. Dann zog sie Ben vom Boden hoch und zerrte ihn hinter sich her die Treppe hinauf ins Bad. Erst als sie ihn auszog, erkannte sie, daß das Blut nicht nur von der Katze stammte.

An Händen und Unterarmen hatte er unzählige Kratzer. Sein Hemd und die Hose waren an mehreren Stellen eingerissen. Wären der Fleischbrocken und das Gekröse nicht gewesen, hätte Trude angenommen, er hätte sich in Gerta Frankens Brombeeren gewälzt. Auf seinem Rücken fand sie einen roten Striemen quer über die Schulterblätter gezogen. Es sah nach einem Schlag mit einer Peitsche oder einem ähnlichen Gegenstand aus.

Sie steckte ihn in die Badewanne und verarztete all die Kratzer mit Jod. Dann verbrannte sie Hemd und Hose im Küchenherd und versuchte in Erfahrung zu bringen, wo er mit Hilde Petzholds Katze aneinandergeraten war, warum er dem Tier so etwas angetan und wo, um alles in der Welt, er das Taschenmesser gefunden hatte. Es war ein teures Stück, zum Haushalt gehörte es auf keinen Fall. Aber viel brachte sie nicht aus ihm heraus. Jede Frage beantwortete er mit einem schniefenden, zittrigen: «Finger weg.»

Als Jakob und die Mädchen am Abend heimkamen und Jakob eine Erklärung für Bens zerkratzte Hände und Arme forderte, sagte Trude: «Er hat sich in Gertas Garten herumgetrieben und sich in den Brombeeren verfangen. Aber ich schätze, das wird ihm eine Lehre sein.»

Jakob glaubte das, und Trude verging fast vor Furcht, daß es einen Zeugen gegeben hatte. Der Striemen auf Bens Rücken sprach dafür. So hoch oben hatte sie ihn nicht geschlagen, außerdem hatte sie nur die Hand benutzt.

20. August 1995

Am frühen Sonntag nachmittag wurde das Gewimmel beim Bendchen und beim Bruch dichter. Die Suchaktion brachte das halbe Dorf auf die Beine. Die meisten nutzten ihre Neugier für einen ausgedehnten Spaziergang mit der Familie. Zu nahe heran wagte sich niemand. Da aus hundert Metern Entfernung nichts von Bedeutung zu sehen war, traten sie schließlich den Rückzug an, fanden sich im Café Rüttgers zusammen und diskutierten die Ereignisse.

Auch Bruno und Renate Kleu saßen mit ihrem jüngsten Sohn an einem der Tische. Der fünfzehnjährige Heiko prahlte mit einer weiteren Zeugenaussage seines Bruders. Er redete so, als habe Dieter Kleu die Polizeiaktion veranlaßt – was den Tatsachen entsprach, doch davon später.

Als Bruno daraufhin ein Loblied auf seinen Sohn sang, konnte sich einer der anderen Cafégäste die Frage nicht verkneifen, ob der wichtige Zeuge Dieter Kleu mit den beiden fremden Männern vielleicht bloß ein Ablenkungsmanöver gestartet hatte, damit niemand auf die Idee kam, ihn selbst genauer unter die Lupe zu nehmen.

Es war ein offenes Geheimnis, daß Dieter Kleu ein überaus reges Interesse an Marlene Jensen gezeigt hatte.

Er war nicht der einzige. Das bildhübsche Mädchen hatte unter der männlichen Dorfjugend mehr als einen Kreislauf in Wallung gebracht. Im Gegensatz zu anderen jedoch, die es bei schmachtenden Blicken oder anzüglichen Bemerkungen beließen – wie Albert Kreßmann, der wiederholt erklärt hatte, mit Annettes Cousinchen würde er auch gerne mal Verstecken spielen –, trat Dieter Kleu häufig in die Fußstapfen seines Vaters.

Nur drei Wochen zuvor hatte Maria Jensen sich ausgerechnet bei Thea Kreßmann beschwert. Wenn das so weiterginge, müsse sie ein ernstes Wort mit Renate Kleu reden, damit Renate ihren Ältesten anwies, seine Finger gefälligst in die eigene Hose zu stecken und nicht ständig junge Mädchen zu belästigen, die nichts mit ihm zu tun haben wollten.

Man erinnerte sich im Dorf auch noch lebhaft an Brunos Jugendsünden. Jeder wußte, daß Bruno seine Frau, die sich damals nicht auf Anhieb für ihn entscheiden konnte, nur durch eine wüste Prügelei erobert hatte. Wie die alten Germanen hatte er auf einen jungen Mann eingedroschen, der für Renate entflammt war und ihr jeden Sonntag vor der Eisdiele in Lohberg eine einzelne Rose überreichte. Doch nachdem Bruno ihn sich vorgeknöpft hatte, gab sich das mit der Romantik, und die heiße Liebe zu Renate erlosch in dem jungen Mann sozusagen schlagartig. Und das war noch einer der relativ harmlosen Vorfälle gewesen.

Es gab andere, die wogen schwerer. Niemand hatte vergessen, daß Bruno in jungen Jahren hinter Marlene Jensens Mutter hergewesen war wie der Teufel hinter der armen Seele. Und er war auch vor brutaler Gewalt nicht zurückgeschreckt. Daß Paul Lässler ihn sich einmal zur Brust genommen hatte, wie er beim Schützenfest im September 69 erzählte, als Jakob Schlösser aus einem Eimerchen voller Nieten für Trude den Hauptgewinn zog, hatte leider nichts genutzt.

Anfang Oktober 69 hatte Paul sich Bruno ein zweites Mal vorknöpfen müssen. Paul sah es nun einmal entschieden lieber, daß seine Schwester mit Erich Jensen ausging. Und Bruno Kleu störte diese Beziehung gewaltig. Keine Gelegenheit ließ er sich entgehen, Maria zu belästigen. Beim erstenmal hatte Paul es bei einer eindringlichen Ermahnung bewenden lassen. Beim zweitenmal war er handgreiflich geworden. Bruno war tagelang mit einem blauen Auge und dicker Lippe herumgelaufen und hatte fürchterliche Rache geschworen.

Und an einem Abend Ende Oktober 69 war Maria überfallen und beinahe vergewaltigt worden. Laut der offiziellen Version hatte eine vermummte Gestalt ihr aufgelauert und sie ins nächste Gebüsch gezerrt. Glücklicherweise stand dieses Gebüsch im Garten der alten Gerta Franken, so daß der zufällig mit seinem Schäferhund auf dem Feldweg vorbeikommende Heinz Lukka das Schlimmste verhindert hatte. Die vermummte Gestalt war unerkannt entkommen, aber niemand hatte jemals Zweifel an ihrer Identität gehegt.

Es waren damals ein paar Spekulationen laut geworden. Heinz Lukka sei ein bißchen zu spät gekommen, um das Allerschlimmste zu verhüten. Er hätte es nur unterbrechen können. Maria hätte aus Scham behauptet, ihren Angreifer nicht erkannt zu haben. Und der alte Kleu hätte Heinz Lukka mit einem größeren Geldbetrag überredet, sich dieser Aussage anzuschließen.

Nun brodelte die Gerüchteküche wieder. Obwohl Bruno Kleu dafür gesorgt hatte, daß sein Sohn sich aus dem Dorf fernhielt, solange er ein Veilchen in seinem Gesicht trug, waren die Spuren der Prügelei vor der Diskothek nicht allen verborgen geblieben. Da niemand wußte, wem Dieter diese Spuren zu verdanken hatte, machte sich jeder seine Gedanken.

Inzwischen glaubte niemand mehr daran, Marlene Jensen lebend wiederzusehen. Nur Thea Kreßmann vertrat nach wie vor die Ansicht, das Mädchen sei ausgerissen, um Erich und Maria ein paar schlaflose Nächte zu bereiten. Aber Thea fand nicht einmal mehr bei ihrem Mann Gehör. Richard erklärte barsch, sie rede wieder Blödsinn und man dürfe zwei Unbekannte nicht von jedem Verdacht freisprechen, nur weil der einzig aufmerksame Zeuge selbst nicht ganz astrein sei.

Mit den in bester Absicht ausgesprochenen Worten erreichte Richard Kreßmann das genaue Gegenteil. Der Ausdruck astrein war der Tropfen, der für Bruno Kleu das Faß zum Überlaufen brachte. Es wäre wohl zu einer handgreiflichen Auseinandersetzung zwischen den beiden Männern gekommen, hätte nicht Renate in aller Eile Kuchen und Kaffee bezahlt, nach Brunos Arm gegriffen und ihn zum Gehen genötigt.

Bruno kochte vor Wut. Und er schäumte über, als Renate ihn auf der Straße fragte: «Wo warst du eigentlich letzten Samstag?»

Einige Gäste im Café sahen, daß Bruno unvermittelt ausholte und seiner Frau ins Gesicht schlug, daß Renate in Tränen ausbrach, daß der fünfzehnjährige Heiko die Faust ballte und seinem Vater drohte. Dann griff Heiko nach Renates Arm und ging mit ihr in die eine Richtung davon. Während Bruno noch sekundenlang auf einem Fleck stand, um dann mit weitausholenden Schritten in die andere Richtung zu verschwinden.

Zu diesem Zeitpunkt war Ben noch in seinem Zimmer eingesperrt. Anfangs war er ruhig gewesen. Er hatte ein paar Stunden geschlafen, nachdem Jakob mit den beiden Gläsern das Zimmer verlassen hatte. Dann hatte Trude ihn zum Mittagessen geholt. Als er danach hinauswollte, hatte sie ihn festgehalten. «Heute nicht, Ben.»

Wenn er gewollt hätte, hätte er sich mit wenig Kraft

aus ihrem Griff befreien können. Doch seiner Mutter weh zu tun wäre gewesen wie Schnitte ins eigene Fleisch. Niemand verletzte die Hand, die Nahrung gab. Was sein Vater für Liebe hielt, war Instinkt, der Drang zu überleben.

Er hätte auch gehen können, als sie seinen Arm losließ. Sie hatte schon mehr als einmal gesagt: «Heute nicht, Ben.» Oder: «Du mußt jetzt bei mir bleiben.» Er war trotzdem gegangen. Aber sein Vater saß dabei. Und den Respekt vor Jakobs Fäusten hatte er nie verloren. Er hatte auch nie begriffen, daß die Kräfte sich im Laufe der Jahre gewaltig verschoben hatten.

So ließ er sich widerstrebend und Unverständliches vor sich hin murmelnd von Trude wieder hinaufführen. Jakob saß im Wohnzimmer und hörte ihn über seinem Kopf umherlaufen, vom Fenster zur Tür, von der Tür zum Fenster, hin und her wie ein Tier im Käfig. Mehrfach klopfte er gegen das Holz, rüttelte an der Klinke und rief: «Finger weg!»

Trude ahnte, was es bedeutete. Daß er sich Sorgen machte um seine Welt, daß er fürchtete, es könne zuviel davon zerstört werden, wenn so viele Leute hindurchtrampelten. Sie brachte ihm ein Vanilleeis, später noch einen Schokoladenriegel und versuchte, ihn zu beruhigen: «Das ist die Polizei da draußen. Sie machen bestimmt nichts kaputt, sie schauen sich nur alles an. Wenn sie weg sind, darfst du raus. Setz dich und spiel ein bißchen. Wo ist deine Puppe?»

Dann lief Trude hin und her zwischen dem Schlafzimmerfenster und seinem Zimmer. Aber sie vergaß nie, den Schlüssel zu drehen, wenn sie seine Tür hinter sich zuzog.

Am späten Abend, als der Besucherstrom endgültig versiegte und auch Polizei und Feuerwehr das Feld räumten, brach Jakob in Begleitung seines Sohnes zum Sonntagsspaziergang auf. Jakob liebte es, durch die Felder zu schlendern. Er liebte es um so mehr, wenn Ben ihn begleitete.

Sie waren noch nicht außer Sichtweite des Hofes, als Jakob wie üblich anfing zu reden. Und Ben war der einzige Mensch, mit dem Jakob über alles reden konnte. Weil Ben nie eine Antwort gab, nie einen guten Rat, nie einen dummen Vorschlag machte. Weil er sich nur mit wichtiger Miene anhörte, was seinem Vater auf der Seele lag. Das schlechte Gewissen für den umgedrehten Schlüssel und so viele andere Dinge.

«Gehen wir uns mal ansehen, was sie alles zertrampelt haben», sagte Jakob, obwohl ihn das nichts mehr anging. Es waren nicht mehr seine Rüben und sein Weizen. Das war seit ein paar Jahren vorbei. Die Arbeitsgemeinschaft mit Paul Lässler und Bruno Kleu hatte zwar lange Zeit gut funktioniert. Aber dann hatten die beiden sich spezialisiert. Und Jakob hatte aufgeben müssen.

Keine Söhne. Nur Ben, den Riesen, der Kraft hatte für zehn, Augen wie eine Eule, ein Gedächtnis wie ein Elefant und den Verstand einer Mücke. Es war zwar mit den Jahren klargeworden, daß der Professor damals seine Diagnose ein wenig übertrieben formuliert hatte. Hochgradig war der Schwachsinn nicht. Ein paar Dinge hatte Ben durchaus gelernt, leider nichts Vernünftiges. Es wäre vielleicht mit der Zeit noch etwas hinzugekommen, hätte Trude sich nur entschließen können, ihn in einer Einrichtung unterzubringen, wo er entsprechende Förderung erhalten hätte. Aber Trude starb hundert Tode, sobald das Thema zur Sprache kam. Und dann war es eben nicht mehr zu ändern.

Die Hühner und zwei Schweine für den Eigenbedarf hatten sie behalten. Darum kümmerte sich Trude, ebenso um den großen Gemüsegarten, den sie neu angelegt hatte. Das Land hatten sie komplett an Bruno Kleu verpachtet. Die neue Scheune teilte sich Bruno mit Paul Lässler. Paul nutzte den Zwischenboden, um das Stroh zu lagern. Bruno hatte die Rübenmaus darin abgestellt, für ihn war es praktischer. Seine Zuckerrüben standen nahe dem Bruch, da mußte er die Maus nicht um den ganzen Ort herumfahren.

Von der Pacht allein konnte man nicht existieren. Aber Jakob hatte Glück gehabt, trotz seines Alters. Heinz Lukka hatte seine Beziehungen spielen lassen und ihm zu einem Job verholfen. Seit ein paar Jahren war er Lagerarbeiter bei Wilmrod. Von morgens früh bis zum Feierabend fuhr er einen Gabelstapler durch die große Lagerhalle des Baumarktes in Lohberg. Er ordnete Paletten mit Schrauben und Dübeln, mit Kloschüsseln, Badewannen und Duschtassen. Er füllte die Regale im Verkaufsraum, wenn sonst niemand die Zeit fand.

Und manchmal hatte er das Gefühl, zwischen den Regalen zu ersticken. Dann schaute er wohl zwanzigmal zu der hohen Decke hinauf, vermißte den freien Himmel und konnte aus ganzem Herzen nachfühlen, daß sein Sohn es nicht lange in geschlossenen Räumen aushielt.

Es mußte das Blut sein, Vererbung, der in Generationen gewachsene Instinkt für den Boden, den die Technik hatte schrumpfen lassen. Bei Ben war er noch einmal voll durchgeschlagen und zu den Ursprüngen zurückgekehrt. Vor den Maschinen hatte er panische Angst, mit seinem Spaten vollbrachte er kleine Wunder. Nichts wurde zerstört, wenn er grub. Auf jeden Grashalm nahm er Rücksicht, was er ausheben mußte, um den Boden nach Schätzen durchwühlen zu können, setzte er auch wieder zurück an seinen Platz. Und dann sah es aus, als wäre es nie fortgewesen.

Daß es ihn auch nachts ins Freie zog – seit Mitte Juli jede Nacht –, war Jakob nicht immer recht. Manchmal gab es Gerede wie im Juni, als er in Albert Kreßmanns Mercedes gegriffen und Annette Lässler über die nackten

Brüste gestreichelt hatte. Im vergangenen Sommer hatte Bruno Kleu anklingen lassen, Ben hätte ihn zu Tode erschreckt, als er plötzlich neben dem Auto auftauchte. Natürlich hatte Jakob sich gefragt, was Bruno mitten in der Nacht mit dem Auto draußen zu suchen gehabt hatte. Nach seinen Rüben hatte er wohl kaum geschaut. Und zu Tode erschreckt, das konnte man sich bei Bruno nur schwer vorstellen.

Erschreckt hatte sich vermutlich nur die Dame in Brunos Begleitung. Und wenn die Bruno nicht mit ins eigene Bett nehmen konnte, wenn sie gezwungen war, sich beim Bendchen oder sonstwo mit ihm zu amüsieren, mußte es dafür Gründe geben – vermutlich einen Ehemann. Jakob war kein Moralapostel, trotzdem hatte er gedacht, daß ein Schreck in solch einem Fall ganz heilsam sein konnte.

Aber er verstand, daß manche Leute Angst hatten. Daß Ben, wie Trude unentwegt behauptete, ein sanftmütiges Kind war, stand ihm nicht auf der Stirn geschrieben. Und wenn ein zwei Meter großes Kind mit einem Kreuz wie ein Kleiderschrank, mit Fäusten wie Schmiedehämmer, einem Fernglas vor Augen und einem Klappspaten am Taillenriemen plötzlich nachts neben einem parkenden Auto oder einer Decke am Waldrand auftauchte, sah ihm niemand an, daß es gutmütig und völlig harmlos war. Da rutschte einem einfach das Herz in die Hose. Wer ihn kannte wie Albert Kreßmann, Bruno Kleu und einige andere, der wußte, wie er sich verhalten mußte. Fremde jedoch …

«Wir müssen mal reden», begann Jakob, während sie sich mit gemächlichen Schritten dem Bendchen näherten. «Ich hab nichts dagegen, wenn du draußen rumläufst. Aber nachts solltest du im Haus bleiben. Bis sich diese Sache aufklärt. Verstehst du?»

Ben nickte gewichtig. Es war nur eine Reaktion auf den bedächtigen Tonfall seines Vaters, genau der Ton, in dem

Jakob ihm seine Sorgen und geheimsten Gedanken anvertraute.

«Dann sind wir uns also einig», sagte Jakob. «Es wird bestimmt nicht für lange sein. Wenn sie Erichs Tochter finden oder wenn das Mädchen von allein wieder auftaucht ...» Er brach ab und seufzte. «Aber um ehrlich zu sein, das glaub ich nicht. Wenn nichts passiert wäre, könnten sich die beiden Kerle ja melden und sagen, ob sie das Mädchen ein Stück mitgenommen und wo sie es abgesetzt haben.»

Ben nickte erneut mit ernster Miene, lief unruhig ein paar Schritte voraus. Und Jakob versank wieder in seinen Gedanken. Er sorgte sich um Trude, kannte die feinen, unbewußten Gesten, das Schweigen und den verschlossenen, vielsagenden Gesichtsausdruck, den sie heute gezeigt hatte. All die Jahre hatte Trude gefürchtet, daß von oben die Anweisung kam, Ben in ein Heim zu geben. Jetzt wurde sie fast verrückt, weil er nachts unterwegs war, weil ihn jemand gesehen haben könnte, weil die Polizei sein Revier mit Hunden absuchte.

Jakob war sicher, daß es nichts zu bedeuten hatte, nur Gründlichkeit war. Die Zeiten hatten sich eben geändert. Früher konnten die Mädchen verschwinden, ohne daß ein Hahn danach krähte. Aber da waren solche wie Ben ebenfalls verschwunden. Den breiten Rücken seines Sohnes vor Augen nickte Jakob versonnen vor sich hin.

Ben blieb stehen, setzte das Fernglas vor die Augen, spähte zum Waldrand hinüber und wartete, bis sein Vater neben ihm war.

«Hier kannst du lange suchen», sagte Jakob. «Was hier draußen verschwindet, taucht so schnell nicht wieder auf. Da muß schon zufällig einer an der richtigen Stelle graben.» Er streckte den Arm aus und wies in die Richtung, in die Ben schaute. «Da hinten haben wir mal eine gefunden, Paul und ich.»

Dann erzählte Jakob seinem Sohn von Edith Stern, die vor dem Krieg mit dem Gastwirtssohn Werner Ruhpold verlobt gewesen war, von der immer noch viele im Dorf glaubten, sie sei den Nazischergen entkommen. Das war sie möglicherweise auch, aber davongekommen war sie nicht. Das wußte Jakob genau. Er hatte nur noch nie einem Außenstehenden gegenüber ein Wort darüber verloren.

Ben konnte er getrost erzählen von der Höhle, die Paul Lässler und er sich gegraben hatten, tief in das Wurzelwerk einer uralten Buche, der ein Blitz den mächtigen Stamm gespalten hatte.

Den Winter 43 hatten sie da gespielt, zu einer Zeit, als in einigen Häusern schon gewispert wurde, niemand könne seines Lebens mehr sicher sein, wenn unschuldige Kinder wie Christa von Burg an einer Lungenentzündung sterben mußten, nur weil sie sich etwas in den Mund steckten, vor dem andere sich ekelten.

Jakob und Paul wußten nichts von der dumpfen Furcht, die sich vor allem in den jüdischen Familien Stern und Goldheim ausbreitete. Die beiden Jungs wurden von anderen Ängsten geplagt, wenn sie sich dick vermummt in das Erdloch zurückzogen. Sie erzählten sich wilde Geschichten von den älteren Brüdern, die in Rußland und Frankreich geblieben waren. Vermißt oder gefallen für Ehre und Vaterland. Pauls Bruder ebenso wie die beiden von Jakob.

Paul meinte, daß eines Tages sie an der Reihe seien, Helden zu werden. Nur Toni von Burg dürfe wahrscheinlich nicht. Weil Tonis Vater zu Pauls Mutter gesagt hatte: «Ehe sie mir den auch noch wegholen, hacke ich ihm höchstpersönlich einen Arm und ein halbes Bein ab. Dann macht er anderswie Karriere.»

Und bei allem Mut, aller Tapferkeit und allem Glauben

an den Führer, ein bißchen bange war ihnen schon vor dem Heldentum, sie waren doch erst elf und zwölf. Dabei fürchteten sie weniger den Feind, der hatte kein Gesicht. Aber wenn nun da draußen noch mehr Idioten wie der Jungzugführer Heinz Lukka kommandierten? Mit solchen war nicht gut Kirschen essen.

Deshalb überlegten sie, ihre Höhle auszubauen, mit Brettern zu stabilisieren und Lebensmittel hineinzuschaffen für den Fall der Fälle. Dann wollten sie aus dem Hinterhalt angreifen, wenn der Feind kam. Daß er kam, darum betete Toni von Burgs Vater jeden Abend. Und Pauls Mutter betete, daß die Gebete der Familie von Burg endlich erhört würden. Paul wußte das genau. Auf dem Lässler-Hof wurde abends noch viel geredet. Und nicht immer schlief Paul dann schon fest.

Im Frühjahr und im Sommer 44 konnten sie nicht hinaus, mußten auf den Feldern und in den Ställen helfen, fielen abends todmüde in die Betten und freuten sich schon auf den Spätherbst und den Winter. Nach der Ernte wollten sie ihren Plan vom Ausbau ihrer Höhle in die Tat umsetzen.

Und im Sommer 44, als die Befürchtungen der Sterns und der Goldheims wahr wurden, bemerkte Wilhelm Ahlsen, der den Abtransport überwachte, daß eine fehlte. Edith Stern, fünfundzwanzig Jahre alt, und wäre der Krieg nicht dazwischengekommen, hätte sie längst Edith Ruhpold geheißen.

Nachdem die Sterns und die Goldheims fort waren, erholte sich Werner Ruhpold auf langen Spaziergängen hinaus zum Bendchen von seiner schweren Kriegsverletzung und dem Blutverlust. Im Dorf wurde gemunkelt, daß er Brot und anderen Proviant auf seine Wanderungen mitnahm. Nur hinter vorgehaltener Hand wurde getuschelt. Kein Mensch hatte persönlich etwas gegen die Sterns und die Goldheims gehabt. Der alte von Burg und ein paar andere lachten sich sogar ins Fäustchen bei dem Gedanken, daß Edith Stern dem alten Ahlsen entwischt war.

Gegen Ende des Sommers, als Jakob und Paul den Zustand ihrer Höhle überprüfen wollten, fanden sie das Erdloch zugeschüttet. Sie besorgten sich Schaufeln, gruben bis weit in den Abend hinein und legten schließlich ein Gesicht frei. Edith Stern. Paul erkannte sie, obwohl sie schlimm zugerichtet war. Den Schädel hatte man ihr eingeschlagen. Was sonst noch mit ihr passiert war, hatten sie gar nicht so genau wissen wollen. Lange konnte sie noch nicht unter der Erde gelegen haben. Und wie sie hineingekommen war, erfuhr man im Dorf nie. Einfach deshalb nicht, weil Jakob und Paul in aller Eile und Panik das Gesicht wieder zuschaufelten und sich gegenseitig schworen, niemals mit einem Menschen darüber zu sprechen.

Es gab ein paar Gerüchte, später, als alles vorbei war, als man wieder offen reden konnte, wer mit wem und wie lange und warum. Kurz nach dem Krieg erklärte Werner Ruhpold in aller Öffentlichkeit, daß er seine Verlobung mit Edith nie wirklich gelöst und seine Braut über lange Wochen in einer Höhle am Bendchen versteckt habe. Daß ihm einmal auf seinen abendlichen Spaziergängen, die er nutzte, um Lebensmittel hinauszubringen, der junge Heinz Lukka gefolgt sei, gerade sechzehn, aber schon scharf auf alles, womit man sich ins rechte Licht setzen konnte.

Natürlich war Werner Ruhpold an diesem Abend vorsichtig gewesen und nicht einmal in die Nähe des Verstecks gegangen. Er war zum Kreßmann-Hof geschlendert, hatte den zwangsarbeitenden Igor gebeten, Edith zu warnen und eventuell zu versorgen, bis ihr die Flucht gelang, weil er selbst sich nicht mehr hinauswagte. Man mußte davon ausgehen, daß der junge Lukka seinem Vater gegenüber das Maul aufriß. Und der alte Lukka und Wilhelm Ahlsen waren ja sehr gute Freunde.

Igor erzählte später allen Leuten, er habe Edith noch in der gleichen Nacht gewarnt, sie sei auch sofort geflohen. Anschließend hätte er persönlich die Grube zugeschüttet, damit nicht der Verdacht aufkam, Werner Ruhpold hätte Volksfeinde versteckt. Jeder glaubte Igor, nur Jakob und Paul wußten, daß er log. Und später fragten sie sich, warum. Viel brauchte es nicht, sich auszumalen, wer Edith Stern den Schädel gespalten hatte. Man mußte die Zeit und die Umstände bedenken. Ein einsamer Russe, der 1944 nicht im Traum daran denken durfte, seine Heimat wiederzusehen und dort eine Frau zu finden, und eine junge Jüdin, die nur von einem Mann schmerzlich vermißt wurde.

Werner Ruhpold wartete – ein Jahr, fünf Jahre. Er glaubte auch nach zehn Jahren in unerschütterlicher Naivität noch, daß Edith es geschafft hatte, ins Ausland zu fliehen. Daß sie vielleicht einen anderen Mann kennengelernt, Kinder bekommen und ihn vergessen hatte. Er hoffte, daß sie glücklich war, daß es ihr gutging und sie sich irgendwann doch noch einmal bei ihm meldete. Bis zu seinem Tod im Frühjahr 81 glaubte und hoffte Werner Ruhpold das.

«Ich hatte immer ein schlechtes Gewissen, wenn ich ihn sah», erzählte Jakob seinem Sohn. «Paul und ich, wir haben ein paarmal überlegt, ob wir es ihm nicht doch sagen sollten. Aber wir wollten den alten Igor nicht in die Klemme bringen. Er war ja auch nur eine arme Haut, und Paul konnte sich nicht vorstellen, daß er es getan hatte. Nur kam kein anderer in Frage. Aber wir waren uns immer einig, das hätte Werner nicht verkraftet. Er war ein guter Kerl, so ein stiller, sanfter. Wenn er hinter dem Tresen stand und einen anlächelte, ging einem das manchmal durch und durch. Und als er dann tot war, habe ich mir gedacht, jetzt sind sie endlich zusammen.»

Sie hatten den Waldsaum erreicht. Jakob blieb stehen

und zeigte mit ausgestrecktem Arm in die platt getretenen Nesseln. «Da hinten ungefähr muß es gewesen sein.»

Die alte Buche mit dem gespaltenen Stamm war Anfang der fünfziger Jahre gefällt worden. Ihr Wurzelstumpf hatte noch ein paar Jahre überdauert, ehe er vermoderte. Jetzt gab es ein paar junge Fichten an der Stelle.

Jakob seufzte: «Sie liegt wohl immer noch da unten.»

Ben nickte ernsthaft.

«Und vielleicht», sagte Jakob gedehnt, «liegt auch Erichs Tochter hier irgendwo. Wo die Autos von der Diskothek aus hinfahren, wissen wir beide doch genau.»

Wieder nickte Ben, und Jakob zeigte mit dem Arm in die Runde. «Hier ist viel Platz. Und wenn sie tief genug verscharrt sind, können auch Hunde nichts machen. Aber um sie tief genug zu verscharren, muß einer auch tief genug denken können. Oder er muß sich was anderes einfallen lassen.»

Althea Belashi

Im August 80, fünfzehn Jahre bevor Marlene Jensen verschwand, gastierte ein Zirkus im Dorf. Das Zelt hatten sie auf dem Marktplatz aufgeschlagen, wo sich im Mai und im September die Budenbesitzer und Schausteller zur Kirmes und zum Schützenfest einfanden. An jedem Laternenpfahl, jedem Verteilerkasten und etlichen Hauswänden waren handgemalte Plakate geklebt, auf denen besondere Attraktionen angekündigt wurden.

Normalerweise gab es so etwas nur in Lohberg. Aber dort war in dem Jahr kein Platz für fahrendes Volk, das seine Tiere nur mit Mühe über den Winter brachte und die Bevölkerung um Spenden für Futter anbettelte. Es war eine armselige Angelegenheit; ein rundes Zelt mit nicht zu übersehenden Flickstellen, ein paar alte, hölzerne Wagen für Mensch, Tier und Material, Wäscheleinen dazwischengespannt.

Ein paar Bewohner der umliegenden Häuser beschwerten sich. Erich Jensen behauptete, man könne die Fenster des Schlaf- und des Kinderzimmers weder am Tag noch in der Nacht öffnen wegen der Fliegen und des penetranten Gestanks. Es sei eine Zumutung in der Sommerhitze. Heinz Lukka, der damals noch neben der Apotheke zur Miete wohnte, empfand mehr den Lärm als Belästigung.

Dabei gab es nachts keinen Lärm, und mit dem Geruch konnte es so arg auch nicht sein. Für die Nacht und während des Vormittags waren die meisten Tiere nämlich auf der Gemeindewiese neben dem Feldweg Richtung Lohberg untergebracht. Es waren auch bloß ein paar Ponys, ein Zebra und ein Kamel. Auf dem Platz war nachts nur ein alter Elefant angepflockt. Er stand neben einem der Wagen, bis sie ihn zur ersten Vorstellung am Nachmittag in die Manege holten.

Und vorher zogen die Ponys, das Zebra und das Kamel durchs Dorf. Begleitet von zwei Artisten, einem Mann und einem sehr hübschen Mädchen mit langen, hellblonden Haaren, kamen sie die Bachstraße hinauf. Herausgeputzt mit verstaubten, aber prachtvoll bestickten Decken, Federbüschen am Zaumzeug und bemalten Pappschildern, auf denen die Termine der einzelnen Vorstellungen noch einmal bekanntgegeben wurden, trotteten sie zum Marktplatz, gefolgt von einer Horde Kinder, die dankbar waren für die Abwechslung in den letzten Ferientagen.

Zweimal lief auch Bärbel mit, erzählte anschließend mit glänzenden Augen von den Plakaten und bettelte um das Eintrittsgeld. Anita war bereits siebzehn und zu stolz für derartige Kindereien. Aber Ben drückte sich jedesmal die Nase am Wohnzimmerfenster platt, wenn die kleine

Karawane vorbeizog. Mehrfach lief er am Vormittag zur Gemeindewiese und bestaunte die Tiere. Wenn Trude ihn zurückholte, verrenkte er sich den Hals, um so viele letzte Blicke wie möglich zu erhaschen.

Der Zirkus bot drei Vorstellungen täglich, und die Artisten gaben sich viel Mühe. Bärbel ging samstags hin und war voller Begeisterung für das zierliche blonde Mädchen mit dem ungewöhnlichen Namen. Althea Belashi trat als Kunstreiterin mit den Ponys auf und am Trapez, außerdem ließ sie das Zebra ein paar Rechenaufgaben lösen. Von Pferden hätte Bärbel schon gehört, daß sie rechnen konnten, aber ein Zebra … Das war eine Sensation.

Natürlich waren es einfache Aufgaben; zwei minus eins, vier minus drei. Aber Trude, die mit Ben die zweite Vorstellung am Sonntag nachmittag besuchte, wünschte sich, er könnte mit seinen fast acht Jahren rechnen wie dieses Zebra oder wenigstens einmal eine Frage beantworten. «Warum hast du Hilde Petzholds Katze geschlachtet?»

An eine Antwort war nicht zu denken. Und es gab Tage, da vergaß Trude das blutige Gekröse auf ihrem Küchentisch. Es hatte sich kein Zeuge gemeldet. Die Tracht Prügel von der Hand seiner Mutter schien ihm eine Lehre gewesen zu sein. Wenn er ihr entwischte, was leider häufig geschah, lief er nur zur Gemeindewiese und stellte nichts an.

Einmal kam er zurück und hatte die Hände voll Distelblüten – für sie. Er hatte am Tag zuvor gesehen, daß Jakob ihr einen Blumenstrauß zum Geburtstag schenkte. Distelblüten! Wie sollte Trude da glauben, er sei grausam? Er mochte in seinem krausen Hirn tausend gute Gründe gesehen haben, sich die Katze vom Hals zu schaffen. Und sie hatte ihm gezeigt, wie es ging.

Man hatte wirklich nicht Augen genug, mußte jeden

Handgriff dreimal überlegen, wenn er in der Nähe war. Thea Kreßmann meinte, Trude solle den Antrag für die Sonderschule noch einmal mit Nachdruck stellen. Da hätte sie wenigstens am Vormittag ein bißchen Ruhe und vielleicht wieder mal Zeit für den Friseur. Und da würde man ihm auch das eine oder andere beibringen, Körbe flechten oder Tüten kleben. Oder eine Lungenentzündung! Trude kam nicht an gegen ihre irrationalen Ängste, und Jakob konnte ihr nicht viel Verantwortung abnehmen. Er hatte keine Zeit.

Im Juli hatte Jakob ihn morgens einmal mit hinausgenommen, weil Trude dringend zum Internisten nach Lohberg mußte, Ben wegen der langwierigen Untersuchung nicht mitnehmen konnte und ihn auch nicht bei Hilde Petzhold abliefern wollte aus Furcht, er könne Hilde demonstrieren, was mit ihrer graugetigerten, trächtigen Katze geschehen war.

«Versuchen wir es», hatte Jakob gesagt und dafür gesorgt, bei der Arbeitseinteilung an dem Tag den Mähdrescher zu übernehmen. Er hatte Ben notgedrungen mit einem Riemen am Beifahrersitz festbinden müssen. Nur konnte Ben nicht lange sitzen. Keine Viertelstunde verging, da wimmerte er schon, daß es Jakob in der Seele weh tat, daß auch Paul Lässler, der alte Kleu und Bruno übereinstimmend empfahlen: «Jetzt mach ihn schon los und laß ihn laufen. Hier kann er doch nichts anstellen.»

Er wurde losgebunden, spielte eine Weile am Feldrand und verschwand – gerade als jeder dachte, er würde sich nicht von der Stelle rühren. Stundenlang hatten sie ihn suchen müssen. Als sie ihn endlich fanden, hatte er die Hosentaschen voll zerdrückter Käfer, beide Hände und den Mund voller Walderdbeeren, auf denen womöglich die Füchse ihre Würmer hinterlassen hatten.

Abends sagte Jakob zu Trude: «Später geht das vielleicht, aber jetzt ist er einfach noch zu unvernünftig.»

Unvernünftig – das war er. Doch es gab auch besinnliche Stunden mit ihm. Wenn er mit seiner Puppe auf dem Fußboden in der Küche saß. Wenn er für Trude die Briketts einzeln aus dem Keller holte. Oder während der Vorstellung im Zirkus.

Beinahe reglos saß er neben ihr auf der unbequemen Holzbank in der ersten Reihe, betrachtete das Geschehen in der Manege, legte den Kopf in den Nacken, um Althea Belashis Kunstfertigkeit am Trapez besser verfolgen zu können. Der Mund stand ihm vor Staunen offen. Zweimal wischte Trude ihm rasch und verstohlen den Speichel vom Kinn, legte ihm den Arm um die breiten Schultern, lächelte ihn an und nickte ihm zu. Er grinste zurück und flüsterte verhalten: «Fein macht.»

Für Trude war es eine Stunde voller Zufriedenheit. Nach der Vorstellung klatschte Ben sich die Hände wund, tobte, johlte und brüllte «fein macht» zu der jungen Artistin hinüber, bis sie zu ihm kam. Zuerst strich sie ihm nur mit einem Lächeln über das Haar und bedankte sich für den donnernden Applaus, den er ihr bescherte. Dann, nach einem Moment des Zögerns, griff sie nach seiner Hand und führte ihn in die Manege, wo die Ponys ein letztes Mal im Kreis geführt wurden.

Sie half ihm, in den Sattel zu steigen, schwang sich hinter ihn auf die Kuppe des Tieres, turnte noch ein wenig herum. Und er ritt, beide Hände in die Mähne des Tieres gekrallt, stolz wie ein König. Trude sah, daß die junge Artistin unentwegt mit ihm sprach, daß er eifrig nickte, wie sehr er es genoß. Er strahlte übers ganze Gesicht. Dann brachte Althea Belashi ihn zurück zur Bank. Und dann – außer Trude, Antonia Lässler und Sibylle Faßbender tat das niemand, gewiß kein hübsches junges Mädchen –, nahm sie ihn in die Arme und küßte ihn auf beide Wangen.

Er versank in ehrfürchtigem Schweigen und verließ das Zelt äußerst widerstrebend. Einen ruhigen Heimweg verschaffte Trude sich nur mit einem Vanilleeis aus dem kleinen Kiosk neben der Apotheke.

Daheim angekommen, verzog er sich mit seiner Puppe in einen Winkel, packte sie an den Füßen, ließ sie kopfüber hin und her schwingen, verrenkte ihr Arme und Beine, wie die junge Artistin es bei ihren Kunststücken auf dem Ponyrücken getan hatte. Abends führte er es Jakob vor, warf die Puppe auch in die Luft und versuchte, sie mit den Händen wieder aufzufangen, wie der Fänger am Trapez es mit Althea Belashi gemacht hatte.

Um neun brachte Trude ihn zu Bett, setzte sich mit Jakob ins Wohnzimmer und überlegte laut, ob sie am nächsten Tag noch einmal in den Zirkus gehen sollte. «Dann mache ich die Wäsche am Dienstag», sagte sie. «Es hat ihm so gut gefallen. Vielleicht läßt das Mädchen ihn noch mal reiten. Er hat doch sonst kaum eine Freude.»

Um zehn legten sie sich schlafen. Eine halbe Stunde später kam Anita heim, verriegelte das Hoftor, vergaß jedoch, die Küchentür abzuschließen. Und um zwei in der Nacht stand er plötzlich neben Trude, rüttelte sie an der Schulter und flüsterte: «Finger weg.»

Es war nicht ungewöhnlich, daß er Trude aus dem Schlaf riß. Wenn er aufwachte, kam er zu ihr, oft genug zweimal in einer Nacht. Auch den beiden Worten maß Trude keine besondere Bedeutung bei. Sie vermutete, daß er schlecht geträumt hatte, stand im Dunkeln auf, um Jakob nicht zu wecken, und wollte ihn zurück in sein Zimmer bringen.

Aber als sie auf dem Flur das Licht einschaltete, erschrak sie. Sein Schlafanzug war voller Grasflecken und Dreck. «Warst du etwa jetzt noch draußen?» fragte sie.

«Finger weg», sagte er.

«Ja», sagte Trude, «Finger weg. Du darfst nicht weglaufen, wenn es dunkel ist. Wie bist du überhaupt rausgekommen?»

Die Frage war mit der offenen Küchentür rasch beantwortet. Nachdem Trude die Tür verschlossen hatte, zog sie ihm die schmutzigen Sachen aus und frische an, ließ ihn noch einmal auf die Toilette gehen, brachte ihn zurück ins Bett und erklärte: «Wenn du lieb bist und fein im Bett bleibst, darfst du morgen, wenn es hell ist, die Tiere und das Mädchen noch einmal sehen.»

Er war lieb, rührte sich in der Nacht nicht mehr vom Fleck, tanzte am Vormittag nur bei der Scheune herum, ließ unentwegt die Arme schwingen, als wolle er jemanden zu einem Boxkampf auffordern, brabbelte fein macht und Finger weg. Er schaffte es zu Mittag sogar, seinen Teller zu leeren, fast ohne Trudes Hilfe und die übliche Hampelei auf dem Stuhl. Danach blieb er bei ihr in der Küche.

Um halb drei zog Trude ihm die gute Hose und ein sauberes Hemd an, nahm ihn bei der Hand. Auf dem Weg zum Marktplatz erzählte sie ihm, was er zu sehen bekäme, um seine Erinnerung aufzufrischen und vielleicht ein bißchen Vorfreude zu wecken. Doch die Vorstellung fiel aus.

Schon als sie sich dem Platz näherten, bemerkte Trude die Unruhe. Statt der Ponys stand ein Streifenwagen neben dem Zelt. Rundherum verteilten sich etliche Grüppchen, die teils lebhaft diskutierten, teils mit neugierigen Mienen zu einem der Wohnwagen starrten, wo der Zirkusdirektor heftig auf zwei Polizisten einsprach.

Bei einem der Grüppchen standen Thea Kreßmann und Renate Kleu mit ihren Kindern. Albert zeigte seine Zahnlücken, als Trude und Ben näher kamen. Renate wiegte den Kinderwagen mit ihrem jüngsten Sohn Heiko und hielt ihren Ältesten mit eisernem Griff am Handgelenk. Dieter riß und zerrte mit der freien Hand am Arm seiner Mutter. Er wollte unbedingt zum Zelt und trat, als er nicht beachtet wurde, den feixenden Albert vors Schienbein. Albert begann zu heulen. Dieter bekam eine Ohrfeige, begann zu toben und trat gegen den Kinderwagen. Der kleine Heiko im Wagen brüllte vor Schreck ebenfalls los, und Renate wußte nicht, wen sie zuerst beruhigen sollte. Andere hatten es auch nicht leicht.

Renate verabschiedete sich eilig mit hochrotem Kopf. Und Thea erzählte, den Zirkusleuten sei in der Nacht die Kunstreiterin durchgebrannt. Thea berichtete weiter, sie habe zufällig gehört, wie der Zirkusdirektor den Polizisten die Situation erklärte und gegen die Ansicht der Beamten protestierte. Von Durchbrennen könne keine Rede sein. Seine Tochter sei absolut zuverlässig. Sie habe am späten Abend nur noch einmal nach einem der Ponys auf der Gemeindewiese sehen wollen, weil das Tier bei der letzten Vorstellung gelahmt hatte. Und wer durchbrenne, nehme einen Koffer mit.

Von Renate Kleu war bereits nichts mehr zu sehen, aber Thea schaute immer noch in die Richtung, in die sie gegangen war. «Sie kann einem wirklich leid tun», sagte Thea. «Stell dir vor, Bruno ist erst um drei in der Nacht nach Hause gekommen, hat sie mir gerade erzählt. Gestern abend hat Maria Jensen ihn gesehen, hier auf dem Platz. Maria sagte, er unterhielt sich mit dem Zirkusmädchen. Das hat Renate wirklich nicht verdient.»

Thea schüttelte betrübt den Kopf und erzählte noch, daß Heinz Lukka um halb elf in der Nacht, als er die letzte Runde mit seinem Schäferhund drehte, ein Auto gesehen habe, gar nicht weit von der Gemeindewiese weg. Daß es sich dabei um Brunos Auto gehandelt hatte, wollte Heinz Lukka nicht beschwören. Es sei ein Mercedes gewesen, aber davon gab es einige im Ort, er selbst fuhr auch einen. Das Kennzeichen habe er nicht sehen können in der Dunkelheit. Der Fahrer habe Gas gegeben, aber nicht das Licht eingeschaltet, als Heinz Lukka mit seinem Hund näher kam.

«Was meinst du?» fragte Thea. «Ob ich mit den Polizisten reden und ihnen sagen soll, was Maria und Heinz gesehen haben? Ich meine, sagen müßte man es ihnen.»

«Warum überläßt du das nicht Heinz und Maria?» fragte Trude. «Du hast doch nichts gesehen.»

21. August 1995

Nach dem Sonntag hinter verschlossener Tür und dem Spaziergang mit seinem Vater verbrachte Ben einige Stunden in seinem Zimmer. Jakob verschloß die Tür im Glauben, daß er begriffen habe, warum es sein mußte. Bis um zwei Uhr in der Nacht hörte Jakob sich Trudes gepreßten Atem und das Brüllen von gegenüber an.

Ben brüllte nicht nur, er wimmerte, winselte, jaulte wie ein Hund, riß und rüttelte an der Klinke, trat mit den Füßen gegen die Tür, schlug mit den Fäusten dagegen, daß Jakob dachte, lange könne das Holz nicht mehr standhalten.

Ein paarmal brüllte Jakob zurück: «Wenn du jetzt nicht Ruhe gibst, komm ich rüber. Dann setzt es was.» Dann war es nebenan für einige Minuten still, und dann ging das Gebrüll wieder los.

Um zwei Uhr sagte Trude: «Das halte ich nicht aus. Wenn du ihn nicht rausläßt, tu ich es. Jetzt mach schon, wer soll ihn sehen? Es ist doch keiner mehr draußen um die Zeit.»

Sie irrte sich. Bruno Kleu war noch unterwegs. Er war nach dem Schlag ins Gesicht seiner Frau vom Café Rüttgers zu Ruhpolds Schenke gegangen und dort geblieben, bis die Kneipe um eins in der Nacht geschlossen wurde. Danach gab es zwei Möglichkeiten für ihn, heimgehen, sich zu Renate ins Bett legen und sich eventuell ihre Frage nach dem bewußten Samstagabend noch einmal anhören, oder heimgehen, sein Auto holen und nach Lohberg fahren. Aber dort hatten die Kneipen auch nicht länger geöffnet, und er hatte eine Menge getrunken. Zuviel, um sich noch hinters Steuer zu setzen.

Bruno Kleu war nicht Richard Kreßmann, der seinen Wagen noch mit zwei Komma acht Promille fuhr und jedem mit einer Verleumdungsklage drohte, der auch nur andeutete, er könnte in solch einem Zustand Toni und Illa von Burgs kleine Tochter überfahren haben. Bruno war nur wütend und – aber das hätte er niemals zugegeben – ängstlich.

Auch für einen Mann, der normalerweise mit den Fäusten argumentierte, gab es Situationen, in denen er sich fürchtete. Man konnte der eigenen Frau das Maul stopfen mit einem Schlag, aber man konnte nicht alle zusammenschlagen, die Fragen stellten. Und jetzt richteten sich die Blicke nicht nur auf ihn, ein paar schauten auf seinen Sohn.

Bruno hatte vor fünfzehn Jahren erlebt, wie es war, wenn ein Mädchen verschwand und das Gerede begann. Er wußte auch, daß ihn damals nur eins vor dem Gefängnis bewahrt hatte, die Tatsache nämlich, daß es keine Leiche gab. Vor acht Jahren hatte er dieses Glück noch einmal gehabt. Nur war es in beiden Fällen um Mädchen gegangen, über deren Schicksal sich niemand im Dorf sonderlich aufregte. Jetzt sah das anders aus. «Dreimal ist göttlich», hatte seine Mutter früher häufig gesagt. Mit Gott hatten diese Dinge aber nichts zu tun.

Hätte Jakob geahnt, daß Bruno seit einer Stunde über Feldwege lief, am Bendchen vorbei, auf den Bruch zu, den Kopf voll Alkohol und düsterer Erinnerungen, Jakob hätte Trude kaum nachgegeben. Aber so fand er nach ein paar Minuten, im Grunde habe sie recht und ein bißchen Schlaf brauche man schließlich.

Er stand auf, holte sich zuerst ein Glas Wasser, dann drehte er den Schlüssel in der Tür. Danach war es ein paar Sekunden lang still. Jakob stand auf dem Flur und rührte sich nicht, schaute nur die Klinke an, die langsam nach unten gedrückt wurde. Die Tür ging einen Spalt auf. Mit eingezogenem Kopf und mißtrauisch ängstlichem Blick stand Ben vor ihm. Das Fernglas baumelte bereits vor seiner Brust.

«Was soll das?» fragte Jakob streng. «Warum gibst du keine Ruhe? Wir waren uns doch einig, daß du im Haus bleiben mußt. Was willst du da draußen? Da gibt es jetzt nichts zu sehen.»

Unter dem schroffen Ton duckte Ben sich und murmelte: «Freund.»

Jakob winkte ab, ärgerlich und unzufrieden mit sich selbst. Einen Moment stand Ben noch unschlüssig da, schien im Zweifel, ob er es wagen durfte, sich an seinem Vater vorbei zur Treppe zu drücken. Als Jakob sich dem Schlafzimmer zuwandte, war Ben mit drei Sätzen am Treppenabsatz.

Er lief in den Keller, befestigte den Klappspaten am Taillenriemen, schlüpfte in die Gummistiefel und war draußen, noch ehe sein Vater sich von einer Seite auf die andere gewälzt hatte. Er nahm nicht den Weg zur ersten Abzweigung, hetzte querfeldein zum breiten Weg, rannte weiter zwischen Feldern und Gärten, vorbei am Stacheldraht, Gerta Frankens ehemaligem Garten und tauchte in den Mais. Lukkas Bungalow lag in völliger Dunkelheit. Von dort aus lief er weiter am Lässler-Hof vorbei zum Bruch.

Bruno Kleu saß am Rand der Senke, verborgen von hohem Unkraut. Er sah ihn kommen und verschwinden – ein massiger, unverwechselbarer Schatten in der Nacht.

Das Gelände fiel stark ab. Der alte Bombenkrater hatte einen Durchmesser von etwa zweihundert Metern. Im

Zentrum war er von mehreren Hügeln durchsetzt. Fünfzig Jahre alte Trümmer, die Reste des ehemaligen Kreßmann-Hofes. Wohnhaus, Gesindehaus, Scheunen, Stallungen, die Zeit hatte sämtliche Ecken und Kanten geschliffen und mit Moos und wildem Efeu überwuchert.

Und all die Nesseln, all die Disteln zwischen den Ruinen, all das, was Ben hegte und pflegte, lag platt getreten am Boden. Polizei und freiwillige Feuerwehr hatten keine Rücksicht auf das Unkraut genommen. Bruno Kleu beobachtete ihn, sah ihn gebückt mit den Händen am Boden hantieren. Ben bemühte sich, die umgeknickten Pflanzen wieder aufzurichten. Aber sie waren schon zu verdorrt, um stehen zu bleiben.

Schließlich wandte er sich einem der Hügel zu. Es waren die Überreste des Wohnhauses, unter dem sich ein weitläufiger Gewölbekeller befunden hatte. Ein kleiner Teil davon war unter den Trümmern immer noch zugänglich. Ben nahm das Fernglas ab und legte es an die Seite, ehe er begann, das Moos abzutasten und die Fingerkuppen unter eine Kante zu drücken. Dann zog er den ersten Brocken aus der Masse. Und noch einen. Und noch einen. Mit jedem weggenommenen Brocken wurde die Öffnung größer.

Das war wohl seine größte Not gewesen am Nachmittag, daß sie sein Loch fanden, daß sie eindrangen und ihm wegnahmen, was darin versteckt war. So wie sein Vater ihm das Glas weggenommen hatte mit all den Schätzen darin. Es war nicht zum ersten Mal geschehen, daß sein Vater etwas wegwarf. Und in dieser Hinsicht war er vielleicht sogar klüger als andere, er zog seine Lehre aus jeder Erfahrung. Was ihm zu kostbar erschien, nahm er nicht mit nach Hause. Vieles sammelte er erst einmal und überlegte gründlich, ob er es behalten oder seiner Mutter eine Freude damit machen sollte.

Er hatte ihr schon viel gebracht; einen verbeulten Aluminiumtopf, einen großen Knochen – über kleine freute sie sich nicht, eine Gabel mit verbogenen Zinken von einem uralten Eßbesteck, eine kleine Tasche, Scherben und die Henkel von Tassen, die längst nicht mehr existierten. Und nicht zu vergessen den kleinen Kreis mit dem glitzernden Stein von der Art, wie Mädchen und Frauen sie sich über die Finger streiften. Da hatte sie gar nicht aufgehört, ihn zu loben.

Nachdem er den Einstieg freigelegt hatte, zwängte er sich unter einem mächtigen, querliegenden Balken durch auf die ausgetretenen Stufen. Es war stockfinster in dem alten Gewölbe. Er konnte unmöglich erkennen, ob sich etwas verändert hatte. Bei Tag fiel wenigstens ein bißchen Licht durch den Einstieg. Er hätte eine Lampe gebraucht, er hatte nur seine Hände, tastete seine Schätze ab und blieb so lange unten, bis er sich überzeugt hatte, daß alles noch so lag, wie es zuletzt gelegen hatte.

Irgendwann in der Nacht lagen auch die moosbewachsenen Steinbrocken wieder fast so wie am Nachmittag, unverfänglich und harmlos wie die Reste eines Hauses, das vor langer Zeit von einer Bombe zerstört und danach nie wieder betreten worden war.

Sieh einer an, dachte Bruno Kleu, nachdem Ben sich wieder davongemacht hatte und er die Stelle im dürftigen Schein seines Feuerzeugs betrachtete. Da soll noch mal einer sagen, der sei blöd. Das muß ihm erst mal einer nachmachen. Bruno wußte nicht, ob er verblüfft oder amüsiert sein sollte. Vom Alkohol spürte er nicht mehr viel. Er zündete sich eine Zigarette an und nahm sich vor, die Sache bei Tageslicht noch einmal genauer anzuschauen. Dann folgte er Ben, um zu sehen, ob er noch mehr Überraschungen bieten konnte.

Es trieb ihn zum Bendchen. In Begleitung seines Vaters hatte er nicht sehen können, wie groß der Schaden war. Er war sehr groß. Zertretenes Gras, abgerissene oder geknickte Zweige an den Büschen. Bis es zu dämmern begann, steckte er so viele wie möglich in den Boden. Manchmal half es, und sie blieben stehen.

Mit Einbruch der Dämmerung wurde es Zeit für ihn, einen anderen Platz aufzusuchen. Bruno Kleu machte sich auf den langen Heimweg, als er sah, daß Ben zum Anwesen seiner Eltern lief. Sein Ziel war die dunkle Scheune. Um die Maschinen, die darin abgestellt waren, machte er einen weiten Bogen, ebenso um den alten Mercedes, den Jakob vor zwei Jahren von Bruno übernommen hatte.

Er hielt sich rechts. Dort führte eine Leiter auf den Zwischenboden. Er war fast leer. Erst in einigen Wochen sollte er sich wieder mit Stroh füllen. Die großen Rollen dicht an dicht, kaum Platz dazwischen. Nur vorne bei der Tür, durch die das Stroh auf den Hof geworfen wurde, mußte ein knapper Meter für ihn frei bleiben. Dafür sorgte Jakob, der wußte, wie gerne sein Sohn auf diesem Beobachtungsposten lag. Was er beobachtete, wußte Jakob allerdings nicht.

Ben schlich mit eingezogenem Kopf bis zur Tür, drückte sie auf, setzte das Fernglas an und schaute zum Lässler-Hof hinüber. Trotz der Entfernung konnte er im ersten fahlen Tageslicht deutlich das Wohnhaus und den langgezogenen Schweinestall erkennen. Auf eine eigene Scheune hatte Paul Lässler verzichtet, als er vor Jahren den Hof in die Felder verlegte, dafür war das Wohnhaus um so prächtiger geraten.

Bei Tageslicht konnte Ben von diesem Platz mit dem Fernglas das flammende Rot der Begonien sehen, die den Balkon säumten. Und die beiden Mädchen. In den letzten Wochen hatte er sie fast täglich beobachtet. Wenn sie draußen in der Sonne lagen, weit weg vom Dorf und neugierigen Augen, zogen sie alle Kleider aus, reckten und streckten sich den Sonnenstrahlen entgegen, damit diese auch jedes Fleckchen Haut erreichten.

Er legte sich auf den Bauch und wartete. So früh am Morgen war alles noch still, reglos und grau überzogen. Mehr als eine Stunde verging, das Land war längst von Tageslicht überflutet, als er endlich die erste Bewegung registrierte. Er erkannte Paul Lässler und einen von Pauls Söhnen. Beide gingen zum Stall.

Paul und sein Sohn waren längst wieder zurück ins Haus gegangen. Sie saßen mit Antonia am Frühstückstisch, sprachen über Marlene Jensen und ermahnten die beiden Mädchen, die mit ihnen am Tisch saßen, zur Vorsicht.

Ben wartete geduldig auf ein bestimmtes Ereignis. Um Viertel nach sieben, auch wenn er keine Vorstellung von der Uhrzeit hatte, den ungefähren Zeitpunkt kannte er, würden die Mädchen aus dem Haus kommen und nebeneinanderher zur Wegkreuzung radeln. Vorbei an Heinz Lukkas Bungalow und dem Mais, wo er sie aus den Augen verlor, wenn er auf dem Zwischenboden der Scheune blieb. Aber dort blieb er nie.

Bevor die Mädchen das Haus verließen, schlich er immer ins Freie, hastete zum breiten Weg, bog nach links ab und rannte weiter, bis er den Mais erreichte. Dort ließ er sich auf die Knie nieder und kroch so weit zwischen die Pflanzen, daß von ihm nichts mehr zu sehen war. Sein Anhaltspunkt für die richtige Zeit war Jakob, der normalerweise Punkt sieben zur Arbeit fuhr.

An diesem Morgen jedoch saß Jakob um sieben noch am Frühstückstisch und versuchte, mit Trude über die Nacht zu reden. Er war verärgert über die eigene Nachgiebigkeit und wollte ihr klarmachen, daß es so nicht ging. Er wollte Ben nichts Böses, weiß Gott nicht. Aber sie taten sich und ihm einen Gefallen, wenn sie ihn ein paar Nächte festhielten. Nur bis Erichs Tochter gefunden und die Sache geklärt war. Damit es kein Gerede gab im Dorf, wenn ihn nachts einer draußen sah. Trude wußte doch, wie wenig es brauchte, um einen Mann in Verdacht zu bringen.

Wie war das denn gewesen, als Wilhelm Ahlsen in Ruhpolds Schenke plötzlich zusammenbrach und tot war, ehe der Notarzt eintraf? Da hatte es geheißen, Toni von Burg habe mit Zyankali den Tod seiner kleinen Schwester gerächt. Nur weil Toni zwei Minuten lang neben Wilhelm am Tresen gestanden hatte.

Und wie war das gewesen, als Tonis und Illas Tochter auf dem Schulweg überfahren wurde? Da hatten sich sämtliche Augen auf Richard Kreßmann gerichtet. Richard sei wieder mal besoffen gewesen und habe das Kind nicht gesehen. Und mit seinem Geld bildete er sich auch noch ein, er dürfe Kinder überfahren und auf der Straße verbluten lassen, hatte es geheißen.

Und von Bruno Kleu hieß es doch seit fünfzehn Jahren, er sei ein Mörder. Er habe sich damals mit der jungen Artistin verabreden wollen. Als sie ihn abblitzen ließ, habe er ihr bei der Gemeindewiese aufgelauert, sie vergewaltigt und umgebracht, und sein Alibi habe er sich bei einer Schlampe in Lohberg gekauft.

Man mußte es doch nicht so weit kommen lassen, daß einer mit dem Finger auf Ben zeigte. Nur für ein paar Nächte. Wenn es freiwillig und mit gutem Zureden nicht ging, dann vielleicht mit einem Mittel aus der Apotheke. Bevor Trude ihm darauf antworten konnte, warf Jakob einen Blick auf die Uhr. Es war Viertel nach sieben, und er sagte rasch: «Es wird höchste Zeit für mich. Wir reden heute abend noch mal in Ruhe.»

Vom Zwischenboden der Scheune aus sah Ben, daß auf dem Lässler-Hof die Haustür geöffnet wurde. Die beiden Mädchen traten ins Freie, eine war hellblond wie Marlene Jensen und die junge Artistin, die ihn vor fünfzehn Jahren auf beide Wangen geküßt hatte, die andere war dunkelhaarig und trug eine Sonnenbrille. Sie holten ihre

Fahrräder aus der Garage, stiegen auf und winkten Antonia zu, die bei der Haustür stand und ihnen nachschaute.

Enttäuscht nahm Ben das Glas herunter und kroch eilig in eine Ecke. Dort waren die losen Halme notdürftig zu einem Häufchen zusammengeschabt. Es war kein gutes Versteck, aber das einzige in der Nähe des Hauses. Er schob die Halme zur Seite. Darunter lag das Springmesser, das Marlene Jensen in seiner Hand gesehen hatte. Das Messer war alt und hatte Rostflecken auf der Klinge. Es befand sich seit fünfzehn Jahren in seinem Besitz, ungefähr seit dem Zeitpunkt, zu dem Althea Belashi verschwunden war. Er steckte es in die Hosentasche, obwohl er es nicht brauchte, wenn es draußen hell war.

Dann stieg er die Leiter hinunter und steuerte durch die halbdunkle Scheune auf das sonnenhelle Viereck des Tores zu. Als er das Tor erreichte, sah er seinen Vater aus dem Haus kommen. Jakob kam ihm entgegen, stellte sich breitbeinig in den Weg, spreizte die Arme nach beiden Seiten und befahl: «Geh ins Haus, Ben. Mutter wartet mit dem Frühstück.»

Jakob war immer noch verärgert, jetzt vielleicht mehr als zuvor, weil er sich für einen Feigling hielt. Weil er vor der Auseinandersetzung mit Trude geflohen war und sich gleichzeitig sagen mußte, es wäre eine unbefriedigende Lösung, Ben mit irgendeinem Gift vollzustopfen, nur damit sich niemand das Maul über ihn zerriß. Als Vater sollte man mehr Mumm in den Knochen haben und sich vor den Sohn stellen können.

Ben stockte, senkte den Kopf, trottete unter Jakobs strengem Blick auf die Haustür zu. Doch bevor er sie erreichte, war Jakob in der Scheune verschwunden. Und Ben trabte los, rannte, so schnell ihn seine stämmigen Beine trugen, vom Haus weg. Er blieb nicht auf dem Weg, wo Jakob ihn hätte einholen und aufhalten können. Wie in der Nacht hetzte er quer über einen Kartoffelacker und ein Stück mit Zuckerrüben dem Feldweg entgegen. Noch ehe Jakob den alten Mercedes aus der Scheune gefahren und im Hof gewendet hatte, erreichte Ben den breiten Weg.

Als Jakob bei der Abzweigung abbremste, sah er ihn in einiger Entfernung rennen. Die Mädchen auf den Fahrrädern kamen ihm entgegen. Jakob bog ebenfalls nach links. Aus seinem Ärger wurde Wut, daß Ben erneut nicht gehorcht hatte. Er näherte sich rasch, sah ihn mit beiden Armen winken. Das Mädchen mit der Sonnenbrille hielt ihr Rad vor ihm an.

«Du bist spät dran», grüßte sie. «Hast du verpennt, du Waldmensch?»

Sie waren noch zu weit von Jakob weg, und mit dem Brummen des Dieselmotors hätte er ohnehin nicht verstanden, was gesprochen wurde. Er sah nur, was geschah. Ben nickte eifrig, trat einen Schritt vor und riß das dunkelhaarige Mädchen an sich. Beide Arme um den schmalen Körper geschlungen, wirbelte er es herum. Und selbst das Fahrrad, dessen Lenker das Mädchen hielt, tanzte ein wenig über dem Boden. Das Mädchen lachte mit weit zurückgelegtem Kopf, keuchte und klopfte ihm mit den Händen auf den Rücken. «Laß mich los, Bär, du zerquetschst mich.»

Und das verstand Jakob. Er hatte die Gruppe erreicht und den Wagen angehalten. Das blonde Mädchen tätschelte Ben noch kurz auf die Schulter und drängte: «Wir müssen los, sonst kommen wir zu spät.»

«Das meine ich aber auch», sagte Jakob.

Sie stiegen auf, wendeten und fuhren den Weg zurück. Beide winkten noch einmal. Die mit der Sonnenbrille warf Ben eine Kußhand zu und rief: «Bis später, Bär.» Dann radelten sie hintereinander auf die Abzweigung zu und bogen nach rechts in den Weg, der zur Landstraße führte.

Jakob wartete noch einen Augenblick, unschlüssig, ob er Ben ins Auto laden und heimfahren sollte. Er wußte, daß es einen endlosen Kampf bedeutete und er dann zu spät zur Arbeit käme. Früher war er gerne mit ihm gefahren, aber in den Mercedes stieg er nur unter erheblichem Zwang. Über den Grund hatte Jakob sich noch nie Gedanken gemacht. «Geh zurück», verlangte er.

Diesmal gehorchte er anscheinend. Jakob fuhr weiter auf die Abzweigung zu und fühlte einen Hauch Zufriedenheit und Genugtuung. Er sah ihn, bis er abbog, im Rückspiegel kleiner werden und den Stacheldraht erreichen. Dann war der Mercedes außer Sicht, und Ben machte erneut halt. Wie sein Vater wußte auch er von einem Grab. Es lag hinter dem Stacheldraht, und er besuchte es oft.

Trudes Begreifen

Bald nach der ausgefallenen Zirkusvorstellung im August 80 keimte in Trude der Verdacht, daß die Gerüchte über Bruno Kleu und die junge Artistin, die im Dorf kursierten, nicht so an den Haaren herbeigezogen waren, wie man es Renate und den beiden Kindern gewünscht hätte. Aber Trude hätte nie gewagt, offen darüber zu sprechen. Nicht einmal zu Jakob verlor sie ein Wort über Bens schmutzigen Schlafanzug und die Rückschlüsse, die man aus seiner ersten Nacht im Freien ziehen mußte.

Wohin zog es ihn, wenn er entwischte? Zur Gemeindewiese.

Wohin wollte die Artistin in der Nacht? Zur Gemeindewiese.

Wenn nun dort etwas Schreckliches mit ihr geschehen

war? Wenn Ben es gesehen hatte? Bei seinem Nachahmungstrieb konnte es verheerende Folgen haben.

Die hatte es. Es begann schon auf dem Heimweg an dem Montag. Nur stellte Trude zu diesem Zeitpunkt noch den falschen Zusammenhang her. Sie hatte Dieter Kleu vor Augen, als Ben an ihrer Hand zerrte und sich so wüst aufführte, daß sie ihn kaum bändigen konnte. Er wollte partout nicht vom Marktplatz, vom Zelt und den Wagen weg. Immer wieder blieb er stehen wie ein bockiger Esel. Wenn sie ebenfalls stehenblieb, ihm gut zuredete, riß er an ihrem Arm, stemmte sich mit all seiner Körperkraft, und die war damals schon beachtlich, nach hinten und brüllte: «Fein macht!»

Ebensogut hätte er Trude erklären können, daß ihm Althea Belashi in der gestrigen Vorstellung ausnehmend gut gefallen hatte. Daß er sich ihre Kunstfertigkeit am Trapez und die akrobatischen Darbietungen auf den Ponys unbedingt noch einmal ansehen und auch noch einmal mit ihr reiten wollte. Und daß er im Anschluß daran fest mit einem Kuß auf die Wange rechnete.

Daß sich jede Freundlichkeit und andere nachhaltige Eindrücke unauslöschlich in sein Gedächtnis gruben, daß er nicht verstand, warum ihm die zärtliche Geste beim nächsten Mal verweigert wurde, daß er zu toben begann wie jedes andere Kind, das seinen Willen durchsetzen wollte, hatte Trude bereits mehr als einmal feststellen müssen. Er tobte vielleicht ein wenig intensiver. Aber meistens beruhigte er sich auch rasch wieder. Es gab immer ein Mittel, ihn zu besänftigen.

«Es tut mir leid», sagte Trude. «Das Mädchen ist weg. Es gibt keinen Zirkus mehr. Wir gehen jetzt heim, und wenn du lieb bist, bekommst du ein Eis.»

Er hielt mit seiner Toberei für einen Augenblick inne und starrte sie mit konzentriert gerunzelter Stirn an, als denke er angestrengt über ihren Vorschlag nach. Die

Leute, die sich nach ihnen umgedreht hatten, setzten kopfschüttelnd ihren Weg fort. Trude wollte schon aufatmen, da krakeelte er erneut los: «Finger weg! Fein macht, Finger weg!» Er war völlig außer sich, drosch mit der freien Hand in die Luft und brüllte plötzlich ein Schimpfwort, das Trude bis dahin noch nie von ihm gehört hatte. «Rabenaas!»

Im ersten Moment war Trude nur verblüfft und kam nicht auf den Gedanken, sich zu fragen, wo er das wohl aufgeschnappt haben mochte und warum er das über die Lippen brachte, aber niemals ein «Mama» oder ein simples «ja» oder «nein».

«Jetzt reicht es», sagte sie streng, als die Leute in der Nähe erneut stehenblieben und in gespannter Erwartung zuschauten, ob sie endlich tat, was in so einem Fall getan werden mußte. Wären sie daheim gewesen, hätte sie ihm ein Vanilleeis in die Hand gedrückt. Vanilleeis stand ganz oben auf der Liste der Wundermittel, Trude hatte einen Vorrat in der Gefriertruhe. Er mußte nur sehen, daß sie den Deckel hob, dann verwandelte er sich innerhalb weniger Sekunden in ein sanftmütiges Lamm.

Sie erwägte kurz, die paar Meter zu dem kleinen Kiosk zurückzugehen, um ihm ein Eis zu kaufen. Sonntags hatte es damit funktioniert. Aber einige hätten wohl gedacht, sie sei unfähig, ihn zu bändigen. Am Ende sprach es sich herum. Trude holte zu einem mächtigen Schlag aus, bremste kurz vor seiner Wange unauffällig ab und wischte ihm die flache Hand übers Gesicht.

«Rabenaas!» schrie er noch einmal und boxte sie mit der Faust in den Magen. Es war nur ein leichter Schlag, den niemand gesehen hatte. Aber zusätzlich hob er einen Fuß, um sie vors Schienbein zu treten. Auch etwas, das er von Dieter Kleu kannte.

«Wag es», zischte Trude, «dann kriegst du richtig Haue.»

Sekundenlang starrte er ihr mit verkniffener Miene ins Gesicht, senkte den Fuß wieder und sagte: «Kalt.» Obwohl sie auch dieses Wort zum ersten Mal von ihm hörte, glaubte Trude, es richtig zu interpretieren, weil sie ihn jedesmal warnte: «Nun beiß doch nicht so rein. Das ist viel zu kalt.»

«Nein», sagte sie bestimmt. «Jetzt kriegst du kein Eis. Ich hätte dir eins gekauft, aber du bist ja nicht lieb. Wenn du jetzt fein mit mir nach Hause gehst, gebe ich dir eins. Aber erst, wenn wir im Haus sind. Jetzt sei lieb.»

Da ließ er sich endlich, wenn auch widerstrebend, weiterziehen. Doch Trude kam nicht dazu, ihr Versprechen sofort einzulösen. Kaum auf dem Hof angekommen, stürzte er sich in dumpfer Wut auf die unschuldige alte Puppe.

«Fein macht!» schrie er und ließ sie noch einmal kurz an den Füßen schwingen, wie er es am Abend zuvor Jakob gezeigt hatte. Dann drosch er unvermittelt mit der Faust auf den Puppenkopf ein und riß das Kleid von dem Zelluloidkörper. Danach zerrte er an einem Puppenbein, bis er es in der Hand hielt. Das zweite Bein folgte. Alles, was er abgerissen hatte, warf er Trude vor die Füße und schrie bei jedem Teil: «Rabenaas, kalt!»

Es dauerte noch ein Weilchen bis zum Begreifen. Nicht, daß Trude dumm gewesen wäre oder blind. Doch um auf solch einen Verdacht zu kommen, brauchte es mehr als einen schmutzigen Schlafanzug, ein wütendes Kind und zwei neue Worte.

Da es keine Zeugen gab, sammelte Trude die Einzelteile der Puppe auf und ließ sie im Herd verschwinden. Dann ging sie in den Keller, er folgte ihr. Seine Miene hellte sich auf, als sie den Deckel der Gefriertruhe hob. Er nahm das Eis in Empfang, griff nach Trudes Hand und zog sie hinaus auf den Hof, durch die Scheune, in den Garten.

Daneben – hinter dem Anwesen von Otto Petzhold und

direkt an die Rückseite seiner Scheune grenzend – lag die Apfelwiese, so genannt wegen der drei Dutzend Bäumchen. Keines war größer als ein ausgewachsener Mann. Auch aus dem oberen Teil der breit wuchernden Kronen konnten die Früchte ohne Hilfe einer Leiter gepflückt werden. Es war allen Kindern in der Umgebung strikt untersagt, einen Fuß auf die Wiese zu setzen. In den zwanziger und dreißiger Jahren war dort Sand gezogen worden. Acht Schächte hatte es gegeben, bis zu zwölf Meter tief, an den Enden glockenförmig erweitert. Pütz sagte man im Ort dazu.

Jakobs Vater war damals von der Obrigkeit befohlen worden, die Schächte aufzufüllen, sobald ihre Ergiebigkeit nachließ. Mit einigen hatte er das getan, nicht mit allen. Zwei oder drei waren mit der Zeit von alleine eingesunken und bildeten tiefe, kraterförmige Dellen, um die man besser einen Bogen machte, weil da immer noch leicht etwas nachrutschen konnte. Es gab auch noch einen offenen Schacht, der wie ein umgestülpter Trichter in die Erde reichte. Was da hineingeriet, war für alle Zeiten aus der Welt.

Ben war ebenso wie allen anderen Kindern verboten, sich alleine zwischen den Bäumchen herumzutreiben. Das wußte er auch. Am Rand der Wiese machte er halt, zeigte zu dem offenen Schacht hinüber und sagte: «Finger weg.»

«Ja», sagte Trude. «Nicht auf die Wiese laufen. Bleib schön im Garten. Wenn du lieb bist, bekommst du heute abend eine neue Puppe.»

Er setzte sich am Rand der Wiese auf den Boden und aß sein Eis. Bevor Jakob abends heimkam, holte Trude ihn herein. Da saß er immer noch auf dem gleichen Fleck und bekam zur Belohnung die versprochene Puppe von Anitas Bett, mit der er friedlich spielte, als Jakob die Küche betrat.

An dem Abend glaubte Trude, es habe sich um einen seiner üblichen Ausbrüche gehandelt. Aber noch war der Zirkus im Ort. Erst Ende der Woche räumten sie den Marktplatz. Bis dahin liefen die Artisten durch die Straßen, klingelten an sämtlichen Türen, zeigten Fotos von Althea Belashi und stellten Fragen, auf die sie keine Antworten erhielten.

Sie kamen auch in die Bachstraße. Der junge Mann, der als Fänger am Trapez gearbeitet hatte, stand donnerstags plötzlich hinter Trude in der Küche. Das Tor war wieder einmal nicht verschlossen gewesen. Trude erschrak, weil Ben im Hof spielte. Ein unverschlossenes Tor verführte ihn unweigerlich zu einem Ausflug ins Dorf.

Ohne den Mann zu beachten, rannte sie hinaus und kam gerade im rechten Moment. Geöffnet hatte Ben das Tor bereits. Trude schloß es wieder, griff nach seinem Arm und zerrte ihn hinter sich her in die Küche. Der Artist stand beim Tisch und schaute ihr abwartend entgegen.

«Setzen Sie sich doch», sagte Trude geistesabwesend, hielt gewohnheitsmäßig Bens Hände unter den Wasserhahn und schimpfte los: «Nicht auf die Straße laufen! Wie oft habe ich dir das schon gesagt?» Dem Schälmesser im Spülbecken, mit dem sie den Wirsingkohl für das Abendessen geschnitten hatte, schenkte sie in dem Moment keine Beachtung.

Der Artist zog eine Fotografie aus seiner Hemdtasche, hielt sie ihr entgegen und erklärte sein Anliegen. Trude wischte ihre Hände am Kittel ab, nahm das Bild, warf einen Blick darauf und drehte es vor Verlegenheit mehrfach in den Händen, bevor sie es auf den Küchentisch legte.

«Ich hab davon gehört», sagte sie. «Es tut mir auch sehr leid. Aber ich kann Ihnen wirklich nicht helfen. Ich hab das Mädchen nur bei der Vorstellung gesehen. Am Sonntag. Vielleicht erinnern Sie sich. Ich war mit ihm da. Sie hat ihn reiten lassen. Es hat ihm sehr gut gefallen.»

Während sie sprach, zeigte sie kurz auf Ben. Daß er das Schälmesser bereits in der Hand hielt, sah sie nicht.

Aber er sah, daß sie etwas auf den Tisch gelegt hatte. Neugierig kam er näher. «Finger weg», sagte Trude noch, da hatte er die Fotografie schon an sich gerissen.

«Fein macht», murmelte er in der Freude des ersten Wiedererkennens. Und plötzlich begann er, in wilden Sprüngen um den Tisch zu hüpfen, hielt sich das Foto vor und hieb mit dem Messer Kerben in die Luft, als wolle er das Bild zerhacken.

Trude hetzte hinter ihm her, bekam ihn zu fassen, zerrte ihm das Messer und die Fotografie aus den Fingern. Sie schüttelte ihn und schimpfte erneut: «Du weißt doch, daß du keine Messer nehmen darfst. Nachher hast du dich geschnitten, und dann gibt es Geschrei.»

Kaum hatte sie ihn losgelassen, sprang er auf den Artisten zu, boxte ihn mit der Faust in den Magen und schrie dabei: «Rabenaas!» Dann ließ er sich auf den Boden fallen. Und vor dem Herd lag die neue Puppe. Er schnappte sie, wälzte sich hin und her, kam wieder auf die Beine, drosch die Faust gegen den Puppenkopf und schrie erneut: «Rabenaas! Kalt!» Dann zerrte er am Puppenkleid, bis er den ersten Fetzen in der Hand hielt. Er warf ihn dem Mann vor die Füße, riß der Puppe ein Bein aus und schleuderte es zu Boden.

«Ja, bist du des Teufels!» schrie Trude. «Warum machst du die auch kaputt?»

Dann entschuldigte sie sich bei dem Artisten. «Er ist manchmal ein bißchen wild. Aber er meint es nicht böse. Ich hoffe, er hat Ihnen nicht weh getan.»

«Nein», sagte der Mann, nahm die Fotografie wieder an sich und verabschiedete sich rasch.

Und Trude stand da. In ihrem Hirn lief die Szene noch einmal ab, vermischte sich mit Sequenzen seiner Toberei auf der Straße, erreichte die Nacht zum Montag, den verdreckten Schlafanzug und Thea Kreßmanns Stimme, die in falscher Anteilnahme Renate Kleu bedauerte. In dem Moment schwappte die Panik wie ein Bottich voll kochenden Wassers durch sämtliche Glieder.

«Um Gottes willen», flüsterte Trude und starrte Ben an. «Bruno hat dem Mädchen wirklich etwas getan. Und du hast es gesehen, nicht wahr? Gott steh uns bei. Du darfst das nie tun, nie, hörst du. Es ist sehr böse, wenn man einem Mädchen weh tut. Jetzt sag schon! Hast du gesehen, daß Bruno dem Mädchen etwas angetan hat?»

Natürlich sagte er nichts. Trude hatte kaum noch Atem, spürte, wie ihre Augen feucht wurden, und wischte sich mit einem Handrücken über die Wangen, während sie stammelte: «Was mache ich denn jetzt mit dir?» Dann fiel ihr ein, daß es auch noch andere Konsequenzen haben konnte als seinen Nachahmungstrieb. «Weiß Bruno, daß du ihn gesehen hast? Hat er dich gesehen?»

Ihre Stimme wurde lauter und hektischer. Sie griff nach seinen Schultern, drückte sie und verlangte beschwörend: «Jetzt sag doch endlich etwas. Sag einmal ja oder nein.»

Er schaute sie nur an, schien verwirrt von ihrer Aufregung und bewegte den Kopf und die Schultern, wie er es manchmal tat, wenn ihm etwas unangenehm wurde oder er sich zu langweilen begann.

21. August 1995

Um die Mittagszeit fuhr ein Streifenwagen hinaus zum Schlösser-Hof. Trude stand in der Küche und registrierte das näher kommende Motorengeräusch zusammen mit dem Brutzeln aus der Pfanne. Sie nahm an, es sei Jakob, obwohl er nur selten über Mittag heimkam. Eigentlich nur, wenn etwas Besonderes anlag. Aber das tat es wohl.

Ein Mittel aus der Apotheke. Daß Jakob so etwas vorschlagen konnte. Es mußte schlimm sein für ihn. Doch für Trude war es schlimmer. Da waren so viele Dinge, über die sie niemals ein Wort verloren hatte. Jakob hatte genug um die Ohren. Da mußte sie ihm den Kopf nicht schwer machen mit einem alten Knochen, einem schmutzig-blutigen Unterhöschen und einer kleinen Handtasche, die Ben irgendwo draußen gefunden hatte.

Vielleicht hatte Heinz Lukka der Polizei inzwischen mitgeteilt, daß er schon im Juli ein Mädchen hatte schreien hören. Trude hatte das gestrige Aufgebot noch vor Augen, wälzte hilflose, ohnmächtige Gedanken im Kopf, während sie die Bratwurst in der Pfanne drehte. Daß der Wagen im Hof hielt, bemerkte sie nicht.

Als die Türklingel anschlug, zuckte sie heftig zusammen. Sie schaute zum Fenster, sah den Streifenwagen und war überzeugt, daß Satan persönlich erschien, um eine schwarze Seele abzuholen. Oder ein Engel der Gerechtigkeit, um blinde Liebe und den Mutterinstinkt zu verfluchen. «Wie konntest du vor fünfzehn Jahren schweigen? Wie kannst du jetzt schweigen? Wie kannst du glauben, die Kratzer auf seinen Händen wären vom Stacheldraht gewesen? Jeder Mensch mit ein bißchen Verstand wird es anders sehen. Er hat dir eine Handtasche auf den Tisch gelegt. Da sollte man eher annehmen, daß die Kratzer von Fingernägeln stammten, die sich zur Wehr setzten.»

Der Kopf füllte sich mit widerwärtigem Summen und Brausen, während sie ihre Hände an der Schürze abwischte und langsam zur Tür ging. Kein Engel und kein Teufel, nur zwei Beamte in Uniform standen davor. Trude starrte sie an, sah in ihrer Panik nur das feiste Gesicht von Wilhelm Ahlsen und verstand im ersten Augenblick gar nicht, was die Polizisten von ihr wollten.

Aber es war völlig harmlos, reine Routine. Sie hatten

nur ein paar Fragen, die zu diesem Zeitpunkt vielen Einwohnern an der Bachstraße und den Anliegern im freien Feld gestellt wurden. Ob sie etwas bemerkt hatten in der Nacht, als Marlene Jensen verschwand?

«Nein, überhaupt nichts», sagte Trude.

Wer außer ihr noch im Haus lebte, wollten die Beamten wissen.

«Nur mein Mann und mein Sohn», sagte Trude und fügte mit einigermaßen fester Stimme an: «Aber die sind jetzt nicht hier.»

Eine glatte Lüge. Ben lag auf seinem Bett und schlief. Er war zum Frühstück heimgekommen und seitdem oben. Doch das Lügen für ihn war ihr mit der Zeit in Fleisch und Blut übergegangen und gehörte zum Alltag wie das Füttern der beiden Schweine.

Den Polizisten erschien die Abwesenheit zweier Männer als selbstverständlich für einen Montagvormittag. Sie wollten auch nur wissen, ob die beiden vielleicht etwas…

«Nein», fiel Trude dem Sprecher ins Wort. «Das hätten sie mir gesagt. Wir haben es ja in der Zeitung gelesen und reden seitdem kaum noch über etwas anderes. Aber wir haben in der Nacht alle geschlafen. Wir sind auch früh zu Bett gegangen. Wir gehen immer früh zu Bett.»

Und auch sonst nichts Auffälliges?

«Nein, überhaupt nichts», erklärte Trude noch einmal. «Was soll einem auffallen, wenn man so einsam wohnt? Manchmal höre ich es, wenn ein Auto rausfährt zum Bendchen. Da treiben sich die jungen Leute ja immer herum. Aber wenn der Fernseher läuft oder das Radio, kriege ich das nicht mit. Ich habe im Dorf gehört, Marlene Jensen wäre zu zwei fremden Männern ins Auto gestiegen. Haben sich die beiden denn immer noch nicht gemeldet?»

Darauf bekam sie keine Antwort. Als die beiden Polizisten wieder vom Hof fuhren, setzte sie sich an den Küchentisch und wartete, bis der Herzschlag sich beruhigte. In den Ohren brauste es weiter, der gesamte Schädel war gefüllt mit einem Druck, als ob er bersten wolle.

Kurze Zeit später kam Ben in die Küche. Auf seiner linken Wange zeichnete sich das Muster der Decke ab. Er setzte sich an den Tisch. Trude schnitt ihm die Bratwurst in mundgerechte Stücke, wusch das Messer ab, verschloß es wieder und setzte sich zu ihm. Selbst ohne Appetit, schaute sie zu, wie er sich über das Essen hermachte.

«Eben war die Polizei hier», sagte sie. «Sie wollten wissen, ob wir etwas gesehen oder gehört haben.» Sie atmete zitternd durch, während er in Windeseile einen Happen nach dem anderen zum Mund führte. «Wenn du mir nur einmal sagen könntest, wo du die Sachen findest», fuhr sie fort. «Die kleine Tasche vor ein paar Wochen, weißt du noch? Ich hab mich sehr gefreut, als du sie mir gebracht hast. Das hast du fein gemacht. Du hast die Tasche doch nur gefunden, oder?»

Er nickte. Er nickte auf viele Fragen, und auf viele schüttelte er den Kopf. Meist hing es davon ab, in welchem Ton man ihn ansprach. Fragte man sanft, stimmte er zu. Klang es schroff, lehnte er ab. Verlassen konnte man sich nicht auf seine Reaktion, das wußte Trude.

Als der Teller leer war und er sich erheben wollte, legte sie ihm eine Hand auf den Arm. «Bleib sitzen und paß gut auf», verlangte sie und begann, ihn nach Marlene Jensen und Svenja Krahl auszufragen. Ob er die Mädchen gesehen hatte, wo, wann, allein oder in Begleitung, mit wem, was war dann geschehen, wo waren sie jetzt? Aber es war wie damals mit Hilde Petzholds Katze. Er sagte nur mehrfach: «Finger weg.»

Trude nickte schwermütig. «Ja, Finger weg. Du darfst die Mädchen nicht anfassen. Das mögen sie nicht. Du darfst sie auch nicht so erschrecken, wie du es mit Annette und Albert gemacht hast.»

Er wurde unruhig, wollte nicht länger sitzen. «Freund», sagte er.

Trude schüttelte den Kopf. «Du armer Tropf. Albert war nie dein Freund. Er hat nur einen Hanswurst aus dir machen wollen. Ein Ekel ist er. Das kommt davon, wenn einer schon in jungen Jahren so viel Geld in die Finger kriegt. Da denkt er, er kann alles kaufen. Und wer nicht nach seiner Pfeife tanzt, dem zahlt er es irgendwann heim.»

«Freund Rabenaas», sagte er, stand auf und ging zur Tür.

Trude schaute ihm mit einem schweren Seufzer nach. «Ja, Albert war immer ein Aas. Gut, daß du das begriffen hast.»

Kurz nach ihm verließ sie das Haus, bestieg ihr Fahrrad und fuhr zum Arzt. Der Blutdruck war nicht in Ordnung, das fühlte sie seit Tagen. Der Druck im Schädel, das Brausen in den Ohren, ab und zu ein Schwindelgefühl und die Angst, diese wahnsinnige Angst, die ihr das Herz abschnürte.

Im Wartezimmer des Arztes verstärkte sich die Angst noch. Obwohl sie viel zu früh war – die Sprechstunde begann erst um drei –, saßen bereits ein paar Männer und Frauen dort. Und keiner las wie sonst in den ausgelegten Illustrierten aus der Vorwoche. Es gab aktuellere Themen.

Nachdem Trude eine Viertelstunde lang den Vermutungen über Marlene Jensens Schicksal zugehört hatte, bat sie die Sprechstundenhilfe, ihr rasch den Blutdruck zu messen. Sie behauptete, Ben sei daheim eingeschlossen, er jammere gewiß schon.

Der Blutdruck war viel zu hoch. Trude mußte doch auf den Arzt warten, bekam ein neues Rezept, den Rat, sich zu schonen, und viele Grüße an Jakob mit auf den Heimweg. Das Rezept bei Erich Jensen einzulösen war eine Tortur. Zum Glück war Maria nicht in der Apotheke, normalerweise betreute sie das Sortiment von kosmetischen Cremes. Erich war da, aber er saß im Hinterzimmer, schrieb etwas und hob nicht einmal den Kopf.

Annette Lässler, die bei ihrem Onkel als Apothekenhelferin beschäftigt war, nahm das Rezept entgegen und händigte Trude eine Medikamentenschachtel aus. Trude zahlte die Gebühr und machte sich auf den Heimweg.

Während sie den Feldweg entlangradelte, hatte sie im Geist die beim Bendchen herumwimmelnden Polizisten vor Augen, den Klappspaten und ein Küchenmesser, das eine Woche lang verschwunden gewesen war. Sie hörte die Stimme ihrer Mutter. «Kleine Kinder, kleine Sorgen. Große Kinder, große Sorgen.»

Früher waren es nur die Küken, eine Katze und die Puppen gewesen.

Die Apfelwiese

Daß Trude schwieg, als im August 80 die junge Artistin Althea Belashi verschwand, ist verständlich. Sie selbst hatte nichts gesehen außer Bens Gebaren und nichts gehört außer ein paar Gerüchten und zwei neuen Worten. Und wie glaubwürdig wäre ein Schwachsinniger von gerade sieben Jahren als Zeuge gewesen?

Es gab ja auch andere Zeugen, obwohl die Aussagen von Maria Jensen und Heinz Lukka nichts beinhalteten, womit sich ein Verbrechen hätte beweisen lassen. Für einen stichhaltigen Beweis hätte man die Aussage von Gerta Franken gebraucht, und die drang damals nicht bis zur Polizei. Erich Jensen erfuhr davon in seiner Eigenschaft als Mitglied des Stadtrats und Gemeindevorstand.

Doch er hatte Wichtigeres zu tun, als sich um das Gerede einer verrückten Alten zu kümmern.

Es gab in dem Jahr nur noch wenige landwirtschaftliche Betriebe im Ort. Die meisten kleinen Höfe waren aufgegeben worden, zuviel Arbeit, zuwenig Ertrag. Da waren die Angebote eine Verlockung, die am Ortsrand gelegenen Ländereien als Bauland herzugeben. Speziell die Bachstraße war betroffen, wurde lang und länger. Auf den meist großen Grundstücken entstanden stattliche Einfamilienhäuser, fast schon kleine Villen. Auch ein paar der Altbauten zwischen dem Lässler-Hof und Jakobs Anwesen hatten den Besitzer gewechselt und waren von den ziemlich betuchten neuen Eigentümern mit viel Aufwand zu wahren Schmuckstücken saniert worden.

In der Stadt Lohberg – das Dorf gehörte seit vier Jahren zur Stadt – galt die Bachstraße inzwischen als noble Adresse. Deshalb störten die Höfe von Otto Petzhold und Jakob Schlösser gewaltig. Wer wollte schon auf seinem englischen Rasen in der Sonne liegen und von Fliegen belästigt werden, die sich zuvor in einem Kuhstall getummelt hatten? Seltsamerweise zog niemand in Betracht, daß ein paar der Fliegen auch aus dem Schweinestall von Paul Lässler kommen könnten, dessen Grundstück ebenfalls an die Bachstraße angrenzte.

Daß Otto Petzhold mit seinen fünf Kühen ein Ärgernis darstellen mochte, war noch nachvollziehbar. Seine Ausfahrt lag an der Bachstraße, seine fünfzig Morgen Land östlich vom Bendchen. Seit er denken konnte, war Otto Petzhold mit seinem Traktor die Bachstraße hinuntergefahren. Der Weg hinter den Gärten war ein kleiner Umweg, den hatte Otto nie genommen, auch mit seinen Kühen nicht. Da gab es schon mal Fladen auf der Straße. Im Gegensatz dazu benutzte Jakob grundsätzlich die rückwärtige Ausfahrt.

Trotzdem plädierte Erich Jensen bei jeder Sitzung im

Stadtrat dafür, beide Höfe umzusiedeln und den Besitzern ein großzügiges Angebot zu unterbreiten. Das stieß auf Ablehnung, speziell Heinz Lukka, der die Gegebenheiten des Ortes ebenso gut kannte wie der Apotheker, war dagegen.

Wenn man Jakob Schlösser und Otto Petzhold finanzielle Hilfe zuteil werden ließ, konnte man bei Paul Lässler nicht nein sagen, wenn er ebenfalls einen Umzug erwog. Möglicherweise hielt dann auch Bruno Kleu die Hand auf. Und mit der Verlegung der beiden Höfe allein war das Problem Bachstraße noch nicht gelöst. Da gab es einen weiteren Schandfleck, das Grundstück von Gerta Franken.

Es war das letzte am Ortsrand und zog sich wie Jakobs Besitz von der Bachstraße bis zum Feldweg, dementsprechend beträchtlich war sein Wert. Allein im Vorgarten, einem Gewirr aus wildem Hafer, knorrigen Rosenstökken und ausuferndem Holunder, der regelmäßig die Blattläuse der gesamten Umgebung anzog, hätte man ein Mehrfamilienhaus mit großzügigen Außenanlagen erstellen können. Ein Mehrfamilienhaus wollte zwar niemand an dieser Stelle sehen, aber es wäre möglich gewesen. Der Garten hinter dem Haus war fast doppelt so groß und glich einem Urwald.

Gerta Frankens Haus dagegen war wertlos, klein und windschief, zweihundert Jahre alt, aus Fachwerk erbaut. Der Lehm in den Wänden war mit der Zeit brüchig und mürbe geworden. Den ehemals schweren Balken dazwischen hatten die Holzwürmer ihren Tribut abverlangt. Es war nur eine Frage der Zeit, wann die Kate in sich zusammenfiel und man unter den Trümmern nach den Überresten von Gerta Franken suchen mußte.

Und so weit, fand Erich Jensen, sollte man es als verantwortungsbewußter Mensch nicht kommen lassen. Eine Frau wie Gerta Franken gehörte – notfalls durch eine Zwangsmaßnahme – in die Obhut der barmherzigen Schwestern des Klosters am Ort oder des Seniorenstifts in Lohberg. Schon ihr Alter rechtfertigte eine solche Maßnahme.

Gerta Franken war Jahrgang 1891 und alleinstehend. Zu Anfang des Jahrhunderts hatte es für kurze Zeit einen Ehemann gegeben. Ein schmucker Kerl sei er gewesen, hatte Jakobs Vater einmal erzählt. Er war im Ersten Weltkrieg gefallen, 14/18, und Gerta sei darüber halb wahnsinnig geworden. Wochenlang habe sie sich in ihrem Häuschen verkrochen, nichts gegessen, nichts getrunken, nicht gesprochen, nicht geschlafen.

Mit den Jahren hätte Gerta auch die andere Hälfte ihres Verstandes eingebüßt, behaupteten einige. Vielleicht war es eher so, daß die alte Frau zuviel wußte. Manchmal tauchte sie in der Frühmesse auf und rief dem Pfarrer zu. «Schlaf nicht ein da vorne! In deinem Alter solltest du nachts schlafen. Aber da hast du garantiert wieder mit Liesel georgelt.»

Liesel war die Haushälterin im Pfarrhaus und hatte wie ihr Dienstherr die Sechzig überschritten. Vor dreißig Jahren waren sie monatelang Dorfgespräch gewesen. Damals hatte Liesel die Hebamme gebraucht, aber nicht für eine Geburt.

Gerta Franken wußte und sprach davon, als sei es gestern gewesen. Ebenso lebhaft erinnerte sie sich an die Zeit, in der Heinz Lukka einen Schneidezahn einbüßte, der dann durch eine Krone ersetzt werden mußte. Damals hatte Heinz Lukka in Ruhpolds Schenke erzählt, er sei auf dem feuchten Fußboden in seinem Badezimmer ausgerutscht und so unglücklich gegen die Kante des Waschbeckens geprallt, daß der Zahn abbrach.

Passiert war es Anfang November 69, eine gute Woche nachdem Heinz Lukka Maria Jensen, die damals noch Lässler hieß, aus den Händen einer angeblich vermummten Gestalt befreit hatte. Seit dieser Woche erzählte Gerta Franken, es sei nicht die Kante eines Waschbeckens, sondern die Faust von Bruno Kleu gewesen, gegen die Heinz Lukka unglücklich geprallt war – zweimal – in ihrem Garten.

Gerta Franken erzählte auch, es habe Ende Oktober 69 keinen Überfall und gewiß keine Vergewaltigung gegeben. Bruno und Maria seien auf dem Feldweg spazierengegangen, hätten geknutscht und sich in ihren Garten verzogen. Im Gebüsch sei es dann richtig zur Sache gegangen. Gewehrt habe Maria sich nicht, nur ein bißchen gemeckert. Es sei ihr zu kalt gewesen, um sich komplett auszuziehen, wie Bruno es gerne gesehen hätte.

Dann sei Lukkas Köter aufgetaucht, der sich ja regelmäßig in ihrem Garten verirrte. Und wo der Hund erschien, war der Herr nicht weit. Heinz Lukka habe zuerst nur auf dem Weg gestanden und darauf gewartet, daß der Hund seine Geschäfte erledigte. Nur war das Tier damit längst fertig und belästigte inzwischen die jungen Leute. Als Bruno den Köter verscheuchen wollte, sei Lukka aufmerksam geworden und habe Bruno den Hund auf den Hals gehetzt, weil er selber scharf auf Maria war. Der Rest sei frei erfunden, damit Maria keinen Ärger mit ihrem Bruder bekam und Erich Jensen nicht die Konsequenzen aus ihrer Unentschlossenheit zog. Immerhin ging Maria ja zu diesem Zeitpunkt schon regelmäßig mit Erich aus.

Gerta Franken litt seit langem unter Schlaflosigkeit. Jede Nacht saß sie am Fenster ihrer Kammer. Von dort aus hatte sie einen ausgezeichneten Blick. Die meisten Feldwege waren bis Mitte der achtziger Jahre in einem sehr schlechten Zustand und nur für Traktoren gefahrlos nutzbar. Wer mit einem Wagen zum Bendchen hinausfuhr, riskierte es, in den tiefen Fahrspuren steckenzubleiben. So trafen sich die meisten Paare auf dem breiten

Weg, der hinter den Gärten vorbeiführte. Er war bereits asphaltiert. Und wer kein Auto hatte, verzog sich in Gerta Frankens Garten, wenn er ungestört sein wollte. Einige, die sich dort eine gemeinsame Stunde gönnten, waren verheiratet, aber nicht miteinander.

In Gerta Franken hatte Ben sein Vorbild für die Benutzung eines Fernglases gefunden. Nach Anbruch der Dunkelheit zu erkennen, wer mit wem spazierenging, in einem Auto saß oder sich im Gebüsch vergnügte, war unmöglich. Mit einem Nachtglas wurden die Gesichter deutlich und Gertas Berichte detailliert. In mehr als eine Ehe hatten diese Berichte einen Stachel getrieben. Und mehr als einer wünschte Gerta die Pest an den Hals.

Wenn ihre Beine mitspielten, verbrachte sie jeden sonnigen Nachmittag auf einer Bank am Marktplatz. Schräg gegenüber lag die Apotheke, darüber die große Wohnung von Erich und Maria Jensen. Daneben wohnte Heinz Lukka zur Miete. Und wenn ein Passant vorbeikam, lamentierte Gerta Franken, daß auch erbitterte Feinde gemeinsame Sache machten, wenn sie das gleiche Ziel verfolgten, nämlich eine arme, alte Frau aus dem Weg zu räumen.

Erich, so behauptete sie, versuche seit langem, sie mit seinen Pülverchen unter die Erde zu bringen, um der Stadtkasse die paar Mark Sozialhilfe einzusparen, die sie zu ihrer kärglichen Kriegerwitwenrente bekam. Und Heinz hetze ihr jeden Abend seinen Köter auf den Hals, weil er sich ihr Grundstück unter den Nagel reißen wolle. Es solle sich nur niemand wundern, wenn sie eines Tages mit zerfetzter Kehle in ihrem Garten läge.

Diese Behauptungen waren nicht völlig aus der Luft gegriffen. Erich Jensen hatte tatsächlich einmal gesagt, bei der alten Schreckschraube müsse doch der Natur ein wenig nachzuhelfen sein und sei es mit einem Schlaftablettchen. Es war ein Scherz gewesen. Aber Gerta Franken verstand keinen Spaß. Und daß Heinz Lukka mit ihrem Grundstück liebäugelte, war auch allgemein bekannt.

Als der Rechtsanwalt sein Elternhaus verkaufte und die kleine Wohnung am Marktplatz mietete, mochte er sich wegen der Nachbarschaft noch Hoffnungen gemacht haben. Nicht nur Bruno Kleu hatte gelitten unter Marias Entscheidung für den Apotheker. Auch für Heinz Lukka war Paul Lässlers Schwester die große Liebe gewesen. Bruno hatte sich austoben und trösten können mit einigen Mädchen aus Lohberg, er war damals noch jung. Für Heinz Lukka bestand dagegen wenig Hoffnung, mit über vierzig noch eine Frau zu finden.

Er mußte jedoch einsehen, daß ihn auch die unmittelbare Nähe Maria nicht näher brachte. Er wollte die Mietwohnung wieder gegen ein eigenes Haus tauschen, hauptsächlich, weil sein Vermieter etwas gegen Schäferhunde hatte und es für so ein großes Tier vorteilhaft wäre, mehr Platz zu haben. Wegen seiner beengten Wohnverhältnisse war Heinz Lukka gezwungen, dem Hund auf Feldwegen den nötigen Auslauf zu verschaffen. Daß er ihn bevorzugt auf dem Weg hinter den Gärten laufen ließ, lag nur daran, daß dieser Weg in gutem Zustand war und man ihn mit einem Auto ansteuern konnte. Aber man mußte den Weg nicht unbedingt mit Hundekot verunreinigen, fand Heinz Lukka. Da schickte er das Tier lieber in Gerta Frankens Garten. Mit Mordabsichten hatte es nichts zu tun.

Aber im August 80 geschah ein Mord – in Gerta Frankens Garten. Sie sprach Tage später darüber, nicht zur Polizei und auch nicht zu dem jungen Artisten, der nach seiner Schwester fragte, den hatte sie gar nicht ins Haus gelassen. Sie erzählte es Hilde Petzhold und Illa von Burg, die sie im wöchentlichen Wechsel mit einer warmen Mahlzeit täglich versorgten, ihr die Einkäufe abnahmen, ihre Wäsche wuschen und Ordnung in der Kate hielten. Hilde Petzhold erzählte es Erich Jensen, der es aber nicht ernst nahm, wie auch Illa von Burg der Alten keinen Glauben geschenkt hatte, weil Gerta Franken erzählte, Maria Jensen sei das Opfer gewesen. Der kleine Irrtum begründete sich vermutlich in der verblüffenden Ähnlichkeit. Althea Belashi hatte wie Maria Jensen langes, blondes Haar, eine zierliche Figur und feingeschnittene Gesichtszüge.

Es mag kurz vor Mitternacht gewesen sein. Gerta war in dem alten Ohrensessel am Kammerfenster eingenickt und erwachte von einem Schrei, der in gurgelnde Laute überging. Gleichzeitig hörte sie jemanden unterdrückt fluchen. Sie setzte ihr Nachtglas an die Augen und suchte den Weg ab. Dort war nichts zu sehen. Und im Gewirr ihres Gartens war auf Anhieb nichts zu erkennen. Erst als sie das Brechen von Zweigen hörte und dem Geräusch mit ihrem Fernglas nachspürte, entdeckte sie den Ort des Geschehens.

Es war eine eindeutige Situation und Gerta Franken mit ihren neunundachtzig Jahren zu alt, vielleicht auch zu fasziniert, um einzugreifen. Ein Telefon, um Hilfe herbeizurufen, besaß sie nicht. Möglicherweise hätte es gereicht, laut zu schreien, um den Täter zu vertreiben, bevor er zum Äußersten ging. Daran dachte sie entweder nicht oder unterließ es aus Gründen, die nur ihr bekannt waren. Sie war zu Anfang auch überzeugt, die vermeintliche Maria Jensen, die ihr Leben mit Fäusten, Füßen und Zähnen verteidigte, würde aus dem heftigen Kampf als Siegerin hervorgehen.

Als Gerta Franken ihren Irrtum erkannte, war es zu spät, noch etwas zu unternehmen. Sie befürchtete, sich selbst in Gefahr zu bringen, wenn sie sich bemerkbar machte. Es wäre eine Kleinigkeit gewesen, durch die Hintertür in ihr Häuschen einzudringen.

Ob sie den Täter erkannte, ließ sich nicht mehr klären. Aber es ist anzunehmen. Ebenso muß sie gewußt haben, warum nie eine Leiche gefunden worden war. Und sie wußte mit Sicherheit, daß es einen weiteren unmittelbaren Tatzeugen gegeben hatte – Ben. Eine Bemerkung, die sie Hilde Petzhold gegenüber machte, läßt keinen anderen Schluß zu.

Diese Bemerkung fiel am Tag, nachdem der Zirkus sein Zelt endlich abgebrochen und Gerta Franken eine zweite schockierende Beobachtung gemacht hatte. Es war der Samstag nach dem Mord an Althea Belashi, an den niemand glaubte.

Am frühen Nachmittag saß Gerta Franken am Kammerfenster und beobachtete das Grundstück von Jakob Schlösser. Ihr spezielles Interesse galt der Apfelwiese.

Von ihrem Stammplatz am Fenster aus hatte Gerta Franken häufig zugeschaut, wenn Trude die Wiese nach Fallobst absuchte und Ben dabei an ihrer Seite hielt. Gerta hatte gesehen, wie Trude ihm die eingesunkenen Trichter und den offenen Pütz zeigte, wie sie mit erhobenem Zeigefinger auf die Gefahren hinwies.

Und an dem Samstag im August 80 sah Gerta ihn über die Wiese schleichen – alleine, aber das war nicht ungewöhnlich. Es war ihm verboten. Er tat es trotzdem, wenn niemand in der Nähe war. Gerta war überzeugt, daß er die Gefahren des Bodens kannte. Er trat vorsichtig auf, ließ die Augen über die tiefen Senken schweifen und näherte sich dem offenen Schacht. Und das, fand Gerta, ging zu weit. Auf ihre Art hegte sie eine große Sympathie für Ben. In ihren Augen war er nicht so falsch und verschlagen, so verlogen und verdorben wie Albert Kreßmann, Dieter Kleu und die Gören, die sich neuerdings auf der Bachstraße breitmachten. Aber trauen, das wußte sie, durfte man ihm nicht. Von der Harmlosigkeit, die Trude ihm bescheinigte, war er weit entfernt.

Gerta Franken hatte ihn auch an dem Freitag im Mai gesehen, als er Trude mit einem blutigen Fleischbrocken und ein paar ungeborenen Kätzchen erschreckte. Sie hatte Illa von Burg davon erzählt. Sie war am Kammerfenster eingeschlafen und von Trudes Suche geweckt worden. Anschließend hatte sie mit ihrem Fernglas die Gegend nach ihm kontrolliert und den Feldweg nicht mehr aus den Augen gelassen. Dann entdeckte sie ihn plötzlich im Brombeergestrüpp ihres Gartens und wunderte sich, warum er seiner aufgeregt rufenden Mutter nicht geantwortet hatte. Er mußte ja die ganze Zeit in den Brombeeren gewesen sein, sonst hätte sie ihn kommen sehen.

Sie war hinuntergegangen, ihn heimzuschicken. Und da hockte er mit dem verstümmelten Katzenbalg zwischen den Sträuchern. Sein Hemd und die Hose waren von den Dornen zerrissen, Hände und Unterarme völlig zerkratzt. Er stocherte mit einem Taschenmesser in den Eingeweiden und stopfte irgendwas aus seinen Taschen in den aufgeschlitzten Balg.

Der Striemen auf seinem Rücken, der Trude so beunruhigt hatte, war von Gerta Frankens Peitsche hinterlassen worden. Nur so war Ben zu überreden gewesen, aus dem Gestrüpp herauszukommen, von dem Kadaver abzulassen und lediglich mit dem Taschenmesser und einem Stück Fleisch in der Hand heimzugehen. Daß er noch Innereien in den Hosentaschen gehabt hatte, war Gerta nicht aufgefallen. Sie hatte in dem Moment eine große Genugtuung verspürt. Weil Ben ihr gehorcht hatte und weil... Sie mochte keine Katzen. Daß eine Frau so ein Theater um die Viecher machte, wie Hilde Petzhold es tat, wollte ihr nicht in den Sinn. Sie hatte den Kadaver beim Schwanz gepackt und in dem Pütz verschwinden lassen.

Knapp drei Monate nachdem Gerta Franken ihn mit

der toten Katze erwischt hatte, näherte sich Ben nun dem Pütz.

Daß ihm etwas zustieß, wollte Gerta auf keinen Fall. Sie quälte sich auf ihren altersschwachen Beinen die krumme Stiege hinunter und weiter in ihren Garten. Als sie dort ankam, war von ihm nichts mehr zu sehen. Sie schirmte die Augen mit einer Hand gegen die Sonne ab, spähte angestrengt und nahm endlich eine Bewegung im hohen Gras wahr. Er lag auf dem Bauch neben dem offenen Schacht.

«He!» rief Gerta. «Komm da weg, aber schnell.»

Er erhob sich tatsächlich und kam langsam auf sie zu. Daß er etwas in der Hand hielt, erkannte sie wohl, aber es sah harmlos aus – wie ein abgebrochener Griff von irgendwas. Als er sich ihr bis auf zwei Meter genähert hatte, fuhr aus diesem Griff plötzlich eine lange, spitze Klinge.

«Na so was», sagte Gerta verblüfft. «Wo hast du denn das her? Das bringst du aber besser deiner Mutter, bevor du dich in die Finger schneidest.»

Er fuchtelte ihr mit dem Springmesser vor den Augen herum. Zwischen ihnen war nur der niedrige, morsche Gartenzaun.

«Du sollst es wegtun», verlangte Gerta energisch. «Das ist kein Spielzeug. Hat man dir das nicht beigebracht? Messer, Gabel, Schere, Licht taugt für Kinderhände nicht.»

«Rabenaas», sagte er.

«Paß bloß auf, was du sagst», hielt Gerta dagegen. «Sonst hetz ich dir deinen Vater auf den Hals. Dann kriegst du Rabenaas, bis dir Hören und Sehen vergeht.»

«Rabenaas», sagte er noch einmal, hob auch noch einmal die Hand mit dem Messer und vollführte ein paar Bewegungen in der Luft, als wolle er zustechen.

Gerta zog sich vorsichtshalber ein paar Meter zurück,

streckte mit wenig Hoffnung die Hand aus und verlangte: «Gib mir das.»

«Finger weg», sagte Ben und steckte die Hand mit dem Messer auf den Rücken. Dann trottete er zur Scheune.

Gerta schaute ihm kopfschüttelnd nach, bis er im Dämmerlicht verschwand. Nur ein paar Sekunden später hörte sie ein Kind schreien. Antonia Lässler war bei Trude zu Besuch mit der vierjährigen Annette. Gerta kümmerte sich nicht um das Geschrei. Sie ging zurück ins Haus, stieg die Treppe wieder hinauf und setzte sich wie zuvor ans Fenster. Und zehn Minuten später sah sie ihn erneut auftauchen. Diesmal war er nicht allein.

Er hielt einen Körper unter den Arm geklemmt. Gerta sah blondes Haar und ein aufwendiges Kleidchen. Sie sah auch, daß Arme und Beine unter Bens Schritten kraftlos hin- und herschlenkerten. Für einen Moment hatte sie das Gefühl, ihr bliebe das Herz stehen. So erzählte sie es jedenfalls Hilde Petzhold. Und vielleicht hatte sie in diesem Moment ein schlechtes Gewissen; weil sie ihn mit dem Messer hatte laufen lassen. Weil sie nach ihren Beobachtungen in der Nacht, als eine junge Frau mit langen, blonden Haaren getötet worden war, nicht mit Trude gesprochen hatte, obwohl sie Bens Nachahmungstrieb zur Genüge kannte und oft genug ihre Freude daran hatte, wenn er für Albert Kreßmann den Idioten spielte.

Es ist schwer zu sagen, was in Gerta Franken vorging bei diesem Anblick. Zweifel an der Identität des kleinen Körpers, den Ben unter dem Arm trug, hatte sie jedenfalls nicht. Das Lässler-Mädchen.

Auf den Gedanken, ihr Nachtglas anzusetzen, kam sie nicht. Es war schließlich heller Tag, und so schlecht waren ihre Augen nicht, trotz ihres hohen Alters. Hätte sie ihr Fernglas benutzt, dann wäre ihr aufgefallen, daß sie sich irrte.

Dem Anschein nach hatte Ben der kleinen Annette bereits das Genick gebrochen, sonst hätte sich das Kind gegen den rohen Griff zur Wehr setzen, hätte schreien und strampeln müssen, meinte Gerta. Nichts dergleichen geschah. Das Kind rührte sich auch nicht, als Ben es ins Gras legte.

Er schaute sich aufmerksam um, entdeckte Gerta am Fenster und hob eine Hand, als wolle er ihr zuwinken. Aber in der Hand hielt er das Messer. Gerta Franken sah ihn zustechen, wieder und wieder. Sie sah ihn das zerfetzte Kleidchen von dem leblosen Körper reißen, sah, daß er sich auf das Kind legte. Sie sah sogar die unschamhaften Bewegungen, die er mit den Hüften ausführte.

Wann und wo er das gesehen hatte, stand außer Frage: in der Mordnacht in ihrem Garten. Da hatte er auch die neuen Worte aufgeschnappt. Gerta Franken hatte den Mörder ebenso keuchen hören, als ihn ein Tritt an eine empfindliche Stelle traf. «Du verdammtes Rabenaas, dich mach ich kalt.»

Dann stand Ben auf, vergewisserte sich noch einmal, daß Gerta unverändert auf ihrem Platz saß, griff nach einem Bein der vermeintlichen Leiche, zerrte sie hinter sich her zum offenen Pütz und ließ sie darin verschwinden.

Als zwei Stunden später Hilde Petzhold mit dem Abendessen kam, saß Gerta Franken wie erstarrt am Fenster ihrer Kammer. Hilde kam die Treppe herauf und stutzte bei der Tür. «Ist dir nicht gut, Gerta?»

«Er hat das Kind geschlachtet», sagte Gerta tonlos.

Hilde Petzhold verstand nicht auf Anhieb, was gemeint war.

«Das Lässler-Mädchen», sagte Gerta eindringlich. «Ben hat's abgestochen und in den Pütz geworfen, wie der Kerl es letzten Sonntag mit Maria gemacht hat.»

«Du bist ja verrückt», sagte Hilde Petzhold. «Maria geht es gut, kein Mensch hat ihr was getan.»

«Ich hab's aber gesehen», beharrte Gerta Franken.

Erst am Dienstag fand die ergebnislose Suchaktion, die nicht auf den Bruch und das Bendchen beschränkt gewesen war, Erwähnung in der Presse. Mit unterschwelligem Tadel von seiten eines für den Lokalteil zuständigen Journalisten, der nicht informiert worden war und auch nichts davon mitbekommen hatte, wurde der Stand der Ermittlungen bekanntgegeben.

Es war der Polizeibehörde, also der Dienststelle in Lohberg, endlich gelungen, die beiden jungen Männer ausfindig zu machen, zu denen Marlene Jensen ins Auto gestiegen war. In dem Artikel hieß es, die Festnahme von Klaus P. und Eddi M. sei ausschließlich der Aufmerksamkeit des jungen Dieter K. zu verdanken. Gemeint war Dieter Kleu. Und unter anderen Umständen wäre seine «gewagte Aktion», wie die Presse es nannte, ein Grund zum Schmunzeln gewesen.

Die Erniedrigung vor Marlenes Augen, die Klaus und Eddi ihm zugefügt hatten, ließ Dieter nicht ruhen. Wie Bruno vor Jahren Paul Lässler, Heinz Lukka und Erich Jensen grausame Rache geschworen hatte, weil er Maria nicht bekam, wollte auch Dieter seine Rivalen nicht ungeschoren davonkommen lassen. Da sein Vater ihm öffentliche Auftritte verboten hatte, solange er das Veilchen im Gesicht trug, legte er sich jeden Abend auf dem Parkplatz beim «da capo» auf die Lauer. Die Diskothek hatte auch wochentags geöffnet. Und am Samstag wurde seine Geduld belohnt.

Am Abend vor der Suchaktion kamen Klaus und Eddi ins «da capo», als sei nichts geschehen. Diesmal versuchten sie ihr Glück bei Karola Jünger, einem sechzehnjährigen Mädchen aus dem Neubaugebiet am Lerchenweg. Auch Karola stieg kurz nach eins in der Nacht in den Fond ihres Wagens, zusammen mit Eddi. Klaus klemmte sich hinters Lenkrad und steuerte den Feldweg an, auf dem man den Lässler-Hof erreichte, wenn man nicht bei Lukkas Bungalow links abbog. Klaus bog ab. Und Dieter Kleu nichts wie hinterher mit ausgeschalteten Scheinwerfern.

Etwa auf Höhe der mit Stacheldraht umzäunten Apfelwiese kam der Wagen zum Stehen. Dieter hielt ebenfalls in entsprechend sicherem Abstand, knapp hinter Lukkas Bungalow. Anschließend mußte er sich noch einmal in Geduld fassen. Karola Jünger hatte nichts dagegen, sich mit Eddi im Wagenfond zu vergnügen. Als sich jedoch Klaus ebenfalls nach hinten setzte, wurde es ihr zuviel. Nach einer heftigen Rangelei fand sie sich auf dem Feldweg wieder. Tasche, Jacke und andere Kleidungsstücke wurden ihr hinterhergeworfen, der Wagen mit Klaus und Eddi raste davon.

Dieter Kleu las das verstörte Mädchen auf und brachte es zur Polizeistation nach Lohberg. Dort verwies er mit Nachdruck auf Marlene Jensen und seine Beobachtungen vom vergangenen Wochenende. Der wachhabende Beamte informierte den Dienststellenleiter. Über das Autokennzeichen ermittelte man Eddi, der Wagen war auf ihn zugelassen.

Und niemand kam auf den Gedanken, Dieter Kleu zu fragen, warum er sich das Kennzeichen nicht schon gemerkt hatte, als Marlene in den Wagen stieg. Es kam auch niemand auf den Gedanken, die Staatsanwaltschaft zu informieren und dafür zu sorgen, daß sich die Kriminalpolizei endlich um Marlene Jensens Verbleib kümmerte. Trotz der alarmierenden Umstände war dem Dienststellenleiter seine Freundschaft zu Erich Jensen immer noch wichtiger als alles andere, und Erich wollte um jeden Preis einen Skandal vermeiden.

Um sechs in der Früh holte man Eddi aus dem Bett, wenig später saß er zusammen mit Klaus im Verhör. Zu Anfang bestritten beide, mit Marlene Jensen auch nur ein Wort gewechselt zu haben. Mit den Aussagen der Zeugen konfrontiert, behaupteten sie, Marlene heimgefahren zu haben. Nicht vor die elterliche Wohnung. Sie hätten sie am Ortsrand aussteigen lassen. Darauf hätte sie bestanden, um ihren Vater nicht auf den Ausflug aufmerksam zu machen.

In der Zwischenzeit hatte sich jedoch ein Beamter Eddis Wagen vorgenommen und – eingeklemmt zwischen Sitz und Rückenlehne im Fond – zahlreiche Haare entdeckt, lang und hellblond, was zu Marlene Jensen paßte. Darüber hinaus fand er im Fußraum zwei aus dem Stoff gerissene sternförmige Nieten. Und der Dienststellenleiter wußte von Maria Jensen, daß sich an der Jeanshose ihrer Tochter derartige Nieten befunden hatten.

Haare, Nieten und die Drohung, die Fortsetzung des Verhörs Erich Jensen zu überlassen, erzeugten den nötigen Druck. Klaus und Eddi räumten endlich ein, mit Marlene den gleichen Abstecher unternommen zu haben wie mit Karola Jünger. Und wie Karola hätten sie auch Marlene aussteigen lassen. Von aussteigen lassen konnte kaum die Rede sein. Sie hatten Karola halbnackt hinausgeworfen.

Klaus beteuerte, das hätten sie immer getan, wenn sich die Mädchen geweigert hätten, mitzumachen. Zum Beweis seiner Behauptung nannte er einige Namen. Sonntags nahm sich niemand die Zeit, seine Angaben zu überprüfen, da wurde jeder Mann gebraucht für die Suche. Erst am Montag kam man dazu, die genannten Mädchen zu befragen. Die meisten bestätigten, was Klaus behauptet hatte. Ein paar verweigerten die Auskunft.

Mit der siebzehnjährigen Svenja Krahl konnten die Beamten nicht sprechen. Sie wurde seit Juli von ihren Eltern vermißt. Es hatte sich nur niemand die Mühe gemacht, ihr Verschwinden bei der Polizei zu melden. Man hielt es auch jetzt für überflüssig, Anzeige zu erstatten.

Svenjas Stiefvater war arbeitslos und trank, es gab drei jüngere Geschwister, mit denen sich Svenja ein Zimmer hatte teilen müssen. Ihre Mutter hielt mit einigen Putzstellen die Familie über Wasser und vermutete seit langem, daß Svenja Drogen nahm. Sie hatte sich mehrfach am kargen Lohn ihrer Mutter vergriffen. Man ging davon aus, das Mädchen habe sich nach Köln abgesetzt. Die Polizei schloß sich dieser Meinung an. Der Presse gegenüber wurde der Name Svenja Krahl nicht erwähnt.

Jakob fand die Zeitung auf dem Küchentisch, als er abends von der Arbeit kam. Trude war nicht im Haus. Jakob las den Artikel aufmerksam und fühlte, wie sich seine Schultern zusammenzogen. Sollten die Angaben der beiden Festgenommenen den Tatsachen entsprechen …

Auf einem nächtlichen Feldweg gab es nicht viele Möglichkeiten einer zufälligen Begegnung. Da müßte schon einer andauernd auf der Lauer liegen. Das tat keiner, der Verstand im Hirn hatte. Einer mit Verstand im Hirn, der scharf war auf ein junges Mädchen, fand andere Lösungen für seine Wünsche. Nur einer mit dem Verstand einer Mücke legte sich nachts in den Mais. Nicht weil er auf ein Mädchen wartete. Nur weil er auf ein gutes Wort und einen Riegel Schokolade von Freund Lukka hoffte.

Aber Heinz Lukka war am Wochenende nicht immer daheim. Er erzählte oft, daß er häufig am frühen Samstag abend nach Köln fuhr und sein Bier oder ein Glas Wein statt in Ruhpolds Schenke in einem feinen Lokal trank, sich ein delikates Essen dazu bestellte. Und wenn er mehr als ein Glas Wein getrunken hatte, kam er über Nacht nicht nach Hause. Dann nahm er sich ein Hotelzimmer. Auch das erzählte Lukka bereitwillig, obwohl dann hinter seinem Rücken spekuliert wurde, was für ein Hotel das wohl gewesen sein mochte. Vermutlich eins, für das man stundenweise bezahlte.

Und wenn es bei Freund Lukka dunkel blieb, auch das wußte Jakob, suchte sein Sohn andere Plätze auf. Die häufig zerkratzten Handrücken und Unterarme gaben beredtes Zeugnis davon, daß er sich unter dem Stacheldraht durcharbeitete und sich auf der Wiese herumtrieb. Genau dort, wo Klaus und Eddi die Mädchen angeblich immer aussteigen ließen.

Sie lügen, dachte Jakob. Wer würde das nicht tun in der Situation? Mag sein, daß sie Erichs Tochter eigentlich nichts Böses tun wollten. Ihren Spaß wollten sie. Und sie waren zu zweit. Was will so ein junges Ding ausrichten, wenn es auf einem dunklen Feldweg mit zwei kräftigen Burschen in einem Auto eingepfercht ist? Es wehrt sich, droht mit Konsequenzen. Die beiden kriegen es mit der Angst, und da passiert es. Ungewollt, aber es passiert, das Mädchen ist tot. Und wohin nun mit der Leiche?

Jeder, der sich in der Umgebung des Dorfes auskannte, hätte den Bruch gewählt, dieses unübersichtliche Trümmerfeld, oder das Bendchen. Dort aber hatte die Polizei nichts gefunden. Und daß zwei junge Burschen in Panik so tief gruben, daß eine Hundenase keine Chance hatte – es war möglich, aber nicht sehr wahrscheinlich. Es war auch kaum anzunehmen, daß zwei Männer, die sich eigentlich nur amüsieren wollten, einen Spaten bei sich hatten. Da erschien es naheliegender, daß sie Gas gegeben und sich der Toten anderswo entledigt hatten.

Die Zeitung von Samstag mit dem großen Foto hatte Trude verschwinden lassen. Aus den Augen, aus dem Sinn. Man mußte ein bißchen vorsichtig sein mit Ben. Er war in einem Alter, in dem ihn der Anblick eines hübschen Mädchens leicht auf dumme Gedanken brachte.

Er wußte nicht viel anzufangen mit seinen Gedanken, aber hin und wieder überkam es ihn. Wenn er dann etwas beobachtete wie das, was Albert Kreßmann im Juni mit Annette Lässler getrieben hatte, konnte es geschehen, daß er sich in den Hühnerstall verzog und an sich rumfummelte.

Seitdem hatte Trude ihn bereits mehrfach dabei erwischt und sich nicht aufraffen können, ihm einen Klaps auf die Hand zu geben. Ihr war ganz schwer ums Herz geworden, als sie ihn in der Ecke auf dem nackten Boden im Hühnermist sitzen sah. Er war so mit sich beschäftigt, daß er sie nicht bemerkte. Und Trude fragte sich, ob er wußte, wie es funktionierte, wenn man nicht allein im Hühnerstall auf dem Boden saß. Sie war sicher, daß er es wußte, er hatte schon mehr als ein Liebespaar aufgescheucht.

Die Zeitung von Dienstag schaffe Jakob beiseite. Er tat es nicht mit einem Hintergedanken, es war Gewohnheit, die ihn veranlaßte, sie auf der Suche nach Trude mit in den Keller zu nehmen und zum Altpapier zu legen.

Trude war nicht im Keller, nicht im Schweinestall, nicht bei den Hühnern, nicht im Garten. Das war ungewöhnlich. Sie wußte, wann Jakob heimkam, und sorgte immer dafür, daß dann sein Essen auf dem Tisch stand.

Jakob war hungrig, ging zurück ins Haus und öffnete den Kühlschrank. Er entdeckte neben dem üblichen Inhalt eine Schüssel mit gekochten Kartoffeln, die bereits in Fäulnis übergegangen waren. Auch das war ungewöhnlich. Es war nicht Trudes Art zu vergessen, daß Kartoffeln zum Braten im Kühlschrank standen.

Jakob wollte den Inhalt der Schüssel in den Mülleimer kippen, aber der Eimer war voll. Also nahm Jakob Schüssel und Eimer und trug beides hinaus zur Mülltonne. Als er den Deckel öffnete, sah er das Einweckglas liegen, das er am Sonntag weggeworfen hatte. Er stellte den Eimer ab, nahm das Glas heraus und hielt es ins Licht. Eine hellblaue Windjacke hatte Marlene Jensen getragen – und der Fetzen Stoff zwischen dem Unrat und dem Schimmel war … ziemlich dreckig.

Die Männer lügen, dachte Jakob, natürlich lügen sie. Er ließ das Glas zurück in die Tonne fallen, kippte die faulenden Kartoffeln darüber aus, griff nach dem Mülleimer und leerte auch ihn. Nun war nichts mehr zu sehen. Er ging zurück zum Haus, blieb bei der Tür stehen und schaute den Weg entlang.

In einiger Entfernung strampelte Trude auf ihrem Rad, kam rasch näher, erreichte ihn und stieg völlig außer Atem ab. «Du bist schon hier?» fragte sie, als sei es erst früher Nachmittag.

«Es ist fast acht», erklärte Jakob.

«Tut mir leid», sagte Trude und wirkte sehr erleichtert dabei. «Ich war bei Antonia. Dann bin ich noch auf einen Sprung zu Heinz rein. Sie haben die Kerle. Hast du's gelesen?»

«Ja», sagte Jakob. «Und ich hab auch gelesen, daß die beiden behaupten, sie hätten die Mädchen immer aussteigen lassen.»

«Natürlich behaupten sie das», sagte Trude. «So schnell werden sie nicht zugeben, wie es wirklich war. Aber Heinz meinte, ihr Leugnen nützt ihnen nichts.»

«Na, wenn Heinz das meint», sagte Jakob mürrisch und ging ins Haus. Aber er meinte es ja auch.

Trude brachte ihr Rad in die Scheune. Beim Abendessen saßen sie allein am Tisch. Ben kam in der Nacht nicht heim. Es ging alles weiter seinen gewohnten Gang.

Schlimme Zeiten

Daß Ben im August 80 Annette Lässler nicht ermordet hatte, konnte damals schnell klargestellt werden. Nur eine halbe Stunde nachdem Gerta Franken ihre diesbezüglichen Beobachtungen an Hilde Petzhold weitergegeben hatte, erschien Hilde in Trudes Küche. Sie druckste ein wenig herum, ehe sie mit Gertas Behauptung herausrückte.

Trude wußte nicht, was sie sagen sollte. Ben hatte Annette die Puppe entrissen und sie zu Boden gestoßen, als sie ihr Eigentum zurückhaben wollte. Deshalb hatte Annette geschrien. Ben hatte von Trude einen Klaps auf den Hintern bekommen und sich in sein Zimmer verzogen. Jedenfalls nahm Trude an, daß er in sein Zimmer gegangen sei. Und sie war völlig sicher, daß Annette an Antonias Hand den Hof verlassen hatte, kurz nach sechs und quicklebendig.

Trotzdem rief Trude in Hildes Gegenwart bei Antonia an und ließ es bestätigen. Nachdem Hilde gegangen war, zitterte Trude stundenlang bei dem Gedanken, er könnte sich an einem anderen Kind vergriffen haben. Erst als sie später zu Bett ging, ahnte Trude, welche «Leiche» die verrückte Alte unter Bens Arm gesehen hatte. Wie er ihre Puppe ungesehen aus dem Haus geschleppt hatte, blieb ihr allerdings ein Rätsel.

Als Jakob am Abend nach Hause kam – von Hildes Bericht wußte er nichts –, fiel auch ihm auf, daß etwas zwischen den Kissen fehlte. Daß Trudes Puppe bereits die dritte war, erfuhr er nie. Es reichte ihm auch so. Trude mochte betteln und flehen, daß er nicht in Bens Zimmer stürmte und den schlafenden Jungen aus dem Bett riß. «Laß mich das in Ruhe mit ihm regeln. Vielleicht hat er sie nur versteckt.» Daran glaubte Trude selbst nicht, nachdem Hilde wörtlich wiederholt hatte, was Gerta Franken gesehen haben wollte. Jakob wollte das nicht durchgehen lassen. «Er muß lernen, zwischen mein und dein zu unterscheiden.»

Er lernte es nicht. Als Antonia am nächsten Samstag wie gewohnt erschien, verwandelte Ben sich erneut in einen Berserker, riß Annette die Puppe aus der Hand und hatte in der nächsten Sekunde auch schon die Beine ausgerissen.

«Reg dich nicht auf, Trude», meinte Antonia. «Alle Kinder machen mal was kaputt. Annette hat mehr Puppen, als gut für sie ist. Es kommt auf eine nicht an.»

«Darum geht's nicht», sagte Trude hilflos. Worum es ging, konnte sie nicht erklären, nicht einmal Antonia, mit der sie normalerweise viel besprach. Antonia hätte die Sache bestimmt nicht auf sich beruhen lassen. Und die Polizei hatte sich bereits mit Bruno Kleu über die verschwundene Artistin unterhalten, das wußte Trude von Jakob. Sie hatten Bruno nichts beweisen können. Und diesen Zustand würde Bruno sich gewiß nicht von einem wie Ben verderben lassen. So sagte Trude nur: «Ich weiß nicht, was mit ihm los ist. So schlimm wie im Moment war er noch nie.»

Und es wurde noch schlimmer. Aber daran war Jakob schuld. Am letzten Sonntag im September 80 kam Heinz Lukka kurz nach Mittag im Namen der Stadtverwaltung, um Jakob von der Notwendigkeit eines Zaunes für die Apfelwiese zu überzeugen. Ein kleiner Zaun reiche schon, meinte Heinz Lukka. Es sollte nur verhindert werden, daß ein ahnungsloser Spaziergänger in den Sandpütz stürzte. Was die Kosten anging, wollte Heinz Lukka im Baumarkt Wilmrod einen Sonderpreis aushandeln.

«Ich zahle auch keinen Sonderpreis, wenn es nicht nötig ist», erklärte Jakob unwirsch. «Auf meiner Wiese hat keiner was zu suchen. Das ist ein Privatgrundstück. Wenn ich mal einen von den ahnungslosen Spaziergängern erwische, dann gnade ihm Gott. Mein Pütz ist kein Schuttabladeplatz. Meinst du, ich weiß nicht, daß die mir nachts ihren Müll da reinwerfen? Ständig trampeln sie mir das Gras platt.»

Heinz Lukka hielt dagegen, daß Menschenleben kostbarer seien als Gras, und es gebe schließlich auch Kinder in der Nachbarschaft. Jakob solle nur an seinen eigenen Sohn denken, der sich häufig auf der Wiese herumtrieb. «Und jetzt sag nicht, daß es nicht stimmt, Jakob. Er ist sogar spätabends noch draußen. Ich sehe ihn oft, wenn ich mit dem Hund gehe.»

Zu einer Antwort kam Jakob nicht. Ben war auf Lukkas Stimme aufmerksam geworden und erschien in der Wohnzimmertür.

«Da kommt ja mein Freund», sagte Heinz Lukka und kramte in einer Tasche seines Jacketts nach einem Schokoladenriegel. «Sieh mal, was ich für dich habe. Willst du mir helfen? Mal sehen, ob wir deinen Vater mit vereinten Kräften überzeugen, daß die Wiese einen Zaun braucht.»

«Da gibt's nichts zu überzeugen», sagte Jakob mürrisch. «Da ist ein Schild: Betreten verboten! Das reicht.»

Ben nahm den Riegel aus Heinz Lukkas Hand, riß das Papier ab, stopfte sich die Schokolade in den Mund und rieb seine Stirn am Jackettärmel des Rechtsanwalts. Heinz Lukka strich ihm über das Haar und lächelte.

Es war dieser Anblick, der Jakobs Ärger zu Wut steigerte. Daß ein Mann wie Lukka, dessen Schandtaten in Jugendjahren aufzuzählen Jakobs Finger nicht gereicht hätten, seinem Sohn zärtliche Gesten abschmeicheln konnte, war mehr, als Jakob vertrug. An seinem Arm hatte Ben die Stirn noch nie gerieben.

«Geh zu Mutter», befahl Jakob.

Ben verließ den Raum, ging jedoch nicht zu Trude in die Küche, sondern zur Treppe. Trude sah es aus den Augenwinkeln, aber sie dachte sich nichts dabei. Er war auch zuvor in seinem Zimmer gewesen und hatte dort mit einem krummen Nagel wirre Muster in die Schalen einiger Kartoffeln geritzt. Daß Ben nach ein paar Minuten mit einer Puppe von Anita zurückkam, sah Trude nicht mehr. Sie war mit ein paar Essensresten zum

Schweinestall gegangen. Ben kam mit der Puppe ins Wohnzimmer und legte sie Heinz Lukka in den Schoß.

«Willst du mir das Püppchen schenken?» fragte Heinz Lukka. «Du bist ein lieber Kerl. Aber es gehört doch dir.»

«Rabenaas», sagte Ben, nahm die Puppe wieder an sich, riß ihr das Kleid vom Leib und ein Bein aus. Dann warf er sie auf den Boden und trat ihr auf den Leib, daß es knirschte.

Als Trude zurück in die Küche kam, hörte sie das Geschrei aus dem Wohnzimmer. Heinz Lukka saß im Sessel, hielt den demolierten Puppenleib in der einen und das abgerissene Bein in der anderen Hand und schüttelte schockiert den Kopf, während Jakob auf Ben eindrosch. Trude war mit zwei Schritten bei ihm, wollte ihm den Arm festhalten und erhielt einen Stoß vor die Brust, daß sie taumelte. Jakob war völlig außer sich.

«Jakob», mahnte Heinz Lukka.

«Halt du dich raus!» schrie Jakob.

Ben kreischte und wälzte sich über den Boden. Als er Heinz Lukkas Beinen zu nahe kam, klammerte er sich schutzsuchend daran fest und wimmerte. Jakob versuchte den Griff zu lösen und drosch dabei weiter auf ihn ein. Erst als Trude laut weinend den Raum verließ, fand er ein Ende.

«Das war nicht nötig», sagte Heinz Lukka mühsam beherrscht, betrachtete die Puppenteile in seinen Händen und den wimmernden Jungen auf dem Fußboden.

«Woher willst du wissen, was hier nötig ist?» brüllte Jakob. «Krieg du mal selbst Kinder, dann reden wir weiter. Er muß lernen, daß er sich nicht an anderer Leute Sachen vergreifen darf. Das sind die Puppen seiner Schwestern.»

Einige Tage lang sorgte Trude dafür, daß das Zimmer der beiden Töchter verschlossen blieb. Mit dieser Maßnahme wurden die Puppen auf Anitas Bett für Ben unerreichbar. Aber er verstand es, sich Ersatz zu beschaffen. Da waren die prächtigen neuen Häuser an der Bachstraße. Da gab es mehr als ein Kind, das bei Sonnenschein im Garten spielte mit einer Puppe, die ein kleines Vermögen gekostet hatte. Als die erste erboste Mutter in Trudes Küche erschien und sich beschwerte, blieb die Tür wieder offen.

Und die alten Puppen auf Anitas Bett verschwanden eine nach der anderen. Manchmal fand sich ein Bein, ein Glasauge oder ein Fetzen von einem Puppenkleid im Hof, in der Scheune oder im Garten. Mochte Trude ihm goldene Berge versprechen, er ließ es nicht. Mit den Puppen verschwanden die Küchenmesser, kleine, große, spitze, scharfe, stumpfe, alles, was nur eben eine Klinge hatte.

Jakob prügelte wieder wie in alten Zeiten, drosch den Zorn, die Eifersucht und die Verzweiflung aus seinem Herzen in Bens Seele. Da er oft schon beim Frühstück eine Strafe androhte, falls wieder eine Puppe verschwinden sollte, entzog sich Ben seinen Fäusten, sooft sich die Möglichkeit bot.

Er trieb sich auf der Apfelwiese herum, robbte auf dem Bauch um den Sandpütz, als suche er den Tod in der Tiefe. Er lief zur Gemeindewiese, manchmal auch ins Dorf. Meist führte ihn sein Weg nach einem Streifzug durch ein paar Straßen in die Backstube des Café Rüttgers, wo er streichelnde Hände zu finden hoffte, wo Sibylle Faßbender ihn mit Torte fütterte, anschließend zum Telefonhörer griff, darum bat, es möge jemand kommen, um ihn abzuholen, gleichzeitig Stein und Bein schwor, daß er niemanden belästigt habe.

Das war peinlich, aber nicht weiter tragisch. Trude verging nur regelmäßig vor Sorge, daß er wieder ein Messer bei sich trug, daß er es jemandem zeigte, in seiner Unbeholfenheit sich oder andere verletzte und allein dafür hinter Schloß und Riegel wanderte. Oder, der Himmel möge es verhüten, daß er sich statt an einer Puppe an einem kleinen Kind vergriff.

Irgendwann fand er auf seinen Streifzügen heraus, wo Heinz Lukka wohnte. Einmal saß er den halben Vormittag auf der Bordsteinkante vor der Apotheke, bis ihn eine barmherzige Seele auflas und heimbrachte. Diese barmherzige Seele war ausgerechnet Maria Jensen, die es natürlich Erich erzählte, der es wiederum im Stadtrat zur Debatte stellte.

An einem Abend im Oktober kamen sie dann zu zweit, Erich Jensen und Heinz Lukka. Erich gab sich freundlich und besorgt, ließ jedoch deutlich durchblicken, wie er sich die Fortsetzung des Dramas dachte. Wenn Trude mit der Beaufsichtigung ihres Sohnes überfordert war, mußte man nach einer geeigneten Möglichkeit zur sicheren Unterbringung suchen.

«Ich bin nicht überfordert», erklärte Trude, «wirklich nicht. Was ist denn dabei, wenn er durchs Dorf läuft? Das machen andere auch. Thea hat letzte Woche bis in den späten Abend nach Albert gesucht. Da kommt der Lümmel einfach aus der Schule nicht heim, setzt sich in den Bus und fährt nach Lohberg. So etwas käme Ben nicht in den Sinn.»

«Das kannst du nicht vergleichen, Trude», meinte Heinz Lukka. «Wenn Albert Kreßmann durch die Straßen läuft oder sich in den Bus setzt, weiß er, was er tut. Ben weiß es nicht. Und als Albert von der Streife heimgebracht wurde, ist Richard nicht auf ihn losgegangen wie ein Tier. Richard war nur froh, daß dem Jungen nichts zugestoßen war.»

Heinz Lukkas Blick ging kurz zu Jakob, suchte wieder Trudes Augen. «Trude», sagte er sehr ernst. «Ich weiß, daß du es gut meinst mit Ben und es nach Möglichkeit vermeidest, ihn zu bestrafen. Aber ich habe mit eigenen Augen gesehen, wie Jakob über ihn hierfiel. Und so geht das nicht. Das ist Mißhandlung, das können wir nicht zulassen. Ich hätte das Jugendamt einschalten müssen. Ich habe es nicht getan, weil... Nun ja, ein Heim ist auch nicht die beste Lösung. Aber vielleicht eine bessere, als ihn hierzulassen.»

«Tu mir das nicht an, Heinz», bettelte Trude. «Und tu es Ben nicht an. Wenn du ihn einsperren willst, kannst du ihn auch gleich totschlagen. Er braucht das, ein bißchen Laufen und so. Er tut doch keinem etwas.»

«Trude», wurde Heinz Lukka energischer, wobei er den Blick wieder auf Jakob richtete, der vor Wut mit den Zähnen knirschte. «Es geht nicht darum, daß Ben anderen etwas tut. Es geht darum, daß ihm keiner etwas tut. Vielleicht sprichst du mal in Ruhe mit deinem Mann, wenn du Ben gerne bei dir behalten möchtest. Ein Heim ist teuer. Ich sage es, wie es ist. Allein könnt ihr dafür nicht aufkommen. Aber bevor ein Kind zum Krüppel geschlagen wird, das ohnehin schon stark benachteiligt ist, da schaue ich nicht tatenlos zu.»

«Ich auch nicht», sagte Erich Jensen.

Dann erhoben sich beide und gingen zur Tür. Den Weg hinaus fanden sie allein. Als die Tür hinter ihnen zufiel, sagte Trude: «Heinz hat recht. Wenn du ihn noch mal schlägst, nur weil er etwas tut, wofür er nichts kann, dann gehe ich mit ihm weg.»

Jakob stieß die Luft aus. «Das brauchst du nicht», sagte er und stemmte sich von der Couch. «Und wenn du noch mal ein Problem hast, du weißt ja jetzt, wo du dir einen Rat holen kannst. Geh einfach zu Heinz. Ich bin sicher, der falsche Hund steht dir jederzeit gerne zur Seite. Ich frag mich nur, warum er es tut.»

Daß Jakob Heinz Lukka nicht mochte, war bis dahin für Trude nie so offensichtlich gewesen. Die Erklärung, die sie verlangte, wurde ihr verweigert. Jakob ging zu Ruhpolds Schenke und betrank sich.

Tagelang sprach er kein Wort mit ihr. Und Trude sprach wie mit Engelszungen auf ihren Sohn ein. «Nicht ins Dorf, Ben. Geh in den Garten, geh auf die Gemeindewiese. Aber nicht ins Dorf. Wenn sie sehen, daß du da herumläufst, sperren sie dich ein.»

Es war alles vergebens, sie mochte drohen, betteln, sich den Mund trocken reden und sich nachts die Augen aus dem Kopf weinen, sobald sich die Gelegenheit ergab, war er weg. Ob das Hoftor verschlossen war oder nicht, für ihn machte das keinen Unterschied mehr. Man kam auch, wie er längst herausgefunden hatte, über den Feldweg ins Dorf. Und ihn einzusperren, brachte Trude nicht übers Herz.

Es zog ihn zum Café Rüttgers, zu Heinz Lukkas Wohnung oder zur Grundschule, die nur eine Straße weiter lag, die auch Albert Kreßmann besuchte. Während der Unterrichtsstunden lief er mutterseelenallein über den Pausenhof. Wenn die Pause begann, mischte er sich unter die anderen Kinder.

Mehr als einmal erschien um die Mittagszeit eine aufgebrachte Mutter in Trudes Küche und behauptete, Ben habe ihr Kind belästigt. Meist handelte es sich um kleine Mädchen, die er über den Pausenhof gescheucht hatte wie Küken. Ob er es auf Anweisung von Albert Kreßmann oder aus eigenem Antrieb getan hatte, ließ sich nie in Erfahrung bringen.

Jedesmal hatte Trude Mühe, die Aufgebrachten zu besänftigen, bei allen Heiligen im Himmel und beim Leben ihrer Mutter, die seit etlichen Jahren auf dem Friedhof in Lohberg lag, zu schwören, daß Ben es nicht böse meinte, daß er nur spielen wollte. Wenn die Kinder über den Pausenhof rannten, rannte er eben hinterher. Und wegen ihrer Mutter und Gerta Frankens Beobachtung kam Trude sich dabei so falsch und verlogen vor.

Einmal wurde er nachmittags von Thea Kreßmann am

Marktplatz aufgegriffen. Thea erzählte, er habe auf der Bank am Rand des Platzes gesessen und die freie Fläche mit trübsinnigem Blick gemustert. Einmal brachte Antonia Lässler ihn von einem Spielplatz im Neubaugebiet am Lerchenweg zurück. Dort hatte er einem kleinen Mädchen die Puppe abgenommen, ihr vor den Augen des Kindes mit einem Stein auf den Kopf geschlagen, ihr anschließend das Kleid heruntergezerrt und die Beine ausgerissen.

«Was soll ich denn machen?» sagte Trude. «Jakob hat ihn schon so oft dafür verprügelt. Ich kann ihn doch nicht auch noch halbtot schlagen.»

Einen Rat wußte Antonia nicht, nur den schwachen Trost, daß andere es auch nicht leicht hatten mit ihren Kindern. Sie selbst konnte nicht klagen. Ihre Jungs waren vernünftig, Annette machte auch keine Probleme. Toni und Illa von Burg hatten ebenfalls Glück mit ihren Söhnen. Uwe, der älteste, fuhr zwar oft mit einem entsetzlich knatternden Mofa durch die Straßen und kam mit seinem Taschengeld nur selten einen Monat über die Runden, weil er sich bei jungen Mädchen sehr spendabel gab. Doch bei einem Sechzehnjährigen mußte man Verständnis für solche Dinge zeigen. Illa und Toni zeigten viele Verständnis.

Aber Richard und Thea Kreßmann hatten auch ihre Sorgen. Albert kam in der Schule nicht mit, begriff weder das kleine Einmaleins noch das Alphabet, schwänzte den Unterricht oder spielte in der Pause den starken Mann. Da hatte sich auch bereits die eine oder andere Mutter beschwert, weil Albert kleine Mädchen verhaute. An kleine Jungs traute er sich nicht heran.

Und Renate Kleu wagte es kaum noch, ihren Dieter mit ins Dorf zu nehmen, weil er zum Berserker wurde, wenn er seinen Willen nicht durchsetzen konnte. Den Kindergarten hatte Dieter Kleu nur für zwei Wochen besuchen dürfen. Weil er alle Spielsachen für sich alleine haben wollte und die Kindergärtnerin mehrfach vors Schienbein getreten und in die Hand gebissen hatte, mußte er nun daheim bleiben.

Zu dieser Aufzählung nickte Trude nur. Es käme niemals ein Mensch auf die Idee, Albert Kreßmann oder Dieter Kleu in ein Heim einweisen zu lassen, nur weil sie im Dorf herumliefen, alles haben wollten, kleine Mädchen verprügelten, nicht rechnen und nicht schreiben konnten, etwas nachmachten, was ein anderer ihnen vorgeführt hatte. Oder weil sie von ihren Vätern bestraft wurden. Aber Ben...

Mehr als einmal war es Heinz Lukka, der sich für ihn einsetzte und seine Gutmütigkeit gegen alle Behauptungen verteidigte. Mehr als einmal zog es Jakob in Ruhpolds Schenke. Es war ein schlimmes Jahr für Trude. Als es zu Ende ging, dachte sie, es könnte keine Steigerung der Hilflosigkeit und der Angst geben. Dabei trug sie die Steigerung bereits in sich.

25. August 1995

Freitags verließ Jakob um sieben in der Frühe das Haus. Trude ging wie immer mit zur Tür und anschließend in den Stall. Sie versorgte die beiden Schweine und die Hühner. Danach erst wagte sie sich in Bens Zimmer. Das Bett war leer. Sie hatte es nicht anders erwartet. Verdrängte jeden Gedanken an Svenja Krahl und Marlene Jensen und hielt sich statt dessen an Klaus und Eddi fest. Sie putzte mit einem Tuch über das Fenster, damit es nicht so aussah, als hielte sie Ausschau nach ihm.

Wenn nur die Angst nicht gewesen wäre. Und nicht die blutige Handtasche. Und nicht dieser Drang zwischen seinen Beinen. Es wäre nicht nötig gewesen, daß die Natur ihn erinnerte, was er war. Er war erst dreizehn gewesen, als Trude zum ersten Mal eindeutige Spuren in seiner Unterhose entdeckt hatte.

Anfang dieses Jahres hatte Jakob ihn erwischt, als Ben durchs Schlüsselloch der Badezimmertür äugte. Im Badezimmer rubbelte Trude sich mit einem Handtuch die Wassertropfen vom nackten Rücken und stand dabei nichtsahnend mit der Vorderseite zur Tür. Ben lag auf den Knien, zeigte auf das Schlüsselloch, hinter dem in aller Deutlichkeit der üppig sprießende dunkle Busch unterhalb von Trudes Nabel zu erkennen war. «Fein», sagte Ben, als Jakob ihn fragte, was er vor der Badezimmertür zu suchen habe.

Und Trude wußte genau, was Fein bedeutete. Er hatte seinen geringen Sprachschatz differenziert. Fein macht war eine gute Tat, ein gelungenes Werk, etwas, wofür er ein Lob erwartete oder austeilte. Und Fein war etwas Allumfassendes. Es war ein Streicheln über die Wange oder ein mütterlicher Kuß. Es waren die Küken, die toten Mäuse und die Puppen. Es waren die Mädchen und Frauen, die nett und freundlich mit ihm umgingen. Den anderen brüllte er Rabenaas hinterher.

Fein war beim Baden Trudes Hand mit der Seife. Er konnte sich nun einmal nicht alleine säubern, Jakob hatte nicht immer Zeit, und man mußte ihn doch waschen. Es störte Trude nicht, daß sie ihn immer noch baden mußte wie ein kleines Kind. Aber daß sich dabei gewisse Regungen zeigten, hätte nicht sein müssen. Als sie einmal voller Besorgnis mit Jakob darüber sprach, zuckte er mit den Achseln: «Da kann man nicht viel machen. Er hat genau so ein Gefühl wie du und ich. Nur kann er es nicht steuern. Versuch es mit kaltem Wasser, vielleicht hilft es.»

Trude hatte es einmal versucht, nicht bei Ben, bei sich, um zu fühlen, wie das war. Kalt war es, ziemlich unangenehm. Wenn man wußte, warum es sein mußte, mochte man sich damit abfinden. Aber woher hätte er das wissen sollen? Und einen anderen Rat wußte Jakob nicht. Als das mit dem Schlüsselloch passierte, sagte er nur: «Häng beim nächsten Mal ein Tuch über die Klinge. Es ist das Alter.»

Und wenn es nun passierte, während er draußen herumlief, zufällig einem Mädchen begegnete, das von zwei Burschen aus einem Auto geworfen worden war – halbnackt und sehr wütend?

Trude versuchte krampfhaft, sich sein Erscheinungsbild von dem Sonntagmorgen, an dem Marlene Jensen vermißt wurde, in Erinnerung zu rufen. Es war genaugenommen immer gleich, ein Riemen um die Taille, ein kariertes Hemd und eine Jogginghose mit Grasflecken und Dreck auf Knien und Hosenboden, mit Steinen, Scherben, Käfern und Erdklümpchen in den Taschen. So sehr sie auch überlegte, andere Flecken und Klümpchen kamen ihr nicht in den Sinn.

Blut, davon war Trude überzeugt, wäre ihr aufgefallen. Es kam oft vor, und es fiel ihr immer auf, weil es jedesmal galt, nach einer Wunde zu suchen, damit er sich bei seiner nächsten Wühlerei im Dreck nicht mit irgendwas infizierte. Wundstarrkrampf, Trude hatte davor einen ebenso großen Respekt wie vor einer Lungenentzündung.

Dienstags war sein Hemd naß gewesen, als er zum Frühstück erschien, fiel ihr ein. Und seine Hose hatte ausgesehen, als sei er in Schlammpfützen gesprungen. Bis weit über die Knie hatten sich die Spritzer gezogen. Seltsam, es hatte seit Wochen nicht geregnet. Wo gab es denn jetzt noch Pfützen?

Während ihrer Überlegungen bezog sie sein Bett mit frischer Wäsche, dann ging sie noch einmal zum Fenster. Und endlich sah sie ihn aufs Haus zukommen. Er kam quer durch Bruno Kleus Rüben vom Bruch her und war noch weit entfernt. Die Arme schlenkerten bei jedem Schritt, schienen immer ein bißchen zu lang. Den Kopf hielt er vorgebeugt, suchte mit den Augen den Boden ab. Das tat er immer, als ob es wundersame Dinge zu entdekken gäbe.

Zweimal bückte er sich, hob etwas auf. Beim ersten Mal steckte er seinen Fund in die Hosentasche. Beim zweiten Mal schien er ihm nicht wertvoll genug. Nachdem er ihn eine Weile zwischen den Fingern gedreht, ihn sich genau von allen Seiten angeschaut hatte, ließ er ihn wieder fallen. Dann hob er den Kopf. Und obwohl er noch so weit weg war, sah er sie am Fenster stehen, warf beide Arme in die Luft, hüpfte auf der Stelle, fiel anschließend in einen gelinden Trab und näherte sich rasch.

Ehe er durch den Keller hereinkam, hatte Trude den Tisch gedeckt. Sie wusch ihm die Hände und das Gesicht. Während sie ihm ein paar Brotscheiben bestrich, fingerte er mit gewichtiger Miene in seinen Hosentaschen, legte die Köpfe von drei Gänseblümchen auf den Tisch, grinste sie an und nickte auffordernd.

«Sind die für mich?» fragte Trude. Er nickte wieder.

«Fein», sagte Trude. «Da freu ich mich aber sehr.»

Er biß von seinem Brot ab und griff erneut in die Hosentasche. Diesmal legte er ein paar winzige Dinge auf den Tisch, die Trude erst bei näherem Hinsehen als Schädel und Rippen einer Feldmaus erkannte. «Sind die auch für mich?» fragte sie.

Er schüttelte den Kopf, suchte weiter in der Tasche und brachte noch einen hübsch gemaserten Stein zum Vorschein. Er legte ihn zu den Gänseblümchen, sammelte die Knöchelchen wieder ein und steckte sie zurück in seine Hose.

Nach dem Frühstück verschwand er in seinem Zimmer. Trude hörte ihn eine Weile hin und her laufen, vermutlich suchte er nach einem sicheren Platz für die Überreste der Feldmaus. Aus dem Vorratskeller fehlte wieder ein leeres Einweckglas.

Kurz nach zehn Uhr klingelte das Telefon. Es war Bärbel. Seit vier Jahren war sie mit Uwe von Burg verheiratet und nun auch endlich schwanger. Bärbel hatte Angst, das wußte Trude. Sie ließ alle möglichen Tests machen, um sicherzustellen, daß sie ein gesundes Kind in die Welt setzte. Aber jetzt wollte sie nur rasch erzählen, daß Anita am Sonntag zu Besuch komme.

Anita lebte seit Jahren in Köln. Sie hatte ihren Doktor in Jura gemacht, arbeitete in der juristischen Abteilung einer großen Versicherung und trug den Kopf noch höher als in jungen Jahren. Nur selten erinnerte sie sich daran, daß sie eine Familie hatte. Wenn sie sich erinnerte, besuchte sie höchstens ihre Schwester und den Schwager auf einen Kaffee am Sonntag nachmittag. Das Stückchen Torte ohne Sahne, auch wenn Bärbel den Tortenboden mit Stachelbeeren belegt hatte. Wegen der Figur. Und wegen der Figur keine Kinder, mit Angst vor Vererbung hatte das angeblich nichts zu tun.

«Wenn du Lust hast», sagte Bärbel, «kannst du ja auch mal vorbeikommen. Oder Papa.» Von Ben sprachen sie nicht.

Nachdem sie aufgelegt hatte, ging Trude hinauf und stand eine Weile in der Tür seines Zimmers. Er lag auf dem Bett und schlief. Seine Stoffpuppe hielt er im Arm wie ein Kind. Zerrissen hatte er schon lange keine mehr. Und wie Trude ihn so sah, zusammengerollt wie einen zufriedenen Hund im Korb, rückte alles weit weg.

Eine Viertelstunde stand sie still auf einem Fleck und schaute ihm beim Schlafen zu. Und in dieser Viertelstunde war der große Teil in ihr, der aus Herz und Mutterliebe bestand, überzeugter als jemals zuvor, daß er niemals die Hand mit einem Messer an einen Menschen legen konnte. Mochten Klaus und Eddi noch hundertmal schwören, sie hätten alle Mädchen aussteigen lassen, Trude hätte ebenfalls jeden Eid auf Bens Unschuld abgelegt.

Als sie sich endlich abwenden wollte, fiel ihr Blick auf das Einweckglas. Es stand hinter der Gardine beim Fenster. Und es war doch etwas mehr drin als die Knöchelchen der Feldmaus. Um ihn nicht zu wecken, schlich sie auf Zehenspitzen hin und nahm das Glas näher in Augenschein. Sie sah drei kleine Kartoffeln mit eingeritzten Mustern in der Schale und zwei Blätter vom Großen Wegerich. Sie waren frisch und gerollt wie Zigarren. Und aus den Enden dieser Zigarren lugte etwas hervor.

Im ersten Moment erinnerte Trude sich zwar, etwas Ähnliches schon einmal gesehen zu haben. Sie konnte es jedoch nicht sofort einordnen. Als es ihr dann einfiel, setzte ihr Herz für ein paar Schläge aus, raste danach los und überschlug sich mehrfach im luftleeren Raum der Erkenntnis.

Sie war ein Kind gewesen, sechs oder sieben Jahre alt, als ihr Vater sich beim Holzhacken einen Finger abschlug. Sie stand neben dem Hauklotz, sah den Finger im hohen Bogen davonfliegen, rannte ihm nach und hob ihn auf. Sah das blutige Ende, den sauber durchtrennten Knochen. Sah es ebenso wie jetzt, nur daß es diesmal zwei blutige Enden, zwei sauber durchtrennte Knochen, zwei Finger waren.

Etwas in ihrem Hirn schaltete ab, ganz langsam, als ob ein Mensch mit wenig Kraft in den Armen mühsam einen schwergängigen Hebel umlegte und ein paar Räder in einer Maschine zum Stillstand brachte, nur der Motor lief noch weiter. Umdrehung für Umdrehung summte er ein eintöniges «Gefunden» durch das nutzlose Räderwerk. Nur gefunden! Wenn Ben draußen uralte Knochen, Unterhöschen und blutige Handtaschen fand, warum dann nicht auch zwei Finger? Einer mit den Augen einer Eule sah mehr und fand mehr als andere.

Es dauerte eine Ewigkeit, ehe zwei oder drei der stillstehenden Räder wieder in Gang kamen und Trude den Deckel vom Glas heben konnte. Sie nahm die gerollten Wegerichblätter samt Inhalt heraus und steckte sie in die Kitteltasche. Dabei schaute sie mit steifem Gesicht zum Fenster hinaus, zum Bruch hinüber. Von dort war er gekommen. Und dort hatte die Polizei am Sonntag ohne Hunde gesucht. Welch ein Blödsinn! Das Bendchen, durch das sie die Tiere gescheucht hatten, war übersichtlicher als der alte Bombenkrater mit seinen Trümmerbergen.

Er schlief bis kurz vor eins. Dann weckte ihn wie üblich der Essensgeruch, der durchs Haus zog. Nach dem Essen kamen die beiden Mädchen aus der Schule in Lohberg und radelten hinaus zum Lässler-Hof. Er brauchte keine Uhr, solange die anderen ihre festen Gewohnheiten beibehielten. Mittagessen um eins.

Er kam in die Küche. Den massigen Kopf zwischen die Schultern gezogen, daß von seinem Nacken fast nichts übrigblieb. Die Augen huschten wieselflink vom gedeckten Tisch zu den Töpfen auf dem Herd. Er setzte sich erwartungsvoll hin, verschlang, was Trude ihm auf den Teller häufte. Danach stand er auf.

«Setz dich wieder», verlangte Trude. Er blieb neben dem Tisch stehen und trat ungeduldig von einem Fuß auf den anderen.

«Jetzt setz dich wieder», sagte sie noch einmal und bemühte sich, es energisch klingen zu lassen. Doch der dumpfe Herzschlag schwang zwischen den Worten. Und mit feinem Instinkt bemerkte er, daß ihr die Kraft fehlte.

«Du kannst nicht mehr raus», sagte sie, es klang wie ein Betteln. «Ich hab weh.» Sie klopfte sich gegen die Brust. «Viel weh – hier drin. Ich mag nicht alleine sein. Du bist doch mein guter Ben, du bist mein Bester. Du mußt jetzt bei mir bleiben.»

Er schüttelte den Kopf, wandte sich zur Tür und trottete zur Kellertreppe. Trude wollte ihm nach, doch dazu reichte die Kraft erst recht nicht. Es war so warm in der Küche. Seit Stunden brannte ein Feuer in dem Herd, den Jakob nach dem Umzug nicht mehr hatte aufstellen wollen. Wozu auch? In allen Räumen gab es Zentralheizung, und in der Küche stand ein neuer Elektroherd. Aber Trude hatte darauf bestanden, den alten Kohleherd zu behalten. Für den Notfall, wenn mal der Strom ausfiel. Oder wenn man etwas verbrennen mußte. Ein blutigschmutziges Unterhöschen, eine blutige Handtasche oder zwei abgeschlagene Finger in Wegerichblättern.

Trude stützte den Kopf mit den Händen ab und starrte blicklos zum Herd. Nach einer Weile raffte sie sich auf, schob die Ringe über der Feuerung beiseite und stocherte so lange mit einem Eisen in der Glut, bis nichts mehr da war, wovor man sich hätte entsetzen müssen.

Währenddessen hatte er in gemächlichem Trab den Feldweg erreicht, beschleunigte seine Schritte, nahm den leichten Bogen, den der Weg beim Stacheldraht der Apfelwiese machte, und hielt auf das Maisfeld zu. Am Rand des Feldes blieb er minutenlang stehen, hob das Fernglas an die Augen und spähte über die Halme zu Lukkas Bungalow hinüber.

Er war nicht sicher, ob sein Freund Lukka daheim war. Es war von draußen nur schwer zu erkennen. Wenn er daheim war, kam er heraus, sobald er ihn sah. Aber Heinz Lukka sah ihn nicht, wenn Ben es nicht wollte. Er ging in die Hocke, teilte vorsichtig die Maisstengel und schlich dazwischen, umrundete das Haus, buddelte das Springmesser aus einer Erdkuhle, steckte es ein und spähte an der anderen Seite den Feldweg entlang.

Weit hinten tauchten aus Richtung Lohberg die beiden Mädchen auf, denen er entgegenfieberte. Es war ein Fieber, das weder ein Befehl seines Vaters noch eine unter

Schmerzen vorgebrachte Bitte seiner Mutter niederdrükken konnte. Sie näherten sich langsam. Er ließ sie an sich vorbei und kicherte in sich hinein, weil sie ihn scheinbar nicht bemerkt hatten.

Als sie gut hundert Meter entfernt waren, richtete er sich auf, hastete auf den Weg und hinter ihnen her. Er holte sie rasch ein. Sie mußten seine Schritte hören, doch keine von ihnen drehte sich um. Beide ließen sie ihn das Spiel spielen, das ihm am liebsten war. Fangen. Er erreichte sie, streckte die Hand nach dem außen fahrenden Mädchen aus, wühlte die Finger in ihr dichtes dunkles Haar. Das blonde Mädchen hielt sein Rad an, als seine Begleiterin zum Halten gezwungen wurde. Das dunkelhaarige Mädchen mit der Sonnenbrille war Bens jüngste Schwester.

Das Baumhaus

Im Januar 81 blieb Trudes Regel aus. Einen Anlaß zur Besorgnis sah sie anfangs nicht, sie wurde in dem Jahr fünfundvierzig, da mußte man mit so etwas rechnen. Außerdem hatte sie in den letzten Monaten des Vorjahres nicht oft mit Jakob geschlafen. Und wo sie ohnehin nicht leicht schwanger wurde, machte sie sich keinen Gedanken zuviel um eine lästige Sache, die einmal nicht zur gewohnten Zeit kam. Gedanken machte sie sich nur um Jakob. Sein Groll gegen Heinz Lukka trieb ihn immer noch häufig in Ruhpolds Schenke.

Jakob weigerte sich strikt, an Lukkas Verlobungsfeier teilzunehmen. Diese Verlobung galt im Dorf als ein Wunder. Heinz Lukka war immerhin schon über fünfzig. Er hatte im Oktober 80 durch seine Arbeit eine Frau kennengelernt, eine nette, solide Person, wie er Trude erzählte, geschieden zwar – er hatte sie bei der Scheidung vertreten –, mit einer zwölfjährigen Tochter, aber wen störte das? Höchstens Thea Kreßmann, die immer der Meinung gewesen war, Heinz Lukka sei besessen von einer siebzehnjährigen Jungfrau Maria.

Im Februar feierte Heinz Lukka sein spätes Glück mit fünfzig geladenen Gästen in einem guten Restaurant in Lohberg. Ruhpolds Schenke, vertraute er Trude an, sei ihm zu bieder und zu bäuerlich. Trude hätte gern mitgefeiert, aber da Jakob nicht wollte, blieb sie auch daheim.

Leider hielt Heinz Lukkas Glück nicht lange. An einem Sonntag Anfang März, nur drei Wochen nach der großen Verlobungsfeier, war die Frau zusammen mit ihrer Tochter auf dem Weg ins Dorf. Auf der Landstraße kam sie mit ihrem Wagen von der Fahrbahn ab. Sie prallte gegen einen Baum und starb in den Trümmern ihres Fahrzeugs, ihre Tochter überlebte schwerverletzt und lag monatelang im Krankenhaus.

Über Wochen hielt sich das Gerücht, Richard Kreßmann habe Lukkas Verlobte von der Straße gedrängt. Richard war zur selben Zeit auf dem Weg nach Lohberg gewesen, um den alten Igor im Krankenhaus zu besuchen. An Igor hing Richard fast mehr als am Alkohol. Nun war Igors Herz zu schwach geworden. Der alte Russe starb zwei Wochen später. Und am selben Abend erhängte sich Werner Ruhpold auf dem Dachboden seiner Schenke.

Trude hörte von dem Unglück auf der Landstraße, daß Richard Kreßmann als erster an der Unfallstelle gewesen war und dem schwerverletzten Mädchen die Hand gehalten hatte, bis der Rettungswagen eintraf. Ebenso hörte sie, daß Heinz Lukka völlig verzweifelt und Igor friedlich entschlafen war. Sie hörte auch von dem Strick, mit dem Werner Ruhpold sein Warten auf Edith Stern beendet hatte. Aber zu diesem Zeitpunkt hatte Trude andere Sorgen, als sich den Kopf darüber zu zerbrechen, warum

Igor darauf bestanden haben sollte, Werner Ruhpold noch einmal zu sehen, ehe er seinem Schöpfer gegenübertrat. Thea Kreßmann erzählte ihr das und fragte sich, was da so Wichtiges zu besprechen gewesen sein könnte, daß Werner Ruhpold sich entschlossen hatte, Igor auf dem Weg nach oben zu begleiten.

Trude fragte sich ganz etwas anderes. Auch im Februar und im März hatte sich bei ihr nichts gerührt. Als Ende März Antonia Lässler freudestrahlend berichtete, was der Arzt zu ihr gesagt hatte, höchstwahrscheinlich wieder ein Mädchen, keimte in Trude ein furchtbarer Verdacht. Der Gynäkologe bestätigte ihn zwei Wochen später.

Im ersten Augenblick war Trude wie gelähmt und wünschte sich, es möge ihr ergehen, wie es Maria Jensen im November mit der zweiten Schwangerschaft ergangen war. Ein Sturz in der Wohnung, eine heftige Blutung, Notoperation und aus der Traum. Jakob dachte nicht anders. Man mußte das Alter berücksichtigen. Er fühlte sich manchmal wie sein eigener Großvater. Trude war auch nicht mehr die Jüngste. Und wenn es nun wieder ... Bens Geburtstag lag zwar schon ein paar Wochen zurück, aber er war wie ein Mahnmal.

Sie hatten ihm nichts geschenkt. Es war ihnen nichts eingefallen, womit sie ihm eine Freude hätten machen können.

«Schenkt ihm doch eine Puppe», hatte Anita vorgeschlagen. «Ihr könnt ja ein Messer dazulegen, da freut er sich bestimmt.» Gelacht hatte sie, wie nur achtzehnjährige Schwestern über schwachsinnige Brüder lachen können.

In einem Moment der Unbeherrschtheit hatte Jakob ausgeholt und sie auf ihr vorlautes Mundwerk geschlagen. Es hatte ihm auf der Stelle leid getan. Eine seiner Töchter zu schlagen war ihm bis dahin nicht in den Sinn gekommen. Entschuldigt hatte er sich aber nicht, obwohl das sein erster Impuls gewesen war. Doch wichtiger, als einem Impuls nachzugeben, war es, Trude zu beweisen, daß ihm der Sohn ebenso am Herzen lag wie ihr, daß er ihn weiß Gott nicht totschlagen und ihr bei der ins Haus stehenden neuen Last gerne ein wenig Verantwortung von den Schultern nehmen wollte.

Es mußte einen Weg geben, Ben aus dem Dorf und von anderer Leute Kinder fernzuhalten. Es gab viel Gerede, hauptsächlich verbreitet von Gerta Franken. Sie hatte mit den Jahren so viel Wissen gesammelt, daß sie einiges durcheinanderwarf. Gerta hatte sich zu der Überzeugung verstiegen, der Mörder der jungen Artistin und der Tatzeuge seien ein und dieselbe Person gewesen. Nun verkündete sie häufig am Marktplatz, Ben würde Puppen zerreißen, um nicht aus der Übung zu kommen. Es lachten längst nicht mehr alle darüber.

Jakob hatte zwei Möglichkeiten: ihn so lange zu prügeln, bis er die Hände von den Puppen ließ – das kam wegen Trudes Verfassung und Heinz Lukkas Drohung nicht in Frage –, oder ihm einen Anreiz zu bieten, eine Ablenkung, irgendeine Beschäftigung.

Trude betonte oft, daß er ihr gerne im Garten half – und dabei mehr Gemüse ausriß, als sie pflanzen konnte, aber das sagte sie nicht. Ein eigener Garten für Ben, war Jakobs erster Gedanke. Nur, wo sollte man den anlegen?

Auf der Apfelwiese war es zu gefährlich. Gerta Frankens Garten wäre ideal gewesen. Diese Wildnis aus hüfthoch wucherndem Kraut, dazwischen ein alter Birnbaum und die Ungetüme sich selbst überlassener Brombeersträucher, da konnte er nichts verderben. Es mußte mit dem Teufel zugehen, wenn man ihm diesen Platz nicht schmackhaft machen konnte. Und wenn er sich direkt unter Gertas Augen mit harmlosen Dingen beschäftigte, vielleicht erzählte die Alte dann das.

Jakob überdachte die Sache ein paar Tage, stieg probeweise in den Birnbaum, und da kam ihm die Idee mit dem Baumhaus. Es eröffnete sich ihm ein herrlicher Ausblick. Nach drei Himmelsrichtungen erstreckten sich die Rüben- und Weizenfelder, die Kartoffeläcker und Roggenstreifen. An klaren Tagen konnte man im Westen die Kirchturmspitze von Lohberg sehen. Selbst an diesigen Tagen stach sie wie ein schemenhafter Finger in den Himmel. Im Osten gab es den Wald. Im Südosten lag hinter den Feldern die Senke mit den Trümmern vom ehemaligen Kreßmann Hof.

Wenn man im Garten stand, war der Bombenkrater nicht zu sehen, aber hoch im Baum hob sich die Bruchkante von den Äckern ab. Mehr als genug Auswahl für Bens scharfe Augen. Und in seinem krausen Hirn mochte er dann andere Ziele entdecken, die eine Erkundung lohnten.

Mit Gerta Franken wurde Jakob unerwartet schnell einig. Ihr lag nichts an ihrem Garten. Sie hatte bisher auch nichts dagegen gehabt, wenn Trude die Brombeeren pflückte, wollte nur ein paar Gläser Gelee haben. Solange Ben ihr nicht zu nahe kam, war Gerta bereit, Jakob den kompletten Garten für eine kleine Summe monatlich zur Nutzung zu überlassen. Vorausgesetzt, Jakob hielt den Mund, damit das Sozialamt nicht auf die Idee kam, die dürftige Aufstockung ihrer Rente zu kürzen.

Schon am nächsten Tag begann Jakob, den Platz für seinen Sohn herzurichten, entfernte das gröbste Kraut rund um den Birnbaum. Die Brombeersträucher schnitt er zurück, damit Ben sich nicht an den Dornen kratzte. Er erklärte Trude in groben Zügen, was er vorhatte, und wies sie an, Ben ein paar Tage aus dem Garten fernzuhalten.

Abend für Abend schleppte Jakob stabile Bretter hinaus, trug Hammer und Nägel in der Hosentasche und baute als erstes eine Plattform in den Birnbaum. Als er damit fertig war, stellte er sich in die Mitte, wippte und federte in den Knien, wagte ein paar Sprünge und war danach überzeugt, daß dieser Boden den Sohn einige Jahre tragen konnte. Die Wände baute er zum Teil ebenfalls aus Brettern, zum Teil aus Wellblech, damit fertigte er auch das Dach.

Trude hatte Tränen der Rührung in den Augen, als Jakob sie nach der Fertigstellung abends hinausführte. Zuerst stand sie eine Weile da, ganz stumm. Dann streifte sie Jakob mit einem dankbaren Blick, ergriff mit beiden Händen die Strickleiter, die er eigenhändig geknüpft und an einem starken Ast befestigt hatte. Trude stieg hinauf, zwängte sich mit ihrem dicken Bauch umständlich durch den Einlaß, hockte sich nieder und spähte durch die schmalen Schlitze, die Jakob zwischen den Wänden und dem Dach gelassen hatte. Jakob hörte nur ihre Stimme. «Das ist sehr schön geworden, wirklich. Von hier aus kann er alles sehen, und von ihm sieht man nichts.»

Um die Stelle für Ben wirklich reizvoll zu gestalten, tat Trude noch etwas mehr. In der Scheune lag eine alte, verzinkte Viehtränke. Sie schaffte sie zusammen mit Jakob an eine windgeschützte Stelle zwischen den zurückgeschnittenen Brombeersträuchern. Jakob grub die Tränke zur Hälfte in den Boden ein. Trude schleppte etliche Eimer Wasser hinaus und kippte sie in das Behältnis, damit Ben sah, welche Freuden ihn erwarteten.

Als sie ihn am nächsten Morgen hinausführte, stand er da wie vom Donner gerührt, starrte hinauf in das Geäst, den Mund halboffen, die Augen vor Staunen aufgerissen. Dann lief er zur Tränke, hüpfte und sprang und wußte sich gar nicht zu lassen.

Während des Sommers erwies sich das Arrangement als Segen für alle. Täglich lief Ben in aller Frühe hinaus, und nicht einmal die Mahlzeiten brachten ihn freiwillig zurück. Bei sengender Hitze stieg er in die Viehtränke, schaufelte sich das Wasser mit beiden Händen über Kopf und Nacken. Wenn es kühler war, lag er im Baumhaus, spähte durch die Schlitze ins Land. Oder er beschäftigte sich damit, seine Ordnung in Gerta Frankens Garten zu bringen. Er arrangierte die Nesseln, die Disteln und den wilden Hafer wie die Beete in Trudes Gemüsegarten.

Es zog ihn nicht mehr zum Marktplatz oder ins Café Rüttgers, zur Schule oder den Spielplätzen im Neubaugebiet am Lerchenweg. Niemand kam mehr, um sich über ihn zu beschweren. Er verlor sogar vorübergehend das Interesse an Anitas Puppen.

Tief im Innern atmete Trude auf, fühlte eine Art Frieden, auch ein wenig Freude, wenn sie an das Ungeborene dachte. Manchmal leistete sie sich sogar eine freie Stunde am Nachmittag. Dann überzeugte sie sich, daß er friedlich an der Viehtränke spielte, im Baumhaus hockte oder Disteln umpflanzte. Sie erklärte ihm noch, obwohl er es vermutlich nicht verstand, daß sie jetzt auf einen Besuch zu Antonia gehen und bald zurückkommen würde. Anschließend schlenderte sie gemächlich die dreihundert Meter weiter zum Lässler-Hof.

Manchmal sprachen sie über das, was im Dorf vorging. Viel war es nicht, wenn man von den Ereignissen der ersten Monate des Jahres 81 absah. Kreßmanns Igor hatte eine derart pompöse Beerdigung gehabt, daß sich manch einer gefragt hatte, ob Richard sich einbildete, er bringe den letzten russischen Zaren unter die Erde.

Nach dem Begräbnis war Richard drei Wochen lang nicht nüchtern geworden. Anschließend war ihm zu Ohren gekommen, daß man ihn verdächtigte, den Tod von Heinz Lukkas Verlobter verschuldet zu haben. Richard hatte dem halben Dorf mit Verleumdungsklagen gedroht und seinen Mercedes von der Polizei untersuchen lassen. Ob er auf der falschen Straßenseite gefahren war, hatte man natürlich nicht feststellen können. Die zwölfjährige Tochter der Toten konnte keine Angaben über den Unfallhergang machen, als sie endlich aus dem Koma erwachte.

Im Mai hatte Richard dann trotzdem seinen Führerschein abgeben müssen. Über drei Promille wurde gemunkelt. Daß er damit heil auf seinen Hof gelangt war, grenzte an ein Wunder. Daß die Polizei ihn dann ausgerechnet vor der eigenen Tür erwischte... Es ging das Gerücht, sie hätten ihm dort nach einem anonymen Hinweis aufgelauert. Einige vermuteten, Heinz Lukka sei der Denunziant gewesen. Beweisen ließ sich das nicht. Auch Toni von Burg konnte dafür gesorgt haben, daß Richard aus dem Verkehr gezogen wurde. Richard ließ sich jetzt immer von Thea zu Ruhpolds Schenke fahren.

Werner Ruhpold war in aller Stille beigesetzt worden. Die Schenke hatte ein Vetter von ihm übernommen. Er hieß Wolfgang und war – wie Jakob und Paul übereinstimmend feststellten – ein sympathischer und tatkräftiger Mann.

Heinz Lukka hatte nach dem Unfalltod seiner Verlobten auch noch seinen Schäferhund verloren. Er hatte ihn einschläfern lassen müssen, weil der Hund eine Perserkatze zerrissen und der Besitzer der Katze eine Ladung Schrot auf ihn abgefeuert hatte.

Maria Jensen brach immer noch unvermittelt in Tränen aus und mußte fluchtartig die Apotheke verlassen, wenn sie eine schwangere Frau zu Gesicht bekam. Erich fürchtete, sie könne aus lauter Kummer über die Fehlgeburt im November in Depressionen verfallen, wo Antonia nun schon das vierte Kind erwartete. Erich hatte Maria vorsorglich für zwei Wochen zur Kur geschickt.

Bei Illa von Burg hatte der Gynäkologe einen Knoten in der Brust festgestellt. Toni hatte in den Tagen, die Illa im Krankenhaus verbringen mußte, mehrfach in Ruhpolds Schenke gesagt, wenn es bösartig sei, würde er mit ihr gehen. Zum Glück stellte sich bald heraus, daß es harmlos war.

Doch lieber als über andere sprach Trude mit Antonia über eigene Pläne und Wünsche. Sie hoffte inständig, daß Jakob vielleicht doch noch zu einem gesunden Sohn kam. Jakob träumte davon, Schützenkönig zu werden. Nicht in diesem Jahr. Da gab Trude mit ihrem prallen Leib kaum eine präsentable Königin ab. Aber im nächsten Jahr oder im übernächsten, wenn das vierte Kind aus dem Gröbsten heraus war, wenn Ben sich weiterhin so friedlich und genügsam zeigte. Solch eine Stunde mit Antonia entschädigte Trude für viele Mühen und Nöte. Leider war es nicht von langer Dauer.

Im Spätsommer, als Jakob abends einmal nach dem Baumhaus sehen und prüfen wollte, ob der Boden noch in Ordnung war, fand er ein paar bunte Fetzen, die einmal ein Puppenkleid gewesen waren. Dabei lagen ein Puppenbein, ein Glasauge und ein Küchenmesser. Und Jakob hatte wie Trude geglaubt, es sei vorbei. Kopf, Leib, Arme und das zweite Bein der Puppe fehlten. Und Jakob wußte im ersten Moment nicht, ob er weinen oder mit den Fäusten gegen die Wände schlagen sollte.

Er stürmte zurück ins Haus, riß – dicht gefolgt von der ahnungslosen und hochschwangeren Trude – die Tür zu Bens Zimmer auf. Dann stand er auch schon neben dem Bett, zerrte den schlafenden Jungen an den Schultern hoch und drosch auf ihn ein. Er schlug so lange, bis Trude ihre Erstarrung abschüttelte und ihm in den Arm fiel.

Ben verkroch sich wimmernd in die hinterste Ecke seines Bettes. Jakob schüttelte die Faust gegen das jammernde Bündel. «Sofort kommst du mit raus», preßte er hervor. «Und wo immer du sie gelassen hast, du wirst sie wieder herbeischaffen.»

Trude begriff endlich, worum es ging. Sie half Ben beim

Anziehen, ging mit einer Lampe vor ihm her in Gerta Frankens Garten und leuchtete ihm, während Jakob einen Spaten aus der Scheune holte. Ben irrte wimmernd und schluchzend zwischen den Sträuchern und Nesseln umher. Nicht begreifend, was Jakob von ihm erwartete, wollte er ins Baumhaus klettern. Jakob riß ihn zurück. Ben hob ein Bein, um in die Viehtränke zu steigen. Jakob drosch wieder auf ihn ein, hielt erst inne, als Trude laut schluchzte.

«Die Puppe», schnaufte Jakob. «Du hast sie kaputtgemacht. Und dann? Was machst du damit? Verbuddelst sie irgendwo! Man findet ja immer nur Stücke. Aber das hat jetzt ein Ende!»

Dann trieb Jakob den Spaten in den Boden. Ben wollte hinüber in Trudes Garten. Als sie ihn endlich gewähren ließen, lief er zur Apfelwiese, blieb neben dem Sandpütz stehen, schaute Jakob mit vom Weinen geschwollenen Augen ins Gesicht, zeigte auf den offenen Pütz und schluchzte: «Finger weg.»

«Ja», fauchte Jakob, «hier hast du nichts zu suchen. Aber deshalb sind wir nicht draußen.»

Jakob führte ihn zurück in Gerta Frankens Garten, drückte ihm den Spaten in die Hand, und Trude leuchtete ihm. Eine Viertelstunde verging, ehe das Schaufelblatt zum erstenmal auf einen kleinen Widerstand stieß. Es war nur ein dicker Stein, den Ben ins Lampenlicht beförderte.

Er starrte ängstlich zu seinem Vater hin und duckte sich, als Jakob einen Schritt auf ihn zukam. Aber Jakob wollte sich nur nach dem Stein bücken. Er warf ihn ins Gebüsch und forderte: «Weitergraben. Ich will keine Steine sehen, nur die Puppen.»

Es fand sich in dem Loch nichts mehr. In seiner Furcht vor weiteren Schlägen grub Ben in der Nacht die halbe Wildnis um. Grub an den folgenden Tagen Löcher an allen möglichen Ecken von Gerta Frankens Garten. Er buddelte rund um die Viehtränke, so daß die sich erst zur einen, dann zur anderen Seite neigte, um schließlich weiter in den Boden einzusinken.

Trude spürte wieder das Herz in krampfhaften Schlägen pochen, wenn sie ihn frühmorgens in die Scheune schleichen sah. Den Kopf hielt er so tief zwischen die Schultern gezogen, als habe Jakob ihm nun endgültig das breite Kreuz gebrochen. Wenn er dann zu graben begann, im Bemühen, den Wunsch seines Vaters zu erfüllen, weinte Trude oft heimlich vor sich hin.

25. August 1995

Den ganzen Freitag hatte Jakob während der Arbeit ein ungutes Gefühl. Es war fast, als bestünde eine geheime Verbindung, die es ihm ermöglichte, Trudes Angst zu spüren, ihre Qual. Aber hätte er gesehen, daß Trude den Küchenherd anheizte, um zwei Finger in der Glut verschwinden zu lassen, wäre er auf der Stelle heimgefahren und hätte sie zur Rede gestellt.

Jakob hätte dafür gesorgt, daß die Herkunft dieser Finger geklärt wurde. Und hätte sich herausgestellt, daß Ben sie jemandem – tot oder lebendig – abgeschnitten hatte, hätte Jakob die Konsequenzen gezogen, wie auch immer sie beschaffen sein sollten.

Zu einem Teil rührte das ungute Gefühl, das sich während der Woche allmählich aufgebaut hatte und freitags seinen Höhepunkt erreichte, von den Zeitungen her. Mittwochs hatte es in einem kleinen Artikel geheißen, man habe Klaus und Eddi wieder freilassen müssen, weil ihre Angaben nicht zu widerlegen gewesen seien und man keinen Anhaltspunkt für ein Verbrechen gefunden habe.

Aber der größte Teil seines Unbehagens hatte seinen Grund in Trudes Einsilbigkeit.

Sie war so sonderbar geistesabwesend geworden. Wenn sie abends im Wohnzimmer saßen und er sie ansprach, zuckte sie oft zusammen, als hätte er sie geschlagen. Jedesmal fragte er sich, wo sie wohl gerade mit ihren Gedanken gewesen war.

Ihm selbst spukten unentwegt die Zeitungsartikel durch den Kopf und die Szene, die er am Montag morgen auf dem Feldweg hatte beobachten müssen. Wie Ben seine jüngste Schwester an sich drückte, wie er versuchte, sie samt ihrem Fahrrad durch die Luft zu wirbeln.

Jakob liebte seinen Sohn, auch wenn seine Liebe in früheren Jahren leider zu oft durch die Fäuste geflossen war, was er aufrichtig bedauerte. Er war sich jederzeit der Verantwortung für ihn bewußt, liebte ihn ehrlich und aufrichtig, aber längst nicht so inbrünstig wie seine Jüngste.

Für Jakob war die dritte Tochter immer noch ein Himmelsgeschenk. Tanja war höchst selten daheim, aber das änderte nichts an seinen zärtlich besorgten Gefühlen für sie. Trude brauchte Ben, den Sohn, der auch mit zwei Metern Körpergröße und mehr als zwei Zentnern Gewicht noch darauf angewiesen war, daß seine Mutter ihm die Hände und den Hintern wusch. Und Jakob brauchte den Traum, eines Tages einen Hof, der nicht mehr existierte, in junge Hände zu übergeben. Sie ging aufs Gymnasium in Lohberg wie Anita vor Jahren. Studieren wollte sie auch, davon schwärmte sie ihm häufig vor. Agrarwissenschaft. Und tief in seinem Innern hauste die Furcht, daß daraus nichts werden könnte, daß irgendwann irgendwer den Traum zunichte machte.

Seltsamerweise stiegen immer dann ein paar Furchtblasen an die Oberfläche, wenn er Zeuge solcher Umarmungen geworden war. Es war ja beileibe nicht die erste gewesen am Montag morgen. Hin und wieder kam sie heim, erzählte von der Schule, von Onkel Paul und Antonia oder einem Besuch im Kino. Kam Ben dazu, und er kam regelmäßig dazu, grinste sie an, brabbelte Fein, und dabei juckte es ihn in sämtlichen Fingern.

Tanja war ein zierliches Kind, und mit ihren dreizehn Jahren war sie wahrhaftig noch ein Kind. Und Ben, dieser ungehobelte Klotz, ging mit ihr um wie mit einem Mehlsack. Schon hundertmal hatte Jakob gemahnt, den Finger gehoben, die Stimme gestählt und um Vorsicht gebeten. «Nicht so feste, Ben.»

Dann lachte sie. Sie war so unbekümmert, so sorglos und vertrauensselig, so voller Geschwisterliebe, im Gegensatz zu ihren beiden Schwestern, die heute einen noch größeren Bogen um Ben machten als in jungen Jahren. Sie nicht, sie liebte diesen Riesen abgöttisch, hing an seinem Hals, ritt auf seinem Rücken, vielleicht, weil sie es nicht anders kannte.

«Mein Bär», sagte sie. Oder: «Mein Waldmensch.» Und: «Keine Sorge, Papa, wenn er mir weh tut, brülle ich laut, dann hört er sofort auf.» Eines Tages kam das Brüllen vielleicht zu spät. Eines Tages brach ihr der Bär garantiert ein paar Rippen. Und dann gnade ihm Gott.

Natürlich wußte Jakob seit langem, daß Ben seine jüngste Schwester auch dann umarmte, wenn er mit ihr allein war, unbeobachtet von Jakobs argwöhnisch aufmerksamen Augen, draußen auf dem Feldweg. Vielleicht an genau der Stelle, von der aus Marlene Jensen verschwunden war. Die Polizei mochte von der Schuld der beiden jungen Männer überzeugt sein und sie nur aus Mangel an Beweisen laufengelassen haben. Doch inzwischen fragte mehr als einer: «Und wenn sie nicht lügen?»

Der für Teppichböden und Tapeten zuständige Verkäufer im Baumarkt Wilmrod, mit dem Jakob seine Frühstückspause an diesem Freitag verbrachte, fragte es auch. Jakob hatte im Juni den Fehler gemacht, dem

Mann von Bens Zusammentreffen mit Albert Kreßmann und Annette Lässler zu berichten. Natürlich hatte er auch erzählt, wie Paul, Antonia und Trude darüber dachten. Trotzdem!

Kaum saßen sie sich im Aufenthaltsraum gegenüber, brachte der Verkäufer das Thema zur Sprache. Er spekulierte über die wenigen Anwohner in der einsamen Gegend. Der Lässler-Hof, Lukkas Bungalow, Jakobs Anwesen und sonst nur Feld und Wiesen. Nicht einmal eine Beleuchtung auf den Wegen.

«Wenn ich mir vorstelle», sagte der Verkäufer, «wie das arme Ding sich gefühlt haben muß, als die beiden es im Stockfinstern aus dem Auto warfen. Was hättest du gemacht an ihrer Stelle?»

«Ich wäre nach Hause gegangen», sagte Jakob.

Sein Kollege nickte bedächtig. «Und wie weit ist es von diesem Weg bis zur Apotheke?»

Jakob zuckte mit den Achseln. «Kommt drauf an, wo man steht. Von Lukka aus gibt es zwei Möglichkeiten, zurück zur Landstraße und von da ins Dorf. Oder den Weg runter zur Bachstraße.»

«Es ist in jedem Fall ein gutes Stück zu laufen», meinte der Verkäufer. «Aber hast du nicht gesagt, Lässler sei ihr Onkel?»

Jakob nickte.

«Da wird sie eher versucht haben, zu ihm zu gehen.»

«Da hätte sie besser zu Lukka gehen können», sagte Jakob wohlwissend, daß der Anwalt wahrscheinlich nicht daheim gewesen war. Aber da der Verkäufer nur spekulierte, durfte Jakob das auch tun. «Das sind achthundert Meter weniger, und Lukka hat Telefon. Vielleicht hätte er sie sogar heimgefahren. Er kann zwar ihren Vater nicht riechen, aber ihrer Mutter hätte er sicher gerne eine Freude gemacht. Für die hat er sich sogar mal einen Zahn ausschlagen lassen.»

«Und Lukka hat nichts gehört?» fragte sein Kollege.

«Woher soll ich das wissen?» sagte Jakob. «Aber er kann nichts gehört haben, wenn nichts da war. Die haben sie nicht rausgeschmissen.»

«Etwas anderes konnte die Polizei ihnen aber nicht beweisen», meinte der Verkäufer und fügte an: «Vielleicht weiß dein Ben, was mit dem Mädchen passiert ist.»

Jakob kaute auf einem Bissen Brot, spülte ihn mit viel Kaffee hinunter und fragte mit mühsam unterdrückter Wut: «Willst du damit andeuten, Ben hätte dem Mädchen was getan?»

«Quatsch», sagte sein Kollege. «Wenn er so veranlagt wäre, hätte er im Juni dem jungen Kreßmann den Hals umgedreht und sich Lässlers Tochter selbst vorgenommen. Ich dachte nur, vielleicht ist ihm was aufgefallen. Die Scheinwerfer vom Auto müßte man doch weit sehen können. Und wenn er draußen war. Oder war er nicht?»

«Doch», sagte Jakob gedehnt. Er hatte auch den Fehler gemacht, von Bens nächtlichen Streifzügen zu erzählen.

«Man müßte ihn einfach mal fragen, ob er was gesehen hat», meinte der Verkäufer. «Das müßte natürlich ein Fachmann tun. An deiner Stelle würde ich mich da mal drum kümmern. Das wäre doch ein Hammer, Jakob, wenn dein Ben die Sache aufklären könnte. Stell dir mal vor, was die Zeitungen schreiben würden.»

Er ging Jakob entsetzlich auf die Nerven mit seinem Gefasel. Es komme nur darauf an, setzte der Kollege seinen Vortrag fort, die Fragen mit den richtigen Hilfsmitteln zu unterstützen, damit Ben überhaupt erst einmal begreifen könne, was man von ihm wollte. Zuerst müsse man ihm ein Foto von Marlene Jensen zeigen. Wenn sich dann herausstellte, daß er das Mädchen gesehen hatte, müsse man ihn ein Bild malen lassen. Es sei erstaunlich, welch aufschlußreiche Bilder geistig Behinderte zustande brächten. Er habe erst kürzlich einen Artikel darüber gelesen, wie sie ihre Ängste oder etwas anderes in Farben und Formen ausdrückten. Das müßten natürlich Fachleute interpretieren.

Jakob packte das angebissene Brot wieder ein, schraubte die Thermoskanne zu und erhob sich mit dem Hinweis, seine Frühstückspause sei zu Ende, weil er es nicht mehr hören konnte. Aber er hatte es gehört. Und es verfolgte ihn am Vormittag, begleitete ihn in die Mittagspause, schlich am Nachmittag um ihn herum, wie Ben am Bendchen, am Bruch und um Lukkas Bungalow herumschlich.

Ein Bild malen lassen – lächerlich. Allein die Vorstellung, Ben einen Zeichenstift in die mächtigen Pranken zu drücken, nötigte Jakob ein unfrohes Grinsen ab. Er hatte noch nie registriert, was Ben mit den Kartoffeln veranstaltete, für Jakob war das nur sinnlose Schnippelei. Aber ein Foto zeigen … Sie hatten die Zeitungen mit den Fotos weggeräumt, er ebenso wie Trude. Warum? Nur aus Gewohnheit?

Jakob nahm sich vor, über dieses Warum und diverse Gewohnheiten mit Trude zu reden. Waren sie etwa beide überzeugt gewesen, Ben könne Marlene Jensen anhand der Fotos wiedererkennen? Und wenn er sie wiedererkannt hätte, was wäre daran schlimm gewesen? Er hätte vermutlich Fein gesagt – bei seinem Gedächtnis und der Tatsache, daß er Marlene Jensen im letzten November bei der Hochzeit von Pauls und Antonias ältestem Sohn gesehen hatte. Nicht nur gesehen, Antonia hatte ihm erlaubt, über das Haar ihrer Nichte zu streichen.

Es war Jakob nicht recht gewesen. Einem wie Ben waren von Natur aus Grenzen gezogen. Es war nicht gut, ihm zu zeigen, daß man diese Grenzen in Ausnahmefällen überwinden durfte. Er konnte die Ausnahmen nicht von anderen Fällen unterscheiden.

Antonia hatte gesagt: «Nun hab dich nicht so, Jakob.

Ich bin doch dabei.» Im November – ja. In der Augustnacht dagegen hatte Antonia in ihrem Bett gelegen und friedlich geschlafen, während ihre Nichte …

Auch wenn Jakob es nicht denken wollte, er dachte es. Nur einmal angenommen, Klaus und Eddi sagten die Wahrheit. Sie hielten ihr Auto an, warfen Marlene raus. Lukkas Bungalow lag wie ein dunkler, verlassener Klotz an der Ecke. Und da war der Mais. Für Marlene Jensen hätte es in der Nacht keinen Grund gegeben, Freundlichkeit zu heucheln. Nur einmal angenommen, sie hätten Ben eines der Fotos gezeigt, und er hätte gesagt: «Rabenaas.»

Jakob konnte nicht weiterdenken. Der Entschluß, mit Trude zu reden, lag ihm plötzlich wie ein Stein im Magen. Ben war zweiundzwanzig Jahre alt. In dem Alter, das wußte Jakob noch aus eigener Erfahrung, war man nicht mehr nur auf Freundlichkeit aus. Da juckte es einen mächtig in der Hose.

Wie sollte Trude das nachvollziehen können? Oder Sibylle Faßbender, die Konditorin, die nie etwas mit einem Mann gehabt hatte und für Ben ihre Hand ins Feuer legte? Oder Antonia, die nie einsehen würde, was sie unter Umständen heraufbeschworen hatte mit ihren lockeren Ansichten?

Freundschaftsdienst

Als Paul Lässler im Frühjahr 69 seine zehnjährige Verlobung mit Heidemarie von Burg löste, um noch im selben Monat Antonia Severino zu heiraten, schlug man im Dorf die Hände über dem Kopf zusammen. Jeder halbwegs vernünftige Mensch mußte sich zwangsläufig fragen, was der an und für sich besonnene, stets ein wenig phlegmatisch wirkende und nur in seltenen Fällen aufbrausende Paul mit dieser quirligen Italienerin wollte.

Zwar war Antonia lediglich in Italien geboren und schon kurz nach der Geburt mit ihren Eltern nach Lohberg umgesiedelt. Sie hatte außerdem in all den Jahren auch die Wintermonate in der Stadt verbracht und war insgesamt nur dreimal in ihrem Leben nach Italien gereist, aber das änderte nichts an ihrer Nationalität. Und man wußte doch, was für ein heißblütiges und leichtlebiges Volk diese Südländer waren.

Hinzu kam der Altersunterschied. Zwanzig Jahre trennten Paul von seiner Frau. Da hätte er sich auch im Kindergarten umsehen können, meinten einige. Darüber hinaus hatte Antonia als Tochter eines Eisdielenbesitzers nichts weiter gelernt, als Eisbällchen zu formen und in Waffeln oder in bunt bedruckte Pappbecher zu drücken. Dabei hatte sie sämtlichen jungen Burschen schöne Augen gemacht.

Und auf so was fiel Paul herein. Holte dreimal seine Schwester aus der Eisdiele ab und vergaß von einer Nacht auf die andere sämtliche Verpflichtungen den Eltern und seiner langjährigen Braut gegenüber. Vergaß völlig, daß ein Hof wie der seine eine Frau brauchte, die zupacken konnte und vor keiner Dreckarbeit zurückschreckte. Zu dem Zeitpunkt hatte sein Vater das Anwesen leider schon auf ihn überschrieben, weil Pauls älterer Bruder in Rußland gefallen war und das Nesthäkchen Maria nur Flausen im Kopf hatte.

Es gab nur wenige im Ort, die Verständnis aufbrachten, daß auch einen schwerblütigen und geduldigen Mann einmal die Leidenschaft packen und nicht wieder loslassen konnte. Jakob gehörte zu den wenigen. Er wußte, daß Heidemarie von Burg die Ehe und die damit verbundenen Pflichten scheute wie eine Katze das Wasser.

Mehr als einmal hatte Paul seinem Freund Jakob in

leicht alkoholisiertem Zustand sein Leid geklagt. Ein Spaziergang am Sonntag nachmittag und da, wo es keiner sah, Händchen halten. Abends um neun noch ein brüderlich scheuer Kuß vor der Haustür, mehr war nicht drin bei Heidemarie. Und das nach zehn Jahren, eigentlich nach fünfzehn. Sie waren schon vor der Verlobung fünf Jahre «miteinander gegangen», und mehr hatten sie in den fünf Jahren auch nicht getan.

«Manchmal denke ich», hatte Paul oft gesagt, «sie hat sie sich zunähen lassen. Sei mal ehrlich, Jakob, das kann doch nichts werden auf Dauer.»

Jakob hatte jedesmal zugestimmt.

Auch Heinz Lukka hatte in Ruhpolds Schenke erklärt: Vor die Wahl gestellt, eine pummelige Trockenpflaume gegen einen knackigen Paradiesapfel einzutauschen, hätte er sich ebenso entschieden wie Paul. Innerhalb der eigenen Familie wurde Pauls Wahl anfangs nur von Maria gebilligt. Mit ihren siebzehn Jahren fand sie italienische Eisdielen aufregender als Schweinezucht. Maria erhoffte sich einen Vorteil von der Verschwägerung, und tatsächlich bekam sie bei Besuchen in Lohberg so manchen Eisbecher gratis.

Schon bei der Hochzeit war offensichtlich, warum Paul das Standesamt förmlich gestürmt hatte. Kurz darauf kam Antonia mit Andreas nieder. Und Paul war auch noch stolz auf das erbärmliche Bündel Mensch, das man ihm in den Arm legte.

Niemand rechnete ernsthaft damit, daß der Kleine die erste Woche überlebte. Es gab ein paar Stimmen, die den angeborenen Herzfehler auf göttliche Gerechtigkeit zurückführten. Andere schoben ihn der Nationalität seiner Mutter in die Schuhe. Gerta Franken und Jakobs Mutter überlegten bereits, ob es statthaft sei, dieses Kind, rein rechnerisch ein Kind der Sünde, auf dem hiesigen Gottesacker zu bestatten. Da demonstrierte Andreas Lässler den an seinem Schicksal interessierten Menschen, daß er das italienische Feuer und den Kampfgeist seiner Mutter geerbt hatte. Er überstand die Herzoperation und erholte sich erstaunlich rasch.

Nachdem diese Hürde genommen war, bewies Antonia allen Skeptikern, daß auch die Tochter eines Eisdielenbesitzers wußte, was auf einem Bauernhof getan werden mußte. Ihre Ehe mit Paul war schon vor der Trauung überaus glücklich gewesen, daran änderte sich nach der Hochzeit nichts. Zwei Jahre nach dem ersten kranken gebar Antonia den zweiten kerngesunden Sohn Achim. Vier Jahre später kam die erste Tochter auf die Welt, ebenfalls kerngesund.

Und Antonia verstand sich nicht nur aufs Kinderkriegen. Zwischen der ersten Geburt und der zweiten Schwangerschaft sorgte sie dafür, daß das ältere Wohnhaus gründlich renoviert und die Stallungen modernisiert wurden. Nach Achims Geburt pflegte sie trotz der kleinen Kinder ihre Schwiegermutter mit wahrer Hingabe, als diese wegen eines Krebsleidens bettlägerig wurde. Zusätzlich führte sie an langen Abenden mit ihrem Schwiegervater heftige Streitgespräche, von denen Pauls Vater respektvoll schwärmte: Noch nie habe ihm ein Mensch mit solchem Elan Kontra gegeben.

Im Oktober 81 schenkte Antonia ihrem Paul dann die zweite gesunde Tochter. Das Kind wurde auf den Namen Britta getauft. Und nur eine Woche nach Brittas Geburt bewies Antonia, daß die Tochter eines italienischen Eisdielenbesitzers mehr Herz und Verstand im Leib hatte als jeder halbwegs vernünftige Mensch im Dorf.

Zwei Wochen vor Antonia und vier Wochen zu früh kam Trude nieder, notgedrungen im Ehebett während der Nachtstunden. Aber das Kind wog sechs Pfund, war kräftig und gesund, wie der eilig gerufene Arzt feststellte.

Am nächsten Morgen war Trude schon wieder auf den Beinen. Zwar sorgte Jakob dafür, daß ein Frühstück auf den Tisch kam, doch anschließend mußte er sich um andere Dinge kümmern. Und Ben wollte noch im Schlafanzug in Gerta Frankens Garten, um weiterzugraben.

Freude über die dritte Tochter wollte bei Trude nicht aufkommen. Jakob dagegen war glücklich, wieder nur ein Mädchen, aber rosig und rund, mit kräftigen Lungen und all den Reaktionen, die ein normaler Säugling haben sollte, die Ben nicht gehabt hatte. Jakob gab am Abend in Ruhpolds Schenke eine Lokalrunde und ließ die Anwesenden auf das Wohl seiner jüngsten Tochter anstoßen.

Trude fühlte sich schlapp und schwach, glaubte am Ende der ersten Woche nach der Geburt, nie zuvor so müde gewesen zu sein. Zu dem Zeitpunkt unterbrach Ben seine wüste Graberei.

Trude hatte vergessen, das Schlafzimmer abzuschließen, nachdem sie den Säugling versorgt und wieder hingelegt hatte. Als ob er es gerochen hätte, kam er ins Haus und stieg die Treppe hinauf. Im ersten Moment dachte Trude, er wolle in sein Zimmer. Dann hörte sie das typische Quietschen der Schlafzimmertür und hetzte nach oben. Sie kam gerade noch rechtzeitig. Er hielt das winzige Geschöpf bereits in den Händen, und der kleine Körper schwebte mit nach hinten baumelndem Köpfchen über der Wiege.

Trude riß ihm das Baby aus den Fingern, legte es zurück, hob drohend den Zeigefinger. «Nein, nein! Das ist keine Puppe, das kannst du nicht haben. Finger weg! Hörst du, Finger weg.»

Am Ende der zweiten Woche war Trude überzeugt, daß sie über kurz oder lang in der Mitte auseinanderbrechen würde. Ben wich nicht mehr von ihrer Seite, stand daneben und tatschte mit seinen großen Händen in das winzige Gesicht, wenn sie das Kind stillte. Wenn sie es badete, tauchte er bis zu den Unterarmen mit in die kleine Wanne ein, rieb über Ärmchen, Beinchen, den Bauch und den Po. Und immer wieder über das empfindliche Köpfchen.

Am Ende der dritten Woche kam Antonia auf den Schlösser-Hof. Den eigenen Säugling im Arm, stand sie neben der Wiege in Trudes Schlafzimmer, den Blick nachdenklich auf Ben gerichtet, der mit andächtig erregter Miene und zappeligen Händen am Fußende der Wiege stand und unentwegt Fein murmelte.

Trude war mager, blaß und abgehetzt. «Ich muß das Zimmer ständig abschließen», sagte sie. «Sonst holt er sie raus.»

Sie erzählte, daß er erst zwei Tage zuvor das Baby aus der Küche in den Hühnerstall hatte tragen wollen. Unter den Arm geklemmt wie sonst die Puppen, hatte er es über den Hof geschleppt, als Trude zum Tor laufen mußte, um dem Postboten zu öffnen.

Antonia erkundigte sich zögernd: «Und weggeben willst du ihn nicht?»

Trude schüttelte nur den Kopf. Antonia atmete tief durch, streifte Ben mit einem weiteren nachdenklichen Blick und entschied kurzerhand: «Dann nehme ich das Baby mit. Nur für die erste Zeit. Wenn es dir recht ist.»

Es war Trude recht. In der ersten Zeit ging sie Abend für Abend zum Lässler-Hof, lieferte die Muttermilch ab, freute sich, wie ihr jüngstes Kind wuchs und gedieh, und bedankte sich mit stummen Blicken bei Antonia, die von lauten Dankesbezeugungen nichts wissen wollte.

Jakob besuchte die Lässlers und seine jüngste Tochter jeden Sonntagnachmittag. Als bei Trude die Milch versiegte, übernahm er auch die Abende. Es war der Freundschaft mit Paul nicht abträglich. Was sich durch familiäre Verpflichtungen ein wenig abgekühlt hatte, erwärmte sich wieder.

Sie sprachen über die alten Zeiten und die alten Träume. Sie lachten noch einmal über Heidemarie von Burg und ihre Phobie vor dem Ehebett. Erinnerten sich wehmütig an Heidemaries kleine Schwester Christa. Gedachten mit ernster Miene der jungen Edith Stern und spekulierten, wer sie auf dem Gewissen haben mochte.

Kreßmanns Igor, so sah Jakob es. Igor hatte gelogen damals, dafür mußte es plausible Gründe gegeben haben. Vermutlich hatte er dann auf dem Sterbebett sein Gewissen erleichtern wollen, Werner Ruhpold rufen lassen und ihm gebeichtet. Anschließend war genau das eingetreten, was Jakob und Paul mit ihrem Schweigen hatten verhindern wollen: Werner erhängte sich.

Paul hatte erhebliche Zweifel an dieser Version. Igor war eine Seele von Mensch gewesen. Er hatte nicht mal die Fliegen totgeschlagen, die ihn bei der Feldarbeit belästigt hatten. Daß er sich an Edith Stern vergriffen haben sollte – unvorstellbar. Da nahm Paul eher an, daß Igor damals sobald als möglich zum Bendchen marschiert und zu spät gekommen war. Was er anschließend über Ediths gelungene Flucht erzählt hatte, mußte reine Barmherzigkeit gewesen sein. Nur hatte er dann eben sein Geheimnis nicht mit ins Grab nehmen wollen. Paul tippte auf Wilhelm Ahlsen.

Das konnte Jakob sich nicht vorstellen. Wilhelm Ahlsen hätte Edith draußen kaum den Schädel eingeschlagen. Er hätte sie an den Haaren ins Dorf geschleift und seinen Triumph gefeiert, bevor er sie auf den Weg schickte, den ihre Eltern, Brüder und die Familie Goldheim genommen hatten. Und Werner Ruhpold und Kreßmanns Igor hätte Wilhelm Ahlsen hinterhergeschickt.

Dann schon eher der alte Lukka, meinte Jakob. Wenn Heinz damals entdeckt hatte, warum Werner Ruhpold Proviant mit auf seine langen Spaziergänge nahm, mußte man davon ausgehen, daß Heinz es seinem Vater brühwarm erzählt hatte.

Nur war der alte Lukka nicht der Typ gewesen, der sich die Finger dreckig machte, gab Paul zu bedenken. Der alte Lukka stand lieber dabei und schaute zu, wenn andere das taten, vor allem, wenn es über Frauen herging. Bei seiner Alten hatte er nichts zu melden, da hielt er sich an anderen schadlos. Also hätte der alte Lukka Wilhelm Ahlsen berichtet, daß beim Bendchen noch ein bißchen Arbeit zum Wohle des Führers wartete. Und damit es sich lohnte, hätte er Werner Ruhpold in allen Einzelheiten geschildert, wie es gewesen war.

Blieb der junge Lukka. Und das glaubten sie beide nicht. So jung war Heinz zwar heute nicht mehr, aber damals war er erst sechzehn gewesen. Da war es unwahrscheinlich, daß er allein kurzen Prozeß gemacht haben sollte mit einer erwachsenen Frau. Immerhin war Edith Stern fünfundzwanzig gewesen. Sie hätte sich von so einem Rotzlöffel nichts gefallen lassen. Mutig war Heinz Lukka immer nur gewesen, wenn er als Jungzugführer der Hitlerjugend kleinen Jungs die Hölle heiß machen durfte, weil sie dem Verein nicht beitreten wollten, dies aus Zeitgründen auch gar nicht konnten.

Weißt du noch, wie er uns damals ... Dabei war er immer so ein schmächtiges Kerlchen. Aber zu der Zeit kam es mehr auf die große Klappe an.

Und weißt du noch, wie er erwischt wurde, als er Sibylle Faßbender samstags beim Baden beobachtete? Ausgerechnet in der Waschküche der von Burgs. Da verkehrte Sibylle ja noch regelmäßig, obwohl die kleine Christa längst an ihrer Lungenentzündung gestorben war.

Und weißt du noch, wie der alte von Burg ihm anschließend mit dem Gürtel den nackten Hintern ... War das nicht auch um die Zeit? Eine knappe Woche bevor wir Edith gefunden haben. Ja, das kommt hin.

Weißt du auch noch, wie der alte Lukka Zeter und Mordio schrie und dem alten von Burg mit der Gestapo drohte? Als ob die damals nichts Besseres zu tun gehabt hätten. Und wie Wilhelm Ahlsen verlangte, daß der alte von Burg sich öffentlich entschuldigte sonntags morgens nach dem Hochamt. Und wie der alte von Burg dann diese großartige Rede hielt:

Man müsse dem Untergang des Reiches vorbeugen, indem man den Verfall der guten Sitten verhinderte und auf die Moral der deutschen Jungmänner achtete. Daß sie sich von ihrer Bestimmung nicht ablenken ließen durch verdorbene Gedanken. Daß sie ihre Kraft für den Kampf zum Wohle des Führers aufsparten, damit nicht am Ende die Feinde des deutschen Volkes triumphierten und der Sieg denen zuteil wurde, die teuer dafür zahlen mußten und ihn verdient hatten.

Er war nicht auf den Mund gefallen, der alte von Burg. Da mußte man schon ganz genau hinhören, um zu begreifen, was er sagte. Wilhelm Ahlsen kochte vor Wut und mußte ihm auch noch recht geben.

Diese Abende waren für Jakob fast eine heilige Messe. Die jüngste Tochter im Arm, den Freund gegenüber, Erinnerungen und Befürchtungen. Einmal erwähnte Jakob, daß er auf der einen Seite wirklich dankbar für das kleine Mädchen sei. Und nur am Rande ließ er durchblicken, daß er auch nichts gegen einen zweiten Sohn einzuwenden gehabt hätte.

«Ich kann dir nachfühlen, wie das ist», sagte Paul voller Anteilnahme.

Jakob schaute ihn lange an und schüttelte den Kopf. «Das kannst du nicht. Du weißt heute, für wen du dich abrackerst. Und wenn wir zwanzig Jahre weiter sind, mußt du dir keine Sorgen mehr machen. Bei mir fangen die Sorgen dann erst richtig an. Was soll aus Ben werden, wenn wir nicht mehr können?»

Jakob erzählte von Trudes Ängsten, wie sie sich aufrieb für Ben, daß die anderen zwangsläufig zu kurz kamen. Gut, die beiden Großen gingen schon ihrer Wege. Aber das Kleine ... Wie in Gedanken versunken meinte Jakob: «Über kurz oder lang wär's ihr bei uns vielleicht ergangen wie den Puppen.»

«Unsinn», widersprach Paul. «Du glaubst doch nicht im Ernst, daß er nicht unterscheiden kann zwischen einem Menschen und einem Spielzeug. Jakob, mach dich nicht verrückt. Er ist ein Schaf. Antonia sagt es jedesmal, er ist durch und durch gutmütig.»

25. August 1995

Um halb sieben drückte der Entschluß, mit Trude über die Zeitungen und alles andere zu reden, wie ein Zentnerstein in Jakobs Nacken. Im Hinterkopf hörte er Pauls Stimme noch einmal: «Antonia sagt es jedesmal.»

Andere sagten es auch häufig. Trude natürlich und Sibylle Faßbender. Hilde Petzhold hatte es früher gesagt. Illa von Burg sagte es heute noch. Hatten Frauen das feinere Gespür für das Wesen eines Menschen? Aber sein Kollege im Baumarkt, der Ben überhaupt nicht kannte, der nur wußte, was Jakob bisher erzählt hatte, war der gleichen Meinung.

Jakob hätte vor Scham im Boden versinken mögen. Dem eigenen Sohn zuzutrauen, was ihm durch den Kopf ging, wo er noch am Sonntag so friedlich mit ihm durchs Feld gelaufen war. Es ließ tief blicken, wenn ein Vater auf solch eine Idee kam, nur weil zwei Fremde die Wahrheit leugneten.

Als Jakob zu seinem Wagen ging, war es sieben Uhr. Er war noch nicht soweit, um heimzufahren, Trude gegenüberzutreten, ihr ins Gesicht zu schauen und zu sagen: «Wir müssen mal reden.» Natürlich mußten sie einmal in Ruhe reden. Aber er brauchte ein wenig Zeit, alles noch einmal zu überdenken.

Er fuhr zu Ruhpolds Schenke, bestellte sich ein Bier und ließ sich von Werner Ruhpolds Vetter Wolfgang das Telefon über den Tresen reichen. Dann rief er Trude an und sagte Bescheid, daß sie nicht mit dem Essen auf ihn warten solle, es könne etwas später werden. Anschließend bestellte er noch ein Bier, und während er es trank, grübelte er über Trudes Reaktion nach.

Sie war nicht erstaunt gewesen, hatte nicht gefragt, was er um diese Zeit in Ruhpolds Schenke zu suchen habe. Wo er seit Jahren nur noch selten und freitags ganz bestimmt nicht dorthin ging, weil dann die Schützenbrüder ihre Versammlungen abhielten. Davon kein Wort. So kleinlaut und geistesabwesend wie die ganze Woche schon hatte sie gesagt: «Ist gut.» Und sonst nichts.

Ruhpolds Schenke war an diesem Abend gut besucht, am Tresen stand einer neben dem anderen. Drei Mitglieder vom Schützenverein waren bereits da, standen aber am anderen Ende der Theke und warteten auf den Rest, um gemeinsam in den Versammlungsraum zu gehen. Jakob kümmerte sich nicht um sie, starrte auf seinen Bierfilz, sah im Geist ein Einweckglas voller Schimmel und Dreck – und einen Fetzen Stoff.

Das war es. Nur das. Er hatte es bisher verleugnet und wußte das nur zu gut. Es waren nicht allein die Zeitungen und Bens Gebaren am Montag morgen. Es war dieser Fetzen, der ihn beunruhigte. Es war die Eile, mit der er das Einweckglas zugekippt hatte. Nur nicht nachschauen, nur den Dingen nicht auf den Grund gehen und sich den Frieden nicht durcheinanderrütteln lassen.

Im Speisezimmer, das neben dem Schankraum lag, waren sechs Tische besetzt. Die Doppeltür stand weit offen, die Bedienung lief hin und her. Um sich abzulenken, schaute Jakob ihr eine Weile zu, betrachtete die Fleischplatten und Gemüseschüsseln, die sie nach nebenan schleppte. Außer den paar Bissen Frühstücksbrot hatte er den ganzen Tag nichts zu sich genommen. Er war auch nicht hungrig, sein Magen war randvoll mit unbewußten Ängsten und schwerwiegenden Vermutungen.

Ebenso gut wie sein eigenes Verhalten konnte er Trudes Reaktionen beurteilen. Nur zu genau wußte er, daß sie ihm in all den Jahren die Hälfte verschwiegen hatte, mehr als die Hälfte und immer das, was er als Vater unbedingt hätte wissen müssen. Wenn Trude etwas Gravierendes verschwieg, war sie immer so kleinlaut und geistesabwesend wie die ganze Woche schon und vorhin am Telefon.

Dann war er darauf angewiesen, daß Richard Kreßmann, Paul Lässler, Bruno Kleu oder Toni von Burg einen Ton verlauten ließen. Früher war das oft der Fall gewesen. Vorausgesetzt, Ben hatte sich im Dorf, wo es Zeugen gab, danebenbenommen. Dann hatten es meist die Frauen erfahren und ihren Männern berichtet.

Manchmal hatte dann Richard Kreßmann gesagt: «Es geht mich zwar nichts an, Jakob, ich hab ja auch genug zu tun mit meinem dämlichen Hund. Aber Thea hat mir erzählt ...»

Oder Bruno Kleu hatte ihm mit vielsagendem Grinsen auf die Schulter getippt und gefragt: «Trägt Trude im Bett eigentlich einen Stahlhelm? Ich meine, sie müßte ja sonst ständig Kopfschmerzen haben, wenn du ihr beim Vorspiel immer auf den Schädel haust. An deiner Stelle würde ich das Schlafzimmer abschließen, Jakob. Man kann's nämlich auch übertreiben mit der Aufklärung. Ben hat gestern wieder demonstriert, wie es bei euch zugeht. Sieht so aus, als wächst mir da eine echte Konkurrenz heran. Aber wenn er jetzt schon reihenweise Puppen vögelt, da frage ich mich, wie es hier in zwanzig Jahren um den Grips der nachwachsenden Bevölkerung bestellt ist.»

Oder Toni von Burg hatte ihn zur Seite genommen: «Ich gebe dir einen guten Rat, Jakob, und ich hoffe, daß du ihn befolgst. Stopf dem Volk das Maul, bevor es deinem Sohn so ergeht wie meiner Schwester. Hier gibt es noch genug, die von gestern sind.»

Und ganz selten hatte Paul ihm die Hand auf die Schulter gelegt und gesagt: «Paß ein bißchen auf, Jakob. Es wird wieder Blödsinn erzählt.»

Aber jetzt wohnten sie draußen, Jakob fuhr den Gabelstapler, sah die Männer nur noch selten. Und Ben trieb sich nicht mehr im Dorf herum.

Irgendwas ist wieder, dachte Jakob, bestellte noch ein Bier und sprach ein paar Worte mit Wolfgang Ruhpold. Er war ungefähr in seinem Alter, sie kamen gut miteinander aus, obwohl Jakob nicht zu den Stammgästen zählte. Zuerst sprachen sie allgemein über den angekündigten Wetterumschwung, auf den Richard Kreßmann, Bruno Kleu, Toni von Burg und Paul Lässler große Hoffnungen setzten. Dann erkundigte sich Jakob so beiläufig wie möglich: «Was hört man denn an Neuigkeiten?»

Wolfgang Ruhpold hob vielsagend die Achseln. Man hörte eine Menge, wenn man täglich zehn oder zwölf Stunden hinter einem Tresen stand. Und es war eine Menge dabei, womit man sich den Mund verbrennen konnte.

Vor zwei Tagen erst hatte Heinz Lukka gesagt: «Allmählich geht mir das Treiben vor meiner Haustür auf den Geist. Am Wochenende bekomme ich kaum ein Auge zu. Ich hätte nicht übel Lust, von Samstag nachmittag bis Montag früh den Zufahrtsweg an der Landstraße zu verbarrikadieren. Vielleicht reicht es schon, einen großen, kräftigen Mann mit einem Fernglas und einem Spaten an der Stelle zu postieren oder Streife gehen zu lassen.»

Toni von Burg stand dabei und lächelte dünn. Toni kam nicht mehr oft, es ging ihm gesundheitlich nicht gut. Wenn er kam, trank er sein Bier, meist ohne ein überflüssiges Wort zu verlieren. Toni war immer einer von den Stillen gewesen. Aber am Mittwoch konnte er sich einen Kommentar nicht verkneifen. «Komisch, Heinz erzählt doch immer, daß er seine Augen am Wochenende anderswo zumacht. Wenn er nicht daheim ist, was stört ihn dann, wenn die jungen Leute sich im Feld amüsieren?»

Wolfgang Ruhpold kam nicht dazu, auf Tonis Bemerkung einzugehen, weil Richard Kreßmann, der neben Lukka stand, plötzlich lospolterte. Richard hatte zu dem Zeitpunkt etliche Bier und ein paar Steinhäger zuviel. Deshalb brauchte er etwas länger, ehe der Groschen bei ihm fiel. Und wie immer, wenn er stark angetrunken war, wurde er so laut, daß alle Anwesenden zusammenzuckten.

«Willst du den Bock zum Gärtner machen?» schrie er Heinz Lukka an. «Ich könnte mir vorstellen, daß es dir auch noch Spaß macht, wenn der Idiot ein paar Weiber auseinandernimmt. Das mußt du von deinem Alten haben. Hast du eine Ahnung, was Albert für eine Mühe hatte, ihn von Annette wegzukriegen? Was bin ich froh, daß ich den Jungen hab Karate lernen lassen, sonst wär das nicht so glimpflich abgegangen.»

Heinz Lukka tippte sich an die Stirn. Den Hinweis auf die besonderen Neigungen seines Vaters überhörte er geflissentlich. «Karate?» meinte er und lachte amüsiert. «Wenn Ben gewollt hätte, hätte er dein Würstchen in der Luft zerrissen, ehe Albert auch nur hätte piep sagen können. Oder sagt man bei Karate nicht piep? Ich kenne mich nicht aus mit dem Gefuchtele. Dafür kenne ich Ben um so besser. Wenn du von Idioten sprichst, pack dich an deine Nase, da erwischst du den richtigen. Vermutlich hat Ben inzwischen mehr Grips im Kopf als du. Dein Verstand ist doch längst abgesoffen. Wenn Ben etwas heftiger geworden ist, was ich mir nicht vorstellen kann, aber wenn, ging es ihm nur darum, Pauls Tochter aus den Klauen eines Volltrottels zu befreien.»

«Volltrottel?» brüllte Richard Kreßmann. Obwohl er seinen Sohn auch schon mal in ähnlicher Weise bezeichnete, regte es ihn auf, derartiges aus dem Mund eines anderen zu hören. «Überleg dir, was du sagst, sonst überleg ich mir, wen ich mit meinen Interessen beauftrage. Du bist nicht der einzige Anwalt in der Umgebung. Es gibt noch ein paar, und denen kannst du nicht das Wasser reichen.»

«Ich habe nicht vor, mich für irgend jemanden zum Wasserträger zu machen», meinte Heinz Lukka gelassen. «Wenn du glaubst, daß ein anderer dich durch den Idiotentest bringt und dir den Führerschein zurückholt, mach einen Versuch. Es ist dein Geld.»

«Richtig», sagte Richard. «Es ist mein Geld. Und es war mein Sohn, der angegriffen wurde. Ich weiß, daß du für den blöden Hund auf die Barrikaden gehst. Aber eins sag ich dir: Wenn so etwas noch mal vorkommt, weiß ich, was ich zu tun habe. Es ist eine Schande, daß die den so laufen lassen, das muß verboten werden. Ich halte jede Wette, er war auch unterwegs, als Erichs Tochter unter die Räder kam. Und was er tut, wenn ihm ein Mädchen allein über den Weg läuft, stell ich mir lieber nicht vor. Der weiß, was er in der Hose hat. Und bei seinen Kräften bleibt es nicht bei ein paar blauen Flecken.»

«Was er in der Hose hat, weiß dein Sohn vermutlich besser», hielt Heinz Lukka dagegen. «An deiner Stelle würde ich nicht so große Töne spucken. Sonst kommt noch einer auf den Gedanken, ein ernstes Wort mit deinem Albert zu sprechen. Ich bin bestimmt nicht der einzige, dem er erzählt hat, mit Erichs Tochter würde er gerne mal Verstecken spielen. Er hat mir auch erzählt, das wäre nicht in deinem Sinne, dir wäre ein Viertel vom Lässler-Hof lieber als die Apotheke. Das kommt davon, wenn die Alten sich einmischen und den Jungen Vorschriften machen, mit wem sie dürfen und mit wem nicht.»

«Was soll das heißen?» brüllte Richard Kreßmann. «Willst du etwa behaupten, mein Sohn hätte …»

«Ich behaupte gar nichts», sagte Heinz Lukka. «Aber denk mal daran, was Bruno mit Maria anstellen wollte, als Paul ihm den Umgang mit seiner Schwester verbot. Wenn so ein Junge sich etwas in den Kopf gesetzt hat, kann es durchaus Scherben geben, wenn er es nicht bekommt.»

Den Streit zwischen Richard Kreßmann und Heinz Lukka sowie die Bemerkung von Toni von Burg verschwieg Wolfgang Ruhpold. Er wußte, daß Jakob Richard für seinen Freund und Heinz für seinen Feind hielt und nie auf den Gedanken gekommen wäre, es könnte umgekehrt sein. Es gab keinen Grund, ihn darauf hinzuweisen und ihm unnötig das Herz schwer zu machen mit den blödsinnigen Behauptungen eines Volltrunkenen. Und außer Richard Kreßmann hatte bisher kein Mensch Ben in Zusammenhang mit Marlene Jensen gebracht. Da war ein anderer im Gespräch. Und davon durfte Jakob getrost erfahren, er gehörte nicht zu denen, die Gerüchte weitertrugen.

Jakob hörte zu und war versucht, den Kopf zu schütteln. Dieter Kleu in Verdacht! Auf den wäre er nie gekommen. Daß ein junger Mann bis über beide Ohren in ein Mädchen verliebt war und alle Hebel in Bewegung setzte, es für sich zu gewinnen, war kein Verbrechen. Daß Dieter durch persönlichen Einsatz der Polizei zur Festnahme von Klaus und Eddi verholfen hatte; die Beamten in Lohberg waren ihm so dankbar gewesen, daß sie über den fehlenden Führerschein bei der Verfolgungsjagd hinweggesehen und es bei einer Ermahnung belassen hatten. Ein Zeitungsredakteur hatte Dieter sogar auf die Schulter geklopft, weil er ohne Rücksicht auf die eigene Person zur Polizeiwache gefahren war.

Im Dorf machte man sich eigene Gedanken. Wolfgang Ruhpold schloß sich da nicht aus. Ihm waren ein paar Widersprüche im Verhalten Dieter Kleus aufgefallen. Da war einmal die Sache mit dem Autokennzeichen. Daß Dieter keinen Blick darauf geworfen haben sollte, als Marlene Jensen in den Wagen von Klaus und Eddi stieg, hielt Wolfgang Ruhpold für unwahrscheinlich. Und dann mußte man sich fragen, warum Dieter es der Polizei nicht sofort genannt hatte. Da hätte man Klaus und Eddi doch gleich an dem Sonntag, als Maria Jensen das leere Bett ihrer Tochter entdeckte, ein paar Fragen stellen können.

Statt dessen legte sich Dieter beim «da capo» auf die Lauer. Was hatte er sich davon versprochen? Er konnte nicht allen Ernstes geglaubt haben, Klaus und Eddi ließen sich noch einmal in der Diskothek blicken, wenn sie Marlene tatsächlich umgebracht hätten. Da sollte man eher annehmen, Dieter wußte, wie es ablief bei den beiden. Daß sie sich nur amüsieren wollten und bei Widerstand mal kurz die Autotür öffneten. Und wenn er das wußte, mußte man sich fragen, woher.

Das war aber noch nicht alles. Was hatte Dieter getan, nachdem er der Polizei zur Festnahme von Klaus und Eddi verholfen hatte? Ein junger Bursche, der im Prinzip nichts für sich behalten konnte, protzte er etwa mit seinem Heldenstück? Nein, im Gegenteil.

«Er kam zum Frühschoppen», sagte Wolfgang Ruhpold mit gedämpfter Stimme. «Stand vor dem Tresen, hat ein paar Bierchen gekippt und war keineswegs in Siegerlaune. Die beiden Kerle saßen zu dem Zeitpunkt längst im Verhör, draußen war seit Stunden die Suche im Gange. Er wußte, warum. Aber er hat nicht mal mit Bruno oder

Renate darüber gesprochen. Die beiden sind aus allen Wolken gefallen, als sie erfuhren, was er sich geleistet hatte. Und jetzt frag ich dich, Jakob, ganz unter uns und im Vertrauen: Benimmt sich so ein Mensch, der ein reines Gewissen hat?»

Jakob zuckte mit den Schultern. «Na, ich weiß nicht. Wärst du in Siegerlaune gewesen, wenn man dir ein Mädchen vor der Nase weggeschnappt hätte und es nicht wieder auftaucht?»

Wolfgang Ruhpold wiegte bedächtig den Kopf und sprach leise weiter von dem Verdacht, der sich aufgebaut, den Bruno am Sonntag vor dem Café Rüttgers mit einem Schlag ins Gesicht seiner Frau noch untermauert hatte. Gesehen hatten es einige, gehört, worum es ging, niemand. Aber vorher war es um Dieter gegangen. Und den hatte man die ganze Woche nicht im Dorf gesehen.

«Ist doch komisch, oder?» fragte Wolfgang Ruhpold. «Er ist normalerweise immer sonntags beim Frühschoppen. Die Versammlung der Schützenbrüder läßt er sich auch nicht entgehen. Aber nachdem das Jensen-Mädchen weg war, hat er sich nirgendwo blicken lassen. Und letzten Sonntag, also seinem Gesicht nach zu urteilen, Jakob, hatte er Tage vorher eine handfeste Auseinandersetzung gehabt. War nicht mehr viel zu sehen, aber für so was habe ich einen Blick.»

Auch ohne all die Verdachtsmomente hätte Wolfgang Ruhpold Dieter Kleu den Vorzug gegeben vor Ben. Er kannte beide. Ab und zu erschien Jakob am Sonntag abend, wenn er mit seinem Sohn durch die Felder gelaufen war, auf ein Bier. Dann stand Ben vor dem Tresen, nuckelte mit verklärter Miene an der Cola, die Jakob für ihn bestellte, kicherte verschmitzt, wenn ihm die Kohlensäurebläschen in die Nase stiegen. Friedfertig wie ein Cherub neben Gottes Thron, fand Wolfgang Ruhpold.

Dagegen war Dieter Kleu ein Aas. Er schlug ganz nach

seinem Vater, der es in jungen Jahren übel getrieben hatte und auch heute noch mit Vorsicht zu genießen war. Wolfgang Ruhpold war zwar erst nach dem Freitod seines Vetters ins Dorf gezogen, trotzdem wußte er längst, daß Bruno Kleu im Oktober 69 beinahe Marlene Jensens Mutter vergewaltigt und im August 80 eine junge Artistin gewaltsam zu Zärtlichkeiten überredet und anschließend zum Schweigen gebracht haben sollte.

Wer wollte die Hand ins Feuer legen, daß Dieter nicht ähnliche Methoden anwandte wie sein Vater? Wer wollte ausschließen, daß Dieter Kleu nicht schon in der Nacht hinter Klaus, Eddi und Marlene Jensen hergefahren war, daß er Marlene aufgelesen hatte wie eine Woche später Karola Jünger? Dieter mochte sich eingebildet haben, als Held dazustehen und als Dank für die Rettung ans Ziel seiner Wünsche gelassen zu werden. Als Marlene ihm immer noch die kalte Schulter zeigte, nahm er sich mit Gewalt, was er haben wollte, und versuchte anschließend, es Klaus und Eddi in die Schuhe zu schieben. Und das hatte er auf eine verdammt raffinierte Weise getan.

«Was sagt denn die Polizei dazu?» fragte Jakob.

Das wußte Wolfgang Ruhpold nicht. Er ging davon aus, daß der Polizei bisher nichts zu Ohren gekommen war. Über Dieter Kleu wurde nur hinter vorgehaltener Hand gesprochen. Es wollte sich keiner den Mund verbrennen und einen möglicherweise doch Unschuldigen in die Klemme bringen. Es wollte sich auch niemand mit Bruno anlegen. Es war ja nur ein Gerücht.

Ebenso kursierten Gerüchte über Albert Kreßmann. Daß Albert in der bewußten Nacht zuerst Annette Lässler heimgebracht hatte und dann zurück nach Lohberg gefahren war, wußte inzwischen jeder im Ort. Dafür hatte Thea gesorgt. Und Heinz Lukka war tatsächlich nicht der einzige, dem Albert erzählt hatte, er würde gerne einmal mit Annettes Cousinchen Verstecken spielen.

«Zeitlich käme es hin», meinte Wolfgang Ruhpold. «Albert war noch hier in der Nacht, so gegen halb eins. Am Wochenende nimmt er Richard ja meist mit, wenn er aus Lohberg zurückkommt. Aber an dem Samstag hatte er keine Zeit, hat nur kurz reingeschaut und gesagt, Richard soll sich ein Taxi nehmen, er hätte noch was zu erledigen.»

Wolfgang Ruhpold grinste vielsagend und wiederholte bedeutungsschwer: «Was zu erledigen. Bis zur Diskothek hat er keine zehn Minuten gebraucht. Er hat aber behauptet, er wäre erst kurz nach eins dagewesen und hätte Erichs Tochter nicht mehr gesehen. Komischerweise hat man ihn aber mit ihr gesehen. Toni von Burgs Jüngster, wie heißt er noch gleich?»

«Winfried», sagte Jakob.

«Genau», bestätigte Wolfgang Ruhpold. «Winfried von Burg war nämlich auch in der Diskothek. Er hat gesehen, daß Albert reinkam und noch mit Erichs Tochter gesprochen hat. Aber nur ganz kurz. Sie ist dann raus mit den beiden Männern aus Lohberg. Und ein paar Sekunden später war auch Albert wieder verschwunden.

«Und was denkst du?» fragte Jakob.

Wolfgang Ruhpold hob die Achseln. «Was soll man denken? Wenn Dieter es war, läuft er frei rum. Wenn Albert mit ihr Verstecken gespielt hat, hat er sie gut versteckt. Gefunden hat man ja nichts. Das denke ich.»

Und Jakob dachte in einem erneuten Anflug von Depression, wenn Dieter es nicht war und Albert nicht und Klaus und Eddi auch nicht, läuft ein anderer frei rum. Nacht für Nacht. Und wenn das einer ist, der sich nicht unter Kontrolle hat, wird er es wieder tun, sobald sich ihm die Gelegenheit bietet. Und Ben … Wenn es darum ging, etwas zu verstecken, war er vermutlich um Längen besser als Albert Kreßmann.

Irgendwas ist wieder, dachte Jakob, Trude ist seit Tagen so komisch. So ist sie immer, wenn irgendwas ist. Und wenn man etwas sagt, wird sie zur Furie. Sie läßt nichts auf ihn kommen. Aber weiß sie denn genau, was er da draußen treibt? Das kann sie nicht wissen.

Es wurde Jakob nicht bewußt, daß er nickte. Wolfgang Ruhpold sah darin eine Bestätigung seiner Gedanken und wandte sich einem anderen Gast zu. Und Jakob sah einen schmutzigen, ehemals vielleicht hellblauen Fetzen, der Teil einer Mädchenjacke gewesen sein mochte, zwischen winzigen, grauweißen Knochen und schimmelnden Kartoffelstücken in seinem Bier schwimmen.

Als er das Glas angeekelt fortschob und den Kopf hob, sah er im Spiegel hinter dem Tresen die morgendliche Begrüßungsszene im freien Feld. Sie war nicht korrekt, entsprach mehr seiner Wunschvorstellung. Ein sanft lächelnder Ben breitete die Arme aus, und seine strahlende kleine Schwester stürzte sich mit einem übermütigen Freudenschrei hinein.

Dann wurde es dunkel im Spiegel. Unter dem Nachthimmel lief auf dem gottverlassenen Feldweg ein junges Mädchen mit dem Gesicht einer Paradepuppe. Und ein blöde grinsender Riese mit Fäusten wie Schmiedehämmer und einem Klappspaten am Taillenriemen näherte sich ihr. In harmloser, gutmütiger Absicht. Doch das Mädchen war nicht die kleine Schwester, es ließ sich nicht ohne Gegenwehr durch die Luft wirbeln. Es schrie nicht vor Freude. Das erschreckte den Riesen, es machte ihm angst. Er wußte, daß er die Mädchen nicht anfassen durfte, daß er bestraft wurde, wenn er es tat. Er wollte nicht, daß jemand aufmerksam wurde, wollte nur, daß das Schreien verstummte. Und wenn er etwas gelernt hatte in seinem Leben, dann vermutlich, eine Puppe so zu vergraben, daß kein Fetzen von ihr gefunden wurde.

Jakob schüttelte sich bei dem Gedanken, so könnte es gewesen sein. Und darüber konnte er mit Trude nicht reden. Nicht über den Fetzen im Einweckglas. Nicht über die Tatsache, daß Ben eben anders war. Daß er den Küken die Gurgeln nur aus einem Grund abgedrückt hatte: um ein bißchen Zärtlichkeit. Und Trude fand, das stand ihm zu.

Wolfgang Ruhpold tauschte das Bier gegen ein frisches und durchtrennte Jakobs Gedankenfaden für kurze Zeit, als er sagte: «Du könntest mir einen Gefallen tun, Jakob. Wenn du heimfährst, kannst du jemanden mitnehmen.»

Er deutete zum Speisezimmer hinüber. Jakob folgte dem Wink, schaute sich die Gesichter an den Tischen der Reihe nach an und stieß auf ein unbekanntes. Eine junge Frau Anfang Zwanzig.

«Sie hat sich nach Werner erkundigt», erklärte Wolfgang Ruhpold, «und eine Menge Fragen über Lukka gestellt. Aber daß ich die Kneipe übernommen habe, heißt ja nicht, daß ich in Werners Geheimnisse eingeweiht bin. Und was Lukka früher getrieben hat, weiß ich nun wirklich nicht. Jetzt will sie unbedingt raus zu ihm. Das ist ein Stück zu laufen und zur Zeit vielleicht nicht ganz ungefährlich. Ich hab ein komisches Gefühl und wäre ruhiger, wenn du sie mitnimmst. Sonst kommt Lukka schon mal freitags abends. Ausgerechnet heute ist er nicht da.»

Da waren die Enden des Gedankenfadens wieder miteinander verknüpft. Ein komisches Gefühl. Jakob hatte auch eins. Und das war nicht nur komisch. Es juckte und stach wie ein giftiger Dorn im Innern.

Er nickte noch einmal und musterte die junge Frau verstohlen. Neben ihrem Stuhl stand ein großer Rucksack aus blauem Perlonstoff, über der Stuhllehne hing eine bunte Wetterjacke. Sie trug ihr dunkles Haar kurz geschnitten wie ein Mann. Die karierte Bluse und die Jeans verstärkten ihr burschikoses Aussehen noch. Doch das Gesicht war zart geschnitten. Es erinnerte Jakob an jemanden. Nur wußte er nicht, an wen.

«Kennst du sie?» fragte Jakob.

Wolfgang Ruhpold schüttelte den Kopf. «Sie ist nicht von hier. Hat einen merkwürdigen Akzent. Bevor du kamst, dachte ich noch, wenn so eine verschwindet, da kräht kein Hahn danach. Ich sag ihr Bescheid, daß du sie mitnimmst.»

Es ging dann alles sehr schnell. Ehe Jakob sich versah, verstaute er den Rucksack und die Wetterjacke im Kofferraum, schaute der jungen Frau beim Einsteigen zu und setzte sich neben sie. Er ließ den alten Mercedes äußerst vorsichtig vom Parkplatz rollen. Jetzt spürte er die vier Bier doch gewaltig, und zusätzlich beschäftigten ihn die Neuigkeiten.

Dieter Kleu in Verdacht – und Albert Kreßmann. Was Trude wohl dazu sagen würde? Vermutlich beruhigte es sie. Und dann mußte sich ein Ansatzpunkt für ein vernünftiges Gespräch finden lassen.

Sein Kopf schien mit Watte gefüllt, nur im Magen war es wohlig warm, und die Zunge ging ein wenig leichter als sonst. Es war nicht seine Art, Fremden neugierige Fragen zu stellen. Aber er wurde das Gefühl nicht los, die junge Frau schon einmal gesehen zu haben. Und als sie zu reden anfing, sich erkundigte, ob er Heinz Lukka kenne und ihr ein wenig über den Rechtsanwalt erzählen könne, gefiel ihm die harte und irgendwie singende Sprechweise so gut, daß er ein bißchen mehr davon hören wollte. Auch brachte ihn das zumindest vorübergehend auf andere Gedanken.

Als der Anfang gemacht war, erwies sich die junge Frau als unterhaltsam und informativ. Jakob stellte eine Frage nach der anderen. Wo sie herkomme? Ob sie Lukka überhaupt nicht kenne? Was sie denn um die Zeit von einem ihr wildfremden Menschen wolle? Warum sie Lukka nicht in seiner Kanzlei in Lohberg aufsuche? Das sei doch nicht so umständlich gewesen wie der Weg ins Dorf und zu seinem Bungalow.

Statt ihm auf der Stelle zu antworten, schaute sie ihn mit einem prüfenden Blick von der Seite an und erkundigte sich nach seinem Alter.

«Dreiundsechzig bin ich», sagte Jakob.

Und sie stellte fest, da habe er ja die schlimme Zeit miterlebt. Dann wollte sie wissen, ob er in dem Dorf geboren sei und sich an den Namen Stern erinnere.

Trotz der vier Bier auf fast nüchternen Magen, trotz des inneren Zwiespalts, der Verdachtsmomente gegen den eigenen Sohn, gegen Trude und sich selbst funkte es augenblicklich. Jakobs Kopf flog zur Seite, daß er fast das Steuer verriß, seine Augen tasteten das Profil ab, und tatsächlich, das war sie: Edith Stern, von den Toten auferstanden.

«Ich glaub nicht an Gespenster», murmelte er.

Die junge Frau lachte. Es war ein helles, singendes Lachen, das ihm ebenso gefiel wie ihre kuriose Sprechweise. Sie war kein Geist, es hatte alles eine vernünftige Erklärung. Sie war die Enkelin einer Cousine von Edith Stern und trug zum Andenken deren Namen, sprach ihn aber anders aus. In Jakobs Ohren klang es wie Idis.

Ihre Großmutter war schon Mitte der dreißiger Jahre, als sich die neue Gesinnung im Land abzeichnete, in die USA ausgewandert. Ihr Vater war später in die alte Heimat Israel umgesiedelt. Sie selbst war vor zwei Jahren zurückgekehrt nach Idaho, weil ihr das Leben im Kibbuz und die Palästinenserpolitik der israelischen Regierung nicht behagten. «Sie sollten es besser wissen», meinte sie und erzählte weiter.

Ihre Großmutter war vor drei Monaten gestorben und hatte ein Päckchen Briefe hinterlassen. Der Absender hieß Werner Ruhpold. Er hatte sich in regelmäßigen Abständen erkundigt, ob man in Idaho immer noch nichts von seiner geliebten Edith gehört habe. Werner Ruhpolds letzter Brief war auf März 81 datiert. Er mußte ihn geschrieben und zum nächsten Briefkasten gebracht haben, kurz bevor er mit einem Strick in der Hand auf den Dachboden seiner Schenke stieg.

Nachdem Edith Stern das erklärt hatte, redete sie wie ein Wasserfall. Jakob hatte in seinem wattierten Schädel Mühe, ihr zu folgen. Er fuhr langsam und mit verbissener Konzentration, damit ihm kein Wort entging, wo er doch mit Paul Lässler so häufig spekuliert hatte, wer es gewesen sein könnte.

Kreßmanns Igor! Seinen richtigen Namen konnte kein Mensch aussprechen, so daß jeder von ihm sprach wie von Lukkas Hund oder Kleus Zuchtbullen, aber so war es nie gemeint gewesen. Jakob war mit seinem Verdacht immer wieder bei Igor angekommen, aber Paul hatte es nie geglaubt. Und Paul hatte richtig gelegen mit seiner Einschätzung des gutmütigen Russen. Igor war kein Mörder, auch wenn er sich in seinem letzten Gespräch mit Werner Ruhpold so bezeichnet hatte.

Ein Zeuge war Igor gewesen, wie Paul es vermutet hatte. Igor hatte Edith aus dem Erdloch holen und in Absprache mit Richards Mutter auf den Kreßmann-Hof bringen wollen. Da wäre Platz genug gewesen, Edith zu verstecken. Bei all den Leuten wäre es auch nicht aufgefallen, wenn eine mehr gegessen hätte. Aber dann hatte Igor sich nur noch in einem Graben verstecken können, damit ihm nicht ebenfalls der Schädel gespalten wurde. Alles hatte er hilflos mit ansehen müssen und anschließend nicht mehr für Edith Stern tun können als ihren mißhandelten Körper mit Erde bedecken. Mit bloßen Händen hatte er sie begraben – und es all die Jahre tief in seinem Innern mit sich getragen.

Erst auf dem Sterbebett war er zu der Überzeugung gelangt, ein ebensolcher Verbrecher zu sein wie Ediths Mörder. Hätte Werner Ruhpold von ihrem Tod gewußt, hätte er vielleicht eine andere geheiratet, Kinder bekommen und ein erfülltes Leben gehabt. Da hatte Igor ihn rufen lassen. Drei Namen hatte er Werner Ruhpold genannt, Heinz Lukka als Anstifter und Überwacher der Aktion, zwei andere als ausführende Organe.

Jakob erinnerte sich an die beiden. Den einen hatten die Amerikaner im April 45 erschossen. Mitten im Dorf und zum Entsetzen der Bevölkerung, weil der Junge doch nichts anderes getan hatte, als den letzten Befehl seines Führers zu befolgen. Das Kloster hatte er verteidigt; mit einem alten Sturmgewehr auf die anrückenden Panzer der Amerikaner gefeuert, taub für jedes gute Zureden der verschreckten barmherzigen Schwestern. In seinem blinden Eifer hatte er noch einen Sergeanten mit auf die lange Reise genommen. Da hatten die Amerikaner kurzen Prozeß gemacht.

Auch der dritte Name, den Werner Ruhpold in seinem letzten Brief erwähnt hatte, stand nur noch auf der Tafel am Kriegerdenkmal. Die Henker konnte man nicht mehr zur Rechenschaft ziehen, nicht einmal mehr fragen, was sie sich dabei gedacht hatten, einer wehrlosen Frau den Schädel einzuschlagen, nur weil ein sechzehnjähriger Schnösel befand, das sei Bürgerpflicht.

«Mein Gott», murmelte Jakob, schockiert vor Ergriffenheit und von der Erinnerung an Edith Sterns blutverkrustete Haare und ihr aufgedunsenes Gesicht. «Mein Gott, das hätte ich nicht gedacht. Ich meine, ich weiß, daß Lukka mit Freuden bei der Sache war damals. Aber ich dachte immer, er hätte nur gerne den großen Kommandeur gespielt. Na, wenn man's recht bedenkt, hat er das ja auch in dem Fall getan.»

Auf dem Weg zur Abzweigung erzählte Jakob, wie das damals gewesen war. Daß er und sein Freund Paul Lässler all die Jahre geschwiegen, daß er es kürzlich jedoch seinem Sohn anvertraut hatte. Weil gerade wieder ein Mädchen aus dem Dorf verschwunden war. Daß sein Sohn aber mit keinem Menschen darüber sprechen könnte. Jakob schloß mit der Frage: «Ist Ihnen kein bißchen mulmig bei der Sache? Was wollen Sie Lukka denn sagen?»

Das wußte Edith Stern noch nicht. Eigentlich wollte sie Heinz Lukka nur die Briefe zeigen. Daraus würde sich schon etwas ergeben. Und sie wollte auf keinen Fall bis vor seine Tür gebracht werden, damit es nicht peinlich wurde für den Anwalt.

Als Jakob die Abzweigung zu seinem Hof erreichte, zeigte er den Weg hinunter und erklärte: «Da hinten wohnt er, das sind aber noch zwei Kilometer.»

Edith Stern entschied, das restliche Stück könne sie zu Fuß gehen. Da habe sie ein bißchen Zeit, sich die Worte zurechtzulegen. Genaugenommen wollte sie ihn ja nur kennenlernen, den ehemaligen Jungzugführer der Hitlerjugend, der mit sechzehn so große Unterschiede zwischen Mensch und Mensch gemacht hatte und seit fünfzig Jahren eine Säule der christlich-demokratischen Gesellschaft war.

«Ich kann Sie aber schnell hinbringen», bot Jakob an. «Ich muß ja nicht vor seiner Tür halten. Ich fahre Sie bis zum Mais. Da sieht er das Auto nicht. Es macht überhaupt keine Mühe. Und es ist vielleicht besser, wenn Sie nicht alleine durchs Feld laufen.» Obwohl es ihm schwerfiel, erklärte er noch einmal, warum es besser sei, weil doch gerade erst wieder ein Mädchen …

Aber Edith Stern lachte nur. Sie wisse sich die Kerle schon vom Leib zu halten, meinte sie.

Jakob stieg mit ihr aus, reichte ihr den Rucksack und die bunte Wetterjacke, blieb bei der Abzweigung stehen und schaute ihr minutenlang nach, wie sie im schwindenden Tageslicht den Weg hinunterlief.

Auf den restlichen sechshundert Metern bis zur Scheune

war sein Schädel zum Bersten gefüllt. Und jetzt ging alles durcheinander. Edith Stern und weggeschaffte Zeitungen; Dieter Kleu, Albert Kreßmann und die Vermutung, daß man beide zu Unrecht verdächtigte; Heinz Lukka, Kreßmanns Igor, Werner Ruhpold, die unterschwellige Furcht und die Verantwortung, die man als Vater trug. Und das ungute Gefühl nagte weiter.

Er nahm sich fest vor, morgen in aller Ruhe mit Trude über diese Dinge zu reden. Dann war er ausgeruht, vollkommen nüchtern und gewappnet für den Kampf. Und so hart konnte es nicht werden, wenn er einen ungerechtfertigten Verdacht am Beispiel von Dieter Kleu und Albert Kreßmann erläuterte. Er mußte es nur geschickt anfangen.

Trude wußte zur Genüge, daß einer wie Ben mit einem anderen Maß gemessen wurde. Wenn Dieter Kleu alles haben wollte, was ihm vor die Augen geriet, war das in Ordnung. Wenn Albert Kreßmann auf einem nächtlichen Feldweg seine Hände auf eine weibliche Brust und seinen Kopf in den Schoß einer jungen Frau schob, schmunzelten alle. Albert war jetzt in dem Alter, es war sein gutes Recht. Und solch ein Recht gab es nicht für Ben. So eins nicht, und auch kein anderes.

Weißer Sonntag – bunter Sonntag

Das Jahr 81 war von Unglücksfällen und Sorgen überschattet. Doch in seinen letzten Tagen bescherte es Jakob und Trude Schlösser ein paar Stunden Dankbarkeit und Glück. Ende Dezember kam ein Brief vom Pfarramt.

Richard und Thea Kreßmann hatten schon am Vortag ein gleichlautendes Schreiben erhalten. Und Thea – wie nicht anders zu erwarten – setzte sich ins Auto, kam zu

Trude, erkundigte sich in scheinheiliger Anteilnahme, ob auch sie bereits ... Und hielt der Ahnungslosen das Blatt Papier unter die Nase.

In der Einleitung stand in salbungsvollen Worten: das Kind der Familie Kreßmann habe nun das Alter erreicht, in die christliche Gemeinde aufgenommen und an den Tisch des Herrn gebeten zu werden. Es folgte die Aufforderung, dieses Kind zur Teilnahme an der ersten heiligen Kommunion anzumelden. Gemeint war Albert. Und trotz des Nadelstichs, der ihr die Rippen entlang ins Herz fuhr, schaffte Trude die bissige Bemerkung: «Wieso in die christliche Gemeinde? Ist Albert nicht getauft?»

Ben war getauft. Aber Trude ging davon aus, daß man ihn am Tisch des Herrn ebensowenig sehen wollte wie auf einer Schulbank. Doch da irrte sie sich offenbar.

Schon am nächsten Morgen brachte der Postbote ein Kuvert, das genauso aussah wie jenes, das Thea ihr gezeigt hatte. Trude sah im Geist einen festlich mit dunkelblauem Anzug bekleideten Ben vor dem Altar stehen; ein weißes Hemd und eine dunkelblaue Fliege, die brennende Kerze in der Hand und unter dem Arm das Gebetbuch mit Goldauflage; umgeben von kleinen Mädchen in langen weißen Kleidern und mit Kränzen auf den Köpfen. Sekundenlang preßte Trude die Lippen fest aufeinander, um nicht loszuweinen vor Ergriffenheit.

Sie wagte nicht, das Kuvert zu öffnen. Das tat Jakob am Abend. Dann überlegten sie stundenlang, wie sie das Fest für Ben ausrichten konnten. Wie sie ihn dazu brachten, sich während der heiligen Messe still zu verhalten, auf dem ihm zugewiesenen Platz zu bleiben, keinen Unfug mit der brennenden Kerze zu veranstalten und nicht ein halbes Dutzend Hostien aus dem Kelch zu schnappen. Und alles beruhte auf einem Irrtum der Pfarramtssekretärin, die aus Lohberg stammte und sich in den hiesigen Verhältnissen nicht auskannte.

Als Trude sich an einem der ersten Januartage 82 auf den Weg zum Pfarramt machte, hatte sich der erste Freudentaumel gelegt. Ben an der Hand, der mit der guten Sonntagshose und einem neu angeschafften Hemd einen adretten Eindruck machte, erzählte Trude von dem bevorstehenden Vergnügen. Nicht dem Besuch im Pfarramt, dem anschließenden Besuch im Café Rüttgers. – Vorausgesetzt: Er war lieb, gehorchte aufs Wort, belästigte weder den Pfarrer noch die Pfarramtssekretärin – man wußte ja nicht genau, mit wem man es zu tun bekam –, und auch sonst keinen Menschen mit Schimpfworten, wilden Schreien, wüstem Gezappel und anderen Unarten.

Von der unterschwelligen Nervosität seiner Mutter angesteckt und von diffusen, aber durchaus angenehmen Erwartungen angefüllt, bemühte Ben sich um gleichmäßige, ausgreifende Schritte, wobei er jedesmal mit dem Fußheben den Oberkörper weit vorbeugte.

«Jetzt laß das», sagte Trude. «Geh vernünftig! Wie sieht das denn aus!»

Und Ben, zwar nicht die Worte, aber das Reißen an seinem Arm richtig deutend, verfiel erleichtert in seinen gewohnten Trott.

Vor der Tür des Pfarramts strich Trude ihm noch einmal vorsorglich durchs Haar, fand bei einem prüfenden Blick in sein Gesicht, daß er wirklich ein hübscher Junge war. Sehr groß und kräftig für sein Alter, aber das Gesicht war fein geschnitten. Das dunkle Haar fiel lockig, ließ sich jedoch sauber scheiteln. Und kein Mensch sah, daß darunter nur ein Loch voll krausen Gewimmels war.

Das Kinn war ausnahmsweise trocken, Trude wischte aus alter Gewohnheit trotzdem rasch mit dem Handrükken darüber und aus ebenso alter Gewohnheit mit dem Handrücken an ihrem dunklen Rock entlang. Dann traten sie ein.

Es war dämmrig im Flur des Pfarramts, zwei Reihen zu

je vier Stühlen waren an den Wänden aufgestellt, sechs davon besetzt mit anderen Müttern und Kindern, die der Aufforderung des Pfarrers nachkommen wollten. Zwei Stühle waren frei, es kam genau hin. Trude ignorierte die empört aufflammenden Blicke der Mütter, die neugierig gaffenden oder ängstlichen der Kinder und die mit ihrem Eintreten verstummte Unterhaltung. Ben machte mit einem vernehmlichen «Psst» klar, daß er wußte, wie man sich hier zu benehmen hatte. Trude drückte ihn auf einen der freien Stühle, setzte sich daneben, griff nach seiner Hand, damit er sitzen blieb, und wartete.

Innerhalb der nächsten halben Stunde verschwanden die mit ihr Wartenden durch eine der beiden Türen. Kamen sie wieder heraus, erschien gleich darauf der alte Pfarrer oder der junge Gemeindereferent und forderte die nächste Mutter zum Eintreten auf.

Trude geriet an den Gemeindereferenten, der zuerst Ben, dann die Einladung skeptisch betrachtete und den alten Pfarrer zu Hilfe rief. Der kam sofort, bedachte Ben mit einem sanften und wohlwollenden Blick, strich ihm über das sauber gescheitelte Haar und stellte fest: «Du möchtest also auch an der Feier teilnehmen.»

Ben legte einen Finger quer über die Lippen, zischte etwas lauter als auf dem Flur: «Psst.» Und damit war die Sache eigentlich schon erledigt.

Der Pfarrer war durchaus bereit, Ben an den Tisch des Herrn zu bitten, aber nicht ausgerechnet am weißen Sonntag und nicht zusammen mit Albert Kreßmann und den anderen Kindern. Er setzte sich neben Trude, legte ihr eine Hand auf den Arm und erklärte in etwa dem gleichen Ton, in dem Erich Jensen die Heimeinweisung vorgeschlagen hatte, es sei für Ben wohl das Beste, wenn man ihn an einem der folgenden Sonntage ganz allein zu Tisch bitten würde. Da habe er viel mehr davon. Und es sei nicht so aufregend.

«Nein!» sagte Trude bestimmt. «Entweder am weißen Sonntag oder gar nicht. Wir haben ihm schon beigebracht, wie er sich benehmen muß. Das Psst gewöhne ich ihm wieder ab. Das war vielleicht ein Fehler, ihm das vorzumachen. Aber das kriegen wir wieder hin. Und er hat so wenig Freude. Was hat er denn von seinem Leben? Einmal soll er mit den anderen in einer Reihe stehen. Wenn's nicht anders geht, stell ich mich daneben. Aber das wird nicht nötig sein. Lassen Sie ihn mal mit den anderen üben, da werden Sie sehen, daß es klappt. Er macht alles nach, was man ihm vormacht. Er kann die brennende Kerze halten, das habe ich schon mit ihm geübt. Er kann auch stillstehen. Wenn er weiß, daß er ein Stück Torte bekommt, gehorcht er aufs Wort.»

«Aber es geht doch nicht um ein Stück Torte.» Der Pfarrer war entrüstet. «Wo kommen wir denn hin, wenn wir den Kindern mit solch weltlichen Vergnügen das Stillstehen vor dem Altar des Herrn abringen müssen? Wo bleibt da das Begreifen vom Sinn der Angelegenheit?»

«Ja, glauben Sie denn», fragte Trude, «daß die anderen den begreifen? Denen geht's doch nur um die neuen Fahrräder oder was sie sonst wollen.» Darauf bekam sie keine Antwort mehr.

Eine Stunde später saß sie in der Backstube des Cafés. Während Sibylle Faßbender Ben für das ihm entgehende Fest mit Eiscremetorte entschädigte, weinte Trude ihr Elend in sich hinein. Der Kaffee, den Sibylle ihr serviert hatte, stand unberührt auf dem Tisch.

Ben starrte seine Mutter an, war verunsichert und begann zu hampeln. Mit zunehmendem Unbehagen äugte er an Sibylle vorbei, rutschte schließlich vom Stuhl und kam zu Trude. Er legte ihr eine Hand auf die Schulter, wie er es oft von Jakob gesehen hatte, und erkundigte sich mitfühlend: «Weh?»

«Ja», sagte Trude. «Es tut verdammt weh. Aber du

kriegst deinen weißen Sonntag, das wollen wir doch mal sehen. Und wenn ich bis zum Papst gehen muß.»

Sibylle Faßbender legte ihr eine Hand auf die andere Schulter. «Das hat doch keinen Zweck, Trude. Du regst dich nur auf und erreichst nichts. Das machen wir anders. Wir machen es hier. Und wir machen es nicht weiß, sondern bunt. Da hat er viel mehr Freude. Und dann laden wir alle ein, die unseren Ben mögen und nicht selbst feiern. Das wird ein schönes Fest. Dafür sorge ich.»

Am Abend schrieb Trude, allen Warnungen zum Trotz, doch noch einen gepfefferten Brief zumindest an den Bischof. Bis zum Papst ging sie nicht mehr, weil schon der Bischof sich voll und ganz hinter den Pfarrer stellte.

Es sah trotzdem danach aus, als könne es ein schöner Tag für Ben werden. Sibylle Faßbender hielt ihr Versprechen. Am weißen Sonntag 1982 blieb das Café Rüttgers geschlossen. Es wurden nur kurz nach Mittag die vorbestellten Kuchen und Torten ausgeliefert. Und um halb drei, als die Kommunionkinder in aller Eile den köstlichen Festtagsnachtisch verschlangen, um rechtzeitig in die Dankandacht zu kommen, ging es im Café in aller Ruhe los.

Die Schwestern Rüttgers und Sibylle hatten sich jede erdenkliche Mühe gegeben. Der Gastraum war mit Papiergirlanden, Luftschlangen, Lampions und Luftballons dekoriert. All die kleinen Tische waren zu einer langen Tafel zusammengeschoben. Darauf standen Kerzen, bunte Pappteller und Becher für die Kinder, Porzellan für die Erwachsenen. Sahnetorten, Cremekuchen und Obstböden standen in der Mitte, so konnte sich jeder selbst bedienen.

Es waren alle erschienen, die man zu Bens Ehrentag eingeladen hatte: Paul und Antonia Lässler mit ihren vier Kindern, ihrer Nichte Marlene und der kleinen Tanja

Schlösser, Otto und Hilde Petzhold, Renate Kleu mit Dieter und dem zweijährigen Heiko. Bruno war verhindert, er hatte dringend irgend etwas zu erledigen, was genau, wußte Renate nicht. Aber Toni und Illa von Burg waren mit ihren beiden Söhnen da, weil nicht die Gefahr bestand, daß Thea Kreßmann hereinschaute. Richard und Thea feierten zur selben Zeit den weißen Sonntag ihres Alberts.

Anita hatte es strikt abgelehnt, am Fest teilzunehmen, und eine wichtige Arbeit für das Abitur vorgeschoben, die angeblich den ganzen Sonntag in Anspruch nehmen würde. Bärbel dagegen war gerne mitgekommen, als sie erfuhr, daß die von Burgs ihre Söhne vom Sinn der Angelegenheit überzeugt hatten.

Bärbel machte keinen Hehl daraus, daß ihr der siebzehnjährige Uwe von Burg ausnehmend gut gefiel. Leider standen ihre Chancen nicht sehr gut. Uwe wurde fast jeden Sonntag mit einem anderen Mädchen gesehen. Er konnte es sich aussuchen, tat das auch und hatte bislang Bärbels sehnsüchtige Blicke ignoriert, wenn sie sich zufällig begegnet waren.

Doch so leicht gab Bärbel sich nicht geschlagen. Da mochte Trude noch hundertmal betonen, das habe ja wohl noch etwas Zeit. Bärbel hatte an diesem Tag hoffnungsfroh das Parfüm und den Lippenstift etwas dicker aufgetragen, so daß Jakob schon meinte, nun passe ihr Gesicht zum bunten Sonntag.

Erich und Maria Jensen waren nicht eingeladen. Davon versprach sich niemand einen Vorteil für Ben. Abgesehen davon hätte Erich ohnehin nicht kommen können, er hatte etwas Wichtiges mit Parteifreunden zu besprechen. Und Maria hatte schon Wochen vorher behauptet, sie müsse dringend das Sortiment von Pflegecremes in der Apotheke umräumen, und Antonia gebeten, ihr die kleine Marlene für diesen Nachmittag abzunehmen.

Heinz Lukka hatte nicht zur Debatte gestanden, da er

einen Kurzurlaub machte. Auch Gerta Franken fehlte, nahm es den Schlössers sehr übel, daß man sie ausgeschlossen hatte, und verstärkte ihre Bemühungen, vor Ben zu warnen. Einen Schlächter nannte sie ihn.

Trude hatte die alte Nachbarin mitnehmen wollen, um ihr ein für allemal das Maul zu stopfen. Aber Jakob war strikt dagegen gewesen, hatte etwas gemurmelt, das in Trudes Ohren wie: «Ein Bekloppter am Tisch reicht völlig» geklungen und sie zu einem energisch betroffenen: «Was fällt dir denn ein?» veranlaßt hatte.

Nachdem alle Gäste an der Tafel Platz genommen hatten, las Trude zur Eröffnung das Schreiben des Bischofs vor. All die blumigen Erklärungen, warum einer wie Ben am weißen Sonntag nichts in der Kirche zu suchen hatte. Einige schüttelten die Köpfe. Antonia Lässler meinte, das dürfe man sich nicht bieten lassen, weder von einem alten Pfarrer noch von einem Bischof. Mensch sei Mensch, und ein leerer Kopf richte nur halb so viel Schaden an wie andere mit ihren vollen Köpfen.

Ben gab ihr mit seinem unschuldigen Betragen recht, saß artig und still auf dem Ehrenplatz am Kopfende der Tafel. Zu Anfang hatten ihn die vielen Leute irritiert. Aber nachdem jeder ihm nur freundlich zulächelte und niemand Anstalten machte, ihn zu vertreiben, zermanschte er mit ehrfürchtiger Miene die Sahnetorte auf seinem Teller, schaufelte sich den Brei in den Mund, hob nur einmal den Kopf und grinste, als Trude ihm übers Haar strich.

Für Kaffee, Kakao und Torte brauchte man eine gute Stunde. Dann durfte Ben, weil er so sanft und gehorsam war und die Babys bis dahin nur mit sehnsüchtigen Augen angeschaut, auch einmal Fein und Finger weg gemurmelt hatte, eine halbe Stunde mit seiner kleinen Schwester und Britta Lässler spielen.

Antonia und Jakob überwachten seine ungeschickten

Zärtlichkeiten. Antonia legte ihre jüngste Tochter sogar in seine Arme, zeigte ihm, wie Babywangen behutsam gestreichelt wurden, strich ihm einmal über die seinen und riß ihn sich in einem Moment der mitleidvollen Aufwallung kurz in die Arme.

Anschließend führte Trude ihn zu dem Tisch, auf dem die Geschenke aufgebaut waren. Es war eine beachtliche Zahl von hübsch eingewickelten Päckchen, mit denen er nichts Rechtes anzufangen wußte. Er betrachtete sie nur, solange Trude ihn fest an der Hand hielt. Dann wollte er zurück zu Antonia und die kleine Britta haben.

«Nein», erklärte Trude bestimmt. «Du hast genug gespielt. Wir packen jetzt die Geschenke aus. Danach wirst du dich schön bedanken, wie ich es dir gezeigt habe.» Sie nahm das erste Päckchen, öffnete das Kuvert der beigelegten Glückwunschkarte, las sichtlich gerührt und mit einem feuchten Blick zu ihren Nachbarn hinüber vor: «Zu Deinem Ehrentag, lieber Ben, die besten Wünsche von Otto und Hilde Petzhold.»

Hilde lächelte verschämt in die Runde, Otto zündete sich aus Verlegenheit eine Zigarre an. Derweil hatte Trude ausgepackt und ein Bilderbuch aus starkem Pappkarton in Bens Hände gedrückt. Und da gab es das erste Debakel.

Sie hatten sich alle gründlich überlegt, was man ihm schenken könnte. Es sollte nicht nur den guten Willen demonstrieren, eventuell noch die Finanzlage, es sollte ihm vor allem eine Freude machen. Hilde Petzhold hatte sich ausgerechnet für dieses Bilderbuch entschieden, weil der Karton ihrer Meinung nach stabil genug war, Bens Fäusten standzuhalten, und weil die Seiten zeigten, was sie selbst am meisten liebte: Katzen. Schwarze und weiße, kleine, große und graugetigerte.

Eine graugetigerte saß auf dem Deckblatt und beleckte ihre Vorderpfote. Kaum hatte Ben einen Blick darauf geworfen, geriet er außer sich. Er rannte zur Kaffeetafel, knallte das Buch auf den mit Sahneresten verschmierten Teller, den Hilde Petzhold vor sich hatte. Dann schlug er mit der Faust auf das Deckblatt, daß der Teller mit einem vernehmlichen Knirschen zu Bruch ging. Dabei brüllte er: «Finger weg! Rabenaas!» Gleichzeitig kratzte er sich mit der rechten Hand über den linken Arm.

Trude überlief es siedendheiß. Es war doch schon so lange her. Aber Jakob sagte häufig: «Er hat ein Gedächtnis wie ein Elefant.» Ihre Stimme zitterte ein wenig, als sie befahl: «Jetzt komm wieder her, Ben. Es ist ja gut. Das Buch gehört dir, Hilde will es dir nicht wegnehmen.»

«Finger weg», schrie er erneut, knurrte wie ein Hund, nahm das Buch wieder an sich und biß kräftig hinein. Dann legte er es zurück auf die Scherben des Tellers und schnappte sich Hilde Petzholds Kuchengabel. Messer waren glücklicherweise nicht auf dem Tisch. Er stach zu mit einer Wucht, daß sich die feinen Gabelzinken verbogen und der stabile Pappkarton in Höhe des Katzenbauches mehrere Dellen aufwies. Anschließend kratzte er mit den verbogenen Gabelzinken über den Katzenbauch.

Alle schauten ihm irritiert und interessiert zu. Nur Illa von Burg, die durch Gerta Franken über das Schicksal einer trächtigen Hauskatze informiert war, senkte den Kopf. Und Jakob musterte Trude mit einem argwöhnischen Blick, als sie mit hochrotem Gesicht nach dem nächsten Päckchen griff, in aller Eile das Papier abriß, ohne vorher zu lesen, von wem das Geschenk stammte. Trude hielt einen bunten Gummiball in die Höhe und rief mit belegter Stimme: «Schau, Ben, der ist auch für dich.»

Tatsächlich ließ Ben von dem Katzenbuch ab. Jedoch nur, weil sich Dieter Kleu auf Trude und den Ball stürzte. Als Dieter den Ball nicht erreichte, weil Trude ihn mit beiden Händen über ihrem Kopf hielt und seine Anstrengungen auch nicht beachtete, hieb Dieter ihr mit beiden Fäusten in den Magen und trat sie vors rechte Schienbein. Trude rief mehr vor Verwunderung als vor Schmerz: «Au!» Ben kam um den Tisch herum, schnappte mit seinen großen Händen zu, packte Dieter bei Hals und Nacken, schüttelte ihn, wobei er ihn zentimeterweit vom Boden hob, und grollte erneut: «Finger weg!»

Jakob sprang auf, trennte die beiden Kinder, versetzte seinem Sohn eine Ohrfeige und verlangte, daß er sich auf der Stelle entschuldigte. Aber das tat Renate Kleu, von Antonia unterstützt, die ebenfalls der Meinung war, Dieter müsse allmählich wissen, daß er nicht alles haben könne und niemanden vors Schienbein treten dürfe, um seinen Willen durchzusetzen.

Bis dahin hatte Bärbel die Zeit genutzt, Uwe von Burg klarzumachen, daß sie an diesem Sonntag das einzige Mädchen in seiner Nähe und mit ihren fünfzehn Jahren keinesfalls zu jung für ihn war. Jetzt nutzten beide die Situation und brachen zu einem Spaziergang auf, bevor es jemand verbieten konnte.

Damit sich die Gemüter ein wenig beruhigten, nahm Sibylle Faßbender den schluchzenden Ben bei der Hand und führte ihn in die Backstube. Dort servierte sie ihm noch ein Stück Torte, vergaß jedoch in der Aufregung, das Tortenmesser wegzuräumen.

Währenddessen stellte Trude fest, daß das Streitobjekt Ball ein Geschenk von Bruno und Renate Kleu war. Sie suchte ihrerseits nach einer Entschuldigung für Dieter, der vermutlich gesehen hatte, wie Renate den Ball einpackte, und nicht begreifen konnte, warum der nun Ben gehören sollte. Als dann Sibylle mit Ben zurückkam, wurden die Scherben des Tellers und die verbogene Kuchengabel weggeräumt und die restlichen Geschenke ausgepackt.

Von den Rüttgers-Schwestern eine Schachtel hausgemachtes Konfekt und ein paar Plastikküken mit aufgeklebten Flaumfedern, die von der Osterdekoration übriggeblieben waren. Es war ein Geschenk nach Bens Herzen. Mit einem furchtsam fragenden Blick auf Jakob stopfte er sich die Küken in die Hosentasche und zwei Stücke Konfekt in den Mund.

Dann ging er, und Antonia fand, es sei ein Zeichen seiner Gutmütigkeit, mit der Schachtel zu Jakob, damit er das Baby Tanja abbeißen ließ. Anschließend bot er Marlene Jensen, Annette Lässler und der kleinen Britta von seinen Pralinen an, auch Heiko Kleu hielt er die Schachtel hin. Nur Dieter wollte er nichts abgeben. Das übernahm Jakob.

Von Paul und Antonia bekam er ein Paket mit Bausteinen. Es war gut gemeint, doch es verfehlte seinen Zweck. Maria Jensen bedankte sich mit einem Geldschein im Kuvert für den ungestörten Nachmittag. Sibylle Faßbender hatte einen Plüschaffen auf den Gabentisch gelegt, der zwei Deckel aneinanderschlug und dazu tanzte, wenn man ihn mit einem Schlüssel aufzog. Es machte einen Höllenlärm. Ben versetzte dem Affen im ersten Schreck einen mächtigen Hieb und duckte sich vorsichtshalber hinter Trudes Rücken, bis ihm auffiel, daß sich der Affe beim Deckelschlagen nur auf der Stelle drehte.

Toni und Illa von Burgs hatten sich für einen zweckmäßigen Kasten entschieden, bei dem es galt, verschiedene geometrische Figuren durch passende Löcher zu drücken. Während Sibylle Faßbender Ben zeigte, welche Figur in welches Loch gesteckt werden mußte, erklärte Toni von Burg Paul Lässler mit wehmütiger Miene und verdächtig glänzenden Augen, daß seine kleine Schwester Christa, an die Paul sich doch gewiß noch erinnere, vor langer Zeit mit solch einem Kasten stundenlang hatte spielen können.

Toni sprach, als hätte er nur eine jüngere Schwester gehabt und niemals auch nur einen Hauch von Groll empfunden, daß die Ältere ins Kloster ging, als Paul die Verlobung mit ihr löste.

Während Andreas und Achim Lässler aus lauter Langeweile Dieter Kleu den Ball zurollten und Annette ihrer kleinen Cousine die letzten beiden Konfektstücke aus Bens Schachtel organisierte, während Uwe von Burg und Bärbel Schlösser mit verschmiertem Lippenstift in den erhitzten Gesichtern von ihrem Spaziergang zurückkamen und Renate Kleu ihrem jüngsten Sohn die Katzen im Bilderbuch zeigte, drückte Ben eine Figur nach der anderen durch den Rahmen, klappte den Deckel zu und verließ den Tisch, ohne daß jemand darauf achtete.

Alle waren irgendwie beschäftigt. Jakob schmuste mit seiner jüngsten Tochter, die er nur selten im Arm halten durfte. Sibylle Faßbender sprach mit Toni und Illa von Burg über die Unschuld spielender Kinder. Paul Lässler freute sich noch über die nette, wehmütig angehauchte Unterhaltung mit Toni, bewachte sein schlafendes Baby und behielt gleichzeitig seine Söhne und Dieter Kleu im Auge, damit es keinen erneuten Streit um den Ball gab.

Antonia kümmerte sich um die Schokoladenflecke im Kleid ihrer Nichte. Trude half den Rüttgers-Schwestern beim Abräumen der Kaffeetafel. Bärbel und Uwe von Burg hielten sich unter dem Tisch an den Händen und schauten sich in die Augen. Uwe von Burgs jüngerer Bruder Winfried und Annette Lässler beobachteten das gespannt von einer stillen Ecke aus und amüsierten sich darüber.

Hilde und Otto Petzhold unterhielten sich im Flüsterton über die Brachialgewalt, mit der Ben die Gabelzinken verbogen hatte, und über Hildes graugetigerte Katze, die zwei Jahre zuvor spurlos verschwunden war.

Niemand nahm Notiz, als Ben die Schwingtür aufstieß, durch die man in die Backstube gelangte. Dort lag noch das Tortenmesser auf dem Tisch. Er kam auch gleich zurück, bevor seine Abwesenheit auffallen konnte. Erst als Hilde Petzhold aufschrie, erkannte Jakob, was vorging.

Das Messer mit der breiten Klinge in der ausgestreckten Hand steuerte Ben auf Dieter Kleu zu, der jetzt neben seiner Mutter stand und mit beiden Händen am Katzenbuch zerrte. Ben hob die Hand, stach zu und traf, neben dem graugetigerten Katzenbauch, auch zwei Finger von Dieter.

«Finger weg», sagte Ben.

Aber so schlimm war es nicht. Nur zwei Schnittwunden, die wenig später in der Notaufnahme des städtischen Krankenhauses in Lohberg genäht wurden. Und was niemand verstand, weder Bruno, der ja nicht persönlich gesehen hatte, wie es zu dem Unfall gekommen war, und sich auf die Aussage seiner Frau verlassen mußte, noch Renate Kleu erhoben irgendwelche Vorwürfe.

Renate, Tage später von Thea Kreßmann auf den Vorfall angesprochen, erklärte sogar: «Das schadet ihm nichts. Jetzt hat ihm endlich mal einer gezeigt, daß er nicht alles haben kann.»

25. August 1995

Als Jakob an dem Freitagabend endlich heimkam, war es halb zehn. Wider Erwarten saß Ben mit Trude am Küchentisch. Er hing vorgebeugt über einem noch halb gefüllten Teller. Trude hatte ihm eine Hand auf den Arm gelegt und sprach auf ihn ein, verstummte jedoch, als Jakob die Küche betrat. Das letzte, was Jakob verstand, war: «... mein Bester.»

«Na, das ist ja eine Überraschung», sagte Jakob.

Trude schaute auf und erklärte wie zur Entschuldigung: «Er war bis jetzt unterwegs und hat noch nichts gegessen. Ich hab's gerade für ihn aufgewärmt. Es ist noch warm. Willst du auch was?»

Jakob nickte und fühlte sich auf unbegreifliche Art erleichtert. Er schlug seinem Sohn so kameradschaftlich auf die Schulter, daß Ben zusammenzuckte. «Na», sagte er in übertrieben jovialem Ton, «dann hast du dich wohl gründlich ausgetobt und gehst zur Abwechslung heute mal ins Bett.»

Jakob setzte sich. Und während Trude ihm einen Teller füllte, begann er von Edith Stern und ihrer heiklen Mission zu erzählen. Es war ihm ein ganz besonderes Vergnügen, vor Trude, die unerschütterlich glaubte, es gäbe keinen besseren Menschen im Dorf als Heinz Lukka, die früheren Verbrechen eines ehrenwerten Bürgers auszubreiten. Das war ein abendfüllendes Thema, weil Jakob zuerst erklären mußte, warum er nie ein Wort über das Schicksal der ersten Edith Stern verloren hatte. Da konnte er sich Dieter Kleu, Albert Kreßmann und die Zeitungen für den nächsten Tag aufheben.

Trude war so schockiert und betroffen von seinen Ausführungen, daß sie nach dem Essen nur die benutzten Teller zusammenstellte, das Besteck hineinlegte; den Löffel, mit dem Ben sich die Mahlzeit in den Mund geschaufelt hatte, Messer und Gabel von Jakob. Sie stellte alles in den Ausguß, sagte gedankenverloren: «Ich wasche es morgen früh ab» und folgte Jakob ins Wohnzimmer. Dort setzte sie sich in einen Sessel.

Daß sie wie zum Sprung bereit nur auf der Kante saß, fiel Jakob zwar auf, doch er dachte nicht über die Gründe nach, machte es sich im zweiten Sessel gemütlich und erzählte weiter von Edith Stern und der unglaublichen Erkenntnis über den Sommer 44.

Für Trude war es, als bohre er ihr Nadeln ins Hirn. Alles in ihr sträubte sich, zu glauben, was er sagte. Ausgerechnet Heinz Lukka! Zu dem sie so oft gelaufen war, um ihr Herz auszuschütten, sich einen Rat zu holen und die Bestätigung, daß Ben gutmütig war. Vor ein paar Tagen hätte sie Heinz Lukka beinahe von Svenja Krahls Handtasche erzählt, den Kratzern auf Bens Handrücken und den zerrissenen Fingerkuppen. Sie hatte fragen wollen, ob Heinz vielleicht auch ein Auto gehört hatte in der Julinacht, als er meinte, er hätte ein Mädchen schreien hören. Getan hatte sie es dann doch nicht, weil …

Vor Jahren hatte sie Heinz erzählt, wie das gewesen war mit Hildes Katze. Und wie hatte er regiert? Gelacht hatte er. Leise und wohlwollend gelacht und gesagt: «Trude, es steht doch nirgendwo geschrieben, daß Ben das Tier auseinandergenommen hat. So etwas traue ich ihm eigentlich auch nicht zu. Was spricht dagegen, daß er die Innereien gefunden hat?»

«All die Kratzer und das Taschenmesser», hatte Trude geantwortet. «Das war ein sehr teures Stück. Der Griff war mit Perlmutt besetzt.»

Gelacht hatte Heinz Lukka daraufhin nicht mehr, nur noch nachdenklich gelächelt.

«Zugegeben», hatte er gesagt, «das sieht natürlich so aus, als hätte das Vieh sich gegen ihn gewehrt. Aber Sorgen hättest du dir deshalb nicht machen müssen. Auch wenn er es getan hat und es rausgekommen wäre, das war nur eine Sachbeschädigung. Und er wäre nicht das erste Kind, das so etwas macht. Wenn du dich mal umhörst, was Kinder heute so treiben, gehen auf dem Schulhof mit Messern auf ihre Mitschüler los. Dagegen ist eine Katze nun wirklich harmlos. Und wir waren früher auch keine Engel.»

Es waren schon bei dem Gespräch ein paar Dinge gewesen, die Trude bitter aufstießen. Auseinandergenommen! Das war nicht der passende Ausdruck für Grausamkeit. Und Vieh nicht der richtige für ein Geschöpf, das entsetzlich gelitten haben mußte. Nun bekam der letzte Satz den Geschmack von heißem Blei. Wir waren früher auch keine Engel! Wahrhaftig nicht.

Trude wußte nicht, was sie sagen sollte, murmelte, daß sie so etwas nie von Heinz gedacht hätte. Daß es, auch wenn ein halbes Jahrhundert her, ganz schrecklich sei. Da hätte sie plötzlich ein furchtbar schlechtes Gewissen, weil sie seinen Rat und seine Hilfe so lange und immer gerne in Anspruch genommen hatte. Nun wisse sie gar nicht mehr, wie sie ihm begegnen solle. Einem Mörder!

Jakob sah wohl, daß sie sich das mehr zu Herzen nahm, als er angenommen hatte. Mit Entrüstung hatte er gerechnet, mit Einsicht und Zustimmung, aber nicht mit einer wachsweißen Haut und tonlosem Gestammel.

«Na, Mörder ja nun nicht», beschwichtigte er. «Selbst umgebracht hat er Edith Stern ja nicht.»

«Willst du ihn entschuldigen?» fragte Trude fassungslos.

«Nein!» Jakob schüttelte den Kopf. «Um Gottes willen, das bestimmt nicht. Ich hab dir immer gesagt, Heinz ist ein linker Hund, ihm ist nicht zu trauen. Hab ich es dir nicht hundertmal gesagt?»

«Du warst nur wütend auf ihn wegen Ben», meinte Trude.

Jakob schüttelte erneut den Kopf. «Mit Wut hat das nichts zu tun. Ich hab mich nur gefragt, warum setzt er sich für den Jungen ein? Macht mir Vorschriften, wie ich meinen Sohn zu erziehen habe. Und eins kannst du mir glauben, ich hab ihn nicht gerne geprügelt, weiß Gott nicht. Es war nur leider die einzige Möglichkeit, ihm etwas abzugewöhnen oder etwas beizubringen, das weißt du. Und da kommt so einer und sagt mir, da kann er nicht zuschauen. Was hat er denn damals gemacht? Da hat er nicht nur zugeschaut, den Befehl hat er gegeben. Und was meinst du, welche Befehle er gegeben hätte, wenn es so weitergegangen wäre? Abspritzen lassen hätte er ihn, wie

Wilhelm Ahlsen es mit der kleinen Christa gemacht hat. Höchstpersönlich dafür gesorgt hätte er, dein lieber, guter Heinz. Und das wollte mir nie in den Kopf, daß sich so einer um hundertachtzig Grad drehen soll.»

«Vielleicht hat es ihm irgendwann leid getan», meinte Trude. Sie hatte fast keinen Atem mehr. «Vielleicht wollte er auf die Weise etwas gutmachen. Das könnte doch sein. Er war ja wirklich noch sehr jung damals. Und als er älter wurde und vernünftiger, hat er vielleicht eingesehen, daß es ein Verbrechen war.»

«Vielleicht», sagte Jako und grinste unfroh. «Wie war das eben mit dem Entschuldigen? Merkst du, was du gerade tust?»

«Nein», sagte Trude gequält. «Das tu ich nicht. Es ist nur, weil ... Ich meine, wenn es ihm irgendwann leid getan hat, wenn er es eingesehen und bereut hat, da müßte man ...»

Sie verhaspelte sich, wußte nicht, wie sie es ausdrücken sollte. Es mußte Heinz Lukka irgendwann leid getan haben, es mußte einfach. Heinz mußte irgendwann begriffen haben, daß es ein schweres Verbrechen gewesen war, Edith Stern von zwei anderen erschlagen zu lassen. Er mußte tiefe Reue empfunden und sich gewünscht haben, er könne es ungeschehen machen. Und weil das nicht möglich gewesen war, hatte er sich liebevoll um Ben gekümmert. Das waren sein «Vater unser», zweimal der Rosenkranz und drei «Gegrüßet seist du, Maria». Das mußte es sein.

Weil im anderen Fall ... Hatte Heinz Lukka sich vielleicht nur für einen ganz bestimmten Zweck mit Schokoladenriegeln und Freundlichkeit in Bens Herz gekauft. Hatte ihn nur aus einem Grund gegen alle Verdächtigungen verteidigt und dafür gesorgt, daß er daheim bleiben durfte. Weil Heinz Lukka, wenn er sich nicht um hundertachtzig Grad gedreht hatte, in der heutigen Zeit sonst keinen gefunden hätte, dem er solche Befehle geben konnte.

Es kam wie ein Vorschlaghammer über Trude. Weil Heinz Lukka sich vielleicht – wie sein Vater – selbst die Finger nicht gerne schmutzig machte, aber mit Begeisterung zuschaute. Und am Ende hatte sie ihn erst auf diesen Gedanken gebracht, als sie ihm von Hildes Katze erzählte.

Eine blutverschmierte Handtasche! Zwei abgeschlagene Finger! Und Heinz Lukka sagte: «Das hast du fein gemacht, Ben. Jetzt mußt du es schön vergraben.»

Himmel, steh uns bei, dachte Trude. Das nicht! So etwas kann doch kein Mann tun, sich einen Mörder abrichten. Und da war ein Strohhalm, der dem Ungeheuerlichen die Spitze abbrach.

«Heinz hat auch für dich was getan», sagte sie zu Jakob. «Er hat dir die Arbeit im Baumarkt verschafft.»

Jakobs Grinsen erlosch mit einem Achselzucken. «Aber ich darf trotzdem sagen, was ich denke.»

«Natürlich», meinte Trude und horchte mit einem Ohr zur Treppe. Sie hatte, bevor Jakob heimkam, länger als eine Stunde auf Ben eingeredet. Daß er im Haus bleiben müsse. Daß er ein großes Eis und einen Kuchen bekomme, wenn er daheim bliebe. Daß sie viel weh habe, daß ihr furchtbar bange sei, wenn er wegginge. Und das wolle er doch sicher nicht. Er sei doch ihr guter Ben, ihr Bester. Es schien funktioniert zu haben. Eigentlich hätte er noch baden müssen, aber dann mußte er eben morgen in die Wanne.

Kurz vor elf ging sie gefolgt von Jakob hinauf. Sie warf noch einen Blick in Bens Zimmer. Er lag auf dem Bett, hielt seine Stoffpuppe im Arm und rührte sich nicht, als sie kurz das Licht aufflammen ließ. Trude nahm an, daß er fest schlief, und schloß, ein wenig beruhigt, aber keinesfalls erleichtert, die Tür wieder.

Im Schlafzimmer erzählte Jakob weiter. Obwohl er rechtschaffen müde war und sich Dieter Kleu für den nächsten Tag hatte aufheben wollen, umriß er knapp, was er in Ruhpolds Schenke über Brunos Sohn gehört, warum Wolfgang Ruhpold ihn überhaupt gebeten hatte, die zweite Edith Stern mitzunehmen.

Trude antwortete kaum. Wenn sie etwas sagte, bezog es sich auf Heinz Lukka und war so konfus, daß Jakob nicht verstand, was sie ihm sagen wollte. Aber eins begriff er, daß er mit seinen Rachegelüsten einen Schritt zu weit gegangen war. Daß Trude derart kleinlaut und einsilbig wurde, hatte er nicht gewollt. Sie aufrütteln war seine Absicht gewesen, mehr nicht.

Ben schlief nicht. Er hörte sie reden in dem Zimmer gegenüber, wartete und sann mit seinen beschränkten Möglichkeiten auf einen Ausweg aus dem Dilemma. Er hatte fast alles verstanden, was seine Mutter gesagt hatte. Und er wollte nicht, daß sie Schmerzen leiden oder Angst haben mußte. Allerdings begriff er nicht, warum ihr Wohlbefinden davon abhängen sollte, daß er in seinem Zimmer blieb. Wäre sie bei ihm gewesen, hätte sie gesagt, daß ihr der Kopf weh tue, ihn gebeten, ihr Haar zu streicheln, damit es besser wurde, oder den Nacken ein wenig zu drücken, nur den Nacken und nicht zu fest, das hätte ihm eingeleuchtet. Aber so.

Manchmal, das wußte er, sagten sie falsche Worte. Fast alle, die er kannte, taten das. Es gab nur wenige Ausnahmen, seine Mutter hatte nie zu diesen Ausnahmen gehört. Sie hatte ihm viele Dinge gesagt, die sich rasch als falsch erwiesen. Daß nur sie alleine totmachen durfte, allenfalls noch der Vater, war nur eines davon. Andere machten auch tot, und niemand wurde dafür verprügelt. Geschlagen wurde immer nur er.

Er war unruhig. Die Stimmen aus dem Zimmer seiner

Eltern drangen als beständiges Murmeln an seine Ohren. Als es endlich still geworden war, hielt er es nicht länger aus. Er erhob sich und schlich hinunter. Seine Puppe blieb vorerst auf dem Bett zurück. Er verließ das Haus nicht sofort, ging zunächst in die Küche.

Es war zwölf vorbei, vor dem Küchenfenster herrschte Finsternis, der Himmel war bewölkt. Er wußte genau, wo sein Messer lag. Nur war er nicht sicher, ob er es in der Dunkelheit fand. Also nahm er das Messer aus dem Ausguß, fuhr mit dem Daumen über die Klinge. Scharf war sie nicht. Er steckte es trotzdem in die Hosentasche. Dann ging er in den Keller, schlüpfte in seine Gummistiefel, befestigte den Spaten mit dem Karabinerhaken am Taillenriemen und machte sich auf den Weg.

Kaum im Freien, verfiel er in seinen gewohnten Trab, lief zur Abzweigung, bog nach links ab. Bei der Apfelwiese machte er halt. Die mannshohen Bäumchen mit den flachen, buschigen Kronen, das hohe Gras und die tiefen Senken der ehemaligen Trichter, alles war mehr zu ahnen als zu sehen.

In regelmäßigen Abständen waren Holzpflöcke in den Boden getrieben worden, sie überragten ihn noch, wenn er aufrecht stand. Auf den Pflöcken war der Draht festgenagelt, Lage um Lage, zehn Lagen insgesamt, dazwischen jeweils zwanzig Zentimeter Spielraum, zuwenig, um unverletzt durchkriechen zu können.

Unverzüglich nach dem Umzug der Familie Schlösser hatte die Stadtverwaltung die Wiese und Trudes Gemüsegarten einzäunen lassen. Den Rest hatte die Natur besorgt. Die ehemals akkuraten Beete unterschieden sich nicht mehr von den angrenzenden Landstücken. Der Draht hatte sich schon manche Nacht als schlimmer Feind erwiesen. Blutige Hände, zerrissene Hosen und Hemden, das besorgte Gesicht seiner Mutter und ihre Fragen am nächsten Morgen, die er nicht beantworten konnte.

Warum es ihn immer wieder auf die Wiese zog? Andere besuchten den Friedhof, wenn sie ihrer Lieben gedenken wollten, oder sie schauten sich Fotografien an. Das brauchte er nicht. Er legte sich auf die Wiese. Die Bilder hatte er alle in seinem Kopf, und dort waren sie entschieden lebendiger, als ein Foto es jemals sein konnte. Das Gras hatte sogar noch ihren Geschmack, ihren Geruch.

In seinem Kopf zog die kleine Karawane immer noch die Bachstraße hinunter, schwang Althea Belashi immer noch hoch oben am Trapez, zeigte immer noch Kunststücke auf einem Ponyrücken. Und er saß vor ihr, fühlte ihren biegsamen Körper in seinem Rücken. Der Geruch der Pferde vermischte sich mit ihrem Duft, mit ihrer Wärme und der Weichheit ihrer Haut.

Und auf all das Schöne folgte in seinem Kopf die Nacht mit ihrem großen Mysterium, als sie in diesem Loch verschwand und so lange Zeit nicht wieder herauskam. Aber sie war zurückgekommen. Im vergangenen November hatte er sie wiedergesehen – bei der Hochzeit von Andreas Lässler. Und in der Nacht im August war er ihr noch einmal begegnet. Und jetzt war sie dort, wo sein Vater die Puppen begraben sehen wollte.

Aber er sah sie lieber am Trapez, fühlte sie lieber in seinem Rücken. Manchmal schaffte er es, sich unter dem Draht durchzuschieben, ohne sich zu verletzen oder sein Hemd zu zerreißen. Es kam darauf an, an welcher Stelle er es versuchte. An manchen war der Boden etwas tiefer und der Draht nicht so straff gespannt. Wenn er sich an solch einer Stelle flach auf den Boden drückte und vorwärts robbte, hatte er Glück.

In gebückter Haltung schlich er seitlich am Zaun entlang, faßte einmal an eine Stelle, an der ihm der Boden etwas tiefer und der Draht nicht so straff schien. Sofort bohrten sich zwei Dornen in seine linke Handfläche. Er zog die Luft ein, führte die Hand an den Mund und leckte die kleinen Wunden ab. Sekundenlang stand er da und beäugte die Drähte voll Enttäuschung und Mißtrauen. Dann wollte er es an einer anderen Stelle versuchen.

Doch als er sich aufrichtete, vergaß er die schmerzende Hand und das Grab auf der Wiese. Er sah die Lichtglocke auf dem Mais hinter dem Haus seines Freundes und ging zurück auf den Weg. Die vierhundert Meter bis zum Mais lief er, bog vom Weg ab, schritt aufrecht quer durch das Feld, bis er die Rückseite und das erleuchtete Fenster einsehen konnte. Er wollte schon die Arme heben, um zu winken, damit sein Freund ihn bemerkte und eine Schokolade herausbrachte. Aber dann sah er sie und vergaß auch das Verlangen nach einer Süßigkeit.

Ihr kurzgeschnittenes Haar täuschte ihn nur wenige Sekunden. Die schmalen Schultern und die runden Brüste in der karierten Bluse machten rasch deutlich, was sie war.

«Fein», flüsterte er und fühlte Erregung aufsteigen.

Sie saß in einem Sessel, davor stand ein niedriger Tisch, der ihre Beine und den Unterleib verdeckte. Neben dem Sessel stand der Rucksack, darüber lag die bunte Wetterjacke. Sein Freund Lukka war auch im Zimmer, stand vor einem Schrank, füllte ein Glas und brachte es ihr. Als sie den Kopf hob, um zu trinken, lächelte sie zum Fenster hinüber, ein bißchen wehmütig und verloren, ganz so, als sei dieses Lächeln nur für ihn bestimmt.

«Fein», flüsterte er noch einmal und duckte sich, daß nur noch seine Augen über die Maiskolben hinausragten. Das war gut, denn jetzt kam sein Freund Lukka ans Fenster, sprach und schaute dabei hinaus. Und jetzt sollte er ihn besser nicht sehen.

Sie machte Anstalten, sich zu erheben. Mit einer Hand griff sie nach der Jacke, schob sie unter einen Riemen am Rucksack und gähnte verhalten. Die gelben, roten und grünen Flecken auf dem Jackenstoff gefielen Ben ausnehmend gut, ebenso gut wie sie. Mit ihrem kurzgeschnittenen dunklen Haar war sie nicht der Typ Mädchen oder Frau, den Marlene Jensen für ihn verkörpert hatte. Sie glich mehr seiner kleinen Schwester. Jetzt griff sie nach dem Rucksack, gähnte noch einmal.

Er tastete nach dem Messer in seiner Hosentasche. «Finger weg», flüsterte er fast heiser vor Erregung. Dann schlich er vom Mais verborgen langsam näher auf das Haus und das erleuchtete Fenster zu.

Bärbels Schuld

Für Bärbel begann am bunten Sonntag 1982 die Erfüllung eines Traumes. Sie schaffte mit einem simplen Trick, was zuvor keinem Mädchen gelungen war. Nach dem Spaziergang am Nachmittag, ein paar Küssen, dem verstohlenen Händchenhalten unter dem Tisch im Café Rüttgers und den langen Blicken erklärte sie Uwe von Burg beim Abschied, daß man sich nun besser in aller Freundschaft trenne, weil ein festes Verhältnis keine Chance hätte.

Bis dahin hatte Uwe von Burg gar nicht an ein festes Verhältnis gedacht, aber so etwas hatte er bis dahin auch noch nie von einem Mädchen gehört. Er bestand darauf, Bärbel am folgenden Sonntag in die Eisdiele nach Lohberg einzuladen. Sie könnten auch am nächsten Abend noch einmal spazierengehen, meinte er. Da würde man sehen, was eine Chance hatte und was nicht.

Bärbel ließ sich von Anita beraten, wie sie sich verhalten sollte, und hielt sich strikt an die Anweisungen der älteren Schwester. «Laß ihn zappeln.» Es funktionierte. Bis in den Juni schwebte Bärbel über allen Wolken. Keinen Abend ließ Uwe aus, hoffte jeden Abend aufs neue, das Ziel zu erreichen.

Regelmäßig ließ Anita sich berichten, wie die Beziehung fortschritt, was Uwe während des Spaziergangs zum Bendchen geschworen und getan hatte. Sie gab Bärbel Ratschläge und Verhaltensmaßregeln für den nächsten Abend und ließ durchblicken, daß sie einem Bauerntrampel niemals derartige Zärtlichkeiten und Liebesschwüre zugetraut hätte.

Nach den ersten Wochen, in denen er mehr gezappelt als sonst etwas getan hatte, war Uwe von Burg fest überzeugt, ohne Bärbel Schlösser nicht mehr leben zu können. Er gestand ihr das fatalerweise auf einer Decke im Gras der Apfelwiese bei Einbruch der Dämmerung, weil sie bei den ausgedehnten Spaziergängen immer Gelegenheit fand, sich einem festeren Zugriff auf scheinbar zwanglose Art zu entziehen.

Auf Uwes Erklärung folgte eine leidenschaftliche Umarmung mit den dabei typischen Lauten, schnaufen, keuchen und stöhnen. Und ein paar Meter entfernt lag Ben im Gras verborgen neben dem offenen Trichter und träumte mit offenen Augen von dem Nachmittag im Zirkus und der darauf folgenden Nacht.

Während er Bärbel küßte, schob Uwe mit einer Hand ihren Rock hinauf und die Finger unter das Gummibund ihres Schlüpfers. Bärbel zierte sich, griff nach seinem Arm und hielt ihn am Handgelenk fest, schob den Unterleib ein wenig zur Seite, strampelte verhalten mit den Beinen und gab ein erstickt klingendes «Nein, nicht» von sich.

Ben war nicht das erste Kind, das die Töne und Gesten einer Umarmung mit einem Angriff gleichsetzte. Und als er derartiges zum ersten Mal beobachtet hatte, waren es ein Angriff und ein heftiger Kampf gewesen, dem er flach an den Boden gedrückt, ängstlich und verwundert zugeschaut hatte, ohne das Bedürfnis zu verspüren, helfend einzugreifen.

Er hätte auch nicht gewußt, wem er helfen sollte; Althea Belashi, die ihr Leben mit Fäusten, Füßen und Zähnen verteidigte, oder ihrem Angreifer, der ebenfalls laut aufschrie und sich krümmte, als ihn ein Tritt an einer empfindlichen Stelle traf.

Ben war damals nicht fähig, zwischen Recht und Unrecht zu unterscheiden. Er kannte nicht einmal den Unterschied zwischen Leben und Tod. Für ihn gab es nur Bewegung und Reglosigkeit. Es gab Dinge, die sich niemals von alleine bewegten, und andere, die es taten und plötzlich damit aufhörten. Wie die Hühner, die er für seine Mutter gefangen hatte, wie all die Küken, Raupen und Käfer, die sich nicht mehr rührten, wenn er sie in die Hand nahm. Daß auch ein Mensch aufhören konnte, sich zu bewegen, und kurz darauf im Erdboden verschwand, war eine neue und nachhaltig wirkende Erfahrung. Und seitdem gab es keinen Zirkus mehr.

Wenn er auch nicht denken konnte wie andere, so gelang es ihm doch, eine Verbindung herzustellen zwischen dem Geschehen jener Nacht und dem, was danach nicht mehr geschah. Seine Mutter hatte es als «weg» bezeichnet. Und «Finger weg» war ihm geläufig als etwas Böses und Verbotenes. Und nun lag Bärbel da, zappelte, strampelte und sprach die Worte, die Althea Belashi in Todesangst geschrien hatte.

Er hatte die Mitglieder seiner Familie sortiert in Fein und Weh. Sein Vater war nur Schmerz. Auch Anita schlug häufig, wenn er ihr zu nahe kam und niemand hinschaute. Für seine älteste Schwester hätte er keinen Finger gerührt. Für seine Mutter hätte er sich noch hundertmal vom Vater verprügeln lassen, auch wenn sie ihm manchmal weh tat. Und Bärbel bedeutete ein Bonbon hin und wieder, auch mal ein Streicheln übers Haar. Für sie hob er einen Stein vom Boden auf.

Uwe von Burg fühlte plötzlich einen stechenden Schmerz im Rücken. Gleich darauf traf ihn ein äußerst schmerzhafter Hieb am Hinterkopf. Als er sich benommen aufrichtete, kreischte dicht neben ihm eine schrille Stimme: «Finger weg!»

Uwe betastete vorsichtig die schmerzende Stelle am Kopf, fühlte klebrige Nässe unter den Fingerspitzen und stellte teils erschüttert, teils verwundert fest: «Da haut mir der Blödmann ein Loch in den Kopf.» Und das, fand Uwe, ging entschieden zu weit. Bei aller Liebe und Leidenschaft, er hatte es nicht nötig, sich den Schädel einschlagen zu lassen für ein Mädchen, das anscheinend doch zu jung für ihn war.

Er verabschiedete sich von Bärbel, noch ehe sie recht erfaßte, was geschehen war. Sie starrte ihm mit verschwommenem Blick nach, sprang auf und wollte ihn zurückhalten. Aber Uwe ließ sich auf nichts mehr ein. Er ging zum Feldweg, bestieg sein Mofa und fuhr davon.

Und Ben stand da, grinste unsicher mit schiefgelegtem Kopf und erkundigte sich: «Fein macht?»

Ein Lob in dieser Situation, ein Streicheln über die Wange, und es hätte dreizehn Jahre später nicht diesen furchtbaren Sommer gegeben. Davon bin ich überzeugt. Aber ich möchte nicht vorgreifen, und es widerstrebt mir auch, ein fünfzehnjähriges Mädchen verantwortlich zu machen für alles, was geschah. Angesichts der Tatsache, daß Trude wichtige Beweise im Küchenherd verschwinden ließ und die Polizei in Lohberg es nicht für nötig befand, die Staatsanwaltschaft über das Verschwinden von Marlene Jensen in Kenntnis zu setzen, daß sie sich nicht einmal die Mühe machten, herauszufinden, ob Svenja Krahl tatsächlich in die Kölner Drogenszene abgetaucht war – angesichts all dieser Umstände wäre es ungerecht, die gesamte Schuld auf Bärbel abzuwälzen. Von einem Teil jedoch kann ich sie nicht freisprechen. Es war ihre Reaktion, die die Weichen für die Zukunft endgültig stellte.

Als Bärbel erkannte, wem sie Uwe von Burgs überhasteten Ausbruch zu verdanken hatte, stürzte sie sich auf ihren Bruder. Ihre Wut war ebenso groß wie der Schmerz der verlorenen Liebe. Schon die ersten Schläge, die sie austeilte, hätten von Jakob stammen können. Die ersten steckte Ben aus Gewohnheit noch klaglos ein. Ab dem vierten oder fünften Schlag versuchte er auszuweichen. Er hob die Arme schützend über den Kopf. Den Stein hielt er noch in der Faust. Wegen der erhobenen Hand mochte es den Anschein erwecken, er könne jeden Augenblick damit zuschlagen.

Bärbel schaute sich ebenfalls nach einer Waffe um, entdeckte einen armlangen und ebenso dicken Knüppel im Gras und drosch damit weiter auf ihren Bruder ein. Als sie endlich von ihm abließ, stand er nicht mehr aufrecht. Er lag bäuchlings neben der Decke und rührte sich auch nicht, als Bärbel laut schluchzend davonlief.

Länger als eine Stunde lag er halb bewußtlos, vom Schmerz betäubt neben der Wolldecke in der Nähe des Trichters. Daß er nicht an seinem eigenen Blut erstickte, verdankte er nur der Bauchlage. Seine Nase und die Zunge bluteten stark, seine Lider waren derart angeschwollen, daß sie die Augäpfel fast völlig überdeckten. An Kinn, Stirn und Schläfen hatte er Platzwunden davongetragen. Auf der rechten Wange zeichnete sich eine tiefe Schramme ab, verursacht von dem kleinen Glasstein des Ringes, den Bärbel aus einem Kaugummiautomaten gezogen und sich als Zeichen der Verbundenheit mit der Liebe ihres Lebens über den Finger gestreift hatte.

Bärbel flüchtete in die Scheune, warf sich in die Reste von Stroh, weinte, jammerte, flüsterte Uwe von Burgs Namen, verfluchte im gleichen Atemzug den Idioten, der ihr das angetan hatte, wünschte ihm die Schweinepest oder einen anderen grauenhaften Tod mit der gesamten Inbrunst ihrer fünfzehn Jahre.

Nach zehn, inzwischen war es dunkel, kam Trude auf der Suche nach Ben durch die Scheune, las die in Tränen aufgelöste Tochter aus dem Stroh auf und versuchte in Erfahrung zu bringen, was ihren Zustand verursacht hatte. Aus den gestammelten Worten: «Uwe – einfach losgefahren» zog Trude den Schluß, Illas und Tonis Älteſter sei mit Bärbel so verfahren wie mit unzähligen Mädchen vor ihr.

Aus alter Gewohnheit und der Ansicht, daß eine sinnvolle Beschäftigung jeden Schmerz dämpfte, beauftragte sie Bärbel, bei der Suche nach Ben zu helfen. Widerwillig kam Bärbel auf die Beine und verlor kein Wort darüber, was sie Ben angetan hatte. Gemeinsam schritten sie den Garten ab, riefen nach ihm und bekamen keine Antwort.

Trude kontrollierte das Baumhaus, lockte und machte damit nur Gerta Franken aufmerksam, die erneut das Nachtglas ansetzte. Sie hatte von ihrem Kammerfenster aus bereits die Prügelszene beobachtet und wurde nun Zeugin einer weiteren Ungeheuerlichkeit, von der sie Illa von Burg zwei Tage später berichtete.

Da Ben im hohen Gras der Apfelwiese auf dem Bauch lag, sah Trude nichts von ihm. Sie ging auch davon aus, daß er die Gefahren des Trichters kannte und sich nicht zu nahe heranwagte. Trude vermutete ihn auf der Gemeindewiese und ging zielstrebig dem Feldweg entgegen. Bärbel wandte sich der Apfelwiese zu. Sie wußte, wo er zuletzt gelegen hatte. Und da lag er immer noch.

Als sie näher kam, rührte er sich endlich, robbte auf dem Bauch von ihr weg, vermutlich aus Furcht vor weiteren Schlägen. Die Wolldecke schleifte er an einem Zipfel hinter sich her. Er kam dem Pütz immer näher. Und Bärbel tat nichts, um ihn aufzuhalten oder ihre Mutter aufmerksam zu machen. Trude war bereits auf dem Feldweg, sah und hörte nichts.

Zuerst ragten nur Bens Kopf und die Schultern über

den Rand des Trichters. Dann ein Stück vom Brustkorb. Unter dem sich verlagernden Gewicht gab das lockere Erdreich nach. Bärbel stand wie angewachsen und schaute zu. Er rutschte zusammen mit Grasbüscheln und Dreck in die Tiefe, ohne einen Laut von sich zu geben. Die Wolldecke segelte langsam hinter ihm her.

Ursprünglich war dieser Pütz zwölf Meter tief gewesen. Doch mit den Jahren war eine Menge überflüssiger Kram in ihm verschwunden. Der Bauschutt des ehemaligen Wohnhauses, Dachstuhl und Ziegel der alten Scheune, ausrangierte kleinere Möbelstücke. Oft genug hatte nachts ein Wagen hinter der Wiese gehalten. Oft genug hatten sich Dorfbewohner hier von Dingen getrennt, die lästig oder unbrauchbar geworden waren. Irgendwo zwischen all dem Müll lagen unzählige zerrissene Puppen und die Überreste von Althea Belashi. Obenauf lagen Astwerk von den Bäumen, armdicke Büschel vertrockneter Nesseln und verdorrter Disteln.

Erst zwei Wochen zuvor hatte Jakob auf der Wiese für ein wenig Ordnung gesorgt und eine tüchtige Fuhre in die Tiefe geworfen, weil er bald mähen wollte. So wurde Bens Sturz nach drei Metern gedämpft. Und den Verletzungen durch Bärbels Schläge wurden nur noch ein paar leichte Prellungen und Schrammen hinzugefügt. Die Wolldecke legte sich über ihn und verbarg ihn vor dem Nachthimmel.

Trude machte sich nach einer Viertelstunde mit besorgter Miene auf den Weg zurück ins Haus, Bärbel folgte langsam. Nach elf in der Nacht brach Trude zu einer erneuten Suche auf. Diesmal begleitet von Jakob, lief sie mit einer starken Taschenlampe in den Hühnerstall, leuchtete in jeden Winkel der Scheune, rannte die breite Ausfahrt zwischen Garten und Wiese entlang, rief und lockte, schmeichelte und bettelte.

Jakob schaute noch einmal im Baumhaus nach, spähte

minutenlang in beide Richtungen den stockdunklen Feldweg entlang und überredete Trude, ihm wieder ins Haus zu folgen. Wenn man jetzt das Dorf absuchte und Erich Jensen Wind davon bekam, war es vorbei mit Bens Freiheit. Mußte man eben über Nacht die Küchentür auflassen und hoffen, daß er heimkam. Er fand doch inzwischen immer alleine zurück.

Damit hatte Jakob nicht unrecht, aber seine Worte halfen Trude nicht. Sie war von einer ahnungsvollen Unruhe erfüllt, als sei sie durch einen sechsten Sinn mit ihm verbunden. Sie legte sich zwar wenig später ins Bett, kam jedoch wegen des zittrigen Herzschlags nicht zur Ruhe. Kaum daß es zu dämmern begann, war sie bereits wieder auf den Beinen.

Und wieder in den Hühnerstall, in jeden Winkel der Scheune, in den Garten, zum Baumhaus. Und was ihr in der Nacht entgangen war, im frühen Tageslicht war es nicht zu übersehen. Aus dem Baumhaus bemerkte Trude die frische Bruchstelle am Pütz. Sie lief auf die Apfelwiese, legte sich auf den Bauch und kroch so nahe heran, daß sie über den Rand in die Tiefe schauen konnte.

Zuerst sah sie nichts von Bedeutung, die Sonne stand noch ungünstig, unten war es einfach nur schwarz. Aber dann meinte sie, etwas rascheln zu hören. Im ersten Moment war es, als presse eine Faust ihr das Herz zusammen. Wie oft hatte Jakob gesagt: «Was da hineingerät, ist aus der Welt. Man kann nicht reinklettern, um es zurückzuholen. Dabei würde man nur selbst verschüttet.»

Trude rief nach ihm, und er gab Antwort. Es war nur ein schwaches Jammern. «Um Gottes willen», murmelte Trude. Dann rief sie lauter: «Keine Angst, ich bin da. Ich hol dich raus. Bleib nur still liegen, daß du nicht tiefer rutschst. Hast du gehört? Beweg dich nicht, daß dir nichts auf den Kopf fällt.»

Es war niemand in der Nähe, der ihr eigenes Rufen gehört hätte, mit Ausnahme von Gerta Franken, die jedoch nichts unternahm, auch nicht viel unternehmen konnte ohne Telefon in der Nähe. Zwangsläufig mußte Trude zurück ins Haus, um Jakob zu holen. Hätte sie selbst da unten gelegen, es wäre nur halb so schlimm gewesen. Schweren Herzens versuchte sie, Ben ihr Handeln zu erklären, wohl wissend, daß er sie nicht verstand und sich fürchtete, wenn sie wieder fortging.

Es dauerte bis weit in den Vormittag und war eine äußerst aufwendige Aktion, die niemandem im Dorf verborgen blieb. Zuerst versuchte Jakob, seinen Sohn zu bergen, unterstützt von Paul Lässler und Bruno Kleu, die er telefonisch zu Hilfe rief. Auch Otto Petzhold kam dazu und riet als erster, die Feuerwehr zu alarmieren. Niemand hörte auf ihn.

Doch als immer mehr Erdreich nachsackte, gelangte auch Paul Lässler zu der Ansicht, daß es mit Seilen und Stangen allein nicht zu schaffen sei, daß Jakob nur sein eigenes Leben riskierte. Daraufhin bot Bruno Kleu an, sich anstelle von Jakob in den Trichter hinabzulassen. Mit einem starken Seil um den Bauch, meinte Bruno, könne man ihn zurückziehen, wenn er verschüttet würde. Es sei ja nur lockere Erde, darunter könne so schnell niemand ersticken.

Für die Männer war Brunos Vorschlag nur hirnverbrannter Leichtsinn und absolut unnötiges Starker-Mann-Spielen. Für Trude war es ganz etwas anderes. Und zu dem Verdacht, den sie seit fast zwei Jahren mit sich herumtrug, kam ein weiterer. Daß Bruno Kleu nun endlich versuchen wollte, einen lästigen Zeugen auf elegante Weise zu beseitigen. Da konnte er am Ende sogar behaupten, er habe unter Einsatz seines eigenen Lebens getan, was getan werden konnte, um Ben zu retten. Leider sei ihm der Junge aus den Armen gerutscht oder er habe ihn gar nicht erst zu packen gekriegt oder sonst etwas.

Ohne ein Wort ging Trude zur Scheune und weiter ins Haus, griff nach dem Telefon und wählte den Notruf. Zwanzig Minuten später traf die freiwillige Feuerwehr aus Lohberg ein. Mit langen Leitern und Brettern sicherten die Männer den Einstieg, ehe ein Freiwilliger mit einem Seil um den Bauch an einer Winde die drei Meter hinuntergelassen wurde.

Es verging noch fast eine Stunde, ehe Ben in der Notaufnahme des Krankenhauses lag. Trude stand neben ihm und hielt seine Hände fest, während ein Arzt die Rippen und den Kopf abtastete und diverse Röntgenaufnahmen anordnete.

Gebrochen war nichts, geprellt, gestaucht oder mit Hämatomen und Platzwunden übersät fast alles. Aber im Krankenhaus zog niemand in Betracht, daß die Vielzahl der Verletzungen andere Ursachen haben könnte als den Sturz in die Tiefe. Ben bekam einen festen Wickel um den Brustkorb, Salbenverbände um Kopf, Arme und Beine, Eisbeutel auf die Augen, breite Pflasterstreifen auf Nase und Wangen. Als der Arzt endlich von ihm abließ, lag Ben wie eine Mumie auf dem weißen Laken.

Trude setzte sich zu ihm, strich ihm behutsam über die wenigen Stellen blanker Haut und bemühte sich, in Erfahrung zu bringen, wie er in den Pütz gelangt war, ob ihn vielleicht sogar einer seiner «Retter» hineinbefördert hatte. Sie hörte zuerst nur ein seltsam teilnahmsloses «Finger weg». Daraus schloß sie im ersten Moment, daß niemand nachgeholfen hatte.

«Ja, ja», sagte sie und nickte mit Tränen in den Augen. «Wie oft hab ich dir gesagt, daß du nicht so nahe an den Pütz gehen darfst? Nun siehst du, was geschieht, wenn du nicht auf mich hörst. Das hätte viel schlimmer ausgehen können. Was hast du nur gemacht an dem Ding?»

«Rabenaas», murmelte er.

Trude legte entsetzt eine Hand vor den Mund, beugte

sich dichter über ihn, damit niemand es hörte, und fragte: «Hat Bruno dich hineingeworfen? Hat er dir das angetan, jetzt sag schon.»

Er antwortete nicht. Erschöpft von Schmerzen, Angst und Verwirrung schloß er die Augen.

26. August 1995

Schon um fünf in der Früh trieb es Trude aus dem Bett. Geschlafen hatte sie kaum – nach all dem, was Jakob über Heinz Lukka erzählt hatte. Infolge der vier Bier schlief Jakob ein wenig fester als üblich. Er hörte nicht, daß sie aufstand und über den Flur zu Bens Zimmer schlich. Ein kurzer Blick hinein. Das Bett war leer.

Trude schloß die Tür wieder, ging ins Bad und anschließend die Treppe hinunter. Sie setzte sich an den Küchentisch, lahm und schwer, bis an den Hals gefüllt mit einem grauen Brei aus Panik. Konnte Heinz Lukka das getan haben? Sich mit Freundlichkeit und Schokoladenriegeln einen Mörder dressiert? Fand man nur deshalb nichts da draußen, weil ein Mann mit Verstand dafür sorgte, daß es unentdeckt blieb? Schaffte Heinz die Leichen vielleicht im Auto weg? Entging ihm dabei, daß Ben ein paar Kleinigkeiten für sich behielt?

Bis kurz vor sechs verlor Trude sich in ihren Überlegungen, fühlte das leere Bett wie einen Zentner Blei auf den Schultern. Dann raffte sie sich auf, machte Frühstück und weckte Jakob. «Sei leise», sagte sie. «Ben schläft noch.»

Als Jakob um sieben das Haus verließ, ging sie in den Hühnerstall, getrieben von der Hoffnung, ihn dort zu finden. Der Hühnerstall war immer sein Zufluchtsort gewesen. Oder der Ort, an dem das Mysterium seines Lebens begonnen hatte, an dem er die Zärtlichkeit eines flaumweichen Körpers entdeckte und anschließend Prügel bezog.

Trudes Hoffnung wurde enttäuscht. Es fanden sich nur ein paar Eier. In den Gelegen nahe der Tür lagen fünf Stück, sie waren noch warm. Trude raffte die Schöße des Kittels zusammen, legte die Eier in die Stoffmulde und ging gebückt weiter. Es war dämmrig, ihre Augen gewöhnten sich bald daran. So bemerkte sie auch bald die Stoffpuppe in einem Nest an der linken Stallwand. Und an der Puppe bemerkte sie einen bunten Lappen.

Mit einer Hand hielt sie die Kittelschöße, mit der freien griff sie nach Bens Spielzeug und betrachtete den Lappen mit gerunzelter Stirn. Er war von einem grellen Gelb, eine Farbe, die in Modekatalogen mit Neongelb bezeichnet wurde, zusätzlich gab es noch zahlreiche pinkfarbene Tupfen.

Trude erkannte in dem Lappen rasch ein Unterhöschen. Es war der Puppe über die am Körper festgenähte Kleidung gestreift worden. Trude vergaß die Eier, ließ einfach den Kittel los, riß das Höschen herunter, setzte die Puppe wieder ins Nest, richtete sich auf, ging zurück zur Tür und betrachtete ihren Fund im hellen Morgenlicht.

Das Höschen war sauber, von ein wenig anhaftendem Hühnermist abgesehen. Als sie es unter die Nase hielt, duftete es noch schwach nach irgendeinem Parfüm oder Waschpulver. Es gab keine Blutspuren, auch sonst nichts Verräterisches. Der wüste Herzschlag beruhigte sich wieder, der Stich, der durch ihre Brust gefahren war, klang allmählich ab.

Sie rannte zur Haustür, weiter in die Küche, warf den kräftig getupften Lappen in Richtung des Kohleherdes, sah das Geschirr vom Abend, die beiden Teller, ein Löffel und eine Gabel. Kein Messer! Sie war absolut sicher, daß sie es gestern nicht mehr abgewaschen und weggeschlossen hatte. Eine unverzeihliche Nachlässigkeit, aber was Jakob über Heinz Lukka erzählt hatte …

Minutenlang stand sie da, den Rücken im Wechsel übergossen von siedendheißen Selbstvorwürfen und eiskalter Furcht. Der Blick wanderte langsam hin und her, von der Gabel zu dem gelben Lappen auf dem Fußboden. So ein Höschen gab es im Haus nicht, hatte es auch nie gegeben.

Wenig später brannte ein Feuer aus alten Zeitungen. Darunter war auch die, die Jakob zum Altpapier in den Keller gebracht hatte, über die er am Nachmittag reden wollte. Als Trude sich über den offenen Herd beugte, um das Unterhöschen den Flammen zu überlassen, sah sie gerade noch, wie sich das makellose Puppengesicht von Marlene Jensen schwarz färbte, um gleich darauf ausgelöscht zu werden. Es war fast wie ein Sinnbild.

Sie rieb den Stoff unschlüssig zwischen den Fingern, ließ das neongelbe Höschen dann fallen, als stehe es bereits in Flammen. Es brannte rasch weg.

So eine auffällige Farbe und die grellen Tupfen, wer trug denn so was? Trude schob die Herdringe zurück in die Fassung und setzte sich wieder an den Tisch. «Sie war höchstens Anfang Zwanzig», hatte Jakob gesagt. «Und sie wollte partout nicht bis vor Lukkas Tür gebracht werden.» Sie waren so leichtsinnig, die jungen Frauen heutzutage, fühlten sich stark und ahnten nicht, was alles geschehen konnte.

Aber so dumm konnte ein Mann wie Heinz Lukka nicht sein, daß er seinen dressierten Freund auf eine junge Frau hetzte, von der man in Ruhpolds Schenke wußte, daß sie zu ihm wollte. Da mußte doch jeder mit seinen Fragen bei ihm beginnen. Vorausgesetzt, jemand vermißte die Frau. Wolfgang Ruhpold hatte zu Jakob gesagt: «Wenn so eine verschwindet …» Und nach allem, was

Edith Stern Jakob erzählt hatte, mußte man bezweifeln, daß ihre Familie von dem Besuch im Dorf wußte.

Sekundenlang flatterte Trudes Herz kraftlos vor sich hin, pumpte verzweifelt gegen das in Furcht verkrampfte Aderngeflecht an einem halben Liter Blut, brachte ihn nur tröpfchenweise in die Höhe. Ein heftiger Schwindel zog ihr durchs Hirn. Sie rief sich mit Gewalt zur Ordnung.

Es war doch nur ein Höschen. Vermutlich hatte Ben wieder ein Liebespaar aufgestöbert, das sich dann verzog – so eilig, daß ein Höschen zurückblieb.

Ein Liebespaar, beide aus dem Dorf natürlich. Trude sah es vor sich. Auf einer Decke am Waldrand, so machten es viele. Es war bequemer als die engen Sitze in einem Auto. Und selbstverständlich hatten sie Ben erkannt, als er neben ihnen auftauchte. Zuerst hatten sie sich ein bißchen erschrocken, das war verständlich. Aber sie hatten auch sofort gewußt, daß von ihm keine Gefahr drohte. Lästig war er ihnen geworden, nur lästig. Da hatten sie sich lieber verzogen und in der Eile das Höschen vergessen. Genau so mußte es gewesen sein.

Wo er sich nur wieder herumtrieb? Trude kontrollierte den Herd, fand noch ein wenig Asche, zerbröselte sie mit dem Schürhaken, drückte sie durch das Feuerrost, schob die Ringe wieder über die nun leere Feuerung. Dann ging sie hinauf, holte aus alter Gewohnheit einen Putzlappen aus dem Bad, stellte sich ans Fenster in seinem Zimmer und polierte die Scheibe, rieb Kreis um Kreis über das Glas und schaute sich die Augen aus dem Kopf.

Weit draußen hing eine lichte Staubwolke in der Luft. Ein Mähdrescher zog seine Bahnen in Richard Kreßmanns Weizen am Bendchen. Ein leichter Wind trieb den Staub Richtung Südosten zum Bruch hinüber.

Auf dem Weg zwischen Bruch und Bendchen fuhr ein heller Mercedes, obwohl der Weg dort nicht asphaltiert war. Albert Kreßmann fuhr immer die wesentlich schlechtere Strecke am Lässler-Hof vorbei, wenn er kontrollierte, ob die Arbeiter auch zügig voranmachten. Auf dem Rückweg stattete Albert dann meist Paul und Antonia einen kurzen Besuch ab. Manchmal hielt er auch am Bruch und schaute nach, ob dort jeder Stein noch so lag wie seit fünfzig Jahren. Albert spielte gerne den Herrn auf seinem Land, und der Bruch gehörte nun einmal dazu.

Von Ben war weit und breit nichts zu sehen. Trude fragte sich, wann er das Haus verlassen haben mochte. Ihre Augen tasteten sich durch die Staubwolke, sondierten die Kante des Bruchs. Wenn er nur Albert nicht vor die Augen lief, ehe sichergestellt war, daß jeder, der sich nachts im Feld herumgetrieben hatte, wohlbehalten zurück nach Hause gekommen war.

Zwischen all dem Grün und Gelb an der Bruchkante meinte Trude nach einer Weile einen bunten Fleck auszumachen. Es war nur für einen Moment, der Fleck tauchte sofort wieder in der Senke unter. Und Albert Kreßmann war bereits auf dem Rückweg.

Ihre rechte Hand rieb weiter Kreise über das Fensterglas. Das Herz krampfte sich angstvoll zusammen. Da war der bunte Fleck wieder, tauchte zwischen den kümmerlichen Sträuchern auf, schob sich über die Kante.

Ben konnte es nicht sein. Er trug dunkelkarierte Hemden zu blauen Hosen. Aber der Fleck war schon etwas näher als zuvor. Er bewegte sich seitwärts, verließ den Bruch. Und die Haltung, das gebückte Schleichen, es war typisch.

Trude stellte die sinnlose Putzerei ein und trat einen Schritt zurück, damit Albert nicht aufmerksam wurde. War Richards Sohn gestern abend in Ruhpolds Schenke gewesen? Hatte er gesehen, daß Jakob die junge Amerikanerin in sein Auto steigen ließ? Höchstwahrscheinlich. Jeden Freitagabend versammelten sich die Schützenbrüder in der Schenke. Und Albert war wie sein Vater Mitglied im Schützenverein.

Während sie einen halben Meter vor dem Fenster stand, angestrengt zwischen einem Rübenacker und dem langsam fahrenden Mercedes hin und her schaute, polterte ein Gedankengewitter durch Trudes Hirn.

Zuerst die Hoffnungsblitze. Als Edith Stern sich auf dem Weg zu Heinz Lukka befand, hatte Ben am Küchentisch gesessen. Und später hatte er friedlich auf seinem Bett gelegen. Mit eigenen Augen hatte Trude ihn liegen sehen, sanftmütig und unschuldig mit der Stoffpuppe im Arm.

Auf den Blitz folgte der erste Donnerschlag. Irgendwann in der Nacht war er aus dem Haus geschlichen. Irgendwann war Edith Stern wohl auf dem Rückweg gewesen. Und der zweite Blitz: für den Rückweg hatte sie sich bestimmt von Heinz ein Taxi rufen oder sich von ihm fahren lassen. Jakobs Donnerstimme hielt dagegen: «Sie wollte sich partout nicht fahren lassen. Zweimal hab ich's ihr angeboten, ich hab sie sogar gewarnt. Da hat sie nur gelacht.»

Ein Schritt vom Fenster zurück mochte für Albert Kreßmann reichen, für Ben nicht. Die Sonne übergoß die gesamte nach Südosten liegende Hauswand, schräg von der Seite fielen die Strahlen durch das offene Fenster ins Zimmer. Der bunte Fleck zwischen den Zuckerrüben hob beide Arme über den Kopf, winkte aus Leibeskräften, hüpfte und tanzte auf der Stelle und brüllte etwas über die Felder.

Bei Trude kam es nur wie ein schwacher Hauch an. Albert im fahrenden Auto konnte auch nicht mehr gehört haben. Aber gesehen! Und Trude sah, daß der Mercedes anhielt, daß Albert ausstieg, einen Arm hob und zurückwinkte, als hätten Bens Freudensprünge ihm gegolten. Jetzt half nur noch die Flucht nach vorne. Einen Schritt zum Fenster, sich weit hinausbeugen. Den linken Arm aus dem Fenster, winken und ebenfalls aus Leibeskräften über die Felder brüllen, obwohl kaum damit zu rechnen war, daß Albert Kreßmann ein Wort davon hörte, geschweige denn verstand: «Nun aber schnell, Ben! Für eine halbe Stunde, hatte ich gesagt, nur für eine halbe Stunde.»

Er kam rasch näher, wurde größer und deutlicher. Dieses bunte Ding um seine Schultern, was war das nur? Es sah aus, als hätte er sich etwas um den Hals gebunden, einen langen Schal oder … Ein Rucksack und eine Jacke, hatte Jakob gesagt, so ein buntes Ding, sehr auffällig.

Trude heizte den Herd noch einmal an für den Fall eines Falles. Es war tatsächlich eine Jacke aus festem, wasserundurchlässigem Stoff, was sie mit einem Blick erkannte, als Ben in die Küche kam. Er hatte sie sich mit den Ärmeln um den Hals gelegt, der Rest hing ihm lose über die Schultern den Rücken hinunter.

Doch nachdem die erste Panik sich gelegt hatte und sie in Ruhe nachdenken konnte, entschied Trude sich anders. Albert mußte das bunte Ding um seine Schultern ebenfalls bemerkt haben. Trude ging lieber kein Risiko ein. Sie trat erneut die Flucht nach vorne an, griff zum Telefon und erkundige sich bei Wolfgang Ruhpold, ob die junge Amerikanerin in der Nacht noch einmal in die Schenke zurückgekommen sei. War sie nicht!

Als unvermittelt der Schmerz in den linken Arm schoß, wechselte Trude den Telefonhörer in die rechte Hand, kämpfte verbissen gegen die Atemnot und erklärte gleichzeitig, Ben sei gerade für ein Viertelstündchen draußen gewesen und hätte eine Jacke gefunden. Es müsse nicht unbedingt die Jacke der Amerikanerin sein. Aber falls die Frau sich meldete und ihre Jacke vermißte, Trude würde das Ding aufbewahren. Jakob könnte es auch in der

Schenke oder aufs Fundamt nach Lohberg bringen. Vielleicht hätte ja ein Mädchen aus der Stadt die Jacke verloren.

An der Stelle schaffte Trude ein kleines Lachen. «Wenn die hier draußen spazierengehen, haben sie andere Dinge im Kopf, als ihre Sachen beisammenzuhalten.» Wolfgang Ruhpold lachte ebenfalls und versprach, sich umzuhören und einen Zettel in ein Fenster zu kleben.

Nachdem das erledigt war, streckte Trude verlangend die Hand aus. «Gib mir das.»

Ben schüttelte den Kopf, umklammerte die lose vor seiner Brust baumelnden Jackenärmel, drückte sich mit dem Rücken gegen die Wand und setzte eine trotzige Miene auf.

Mit Nachdruck in der Stimme wiederholte Trude ihre Forderung: «Sofort gibst du mir das verdammte Ding! Wo hast du es her? Hast du es gefunden? Hast du es jemandem abgenommen? Oder hat es dir jemand geschenkt?»

Eine Frage nach der anderen, wie aus einer scharfen Pistole abgeschossen. Er machte einen Buckel im Bemühen, kleiner zu werden, um auf diese Weise ihrem Zorn zu entgehen und seinen Schatz behalten zu dürfen. Ihre Stimme verhieß nichts Gutes. Um ihr Verlangen wenigstens teilweise zu erfüllen, faßte er einen Teil der letzten Nacht in einem Wort zusammen. «Freund», sagte er.

Damit wußte Trude: er war bei Heinz Lukka gewesen. Sie schluckte trocken. «Hast du ... Schokolade bekommen?»

Er schüttelte den Kopf.

«Warum nicht?» fragte Trude. «Warst du nicht lieb? Oder hat Heinz dich nicht gesehen? Du hast ihn doch bestimmt gerufen, damit er dir etwas Süßes gibt.»

Wieder schüttelte er den Kopf. «Fein», sagte er.

«Hatte Heinz noch Besuch, als du gekommen bist?»

Jetzt nickte er und sagte: «Rabenaas.»

Auch Trude nickte mehrfach hintereinander. Ein Nikken für die Verzweiflung, ein Nicken für die Gewißheit, ein Nicken für die Panik. Rabenaas! Das eine Wort sagte ihr alles. Trude sah es vor sich, als hätte sie ihn begleitet in der Nacht. Die junge Amerikanerin war noch bei Heinz gewesen, als Ben auftauchte. Er hatte sie gesehen, und ... Sie wisse sich die Kerle schon vom Leib zu halten, hatte sie zu Jakob gesagt. Das tat sie bestimmt nicht mit Freundlichkeit.

«Hat die Frau mit dir geschimpft?» fragte Trude. «Hast du sie bange gemacht? Du weißt doch, daß du das nicht tun darfst! Hast du ihr die Jacke weggenommen? Sie hat sie dir bestimmt nicht geschenkt. Du kannst sie nicht behalten. Jetzt gib sie mir.»

Als er immer noch trotzig den Kopf schüttelte, die Jakkenärmel mit beiden Händen festhielt, versuchte sie es mit Schmeicheln und Loben. «Du bist doch mein guter Ben. Du bist mein Bester. Sei lieb und gib mir die Jacke. Du bekommst etwas Feines dafür, ein großes Eis. Und heute nachmittag gehen wir zu Sibylle, wir essen Kuchen. Und am Montag fahren wir mit dem Bus in die Stadt. Du magst doch mit dem Bus fahren. Wir gehen in die Kaufhalle. Wenn dir so ein buntes Ding gefällt, kaufe ich dir eins.»

Leicht fiel es ihm nicht, mit sichtlichem Unwillen zerrte er sich die Jacke vom Leib, reichte sie Trude und drückte sich erneut mit dem Rücken gegen die Wand. Seine trotzig schmollende Miene hätte Trude beinahe zu einem Lächeln veranlaßt. Aber dafür war später Zeit, wenn es noch einen Grund zum Lächeln geben sollte.

Sie untersuchte den Stoff auf Risse und Blutflecken, was in dem Farbgemisch nicht einfach war. Doch die Jacke war ebenso sauber wie das Höschen aus dem Hühnerstall. Es gab keine Beschädigungen und nicht einen roten Fleck, der nicht an seinen Platz gehört hätte.

Trude brachte das bunte Ding in den Flur, hängte es an einen Garderobenhaken, ging zurück in die Küche, schnitt vor dem Schrank stehend Brot, bestrich es mit Butter und belegte es mit Wurst, während er sich an den Tisch setzte. Sie hörte das Schaben der Stuhlbeine auf dem Fußboden, schnitt die Brote in der Hälfte durch. Das alles tat sie mechanisch wie eine gut funktionierende Maschine. Im Kopf jagten sich die Bilder.

Eine junge Frau auf dem Rückweg ins Dorf. Eine laue Nacht, den Rucksack auf dem Rücken, die Jacke lose über dem Arm. Sie hört Schritte hinter sich oder sieht den massigen Schatten vor sich. Jakob hätte ihr sagen müssen, daß Ben nachts draußen herumlief, daß er gutmütig und völlig harmlos war, wenn man nur freundlich mit ihm umging. Dann hätte sie sich nicht vor ihm erschrokken, hätte nicht rennen müssen, hätte nicht beim Rennen ihre Jacke verloren.

Dann drehte Trude sich zum Tisch um. Und zum erstenmal, seit er ihr die Jacke gegeben hatte, fiel ihr Blick auf seinen Rücken. Der Teller mit den Broten entglitt ihrer Hand und zerbrach auf dem Steinboden. Die Splitter spritzten in alle Richtungen. Sein Hemd war auf dem Rücken nicht mehr kariert. Es war einheitlich gefärbt von einem fast schwarzen Rot. «Nein», sagte Trude und schüttelte heftig den Kopf. «Nein!»

Oben auf den Schultern war der Stoff sauber, es begann ein bißchen tiefer. Da war er steif von getrocknetem Blut. Auch der Riemen, den er um die Taille trug, war schwarz.

Trude brauchte länger als fünf Minuten, um das Entsetzen abzuschütteln. Dann riß sie an seinem Arm, bis er vom Stuhl aufstand. Zerrte ihn in den Hausflur, die Treppe hinauf, ins Bad. Sie hielt ihn am Arm fest, während sie Wasser in die Wanne ließ. Er hätte ohnehin baden müssen.

«Was hast du gemacht?» fragte sie mit dünner, kippender Stimme in das Wasserrauschen hinein. Die Kehle war so eng, daß die Worte kaum hindurchpaßten. Die Augen quollen über vor Schmerz. Und diesmal war es nicht allein das Herz, das die Brust in Feuer tauchte.

«Wer hat dir gesagt, daß du so etwas tun darfst? Ich hab dir immer gesagt, du darfst die Mädchen nicht anfassen. Das hast du nicht getan! Das kannst du nicht getan haben. Das nicht! Wo hast du dich so schmutzig gemacht? Jetzt sag schon! Sag doch einmal etwas Vernünftiges! Wie kommt dieses Zeug auf deinen Rücken? Was ist das für ein Dreck?»

Ihre Finger zerrten am Taillenriemen, nestelten an den Hemdenknöpfen. Zwei Knöpfe rissen ab und klimperten über den Fußboden. Dann war das Hemd endlich von seinen Schultern. Sie riß ihm die Hose herunter, die Unterhose gleich mit und befahl: «Steig ins Wasser!»

Dann rannte sie mit den Kleidungsstücken zur Tür, die Treppe hinunter, in die Küche. Das Feuer war wieder erloschen. Hemd und Hose unter den Arm geklemmt, hetzte Trude in den Keller und holte noch ein paar alte Zeitungen. Die Finger wollten ihr nicht gehorchen, drei Zündhölzer zerbrachen beim Anreißen, ehe das vierte aufflammte und das Papier in Brand setzte. Doch als sie die Hose in die Feuerung stopfte, erstickten die Flammen an der Heftigkeit. Es war zuviel, einfach zuviel.

«Er tut keinem Menschen etwas», murmelte sie, stopfte auch das Hemd in die Feuerung und stammelte: «Er meint es doch nur gut. Er kann keiner Menschenseele was zuleide tun.»

Minutenlang ließ sie den verschwommenen Blick über den blutverkrusteten Hemdrücken und die rußgeschwärzte Herdöffnung gleiten. Dann endlich, nach einem langen, zittrigen Atemzug, riß sie das fünfte Zündholz an, hielt die Flamme vorsichtig an den Stoff, wartete, bis sie übergriff, und schaute zu, wie das Hemd langsam ankohlte, um nach ein paar Sekunden aufzuflammen.

Und diese kleinen, gelben und blauen Flämmchen waren das letzte, an das Trude sich später erinnerte. Was sie danach noch gesehen oder getan hatte, wußte sie nicht mit Sicherheit. Ben gewaschen, das stand fest, ihm saubere Kleidung angezogen, weil er später frisch gewaschen und in einem sauberen Jogginganzug auf seinem Bett lag.

Dann waren da noch ein paar Bilder von kleinen Wunden und von größeren, die wie Kratzer oder nicht allzutief ins Fleisch gehende Risse aussahen. Und eine Stimme war da, die mehrfach sagte: «Ja, ich weiß, daß es weh tut. Aber es ist gleich vorbei. Halt still, es muß sein. Du hast dich schon so oft am Draht gerissen, das ist genauso.»

Und ein Messer, ein kleines Messer mit leicht gebogener und scharfer Klinge war da. Aus dem Schrank in der Küche genommen und es mit eigener Hand wieder und wieder über Bens Rücken gezogen. Es anschließend unter einem Wasserstrahl gesäubert. Und ein zweites Messer, eines vom Eßbesteck mit Wellenschliff, das gerade taugte, eine Scheibe Brot zu durchtrennen, völlig schwarz und verdorben vom Feuer aus dem Herd genommen und tief unten in die Mülltonne gesteckt.

Veränderungen

Trude erfuhr nie, was tatsächlich im Juni 82 auf der Apfelwiese geschehen war. Gerta Frankens Zeit auf der Bank am Marktplatz war abgelaufen. Ihre Beine wollten nicht mehr, sie war ans Haus gebunden und erzählte es nur Illa von Burg. Und Illa hielt es nicht für ratsam, einem fünfzehnjährigen Mädchen zu unterstellen, es hätte den eigenen Bruder töten wollen, und damit in eine Familie, die ohnehin schon Sorgen genug hatte, noch mehr Probleme zu tragen.

Illa sorgte allerdings dafür, daß Bärbel ihren Bruder fortan in Ruhe ließ. Noch während Ben im Krankenhaus lag, führte Illa ein langes und eindringliches Gespräch mit Bärbel, in dem sie sich ihr Schweigen mit dem heiligen Versprechen bezahlen ließ, niemals wieder die Hand gegen Ben zu heben.

Zu Anfang schien es, als bekomme Bärbel dazu auch keine Gelegenheit mehr. Erich Jensen setzte alle Hebel in Bewegung, Ben in ein Heim zu stecken, sobald er genesen war. Verletzung der Aufsichtspflicht mit gravierenden gesundheitlichen Folgen, ein besseres Argument konnte Erich nicht finden.

Zweimal ging Trude nach den Stunden, die sie täglich an Bens Krankenbett verbrachte, in die Kanzlei von Heinz Lukka, bettelte, weinte und flehte, Heinz solle seinen Einfluß geltend machen und dafür sorgen, daß Ben wieder heimkommen durfte. Doch in der Situation konnte Heinz Lukka nicht viel tun.

Ausgerechnet Bruno Kleu schaffte es, Erich Jensen umzustimmen. Mit welchen Argumenten ihm das gelang, sagte er Trude nicht. Trude verstand auch nicht ganz, warum Bruno sich überhaupt für Ben einsetzte. Aber seine Motive waren ihr nicht so wichtig. Daß er es tat, zählte, nahm ihr die Furcht vor einer Wiederholung und ließ sie zweifeln, daß Bruno etwas mit dem Verschwinden der Artistin zu tun hatte. Obwohl man das auch anders sehen konnte. Geschulte Erzieher in einem Heim hätten vielleicht begriffen, was Ben mit den Puppen demonstrierte, und wären der Sache nachgegangen.

So kam nur eine schriftliche Aufforderung von der Stadt, das gefährliche Grundstück ausreichend zu sichern, und eine Rechnung für den Feuerwehreinsatz. Jakob bezahlte zähneknirschend, kaufte ein paar Holzlatten und etliche Meter Maschendraht. Daraus baute er eine Art Kegel, den er über den Pütz stellte. Er denke nicht daran, sagte Jakob, sein gesamtes Grundstück einzuzäunen wie ein Gefangenenlager. Trude bettelte tagelang, aber Jakob ließ nicht mit sich reden.

Ben erholte sich von seinen körperlichen Verletzungen, nicht aber den seelischen. Die vierzehn Tage in fremder Umgebung, das Kommen und Gehen der vertrauten Gesichter. Wenn sie gingen, ließen sie ihn zurück. Und meist kam dann einer und stach ihm eine Nadel in den Arm, weil er zu toben begann. Es war mehr Strafe für ihn als Bärbels Prügel und die Stunden im Pütz.

Er wurde verschlossen und mißtrauisch. Als Trude ihn endlich heimholen durfte, wich er nicht mehr von ihrer Seite. Waren sie in der Küche, saß er in einer Ecke und brütete dumpf vor sich hin. Kam Jakob über Mittag oder am Abend heim, hob er kurz den Kopf, blinzelte zur Begrüßung wie eine um Freundschaft bettelnde Katze und rückte näher an Trude heran.

Anita zog im Juli aus, hatte ihr Abitur bestanden und nahm ein Zimmer in Köln, um in Ruhe auf einen Studienplatz zu warten. Wenn Bärbel aus der Schule kam, griff er nach Trudes Kittel, klammerte sich fest, wollte ihr noch auf die Toilette folgen. Mußte sie ins Dorf, lief er neben ihr, hielt sich an ihrer Hand fest und den Blick auf ihr Gesicht gerichtet, als müsse er sich überzeugen, daß sie wirklich noch da sei.

Sibylle Faßbender war durch Illa von Burg informiert über das tatsächliche Geschehen. Und sie meinte, es sei kein gutes Zeichen. «Ich sag es nicht gerne», sagte Sibylle. «Aber mach einen Hund scharf, und du hast einen Beißer. Prügel ein Kind, und du hast einen Schläger. Er war so ein guter Kerl. Hoffen wir, daß es so bleibt. Daß er nicht eines Tages auf die Idee kommt zurückzuschlagen.

Am Ende trifft er vielleicht welche, die nichts dafür können. So ist es ja meist.»

Daß Sibylles Befürchtungen nicht unbegründet waren, zeigte sich schon im August. Für Trude kam es überraschend an einem heißen Tag, als sie ihn wie üblich mit zum Einkaufen nahm. Vor der Tür des Supermarkts entzog er ihr seine Hand. Da fühlte Trude sich noch erleichtert und dachte, er habe den Schock endlich überwunden und sei nicht mehr gar so sehr auf ihre Nähe angewiesen. Dem Mädchen von etwa zwölf Jahren, das in ein paar Metern Entfernung am Straßenrand stand, schenkte sie keine Beachtung. Als sie wenig später zurückkam, wälzte er sich über den Gehweg. Unter sich das Mädchen, dem er mit beiden Armen die Luft aus den Lungen drückte. Trude konnte eben noch verhindern, daß er dem Kind in die Nase biß.

Am Nachmittag erschien eine wütende Mutter auf dem Hof, drohte mit Regreßansprüchen und anderen Maßnahmen. Es gelang Trude mit großer Mühe und einem ebensolchen Geldschein, die Frau zu besänftigen und dafür zu sorgen, daß Jakob nichts von dem Zwischenfall erfuhr. Aber es blieb nicht bei dem einen.

Nur zwei Tage später hielt Trude sich im Garten auf. Ben hockte am Rand der Wiese. Auf dem Feldweg näherte sich ein Mädchen auf einem Fahrrad. Ben sprang auf, stellte sich breitbeinig in den Weg. Und bevor Trude reagieren konnte, hatte er das Kind vom Rad gerissen und zu Boden geschubst. Obwohl Trude so rasch als möglich zur Stelle war, ging noch der leichte Rock in Fetzen.

Anschließend mühte Trude sich ab, das weinende Mädchen zu beruhigen, verabreichte Ben an Ort und Stelle ein paar Schläge auf den Hintern, zückte wieder die Geldbörse und hoffte inständig, daß Jakob auch davon nichts zu Ohren kam.

Mit Jakob war es nicht mehr wie früher. Der Ärger in all den Jahren, sein Mißerfolg bei der Bergung, den er als persönliches Versagen wertete, die Vorschriften und Belehrungen, zuletzt die Aufforderung der Stadt und die Rechnung für den Feuerwehreinsatz, es hatte ihn mürbe gemacht. Manchmal wirkte er geistesabwesend, betrachtete Ben mit verlorenem Blick.

Trude wußte, was in seinem Kopf vorging. Daß er sich fragte, ob sie nicht entschieden weniger Probleme hätten, wenn der Sohn aus dem Haus sei. Dann könnte man an seiner Stelle die jüngste Tochter heimholen und wieder auf die Zukunft hoffen. Es reichte Jakob nicht mehr, die kleine Tanja bei Paul und Antonia zu besuchen. Ein paarmal klangen Bemerkungen an, daß ein gutes Heim nicht die schlechteste Lösung wäre. Da gäbe es Fachkräfte, da hätten sie Möglichkeiten, einem, der nichts begriff, ein paar lebensnotwendige Grundregeln beizubringen. Es klang, als spräche Erich Jensen. Jedes Wort war ein Nadelstich in Trudes Herz.

Als Jakob im Frühjahr 83 darauf bestand, Tanja bei sich zu haben, schwitzte Trude Blut und Wasser. Bis dahin hatte sie Ben mit viel Zeitaufwand und Vanilleeis das Baumhaus und die alte Viehtränke noch einmal schmackhaft machen können. Fast den gesamten Herbst und die milden Tage des Winters hatte er sich im Birnbaum aufgehalten oder die dünne Eisschicht auf der Tränke zerkratzt. Aber wenn ihm nun wieder ein Mädchen vor die Augen geriet und ausgerechnet Jakobs Herzblatt, es war nicht auszudenken.

Um das Schlimmste zu verhindern, kaufte Trude eine Puppe. Er hatte lange keine mehr gehabt. Irgendwann war Anitas Bett abgeräumt gewesen, auch auf Bärbels Bett saßen keine mehr. Und Jakob war strikt dagegen gewesen, Nachschub zu kaufen. Jetzt erhob er keine Einwände. Es war ein schönes Exemplar, noch etwas größer als die jüngste Tochter, mit einem richtigen Kindergesicht und Haar auf dem Kopf. Sie kostete ein kleines Vermögen. Doch wenn Trude gehofft hatte, ihn damit abzulenken, wurde sie bitter enttäuscht.

Eine knappe halbe Stunde saß er auf dem Fußboden in der Küche, hielt die Puppe im Schoß, untersuchte deren Bekleidung, hob den Rock und grinste, als sein Blick auf das weiße Spitzenhöschen fiel. Dann äugte er zu Trude hin. Irgendwie, fand sie, hatte sein Blick etwas Verschlagenes. Als sie drohend den Finger hob, das übliche «Finger weg!» in die Küche donnerte, zog er den Rock wieder über die Puppenbeine und klimperte gelangweilt mit den Schlafaugen. Eine halbe Stunde, genauso lange, wie Jakob brauchte, um Tanja erst einmal nur für den Sonntag bei Paul und Antonia abzuholen.

Kaum trat Jakob mit dem Kind auf dem Arm in die Küche, war das kleine Vermögen in den Wind geschrieben. Ben war auf den Beinen, ehe Trude sich versah, stand vor Jakob, grinste in das runde Kindergesicht, streckte zögernd die Hand aus und strich über das Haar der kleinen Schwester.

Jakob grinste ebenfalls vor Vaterstolz. «Später», sagte er. «Wenn du lieb bist, darfst du später ein bißchen mit ihr spielen.»

Dann ging Jakob ins Wohnzimmer, setzte sich auf die Couch und nahm Tanja auf seinen Schoß. Ben folgte bis zur Tür, lehnte sich mit der Schulter gegen den Rahmen und ließ keinen Blick von der Kleinen. Eine Stunde später erinnerte Jakob sich an sein Versprechen, klopfte mit der flachen Hand neben sich auf die Couch, forderte in teils mißtrauischem, teils jovialem Ton: «Na, dann komm. Setz dich neben mich, dann darfst du sie mal halten.»

Bis dahin hatte Ben sich nicht von der Stelle gerührt. Nun war er mit drei Schritten um den Tisch herum, ließ sich neben Jakob auf die Couch fallen und ächzte, als sein

Vater ihm das Kind auf den Schoß setzte. Trude hielt den Atem an. Doch unter Jakobs scharfem Blick drückte Ben nur die gespitzten Lippen auf die Kinderwangen, strich mit den Fingerspitzen über das weiche Haar und legte seine Wange auf den Scheitel seiner Schwester.

Tanja war vom ersten Augenblick an sehr zutraulich. Sie ließ sich wenig später ohne Widerstand auf den Arm nehmen, nachdem Trude ihrem Sohn gezeigt hatte, wie man ein kleines Mädchen richtig auf den Arm nahm. Obwohl er sie reichlich ungeschickt hielt, hatte Tanja ihren Spaß. An die rauhen Zärtlichkeiten großer Brüder war sie durch den ständigen Umgang mit Andreas und Achim Lässler gewöhnt. Und im Gegensatz zu den Lässler-Jungs protestierte Ben nicht, als sie mit beiden Händen in sein Haar griff und daran zerrte.

Am Nachmittag durfte er sie über den Hof tragen. Jakob hatte im Schweinestall zu tun, war somit in unmittelbarer Nähe. Trude überwachte es zusätzlich vom Küchenfenster aus, hörte das Plappern ihrer Jüngsten, Bens zufriedenes Brummen, und dabei löste sich der eiserne Ring um die Brust langsam.

Als Jakob das Kind abends in den Wagen setzte und mit ihm vom Hof fuhr, stand Ben neben dem Tor und winkte sich fast die Arme vom Leib. Dann kam er zu Trude in die Küche, setzte sich auf den Fußboden und beschäftigte sich wieder mit der neuen Puppe.

Nachdem der erste Versuch so reibungslos verlaufen war, kam das Kind regelmäßig an den Wochenenden heim. Im Sommer 83 richtete Jakob ein Zimmer für seine jüngste Tochter her in der Hoffnung, sie für immer heimholen zu können, sobald sie sich eingelebt hatte. Trude schaffte es, ihm das auszureden. Das Kind war gut aufgehoben bei Paul und Antonia. Es wuchs friedlich und liebevoll umsorgt auf, hatte in Britta Lässler eine Spielgefährtin, die man ihm daheim nicht bieten konnte.

Daheim war nur Bärbel, die sich strikt weigerte, Babysitter zu spielen, die auch keine Zeit hatte. Bärbel war vollauf beschäftigt, Bewerbungen für eine Lehrstelle zu schreiben und zu Vorstellungsgesprächen zu fahren. Danach war sie meist nicht mehr ansprechbar, weil man sie wieder auf das Abschlußzeugnis der Schule vertröstet hatte. Und da war Ben, liebevoll und sanft im Umgang mit der kleinen Schwester, aber, wie Trude mit einem Schulterzucken einräumte, auch ein wenig unberechenbar.

Jakob verzichtete mit blutendem Herzen, begnügte sich damit, sie sonntags und in Ausnahmefällen für einen oder zwei Tage in der Woche heimzuholen. War sie daheim, packte er morgens eine Ersatzwindel, zwei Scheiben Weißbrot mit Marmelade und eine Flasche Tee in seinen Frühstückskorb und nahm sie mit hinaus. Mittags brachte er sie heim für eine Stunde Schlaf. Am Nachmittag spielte sie unter Trudes Aufsicht im Hof, während Ben zuvor unter allen möglichen Versprechungen und mit den Händen voll Vanilleeis und Schokoladenriegel ins Baumhaus geschickt worden war.

Nur blieb er dort nie. Und jedesmal, wenn er in ihre Nähe kam, spürte Trude die Furcht wie eine Faust ums Herz. Sibylles Worte gingen ihr nicht aus dem Sinn, die beiden Angriffe auf fremde Mädchen schienen sie zu bestätigen. Und dann so ein kleines, hilfloses Wesen wie Tanja ... Trude fegte den Hof, bis dort kein Hälmchen mehr lag, stand am Küchenfenster, während sich hinter ihr die Bügelwäsche türmte, rannte immer wieder hinaus, um zu verhindern, daß Ben die Kleine in die Scheune trug.

Es hagelte Schimpfe und Schläge für ihn, der Zeigefinger hing so oft drohend in der Luft, daß Trudes Arm gegen Abend schmerzte. War so ein Tag überstanden, konzentrierte Trude ihre Liebe wieder auf ihn, weil er doch sonst nicht viel vom Leben hatte. Für jeden Schlag entschädigte sie ihn mit einer Leckerei, für jedes Schimpfwort bekam er ein Streicheln. Und manchmal ein paar Tränen, weil er das eine mit dem anderen nicht in Verbindung brachte. Weil man ihm nicht erklären konnte, warum er dies und jenes lassen mußte. Und wenn andere es hundertmal taten, er durfte es nicht tun.

26. August 1995

Kurz vor drei kam Jakob nach Hause. Es war kein Essen zubereitet. Trude saß am Küchentisch und starrte vor sich hin. Im Vorbeigehen bemerkte Jakob die Jacke am Garderobenhaken. Beim ersten Mal klang seine Stimme nur erstaunt: «Wo kommt die denn her?» Dreimal mußte er fragen, die Stimme von Mal zu Mal um einen Ton schärfer, ehe Trude den Kopf hob.

Sie schaute ihn an, als sei er aus Glas. Dann erklärte sie mit teilnahmsloser Stimme: «Ben hat sie auf der Apfelwiese gefunden. Er ist wieder durch den Draht gekrochen. Frag mich nicht, wie sein Rücken aussieht, alles zerstochen und zerschnitten. Sein Hemd hab ich weggeworfen, es war völlig zerrissen. Da hätte sich das Flicken nicht mehr gelohnt. Blutig war es natürlich auch.»

«Gefunden», sagte Jakob gedehnt, auf ihre restliche Erklärung ging er nicht ein. Er ließ einen langen Atemzug folgen, kam zum Tisch und blieb neben ihr stehen. «Wann denn?»

Sie hob flüchtig die Achseln. «Heute morgen, so gegen zehn. Er ist nach dem Frühstück ein bißchen draußen herumgelaufen.» Dabei blieb sie, auch als Jakob energischer wurde. Nein, Ben war in der Nacht nicht draußen! Auf Ehre und Gewissen und beim Grab von Trudes Mutter nicht! Er war in seinem Bett. Trude hatte es doch gesagt am Morgen. Hätte Jakob nachgeschaut, hätte er sich selbst davon überzeugen können. Anscheinend hatte Ben sich gestern auf seinem Streifzug völlig verausgabt. Trude hatte ihn wecken müssen. Das war noch nie vorgekommen. Erst nach dem Frühstück war er hinausgelaufen, aber nicht lange draußen geblieben. Verständlicherweise, wo er sich so böse am Stacheldraht verletzt hatte. Während sie sprach, schaute sie unentwegt in die Diele.

Die Jacke hing harmlos vom Garderobenhaken. Und Jakob hatte das Gefühl, als bohre sich ihm dieser Haken zwischen die Schulterblätter. Er setzte sich Trude gegenüber, griff nach ihren Händen und hielt sie auf der Tischplatte fest. Dann räusperte er sich und sagte: «Das kann aber auch anders gewesen sein. Du warst doch nicht dabei. Du willst mir ja wohl nicht erzählen, du wärst mit ihm zur Wiese gelaufen.» Nach ein paar Sekunden fügte er an: «Ich wollte gestern schon mit dir darüber reden.»

Sie hatte keinen Blick für ihn. Jakob ließ die Augen nicht von ihrem Gesicht, wartete auf ein Zucken, ein Blinzeln, auf irgendeine Reaktion, die anzeigte, daß sie in den letzten Stunden nicht völlig versteinert war. Ob sie ihm tatsächlich zuhörte, war nicht zu erkennen.

In bedächtigem Ton und sorgfältig gewählten Worten schilderte er, was ihm seit gestern durch den Kopf ging. Die Zeitungen! Der Verdacht, daß sie beide insgeheim einen Verdacht gegen den eigenen Sohn hatten. Und wenn das so war, mußte es Gründe geben. Seine eigenen Gründe legte er ehrlich und offen auf den Tisch.

«In all den Jahren hast du Angst gehabt, daß er sich an Tanja vergreift. Mich hast du damit ganz verrückt gemacht. Nachher hab ich es auch geglaubt. Aber er hat ihr nie etwas getan. Er hat ihr auch am Montag nichts getan, hat sie nur in die Arme genommen, wie er es immer tut. Und ich dachte, wenn ihm nun ein fremdes Mädchen über den Weg läuft, und er versucht das bei dem, dann geht das nicht so glimpflich ab. Du weißt doch, wie das ist. Er wird angebrüllt und beschimpft.»

Endlich kam, worauf Jakob sehnlichst hoffte; Trude nickte. Er drückte ihre Hände fester, legte noch ein wenig mehr Überzeugungskraft in seine Stimme und versicherte: «Ich glaub nicht, daß er Erichs Tochter was getan hat.» Dann kam der Satz, vor dem er sich fürchtete. «Aber in dem Glas, das ich am Sonntag aus seinem Zimmer geholt hab, war ein Fetzen. Er war dreckig, kann sein, daß er blau war. Und in der Zeitung stand, sie hatte eine blaue Jacke. Ich hab dir nichts davon gesagt, weil ich nicht wollte, daß du dich aufregst. Aber ich hab mir gedacht; wer weiß, was er dir immer heimbringt. Mir sagst du es ja nicht. Hat er noch mehr gebracht als diesen Fetzen?»

Trude schüttelte stumm den Kopf. Jakob nickte schwerfällig. «Vielleicht», sagte er gedehnt, «sollten wir mal mit Heinz sprechen. Man müßte ihn wenigstens fragen, wann Edith, ich meine, Frau Stern bei ihm weggegangen ist. Vielleicht weiß er auch, wohin sie wollte. Willst du ihn nicht mal anrufen?»

Trude schüttelte erneut den Kopf, heftiger diesmal, dabei lachte sie hysterisch. «Ich? Ruf du ihn doch an. Und was machst du, wenn er dir sagt, es wäre ja nur eine Sachbeschädigung?»

Jakob konnte sich auf diese Bemerkung keinen Reim machen und kam nicht dazu, zu fragen, was das heißen sollte. Trude atmete vernehmlich durch und erklärte: «Frau Stern wird ihre Jacke verloren haben. Ben kann ihr nichts getan haben, weil er nicht draußen war. Ich hab nämlich die ganze Nacht nicht geschlafen. Ich hätte gehört, wenn er rausgegangen wäre. Und um fünf war ich schon auf, da war er in seinem Bett. Ich hab's dir gesagt, als ich dich geweckt habe. Warum hast du nicht nachgeschaut? Dann müßten wir jetzt nicht so reden.»

Ein paar Sekunden war sie still, nur ihre Atemzüge hingen schwer in der Luft. Schließlich fragte sie: «Bist du ganz sicher, daß es die Jacke von der Frau Stern ist?»

Jakob nickte zuerst nur, erklärte dann: «Völlig sicher! Und ich frage mich, wie sie auf die Wiese gekommen sein soll. Die ist doch eingezäunt. Kein Mensch ist so verrückt wie Ben, sich durch den Stacheldraht zu arbeiten.»

«Weiß man's?» meinte Trude. «Wenn einer was zu verbergen hat, ist er vielleicht noch verrückter.»

Dann schwiegen sie beide, jeder mit seinem Innersten beschäftigt. Trude sah den Hemdrücken vor sich, steif von getrocknetem Blut. Sie fragte sich, ob sie im allerschlimmsten Fall einfach behaupten solle, Ben habe ihr erzählt, er habe die Jacke von Heinz Lukka geschenkt bekommen. Da solle dann einer behaupten, was Ben erzähle, sei nicht zu verstehen. Das mußten sie einer Mutter nach mehr als zwanzig Jahren erst einmal beweisen, daß sie ihren Sohn nicht verstand.

Jakob sondierte das eben Gehörte und klopfte es auf Ansatzpunkte ab. Doch einen Ansatzpunkt gab es nur in Trudes Haltung und ihrem unbewegten Gesicht.

«Du hast doch was», stellte er fest. «Du bist schon seit Tagen so komisch. Denk nur nicht, das fällt mir nicht auf. Ich hab Augen im Kopf, Trude. Du bist den ganzen Tag mit ihm allein. Du ziehst ihn an und wieder aus. Weißt du was, was ich nicht weiß, was ich aber wissen müßte?» Er bekam keine Antwort, nicht mal ein Kopfschütteln.

Hätte Trude in diesem Augenblick den Kopf geschüttelt, wären ihr nur die Gedanken durcheinandergeraten. Sie waren ohnehin schwierig beisammenzuhalten. Heinz Lukka zu beschuldigen, hatte sie das wirklich gedacht? Da konnte sie Ben auch gleich selbst ans Messer liefern. Wenn einer nur zuschaute, was sollte man ihm da beweisen? Vom Zuschauen bekam man keinen blutigen Hemdrücken.

Ihr Schweigen machte Jakob nervös und aggressiv. Obwohl er es nicht wollte, donnerte er plötzlich die Faust auf den Küchentisch und brüllte: «Herrgott noch mal! Wie soll ich mit dir reden, wenn du kein Wort sagst?»

Sie zuckte nicht einmal zusammen. Er wartete eine volle Minute lang auf eine Reaktion, fuhr sich mit dem Handrücken über die Stirn, starrte zur Garderobe, strich sich über die Wangen, den Nacken, das Kinn. Und als immer noch nichts von ihr kam, fuhr er gereizt fort mit seiner Fragerei: «Woher willst du überhaupt wissen, daß er die Jacke auf der Wiese gefunden hat? Wenn er sich dort herumgetrieben hat, ist das noch lange kein Beweis. Sie kann ebensogut auf dem Weg gelegen haben.»

«Vielleicht hat er sie auf dem Weg gefunden», räumte Trude ein.

Jakob nickte heftig. «Siehst du, genau das meine ich. Du kannst nicht einfach etwas behaupten, nur weil du Angst hast. Da kommt leicht so ein Verdacht zustande. Irgendeiner merkt immer, daß du lügst. Ich merke es jedenfalls. Und wenn Frau Stern die Jacke über dem Arm getragen hat ...»

Er brach ab, starrte nun ebenso blicklos wie Trude in den Hausflur, als könnte die Jacke seine Fragen beantworten. Dann verlangte er: «Hol ihn runter.»

Trude riß die Augen so weit auf, daß ihr Entsetzen Jakob an die Kehle sprang. «Jetzt schau mich nicht so an», murmelte er und wandte den Blick ab. «Ich will nur einen Spaziergang mit ihm machen. Vielleicht kann er mir zeigen, wo er das Ding gefunden hat. Da wären wir doch schon einen Schritt weiter.»

Trude machte keine Anstalten, sich zu erheben. Jakob ging zur Tür und brummte: «Hol ich ihn eben selbst.»

Da sprang sie auf. «Ich mach das.» Sie war so schnell an ihm vorbei, daß er nur den Kopf schütteln konnte.

Jakob stieg langsam hinter ihr her die Treppe hinauf

und folgte ihr in Bens Zimmer. Er lag bäuchlings auf dem Bett mit dem Gesicht zum Fenster. Als Trude eintrat und dicht hinter ihr Jakob, drehte er nur den Kopf. Der leidende Ausdruck auf seinem Gesicht berührte Jakob seltsam.

«Na komm», forderte er in sanftem Ton, «wir gehen spazieren.» Doch das Losungswort verfehlte seine Wirkung. Ben drehte das Gesicht wieder zur anderen Seite.

«Was ist los?» fragte Jakob. «Hast du keine Lust?»

«Ihm wird der Rücken weh tun», sagte Trude dumpf.

«Ach», Jakob wischte den Hinweis mit einer lässigen Geste zur Seite, hielt den Blick auf das Bett und den breiten Rücken gerichtet. Auf dem frischen Hemd war nichts zu erkennen. «Er ist doch nicht empfindlich, und auf dem Rücken soll er ja nicht laufen.»

Dann ging er zum Bett, faßte nach Bens Hemd, zog es aus dem Hosenbund und schob es in die Höhe. Einen Moment lang betrachtete er die unzähligen Pflasterstreifen und preßte unbewußt die Lippen aufeinander. «Das sind aber viele», sagte er über die Schulter zu Trude. «So blöd kann nicht mal er sein, daß er weiterkriecht, wenn's ihm derart ins Fleisch schneidet. Da müßte er schon einen besonderen Grund haben.»

Trude reagierte nicht. Jakob stopfte das Hemd wieder in den Hosenbund, tätschelte Bens Arm und verlangte noch einmal: «Na komm, wir machen einen Spaziergang.»

«Ich komme auch mit», sagte Trude.

Als Ben wenig später mit schlurfenden Schritten vor ihnen her auf die Abzweigung zuging, hatte sich die diffuse Furcht in Jakob gelegt. Bens Rücken eröffnete eine neue Perspektive. Zum einen sah es nicht so aus, als hätte eine Frau sich gegen ihn verteidigen müssen. Da wären wohl eher Gesicht, Hände und Arme zerkratzt. Zum anderen war die Jacke, wie auch Jakob mit einer gründlichen Untersuchung festgestellt hatte, ehe sie das Haus verließen, völlig heil und sauber. Vielleicht hatte Ben sie wirklich nur irgendwo vom Boden aufgehoben.

Daß Edith Stern etwas zugestoßen war, schloß Jakob damit erst einmal aus. Von Svenja Krahl wußte er nichts. Blieb Marlene Jensen. Blieb das, was Ben veranlaßt hatte, sich durch den Stacheldraht zu wühlen. Daß die Verletzungen auf seinem Rücken anders entstanden sein könnten, wie hätte Jakob das in Betracht ziehen sollen? Nicht im schlimmsten Alptraum wäre ihm in den Sinn gekommen, daß Trude ihrem Sohn etwas angetan haben könnte, obwohl ihm auffiel, daß Ben es vermied, in unmittelbare Nähe seiner Mutter zu kommen. Aber Jakob war zu beschäftigt mit seinen Überlegungen, um auch noch darüber nachzudenken.

Nur einmal angenommen, sein Kollege aus dem Baumarkt hatte recht, und Ben hatte tatsächlich etwas gesehen oder gehört in der Nacht, als Marlene Jensen verschwand. Nur einmal angenommen, es war irgendwas auf der Wiese, und er war nur deshalb unter dem Draht durchgekrochen. Dann sollte man es vielleicht der Polizei melden. Man könnte ja so tun, als hätte man selber nachgeschaut, weil man in der Zeitung gelesen hatte, Klaus und Eddi hätten behauptet, die Mädchen immer ungefähr an der Stelle rausgeworfen zu haben.

Jakob hatte den Mund schon geöffnet, um es mit Trude zu besprechen. Er schloß ihn wieder, als er einen Blick in ihr Gesicht warf. Die Augen auf Ben gerichtet, trippelte sie mit kleinen Schritten neben ihm, so müde und verhärmt, so abgekämpft und ausgelaugt. In den Augenwinkeln glitzerte es. Dann löste sich ein Tröpfchen und lief langsam an ihrer Nase entlang nach unten.

Jakob räusperte sich und starrte angestrengt wieder nach vorne, um zu sehen, in welche Richtung Ben abbog. Er erreichte die Abzweigung, blieb stehen und schaute sich nach Jakob um. «Wohin jetzt?» fragte Jakob. «Wo hast du die Jacke gefunden?»

Ben drehte sich wieder um und trottete mit hängenden Schultern auf seiner gewohnten Tour weiter in Richtung Apfelwiese. Und Jakob überlegte weiter. Irgendwie war es seltsam, daß die Polizei sich die Wiese nicht angeschaut hatte. Oder hatten sie? In der Zeitung hatte es geheißen, die gesamte Umgebung des Dorfes sei abgesucht worden. Da sollte man annehmen, sie hätten sich zuerst um die Wiese gekümmert.

Und wenn sie nichts gefunden hatten, weil am Sonntag nichts da gewesen war. Und wenn jetzt etwas da war … Er hatte Edith Stern in seinem Auto mit hinausgenommen, hatte sie aussteigen und laufen lassen. Zwei Kilometer Einsamkeit, zwei Kilometer Dunkelheit. Wenn sie Lukkas Bungalow nicht erreicht hatte …

Dem Zweck des Spaziergangs kamen sie nicht einmal nahe. Zweimal trug Jakob seinem Sohn gedankenverloren auf zu suchen, beide Male klang es, als schicke er einen Hund nach dem Stöckchen. Als es ihm auffiel, ließ er es bleiben. Sinnvoll war es ohnehin nicht, weil Ben nicht begriff, wonach er suchen sollte.

«Wir hätten die Jacke mitnehmen sollen», stellte Jakob fest, als sie den Stacheldraht erreichten. «Da hätte man einen Anhaltspunkt für ihn gehabt.»

Die Frage, warum ihm der Gedanke nicht früher gekommen war, ob es daran lag, daß er nicht mit der Jacke in der Hand gesehen werden wollte, ehe sich nicht eine vernünftige Erklärung fand, wie sie in seinen Besitz gekommen war, stellte er sich nicht. Er ging langsam am Stacheldraht entlang, inspizierte das Gelände dahinter und kam am Ende des Zaunes zu der Erkenntnis: «Das sieht nicht so aus, als wäre hier in letzter Zeit einer gewesen.» Der Draht jedenfalls war nicht beschädigt, und die Polizei hätte ihn garantiert durchgekniffen.

Trude reagierte nicht, war völlig in dumpfes Brüten versunken. Jakob ließ den Blick noch kurz über das verwilderte Stück neben dem Zaun schweifen. Das Unkraut in Gerta Frankens ehemaligem Garten stand hüfthoch zwischen der undurchdringlich scheinenden, dornigen Barriere der Brombeersträucher. Nur der alte Birnbaum ragte noch aus der Wildnis. Vom Weg aus gab es nicht das geringste Anzeichen, daß sich jemand dort herumgetrieben hatte.

Jakob machte sich wieder auf den Heimweg und grübelte dabei über die eigenen verworrenen Gefühle nach. Über die Panik, die ihn erfaßte, wenn er an Trudes versteinerte Miene und seine Vision eines Zusammentreffens auf dem nächtlichen Feldweg dachte. Über die stille Zufriedenheit, die er immer dann empfand, wenn er mit Ben durch die Felder schlenderte. Weit und breit keine Menschenseele, die Erde unter den Füßen. Dieser Boden, der sie lange Jahre genährt und gekleidet hatte. Über dem Kopf ein paar Wolken oder Sonnenschein und Bens breiten Rücken vor Augen.

So ein stiller, genügsamer Kerl, ihm reichte notfalls ein Stück Brot auf der Faust. Wenn er vor Jakob durchs Feld lief, gab er mit vollen Händen von seinem Überfluß, der Zufriedenheit. Draußen übertrug sie sich immer auf Jakob, solange kein Mensch in der Nähe war, der Rechenschaft forderte. Jetzt wollte sie sich nicht einstellen, vielleicht weil Trude dabei war.

«Wir hätten im Dorf bleiben sollen», sagte Jakob in einem Gefühl plötzlicher Hilflosigkeit. «Da hätte ich selbst eine hohe Mauer um Wiese und Garten gezogen und am Hoftor ein Sicherheitsschloß angebracht. Da wäre er nicht mehr rausgekommen, und wir hätten uns nicht den Kopf zerbrechen müssen.»

Im Frühjahr 84 traten sie erstmals offiziell an Jakob heran. Der Stadtrat von Lohberg, allen voran Erich Jensen, versprach goldene Berge, Frieden und Freiheit, appellierte an seine Vernunft, seine Einsicht und seine Liebe zur Heimat.

Ein halbes Jahr zuvor hatte Otto Petzhold kapituliert, sein Anwesen an der Bachstraße an einen Architekten aus Lohberg und seine fünfzig Morgen Land an Richard Kreßmann verkauft. Vom Erlös hatte Otto sich ein kleines Häuschen in der Voreifel zugelegt. Für ihn war es einfach. Er mußte nur für sich und seine erkrankte Frau sorgen. Otto hatte keine Kinder.

Und Jakob hatte vier. Wenn auch keines, von dem er ein wenig Hilfe erhoffen durfte. Anita studierte in Köln, fand die Zeit nicht für einen Besuch daheim. Sie rief nur hin und wieder an, um zu erklären, daß das Geld nicht reichte. Die Bücher waren so teuer. Wenn Jakob sich gegen zu hohe Forderungen verwahrte, auf die anderen Mitglieder der Familie verwies, die auch leben mußten, sprach Anita von Entbehrungen, entgangener Mutterliebe und ähnlichen Dingen. Von ihr hatte man nichts mehr zu erwarten.

Bärbel mühte sich ab, den Realschulabschluß im zweiten Anlauf zu schaffen, eine Lehrstelle zu ergattern, möglichst im Büro, wo es keinen Dreck, keine Misthaufen und keine Idioten gab. Und in jeder freien Stunde saß Bärbel entweder in Illa von Burgs Küche, angeblich, um zu berichten, wie nett sie in den letzten Tagen mit ihrem Bruder umgegangen war. In Wahrheit wohl eher, um Illa von ihrer Harmlosigkeit, dem guten Willen und der Gutmütigkeit zu überzeugen und zu suggerieren, daß eine Mutter sich keine bessere Frau für den ältesten Sohn wünschen konnte.

Oder Bärbel saß im Bus nach Lohberg, lief zur italienischen Eisdiele oder durch die Stadt auf der Suche nach der verlorenen Liebe. Uwe von Burg war ebenfalls öfter in Lohberg als daheim. Und jedem, der es hören wollte oder nicht, erzählte Bärbel, daß sie später gerne auf einem Hof arbeiten würde. Es gäbe doch nichts Schöneres, als sein eigener Herr zu sein. Aber keine Kühe, keine Schweine. Geflügelzucht und zusätzlich ein bißchen Hausverwaltung, das würde ihr gefallen. Die konnte man auch abschreiben.

Bei Ben mußte man froh sein, wenn er sich im Baumhaus verkroch, weil er dort niemanden belästigte. Und Jakobs Jüngste, sein Herzblatt, das Kind, das er sich mit seinem Freund Paul teilte, von dem er hoffte, es ganz bei sich zu haben, sobald es alt genug war für den Kindergarten, war erst zweieinhalb Jahre alt, als die Mitglieder des Stadtrats bei ihm vorstellig wurden.

Zwei Monate vorher war Gerta Franken gestorben. Es fiel erst nach ein paar Tagen auf, als Trude sich wunderte und grübelte, wann sie die alte Nachbarin zuletzt am Kammerfenster gesehen hatte. Trude ging hinüber. Schon im Flur roch sie, was sie dann in der Schlafkammer fand.

Nach Hilde Petzholds Umzug in die Voreifel hatte niemand mehr einen Teller mit Essen in die Bruchbude getragen. Illa von Burg hatte schon Monate vorher ihre Besuche bei Gerta Franken eingestellt. Weil sie sich einfach nicht mehr mit der Bösartigkeit des alten Weibes auseinandersetzen konnte.

Da fuhr Illa nun seit Jahren im wöchentlichen Wechsel, brachte Lebensmittel und eine warme Mahlzeit, räumte den Dreck weg und mußte sich zum Dank beschimpfen lassen. Weil sie nicht bereit war, auch noch Dorfklatsch in die Kate zu tragen oder sich anzuhören, ihr Schwiegervater habe ja erst begonnen, gegen die Nazis zu protestieren, als ihn das tausendjährige Reich seine jüngste Tochter kostete. Bis dahin habe der alte von Burg ebenso begeistert «Heil, mein Führer» gebrüllt wie alle anderen. Es war im Jahr vor ihrem Tod kein Auskommen mehr gewesen mit Gerta Franken. Auch Hilde Petzhold hatte oft gesagt, Gerta führe sich auf wie eine Giftspritze.

Trude hatte nicht daran gedacht, die Alte zu versorgen. Sie hatte sich auf die barmherzigen Schwestern des Klosters verlassen, die auch Essen auf Rädern ausfuhren. Aber anscheinend nicht zu Gerta Franken, obwohl Erich Jensen gesagt hatte, er wolle das in die Wege leiten. Wahrscheinlich hatte Erich es vergessen zwischen all den Sitzungen im Stadtrat, den Parteitagen und seiner Arbeit in der Apotheke.

Im Dorf wurde gemunkelt, Gerta Franken sei verhungert. Der Arzt diagnostizierte Altersschwäche als Todesursache und hielt es für überflüssig, eine Kopfwunde im Totenschein zu erwähnen. Der Leichenbestatter kam auch nicht auf den Gedanken, der Wunde eine besondere Bedeutung beizumessen. Kein Mensch vergoß eine Träne. Angehörige gab es nicht. Das halbe Dorf war erleichtert, ein großes Ärgernis unter die Erde bringen zu dürfen.

Die andere Hälfte – im Neubaugebiet am Lerchenweg – interessierte sich nur für ihre persönlichen Belange und ihre unmittelbare Nachbarschaft, in der auch nicht alles war, wie es sein sollte. Es gab in Toni von Burgs Mietshaus immer noch die Familie Mohn mit Tochter Ursula, die für ausreichend Gesprächsstoff sorgte.

Trude hatte schon häufig davon gehört. Ursula Mohn war etwas älter als Ben und für ihr Alter viel zu stark entwickelt. Die Leute erzählten, sie kenne absolut kein Schamgefühl, ziehe mitten auf der Straße den Pullover aus, um vorbeikommende Passanten auf die knospenden Brüste aufmerksam zu machen. Sie belästigte die Männer im Treppenhaus, wenn sie von der Arbeit kamen, und die Frauen im Trockenraum für die Wäsche, wenn sie ihre

Dessous auf die Leine hängten. Da war man am Lerchenweg nicht angewiesen auf Gerta Franken, die den Pfarrer am Altar beschimpft und versucht hatte, alle Welt vor Ben zu warnen.

Die Stadtverwaltung sorgte für ein Begräbnis, kassierte in Aufrechnung der mit den Jahren gezahlten Sozialhilfe das Grundstück mitsamt der wurmstichigen Kate und dem verwilderten Garten. Nur zwei Tage nachdem sie die alte Frau unter die Erde gebracht hatten, rückte der Bagger an. Abends lag nur noch ein Haufen Schutt an der Stelle, von der aus man den verwilderten Garten, den Feldweg, Trudes Gemüsebeete und die Apfelwiese so gut beobachten konnte. Schon am nächsten Tag war auch der Schutthaufen verschwunden. Ohne Jakob um Erlaubnis zu fragen, wurde damit der letzte Sandpütz aufgefüllt. Da schlug man zwei Fliegen mit einer Klappe.

Sie hatten es wirklich verdammt eilig. Jahrelang war ihnen Gerta Frankens Haus ein Dorn im Auge gewesen. Jetzt wurde das Grundstück in zwei Hälften geteilt. Beide wurden als Baugrund deklariert und versprachen einen ansehnlichen Batzen für die Stadtkasse. Der an der Bachstraße liegende Teil wurde sofort verkauft an einen vom Stadtrat, der etwas schneller war als Heinz Lukka, vielleicht auch etwas betuchter. Er ließ sich eine kleine Villa mit Schwimmbecken im Garten errichten und schirmte sich mit einer mannshohen Mauer gegen den rückwärtigen Urwald und neugierige Blicke ab.

Für den hinteren Teil mit Zufahrt über den Feldweg, in dessen Mitte der alte Birnbaum und die Viehtränke standen, fand sich kein Interessent. Möglicherweise schreckte die Wildnis viele ab. Hätte die Stadtverwaltung auch diesen Teil einebnen lassen, wäre es vermutlich rasch zu einem Verkauf gekommen. Doch daran dachte niemand. Das Grundstück wurde lediglich erschlossen, was bedeutete, es wurde mit einem Anschluß an die Kanalisation und einer Wasserleitung ausgestattet. Damit ein Bauwilliger sofort anfangen konnte, legte man ein Stück dieser Leitung über die Erde, versah es mit einem Wasserhahn und vergaß es.

Man hatte bei der Stadtverwaltung noch andere Sorgen. Jakob Schlösser! Er war der letzte. Richard Kreßmann lebte mit seiner Familie seit Jahr und Tag mitten im eigenen Land. Bruno Kleu hatte sich aus eigenem Antrieb entschlossen, es Richard gleichzutun. Es gab im freien Feld keine Nachbarschaft, die argwöhnisch beobachtete, wann Bruno abends das Haus verließ und wann er es nachts wieder betrat.

Paul Lässler war ebenfalls entschlossen zur Umsiedlung, nachdem ihm die Übernahme der Kosten für die Erschließung eines Baugrundstücks inmitten der Felder zugesichert worden war. Für Pauls Anwesen an der Bachstraße interessierte sich ein begüterter Künstler, der die Scheune zu einem Atelier umbauen wollte. Paul machte noch ein gutes Geschäft bei der Sache. Toni von Burg mit seinen Truthähnen und hochmodernen Legebatterien am Stadtrand störte nicht.

Wenn Jakob den hochtrabenden Ausdruck Stadt für das dreckige kleine Nest hörte, sträubten sich ihm die Nackenhaare. Größenwahnsinnig waren sie alle geworden, nachdem sich ein wenig Industrie in Lohberg angesiedelt hatte und die Steuergelder etwas reichlicher flossen. Die wurden auch gleich wieder zum Fenster rausgeworfen, meist in Lohberg selbst. Für einen Klotz aus Glas und Beton – das neue Rathaus samt Stadthalle. Für ein Freibad und ein neues Hallenbad. Für eine größere Turnhalle am Gymnasium, in der sich nun drei Sportvereine tummelten.

Lohberg veränderte sich, bekam ein Einkaufszentrum, für das eine Umgehungsstraße gebaut werden mußte, bekam verkehrsberuhigte Zonen, Abenteuerspielplätze und einen neuen Kindergarten mit kindgerechter Küche und Toilettenanlagen. Und in der Grundschule im Dorf regnete es immer noch durchs Dach, fiel bei schlechtem Wetter immer noch der Sportunterricht aus, weil der provisorische Anbau, in dem er stattfinden sollte, wegen Einsturzgefahr nicht mehr genutzt werden durfte. Und da behauptete Erich Jensen, ein bäuerlicher Betrieb passe nicht mehr ins Stadtbild.

Was wirklich störte, sagte Erich nicht. Ein Junge, der seiner Mutter ab und zu entwischte. Der durch die Straßen lief und Mädchen Rabenaas schimpfte. Gerade elf Jahre alt und schon fast so groß wie sein Vater. Es hieß, neulich hätte Ben sogar Heinz Lukka angegriffen.

Der Rechtsanwalt hatte in seiner Funktion als Mitglied des Stadtrats ein Gespräch mit dem Rektor der Grundschule geführt. Es war um den Neubau einer kleinen Turnhalle gegangen. Als Heinz Lukka die Schule verließ und gerade seinen Wagen aufschließen wollte, sei Ben auf ihn losgegangen. Der alte Mann wäre beinahe gestürzt. Thea Kreßmann hatte es gesehen, es Richard noch am selben Abend erzählt und am nächsten Tag allen, die es hören wollten.

Heinz Lukka lachte darüber. Angegriffen – so ein Quatsch! Ben hatte ihn gesehen, war in ungestümer Freude über die Straße gestürmt und hatte ihn angesprungen. Zugegeben ein wenig heftig, aber ohne böse Absicht. Wer wollte denn dem Jungen die Freude verbieten und das Recht auf ein wenig Zärtlichkeit absprechen? Und was hieß Mädchen beschimpfen? Das war eher umgekehrt, erklärte Heinz Lukka. Der arme Kerl mußte doch nur irgendwo auftauchen, schon hieß es: «Hau ab, du Idiot!» Durfte er sich nicht wehren, nicht einmal zurückbrüllen? Mehr als brüllen tat er doch nicht.

Aber Heinz Lukka versuchte ebenfalls, Jakob einen Umzug schmackhaft zu machen, argumentierte mit der

Ruhe im freien Feld und seinen eigenen Plänen. Da ihm das Grundstück an der Bachstraße vor der Nase weggeschnappt worden war und er sich nicht mit dem verwilderten Rest zufriedengeben wollte, spekulierte er nun auf die Gemeindewiese. Er war zuversichtlich, daß man sie ihm überließ. Was wollte die Stadt mit der Wiese?

Eines Abends kam Heinz Lukka mit ein paar Bauplänen vorbei, um Jakobs Bereitschaft zu forcieren. Jakob schaute sich die Pläne an, ließ sich erklären, wie Lukka sich sein zukünftiges Haus vorstellte. Der Wohnraum nach Süden, mit offenem Kamin und einer großen Terrasse davor. Fitneßstudio im Keller mit gefliestem Boden und Fliesen an den Wänden bis zur Decke, mit eingebauter Dusche und all den Geräten, die man brauchte, um den Körper in Form zu halten.

Jakob fragte sich, ob Heinz Lukka übergeschnappt sei, anzunehmen, daß er sich in seinem Alter so etwas noch zumuten könnte. Oder ob er sich einbildete, aus einem Gartenzwerg könne mit Bauchtrainer und Hanteln ein Herkules werden. Jakob hörte sich noch an, daß die Stadt für Paul und Antonia Lässler den schmalen Feldweg ausbauen und asphaltieren ließ, der von Süden zur Landstraße führte. Für Jakob und Trude wollte man ebenfalls einen eigenen Weg anlegen oder einen bereits vorhandenen, zum Beispiel den, der früher zum alten Kreßmann-Hof geführt hatte, in ordnungsgemäßen Zustand versetzen.

Aber Jakob blieb stur. Mit Gewalt vertreiben konnten sie ihn nicht. Er ließ sich nicht einschüchtern wie Trude, die häufig den Vorschlag machte, sich die Sache doch einmal zu überlegen. Trudes Bitten wurden mit der Zeit immer nachdrücklicher, wobei sie nur knapp die Hälfte von dem sagte, was sie Jakob eigentlich hätte sagen müssen.

Zwar hockte Ben die meiste Zeit im Birnbaum oder spielte an der Viehtränke, aber wenn Trude ihn nicht alle

Viertelstunde kontrollierte und ein Eis oder sonst eine Leckerei hinausbrachte, war er weg.

Es stimmte, was die Leute erzählten: Er lief den Mädchen durchs halbe Dorf nach und brüllte, so laut er konnte, ‹Rabenaas› hinter ihnen her. Das war schon unangenehm, aber noch relativ harmlos. Kritisch wurde es immer, wenn er ein Messer fand. Er fand auch dann noch eins, wenn Trude meinte, alle weggeschlossen zu haben. Dann fuchtelte er den Kindern damit vor den Augen herum und schrie: «Finger weg! Kalt!» Da hieß es dann regelmäßig, er sei gemeingefährlich. Jedesmal redete Trude sich nach solchen Vorfällen die Lippen wund. Daß er es nicht so meine. Daß er die Kinder nur warnen wolle, ein Messer in die Hand zu nehmen, weil er sich selbst schon verschiedentlich geschnitten habe.

Inzwischen log sie für ihn mit einer Überzeugungskraft, die sie manchmal selbst überzeugte. Aber was wollte man tun, wenn er in die Jahre kam? Man konnte ihn doch nicht kastrieren lassen wie einen Kater. Da wäre es besser, man würde außerhalb des Dorfes mit ihm leben.

An einem Abend im Spätsommer 84 versuchte Trude wieder einmal, Jakob zu überzeugen. Sie war an dem Tag für ein Stündchen bei ihrer jüngsten Tochter und Antonia auf dem neuen Lässler-Hof gewesen. Zusammen mit Ben, den sie nicht mehr ohne Aufsicht ließ, aber das erwähnte sie nicht. Sie sprach von anderen Dingen.

Ein prachtvolles Haus hatten Paul und Antonia sich bauen lassen, alles so hell, so groß und modern. Und rundherum keine Menschenseele, die sich über irgend etwas aufregte. Während Trude in Antonias Wohnzimmer einen Kaffee trank, spielten die Kinder auf dem Hof. Andreas und Achim rasten auf ihren neuen Fahrrädern durch die Pfützen der letzten Regennacht und brüllten vor Vergnügen, wenn der Dreck nach allen Seiten spritzte. Annette spielte mit ihrer Freundin neben der Garage Mißwahl. Ein Transistorradio auf volle Lautstärke gedreht, kleine Stoffläppchen vor Bauch und Brust und sonst nur nackte Haut.

Die beiden Nesthäkchen Britta und Tanja planschten in einem randvollen, aufblasbaren Becken auf der Terrasse, trugen hin und wieder gefüllte Eimerchen über den Hof und kippten sie in schon vorhandene Pfützen, jauchzten und krähten mit den Jungs um die Wette. Kurz und gut, es war ein Höllenlärm, und niemand beschwerte sich.

In der ganzen langen Rede, in der sie die Vorzüge eines frei liegenden Hofes schilderte, erwähnte Trude nicht einmal den Namen Ben. Er war zwischen den Mädchen bei der Garage und den beiden Kleinen beim Planschbecken hin und her gerannt, hatte aus Leibeskräften «Rabenaas» und «Fein» gebrüllt und mit den Armen durch die Luft gepflügt.

Trude sagte nur, daß Antonia ihre Söhne und Annette bei schlechtem Wetter mit dem Wagen zur Schule fuhr und auch wieder abholte. Daß die Kinder den Schulweg ansonsten auf ihren Fahrrädern zurücklegen mußten. Und Ben konnte nicht radfahren.

26. August 1995

Gegen halb sechs kamen sie auf den Hof zurück. Jakobs Magen knurrte vernehmlich, Trude stellte sich endlich an den Herd. Kaum hatte sie eine Pfanne genommen und ein paar Eier hineingeschlagen, setzte Ben sich an den Tisch. Auch Jakob blieb in der Küche, wollte die Gelegenheit nutzen, in Ruhe mit ihr über alles zu reden. Vor allem über das, was ihm während des nutzlosen Spaziergangs durch den Kopf gegangen war. Ob man vielleicht einmal mit der Polizei sprechen und Ben von einem Fachmann befragen lassen sollte. Doch egal, was er sagte, er bekam keine Antwort von ihr, nur wunde Blicke, die Bände sprachen.

Jakob war völlig sicher, daß sie ihm etwas Gravierendes verschwieg. Er fühlte ein Zittern im Innern, wie einen straff gespannten Draht zwischen Herz und Magen. Die Bilder im Hirn, Paradepuppen und junge Frauen, ein Fernglas und ein Klappspaten, der Fetzen im Einweckglas und die bunte Jacke! Aber zumindest das mußte sich klären lassen, und zwar bevor Trude den letzten Rest ihrer Kraft einbüßte. Und ehe er sich weiter den Kopf zerbrach, wollte er in Erfahrung bringen, ob Edith Stern bei Heinz Lukka angekommen, wie lange sie geblieben war und wohin sie sich anschließend gewandt hatte.

Nachdem er seinen Teller geleert hatte, griff Jakob zum Telefon und sprach zuerst mit Wolfgang Ruhpold, der ihm nicht weiterhelfen konnte und seinerseits von Trudes Anruf am Morgen berichtete. Dann holte Jakob den alten Mercedes aus der Scheune und fuhr zu Heinz Lukka.

Die Fahrt war eine Sache von wenigen Minuten. Jakob nutzte sie, um sich ein paar Sätze zurechtzulegen. Es wäre Lukka gewiß nicht recht gewesen, zu hören, daß Jakob über Edith Sterns wahren Besuchsgrund informiert war. Als er vor Lukkas Bungalow hielt, hatte er zumindest eine Einleitung gefunden.

Heinz Lukka war nicht überrascht, ihn zu sehen. Er bat ihn in den riesigen Wohnraum, nötigte ihn, im Sessel vor dem Kamin Platz zu nehmen, und hörte sich an, daß Jakob gestern abend eine junge Amerikanerin mitgenommen hatte, die diesem Haus einen Besuch abstatten wollte. Da sie von auswärts kam und nicht wußte, wo sie so spät in der Nacht noch hin sollte, hatte sie anschließend zu Jakob und Trude kommen wollen, um dort zu übernachten.

Jakob log mit zu Boden gerichtetem Blick, die ineinander verschränkten Hände ließ er lose zwischen den gespreizten Beinen baumeln. Zusammen mit Trude hatte er bis zwölf in der Nacht auf die junge Amerikanerin gewartet, hatte flüchtig erwogen, bei Heinz anzurufen, dies aber gelassen, weil er dachte, daß Heinz entweder ebenfalls eine Übernachtungsmöglichkeit geboten oder die Frau es vorgezogen hatte, dem Dorf aus irgendwelchen Gründen schnellstmöglich den Rücken zu kehren. Und in diesem Fall wollte er Heinz nicht mitten in der Nacht stören. Aber dann hatte Ben heute morgen eine Jacke gefunden. Und Jakob hatte diese Jacke wiedererkannt, als er heimkam.

Als er so weit gekommen war, unterbrach Heinz Lukka ihn mit einem müden Lächeln. «Gib dir keine Mühe, Jakob. Mit deinem schnellstmöglich den Rücken kehren liegst du richtig, das weißt du auch. Frau Stern hat dir doch erzählt, was sie von mir wollte. Mir sagte sie jedenfalls, sie hätte es dir erzählt. Sie sagte auch, du hättest ebenfalls ein bißchen erzählt.»

Jakob fühlte eine gewisse Erleichterung. Zwar hatte er mit seiner Erklärung ein bißchen vorgebaut, er hatte sogar überlegt, notfalls zu behaupten, er hätte Edith Stern bis zum Mais gefahren. Dann wären es nur noch hundert Meter gewesen bis zu Lukkas Haustür. Aber trotzdem hätte er nicht gewußt, was er unternehmen sollte, wenn Heinz verblüfft gewesen wäre, weil niemand bei ihm geklingelt hatte.

Als er nicht antwortete, nur vor Verlegenheit den Kopf noch tiefer senkte, seufzte Heinz Lukka. «Es war eine unangenehme Situation. Ich hätte nie gedacht, daß es mich auf so eine Weise einholt. Nach mehr als fünfzig Jahren.» Er stieß einen Laut aus, der ein bitteres Lachen, aber auch ein Schluchzen sein konnte. «Die gottverfluchte Zeit hängt einem an bis ins Grab. Ich ... hörte, du hast die Edith damals gefunden?»

«Zusammen mit Paul», sagte Jakob.

«Warum habt ihr es nicht gemeldet?»

Jakob zuckte mit den Achseln. «Warum hast du es nicht gemeldet? Du hättest bestimmt einen Orden bekommen.»

Heinz Lukkas Miene verschloß sich. Nach ein paar Sekunden wollte er wissen: «War es nur das, was dir auf den Magen drückte, oder hat Ben wirklich ihre Jacke gefunden?»

«Hat er», sagte Jakob. «Sonst wäre ich nicht zu dir gekommen.»

«Komisch», meinte Heinz Lukka und runzelte die Stirn. «Er läuft doch normalerweise nicht zur Landstraße. Sie wollte nach Lohberg. Ich habe angeboten, sie zu fahren. Das lehnte sie ab. Sie wollte sich von mir nicht mal ein Taxi rufen lassen. Es wären ja nur vier Kilometer, sagte sie, und sie wäre es gewohnt, lange Strecken zu laufen.»

Jakob nickte bedächtig. «Ja, das hat sie mir auch gesagt. Aber wir sollten es trotzdem der Polizei melden.»

«Was?» fragte Heinz Lukka verständnislos. «Daß Ben ihre Jacke gefunden hat? Meinst du nicht, die Polizei hätte im Moment andere Sorgen? Sie haben immer noch keine Ahnung, wo Marias Tochter steckt.»

Jakob schwieg. Und Heinz Lukka erklärte: «Frau Stern hat die Jacke nicht übergezogen, hat sie oben auf den Rucksack unter einen Gurt geschoben. Und sie hatte es ziemlich eilig, von hier wegzukommen. Das erste Stück ist sie gerannt, als sei der Teufel hinter ihr her.»

«Dann hat sie sie wohl tatsächlich verloren», stellte Jakob fest.

Heinz Lukka klang verständnislos. «Was denn sonst?» Dann wurde seine Stimme eindringlich. «Jakob, glaubst du etwa, Ben hätte sie ihr weggenommen?»

Als Jakob darauf nicht reagierte, nickte Heinz Lukka

bitter. «Was denkst du eigentlich von ihm?» Seine Stimme wurde noch nachdrücklicher, als er versicherte: «Er war nicht hier, Jakob. Ich bin mit ihr zur Tür gegangen und habe ihr nachgeschaut. Und von ihm habe ich nichts gesehen. Wenn er hier gewesen wäre, hätte er mich gesehen und wäre zu mir gekommen. Er kommt immer, wenn er mich sieht.»

«Ich denk nichts Schlechtes von Ben», widersprach Jakob unwillig. «Er war die ganze Nacht in seinem Bett. Trude hatte es am Herzen, sie konnte nicht liegen, ist herumgelaufen und hat ein paarmal nach ihm geschaut.»

Heinz Lukka nickte erneut, lachte leise und abfällig. «Ja, wenn das so ist, was hast du dann gedacht? Die beiden Kerle, die Marias Tochter mitgenommen haben, sind wieder frei. Aber daß die hier allein spazierenfahren und im richtigen Moment vorbeikommen, um eine junge Amerikanerin aufzulesen, glaube ich kaum.»

Obwohl Jakob es eigentlich nicht wollte, erzählte er, was er am Vorabend in Ruhpolds Schenke gehört hatte. Heinz Lukka lauschte teils amüsiert, teils interessiert.

«Sich einer an», meinte er schließlich. «Dieter Kleu. Was soll man dazu sagen, der Apfel fällt nicht weit vom Stamm? Aber der Junge ist nicht mal achtzehn. Da würde ich eher an Bruno denken. Den habe ich schon mehr als einmal nachts rausfahren sehen zum Bruch oder zum Bendchen. Und jetzt frage ich dich, was treibt er da draußen um die Zeit? Schaut er seinen Rüben beim Wachsen zu? Wahrscheinlich hat er im Moment nichts an der Hand für ein nettes Stündchen nach Feierabend. Und damit es für Renate nicht so aussieht, als käme er aus der Übung, dreht er hier ein paar Runden. Wenn ihm dabei etwas Hübsches vor die Flinte läuft …»

Es klang spöttisch, und Jakob fand, es sei nicht das rechte Thema, sich darüber lustig zu machen. Er verabschiedete sich, einigermaßen beruhigt, aber auch fest entschlossen, die Sache nicht auf sich beruhen zu lassen. Und wenn die Jacke hundertmal in der Eile vom Rucksack gefallen und unbemerkt von Edith Stern auf dem Weg zurückgeblieben sein konnte. Zu verschweigen, daß Ben sie gefunden hatte, hieß in seinen Augen, etwas zu vertuschen. Und das hatten sie nicht nötig, wenn Bruno Kleu nachts im Feld herumfuhr.

Von Lukkas Bungalow fuhr Jakob zum Lässler-Hof. Dort saß die gesamte Familie bei einem Kaffee im Wohnzimmer. Es wäre Jakob lieb gewesen, er hätte mit Paul allein reden können. Doch niemand machte Anstalten, das Zimmer zu verlassen. Jakob umriß in knappen Worten, wen er am vergangenen Abend aus Ruhpolds Schenke mitgenommen und was Ben am Vormittag gefunden hatte.

Paul schüttelte wiederholt den Kopf. «Edith Stern», murmelte er fassungslos. «Das gibt's doch nicht. Und was sagte Heinz?»

Jakob erklärte auch das, allerdings ohne Bruno Kleus nächtliche Fahrten zu erwähnen. Paul hörte zu, ohne eine Miene zu verziehen, und kam dann wieder auf die Jacke zu sprechen.

«Verloren», meinte Paul bedächtig. «Und das glaubst du?»

«Ich weiß nicht, was ich glauben soll», räumte Jakob ein. «Und ich möchte die Sache nicht so abtun wie Heinz.»

«Denkst du, der Frau sei etwas zugestoßen?» fragte Antonia.

«Nein», sagte Jakob. «Ich wüßte nur gerne, wo sie geblieben ist. Vielleicht sollte man sich mal in Lohberg umhören, am Bahnhof.»

«Da erreichst du jetzt keinen», erklärte Paul. «Da kann sie auch kaum einer gesehen haben. Samstags ist der Schalter nicht geöffnet. Du solltest die Polizei anrufen.»

«Heinz meint, das wäre nicht nötig.»

Paul grinste gequält. «Heinz meint und Trude sagt. Jetzt sag ich dir mal was, Jakob. Ich gebe nichts auf das, was Heinz meint und Trude sagt. Hast du gesehen, daß Ben die ganze Nacht im Bett lag? Nein! Und deshalb machst du dir Sorgen. Weil du genau weißt, daß du Trude längst nicht alles glauben kannst.»

Bevor Jakob widersprechen konnte, atmete Paul durch und streifte seine Frau mit einem Blick, als wolle er sich ihr Einverständnis holen. «Ich will Ben nichts, Jakob. Aber sogar Antonia meint, ihr solltet ihn für eine Weile nachts festhalten. Er spielt mit den Mädchen fangen, rennt ihnen nach und reißt sie fast zu Boden. Wenn er das mit Fremden macht ... Wir kennen ihn nun schon so lange. Und ich trau ihm nichts Böses zu. Aber man kann nicht in seinen Kopf sehen. Und ... Na ja, ich habe meine beiden gewarnt. Es ist mir lieber, wenn sie sich ein bißchen von ihm fernhalten. Ich möchte nicht eines Tages eine von ihnen finden wie Ursula Mohn vor acht Jahren.»

Meine beiden! Das war ein spitzer Dorn in Jakobs Herzgrube. Eine von beiden war seine. Und Ursula Mohn, die Paul anführte ... Das war wirklich ein starkes Stück. «Was hatte er denn damit zu tun?» brauste Jakob auf. «Überhaupt nichts. Das solltest du besser wissen als ich.»

«Ich weiß einiges besser als du», sagte Paul und verstummte, als ihn ein warnender Blick Antonias traf.

Trude hatte immer eine Menge getan, um alles Üble von Ben und ihn von anderen Leuten fernzuhalten. Erreicht hatte sie nicht viel. Jahrelang hatte Antonia sich die Bemühungen schweigend angeschaut und häufig gedacht, daß Trude in bester Absicht die größten Fehler machte.

Manchmal fragte Antonia sich, was aus Ben geworden wäre, hätte sie damals angeboten, ihn für eine Weile zu sich zu nehmen statt seiner neugeborenen Schwester. Wenn er mit ihren Söhnen aufgewachsen wäre, in ihnen Vorbilder gehabt hätte. Andreas und Achim waren bestimmt keine Unschuldslämmer. Trotzdem wären sie für ihn der bessere Umgang gewesen als zwei feindselig eingestellte Schwestern. Paul wäre ihm vermutlich auch ein besserer Vater gewesen als der aus lauter Hilflosigkeit zum Jähzorn neigende Jakob. Und Antonia hätte ihn nicht aus Scham oder Furcht versteckt. Meist bekam sie über solchen Gedanken ein schlechtes Gewissen.

Im Frühjahr 85 sagte Antonia mit diesem schlechten Gewissen zu Trude: «Warum bringst du ihn nicht zu mir am Nachmittag? Er stört mich nicht, wenn er hier herumläuft. Und du schlägst zwei Fliegen mit einer Klappe. Er ist aus dem Dorf weg und hat regelmäßigen Umgang mit anderen Kindern. Ich finde, das ist wichtig, Trude. Du kannst ihn nicht sein Leben lang von allem fernhalten. Er muß es doch lernen.»

«Ich weiß nicht», meinte Trude zögernd und überrascht von diesem Vorschlag. «Das kann ich dir nicht zumuten. Du hättest keine ruhige Minute.»

«Das laß nur meine Sorge sein», widersprach Antonia, erleichtert wie ein Mensch, der endlich handelte, statt immer nur übers Handeln nachzudenken. «Ich komme schon mit ihm zurecht. Um die beiden Kleinen brauchst du dir keine Sorgen zu machen. Du siehst doch, daß er ihnen kein Haar krümmt. Meine Jungs werden auch mit ihm fertig. Mit Annette werde ich reden, daß sie ihn nicht anbrüllt, wenn er ihr dumm kommt. Du wirst sehen, Trude, wenn ihm niemand etwas tut, tut er auch keinem etwas. Und was man ihm bisher angetan hat, vielleicht vergißt er es hier wieder.»

Antonia hatte nie erfahren, wem Ben seinen Aufenthalt im Pütz und im Krankenhaus verdankte. Sie hatte nur aus seinem Verhalten einige Schlüsse gezogen und kam damit der Wahrheit ziemlich nahe. Da sich Bens Wut ausschließlich gegen größere Mädchen richtete, ging Antonia davon aus, daß er von einem Mädchen angegriffen und in den Pütz geworfen worden war. Auf die normalerweise sanfte und ein wenig einfältige Bärbel wäre sie allerdings nie gekommen.

Antonias Vorschlag hatte einiges für sich, das mußte Trude eingestehen. Es wäre schon eine Erleichterung, ein paar Stunden zu haben, in denen sie sich keine Sorgen machen, in denen sie nicht hetzen und springen müßte. In denen sie ihn sicher und gut aufgehoben wußte an einem Ort, an dem er sich anscheinend gerne aufhielt und auch willkommen war.

Im Mai 85 brachte Trude ihn das erste Mal für einen Nachmittag hinaus zum Lässler-Hof, danach regelmäßig. Und sooft sie es einrichten konnte, blieb sie für ein oder zwei Stunden, um zu sehen, wie er sich verhielt, daß er Antonia nicht unnötigen Ärger machte. Anfangs schmerzte es ein wenig, festzustellen, wie anders er da draußen war. Friedlich, sanft, geduldig, ein hohler Kopf mit den Augen einer Eule und dem Gemüt eines alten Ackergauls. Antonias Planspiele gingen auf, eins nach dem anderen.

Einmal saß er neben Andreas am Küchentisch und schaute fasziniert zu, wie Annettes Transistorradio auseinandergenommen und wieder zusammengesetzt wurde.

Als eine winzige Schraube unter den Schrank rollte, war es Ben, der sie fand. Ein andermal stampfte er neben Achim durch den neuen Schweinestall und beobachtete gespannt, wie die Tiere gefüttert wurden. Die schweren Säcke, die Achim über den Boden schleifte, hob Ben sich auf die Schulter.

Mit Tanja und Britta ging er stets behutsam um. Annette und ihre Freundin waren ihm anfangs noch ein Dorn im Auge. Wenn sie in seine Nähe kamen, begann er zu toben und zu schimpfen. Das legte sich aber mit der Zeit. Die beiden Mädchen beachteten ihn nicht, solange er sich aufführte wie ein Wilder. Wenn er damit aufhörte, steckten sie ihm auf Antonias Anweisung Süßigkeiten zu. Im Prinzip war es eine simple, psychologische Erkenntnis: Wohlverhalten lernen durch Lob und Belohnung. Ben lernte es wie jedes andere Kind.

Am frühen Abend brachten Andreas oder Achim ihn zurück zum Anwesen seiner Eltern. Dann blieb er noch eine Weile in der Wildnis neben Trudes Garten, lag im Baumhaus und spähte durch die Schlitze, bis der, der ihn heimgebracht hatte, aus seinem Blickfeld verschwand. Anschließend ahmte er nach, was er im Laufe des Nachmittags auf dem Lässler-Hof gesehen hatte.

In der Scheune fand er einen ausrangierten Eimer und füllte die Tränke damit. Literweise trug er das Wasser durch die Wildnis und goß das wuchernde Unkraut. Er hütete die Disteln wie andere ihre Rosenstöcke. Auf der Apfelwiese sammelte er das Fallobst ein und vergrub es, so daß im Frühjahr 86 zahlreiche Sprößlinge die Erde durchstießen. Sie gingen alle ein, weil er sie regelrecht ersäufte.

Von solchen Beschäftigungen angeregt, nahm Jakob ihn mehrfach mit hinaus und gab sich kurzzeitig der Hoffnung hin, daß man ihn mit ein wenig Anleitung vielleicht doch noch zu sinnvoller Arbeit anhalten könne.

Aber in dieser Hinsicht war alle Mühe vergebens. Es ging nun einmal nicht ohne Maschinen, und die fürchtete er mehr als Jakobs Prügel.

Nach ein paar vergeblichen Versuchen ließ Jakob ihn wieder daheim. Und er verkroch sich in seinem Reich, verbrachte dort den Vormittag, wenn Trude ihm beim Frühstück erklärte, daß er nach dem Mittagessen zum Lässler-Hof gehen dürfe. Vorausgesetzt, er blieb im Garten und sie mußte ihn nicht im Dorf suchen. Das Versprechen zog immer. Bis Trude ihn zum Essen hereinholte, setzte er nicht einmal einen Fuß auf den Feldweg.

Es war diese Ruhe, die Jakob zu der Einsicht brachte, ein neuer Hof im freien Feld sei ein erstrebenswertes Ziel. Und ein Entschluß, den man ohne Zwänge faßte, aus freien Stücken, ohne Druck von seiten des Stadtrats, ohne die Meinung sogenannter wohlmeinender Freunde, solch ein Entschluß hatte seinen Wert. Im Sommer 86 gab Jakob den Auftrag für ein solides Einfamilienhaus, Scheune und Nebengebäude. Man garantierte ihm, die Arbeit zügig voranzutreiben. Noch vor Wintereinbruch sei der Rohbau überdacht.

Es ging tatsächlich mit Riesenschritten voran. Jakob fühlte sich fast ein wenig beschwingt. Mit Ben ins freie Feld, im Haus nur noch er und Trude und vielleicht irgendwann, vielleicht für ein paar Tage oder für immer, die kleine Tanja. Bärbel wollte sich vor dem Umzug ein möbliertes Zimmer in Lohberg nehmen, damit der Weg zur Arbeit nicht so lang wurde. Sie lernte im Büro des Baumarkts Wilmrod den Beruf Buchhalterin.

Trude fuhr oft zur Baustelle, wenn die Arbeit im Haus und in den Ställen getan war. Ben nahm sie jedesmal mit. Wenn sie das Auto nahm, saß er neben ihr. Er fuhr gerne mit ihr, allerdings nur kurze Strecken. Aber wenn er vorne sitzen durfte, hampelte er nicht herum. Wenn sie das Rad nahm, trabte er neben ihr. Dann zeigte sie ihm, wo der Weg am Bendchen und am Bruch vorbei zum Lässler-Hof führte, und ließ ihn draußen, damit er sich an die Gegend gewöhnte.

Meist lief er eine Weile durch den Rohbau, schleppte Steine von einer Seite zur andere, klatschte mit bloßen Händen den Mörtel an Stellen, wo er nicht hingehörte, oder tappte durch den frischen Estrich, bis der Polier ihn verscheuchte.

Danach lief er durchs Feld, erkundete Gebiete, in die er sich bis dahin nie vorgewagt hatte. Wenn er auf irgendeinem Acker Jakob, Paul und Bruno bei der Arbeit entdeckte, hielt er sich in ihrer Nähe, grub mit dem ersten Klappspaten, den er von Trude zum Geburtstag bekommen hatte, Löcher in die Ackergrenze und schloß sie auch wieder. Wenn die Männer abends heimfuhren, lief er in respektvoller Entfernung hinter dem Mähdrescher oder Traktor her zurück ins Dorf.

Im April 87 zogen sie um. Für Trude war es der Beginn eines neuen Lebens. Es gab keine Nachbarn mehr, alle Störfaktoren waren ausgeschaltet. Ben war, wie Trude sich ihn immer gewünscht hatte. Ein Kerl wie ein Baum mit seinen vierzehn Jahren. Einer, der sich kichernd auf dem Boden wälzte, wenn seine Mutter ihn an den Rippen kitzelte. Einer, der abends seine Wange an ihrer Schulter rieb. Einer, der an ein oder zwei Nachmittagen in der Woche zum Lässler-Hof lief. Oft trug er dann den Kasten unter dem Arm, den Toni und Illa von Burg ihm zum bunten Sonntag geschenkt hatten. Er konnte nicht bis drei zählen und zeigte seiner kleinen Schwester und Britta Lässler, wie sich verschieden geformte Holzstücke durch verschieden geformte Öffnungen in einem Rahmen drükken ließen.

Mehr als einmal sagte Antonia nach solch einem Nachmittag zu Paul: «Das war die beste Idee, die ich je hatte. Ich hätte es viel früher tun sollen, dann wäre es gar nicht so weit mit ihm gekommen. Da soll noch einer sagen, er sei bösartig. Er ist ein Schaf, man muß nur freundlich mit ihm umgehen.»

Antonia freute sich mit, als im Mai 87 für Trude und Jakob ein langgehegter Traum in Erfüllung ging. Genaugenommen war es kein Glückstreffer, mit dem Jakob den Vogel abschoß. Es war sorgfältig überlegt und abgesprochen. Schützenkönig, da ging es nicht nur darum, gefeiert zu werden, man mußte es auch bezahlen können, und billig war es nicht. Aber sie hatten eisern darauf gespart und sich beim Hausbau zurückgehalten.

Zum größten Teil war es Trudes Verdienst. Sie verzichtete auf die moderne Einbauküche und das neue Schlafzimmer. Sie begnügte sich mit der alten Couchgarnitur für das neue Wohnzimmer. Sie hielt das Geld beisammen und sorgte dafür, daß Ben beschäftigt war. Für jede Distelblüte, für jede Scherbe, die er ihr aus dem Feld mitbrachte, nahm sie ihn in die Arme. «Da freu ich mich aber, daß du an mich gedacht hast. Du bist mein guter Ben, du bist mein Bester.»

Er bekam rote Ohren von so viel Lob, rannte am nächsten Morgen wieder los, um neue Schätze für seine Mutter zu suchen. Manchmal überkam ihn dabei die Sehnsucht, dann lief er zum Lässler-Hof, hüpfte in wilden Bocksprüngen mit Tanja oder Britta auf dem Rücken über den Hof, spielte Verstecken mit den Kindern oder was ihnen sonst in den Sinn kam.

Während Trude das Kleid anfertigen ließ, das sie als Königin auf dem Schützenball tragen wollte, lag er mit klopfendem Herzen neben Antonias Bett und fieberte dem Moment entgegen, wo die eine oder andere Kinderstimme schrie: «Ich hab ihn!»

Während Trude überlegte, ob sie ihn bei der Fahrt in der offenen Kutsche neben sich haben oder ihn lieber für die Zeit bei Antonia lassen sollte, erkundete er den

Bruch, buddelte zwischen den Trümmerbergen und fand einen kleinen Dreckklumpen, der sich als Kostbarkeit entpuppte, nachdem er ihn minutenlang in den Fingern gedreht und über seine Hose gerieben hatte. Es war der Verlobungsring von Richard Kreßmanns Mutter. Aber das wußte er nicht, er sah nur, daß es in der Sonne blinkte. Damit mußte sich ein dickes Lob herausschinden lassen.

Das bekam er auch. Trude legte den Ring an die Seite, um ihn bei Gelegenheit Richard Kreßmann zu geben. Richard bekam feuchte Augen. Und Trude entschied, Ben die Kutschfahrt durchs Dorf zu gönnen, nahm seine Körpermaße und gab am nächsten Tag einen festlichen Anzug für ihn in Auftrag.

Und an einem Freitagnachmittag im August 87 traf sich Andreas Lässler beim Bendchen mit Sabine Wilmrod. Sabine, ein Jahr älter als Pauls ältester Sohn und als einzige Tochter eines nicht unvermögenden Mannes bereits stolze Besitzerin eines Kleinwagens, wählte für den Rückweg die Strecke am neuen Schlösser-Hof vorbei und durchs Dorf, während Andreas auf dem Feldweg am Bruch entlang nach Hause schlenderte.

Sabine Wilmrod bemerkte bei ihrer Fahrt durch den Ort, daß viele Leute unterwegs waren und alle einen aufgeregten Eindruck machten. Ein Streifenwagen kam ihr entgegen. Die Bevölkerung wurde über Megaphon aufgefordert, Ausschau nach der sechzehnjährigen Ursula Mohn zu halten. Sie gaben eine Beschreibung des Mädchens und machten darauf aufmerksam, daß es sich um eine hilflose Person handle, die nicht einmal ihren Namen angeben könne. Wer das Mädchen sähe, solle es festhalten und umgehend die Familie Mohn, wohnhaft am Lerchenweg, oder die Polizeidienststelle Lohberg verständigen.

Wie Thea Kreßmann später zu berichten wußte, hatte

Frau Mohn ihre Tochter, die sie nach ein paar peinlichen Zwischenfällen nicht mehr ohne Aufsicht im Dorf herumlaufen ließ, am frühen Nachmittag mit auf einen Arztbesuch genommen. Während der Untersuchung ließ sie das Mädchen mit einem Geduldsspiel im Wartezimmer zurück. Und keine der sonst noch anwesenden Personen hielt Ursula auf, als sie kurz nach ihrer Mutter aus dem Raum ging.

Die junge Frau an der Anmeldung hatte gerade telefoniert und nicht darauf geachtet, wer die Praxis verließ. Zwei Passanten hatten wenig später noch gesehen, daß Ursula sich mit offener Bluse auf die Bank am Marktplatz setzte. Wohin sich das Mädchen von dort aus begeben hatte, ob es angesprochen worden und in ein Auto gestiegen war, wußte niemand.

Als Andreas Lässler den Bruch erreichte, war es wenige Minuten nach acht und die Suche nach Ursula Mohn seit einigen Stunden im Gange. Andreas bemerkte eine gebückt zwischen den Trümmerbergen hantierende Gestalt. Er stieg in die Senke, um Ben heimzubringen. Als er näher kam, erkannte er, daß Ben sich an dem leblosen Körper eines Mädchens zu schaffen machte.

Entsetzt rannte Andreas los und erreichte zehn Minuten später völlig außer Atem den elterlichen Hof. Er wollte zu Antonia ins Haus, lief jedoch vor der Tür seinem Vater in die Arme, stotterte und stammelte sichtlich unter Schock stehend, was er gesehen hatte. «Ben ist im Bruch. Mit einem Mädchen. Es ist nackt. Ich glaube, es ist tot.»

Tot war Ursula Mohn nicht, wie Paul wenig später feststellte, jedoch war sie blutüberströmt. Auf den ersten Blick zählte Paul fünfzehn Schnitt- und Stichwunden. Tatsächlich waren es etliche mehr. Auf dem nackten Körper klebten ein Dutzend Blätter von allen möglichen Pflanzen. Als Paul vorsichtig eins fortnahm, kam auch darunter eine Verletzung zum Vorschein.

Der Puls war noch tastbar, der Atem ging regelmäßig, wenn auch flach. Wiederbelebungsmaßnahmen waren nicht erforderlich. Aufgrund der blutenden Wunden hätte Paul sich auch nicht getraut, diese durchzuführen.

Ben hockte neben Ursula Mohn. Er hielt ein Büschel Grünzeug in der Hand. Sein Klappspaten lag ein Stück weiter im Unkraut. Aufmerksam betrachtete er Pauls zitternde Finger und zeigte auf eine Schnittwunde. «Weh», sagte er.

«Ja», bestätigte Paul mit trockener Kehle, richtete sich auf und schaute sich um. Kleidungsstücke entdeckte er nirgendwo. Etwa zehn Meter entfernt bemerkte er aufgeworfene Erde, dort war eine flache Grube ausgehoben. Von ihrer Länge her entsprach sie einem menschlichen Körper.

Für einen Moment schloß Paul gequält die Augen, betrachtete den am Boden liegenden Klappspaten, zeigte zu der flachen Grube und erkundigte sich: «Hast du das Loch gemacht?»

Aus Bens Mund kam nie ein Ja oder Nein. Er nickte oder schüttelte den Kopf, wenn man ihn etwas fragte. Aber wie Trude schon vor Jahren war auch Paul inzwischen zu der Überzeugung gelangt, daß es nicht so sehr von der Frage abhing, mehr von dem Ton, in dem sie gestellt wurde. Paul hatte sich bemüht, mit neutraler Stimme zu fragen. Eine Reaktion bekam er nicht. Stattdessen hob Ben die Hand mit dem Grünzeug, tippte drei der aufgeklebten Blätter an und sagte: «Fein macht.»

«Steh auf», verlangte Paul. «Hast du ein Messer bei dir?»

Ben richtete sich auf und schüttelte den Kopf. «Finger weg», sagte er und fügte mit gedämpfter Stimme an: «Rabenaas.»

Paul nickte. «... ein Schaf, wenn man nur freundlich mit ihm umgeht», hatte Antonia gesagt. Und wenn man nicht freundlich mit ihm umging? Paul dachte an all die Mädchen, die Ben durchs Dorf gejagt und beschimpft, denen er mit einem Messer vor den Augen herumgefuchtelt hatte. Er betrachtete den blutigen Körper mit einem scheuen Blick, schaute noch einmal zwischen dem Spaten und der Grube hin und her und wandte sich erneut Ben zu. Es fiel ihm schwer, sich Bens Ausdrucksweise zu bedienen. Er tat es in der Hoffnung, auf diese Weise eine verständliche Antwort zu erhalten. «Hast du ein Finger weg bei dir? Hast du Rabenaas weh gemacht?»

Wieder schüttelte Ben den Kopf, sehr nachdrücklich und energisch, wie Paul fand. Zusätzlich gab er ein tiefes Brummen von sich und blinzelte mit beiden Augen, wie er es von den Katzen gesehen hatte. «Freund», sagte er.

«Ja, ich bin dein Freund», erklärte Paul mit belegter Stimme. «Laß mich mal in deine Taschen sehen.» Er kam sich schäbig vor dabei. Alles in ihm sträubte sich gegen die Griffe und mehr noch gegen die Konsequenzen, falls er etwas finden sollte.

Geduldig ließ Ben die Prozedur über sich ergehen. Ein Messer fand sich nicht. Paul entdeckte nur ein kleines Geduldsspiel, ein billiges Plastikding, wie man sie auf Jahrmärkten in den Wundertüten fand. Es handelte sich um eine durchsichtige Dose, an deren Boden eine dünne Pappscheibe mit Löchern festgeklebt war. In die Löcher sollten mit ruhiger Hand drei winzige, silberne Kugeln plaziert werden. Zwei der Kugeln stellten dann die Augen einer Katze dar, die dritte bildete die Nasenspitze.

Paul maß dem Spiel keine Bedeutung bei. Mit offensichtlicher Erleichterung nahm Ben die Dose zurück. «Fein macht», sagte er wieder und bewegte sie vorsichtig in der Hand, bis eines der Kügelchen liegenblieb.

Wenige Minuten später erreichte Antonia den Bruch. Sie kam allein und mit dem Wagen, an den Paul im ersten Schreck nicht gedacht hatte. Andreas wartete daheim auf das Eintreffen von Polizei und Notarzt. Er war von seiner Mutter genau instruiert, was er zu sagen und was er zu verschweigen hatte. Nun nutzte Antonia die Zeit, die bis zum Eintreffen der Beamten aus Lohberg blieb, um Bens Spaten im Kofferraum des Wagens verschwinden zu lassen und Paul von der Richtigkeit ihrer Maßnahmen zu überzeugen. «Er hat das nicht getan, Paul! So etwas tut er nicht! Schau doch, er hat sogar versucht, sie zu verbinden mit diesen Blättern.»

Paul war ganz und gar nicht einverstanden, die Polizei zu belügen. Wenn Ben das Mädchen nicht verletzt hatte, würde die Polizei das feststellen, meinte er.

«Und wenn nicht?» fragte Antonia. «Vielleicht halten sie sich an ihm schadlos, nur weil sie keinen anderen finden. Hast du eine Vorstellung, was für ein Gerede es im Dorf gibt, wenn er hiermit in Zusammenhang gebracht wird? Denk doch an Trude. Willst du ihr den Boden unter den Füßen wegziehen?»

Das wollte Paul nicht. Ihm ging auch das Brummen nicht aus dem Kopf, das Ben von sich gegeben hatte. Hatte er versucht, ein Motorengeräusch nachzuahmen? Hatte er vielleicht ein Auto gehört oder sogar gesehen?

«Und wenn schon», sagte Antonia. «Glaubst du, er kann ein Auto beschreiben oder das Kennzeichen nennen? Andreas kann sagen, er hätte etwas gehört. Oder besser noch du. Ja, so machen wir es. Du sagst, du hättest auf der anderen Seite ein Auto gehört, während du hierhergelaufen bist.»

Paul fügte sich, wie er sich immer in Antonias Entscheidungen gefügt hatte. Er half ihr, den widerstrebenden Ben auf den Beifahrersitz des Wagens zu bugsieren. Nachdem Antonia abgefahren war, klaubte Paul sämtliche Blätter von Ursula Mohns Körper und verteilte sie im Gelände.

Uns gab das blutige Grünzeug im Bruch später ein kleines Rätsel auf. Aber lange rätselten wir nicht. Es sah so aus, als sei das verletzte Mädchen in der Senke herumgelaufen. Und es erschien naheliegend, daß Ursula Mohn immer wieder versucht hatte, ihrem Peiniger zu entkommen.

Das schwerverletzte, geistig behinderte Mädchen war der Fall, der mich zum erstenmal ins Dorf brachte. Im Gegensatz zu den Ereignissen im Sommer 95 gab es im August 87 den sicheren Beweis für ein Verbrechen. Wir – mein junger Kollege Dirk Schumann und ich – wurden sofort verständigt. Kurz nach neun am Abend trafen wir am Bruch ein. Zu dem Zeitpunkt lag Ursula Mohn längst auf einem Operationstisch und Ben in der Badewanne.

Erst neun Jahre später erfuhr ich, daß Trude Bens blutverschmierten Jogginganzug umgehend in die Waschmaschine gesteckt hatte. Glücklicherweise war Jakob noch draußen gewesen, als Antonia Ben heimbrachte und die Situation erklärte. Daß er im Bruch gewesen war, erfuhren wir damals nicht. Ich erfuhr 1987 nicht einmal, daß er existierte.

Die Aussagen von Andreas und Paul Lässler waren dürftig, aber es gab keinen Grund, sie anzuzweifeln. Andreas erzählte bereitwillig von seinem Rendezvous mit Sabine Wilmrod und schilderte seinen Heimweg am Bruch entlang. Paul brachte, wie von Antonia verlangt, das Motorengeräusch ins Spiel.

Wir gingen davon aus, daß Andreas Lässler mit seinem Auftauchen den Täter in die Flucht geschlagen hatte. Zwischen den Trümmerbergen und dem Unkraut hätte er sich ungesehen zur anderen Seite davonmachen können. Dann hatte er in seinem Wagen abgewartet, bis Andreas außer Sichtweite war. Die Kleidung des Mädchens entdeckten wir am nächsten Tag unter der aufgeworfenen

Erde aus der flachen Grube. Die Tatwaffe fanden wir nicht – und nie den Täter.

Aufgrund der Aussagen und der Situation am Fundort stellte sich für uns die Lage folgendermaßen dar: Der Täter hatte Ursula Mohn am Marktplatz gesehen und in einem unbeobachteten Moment in seinen Wagen steigen lassen. Er war mit ihr hinausgefahren, hatte sich dem Bruch von der Rückseite genähert, was den Vorteil hatte, daß der Wagen unbemerkt blieb und es unmöglich war, brauchbare Reifenspuren zu sichern. Der Weg auf der Rückseite war in noch schlechterem Zustand als der, der normalerweise genutzt wurde.

Das einzige Risiko für den Täter hatte darin bestanden, daß er am Lässler-Hof vorbeifahren mußte, sowohl auf dem Hin- als auch auf dem Rückweg. Antonia hatte, was den Tatsachen entsprach, kein Auto gehört. Sie hatte sich im Haus beschäftigt. Paul und Achim Lässler hatten am späten Nachmittag und frühen Abend im Schweinestall zu tun gehabt und auch nichts bemerkt. Aber man registrierte es auch nicht immer bewußt, wenn in der Nähe ein Auto vorbeifuhr.

Ursula Mohns Schreie wären aus mehr als einem Kilometer Entfernung nicht mehr zu hören gewesen. Auf den Feldern in der Nähe des Bruchs war an dem Tag nicht gearbeitet worden. Keine Zeugen! Und eine derart günstige Situation konnte theoretisch nur jemand nutzen, der mit den Gegebenheiten des Dorfes vertraut war und über die nötigen Ortskenntnisse verfügte.

Daß Ursula Mohn alleine bis in die Nähe des Bruchs gelangt und erst dort mit dem Täter zusammengetroffen sein könnte, zogen wir nach den Aussagen von Paul und Andreas Lässler nicht in Betracht. Obwohl die Zeit für einen langen Fußmarsch gereicht hätte. Zwischen ihrem Verschwinden am Nachmittag und ihrer Entdeckung lagen etliche Stunden. Daß sie in der Arztpraxis noch mit der Plastikdose aus einer Jahrmarktswundertüte gespielt hatte, über die Trude sich am Abend wunderte, fand nirgendwo Erwähnung.

Daß Ben das Geduldsspiel nur gefunden hatte, ist auszuschließen. Er wäre kaum von alleine darauf gekommen, daß die Kügelchen in die Löcher gerollt werden sollten. Aber Kleinigkeiten geraten leicht in Vergessenheit. Und gegen Lügen ist man machtlos, wenn sie überzeugend klingen.

Als Antonia lange Jahre später endlich die Wahrheit sagte, fragte ich sie fassungslos: «Was haben Sie sich dabei gedacht?»

«Ich wollte Trude die Aufregung ersparen», antwortete sie. «Es hatte immer wieder Gerede gegeben. Ich dachte, wenn die Polizei sich mit Ben beschäftigt ...»

«Und an die Mädchen im Ort», fragte ich, als sie mitten im Satz abbrach, «haben Sie nicht gedacht?»

Antonia schwieg, sie machte eine hilflose Geste, dann begann sie zu weinen. Das sehe ich heute noch vor mir.

26. August 1995

Während Jakob noch versuchte, bei Heinz Lukka etwas über den Verbleib der jungen Amerikanerin mit dem schicksalsträchtigen Namen zu erfahren, saß Trude mit verschränkten Händen am Küchentisch. Das Denken fiel ihr ungewohnt schwer. Ben hatte sich, nachdem Jakob weggefahren war, in sein Zimmer verkrochen, sich wieder bäuchlings aufs Bett gelegt und das Gesicht dem Fenster zugedreht. Und Trude wußte jetzt, warum er ihre Gesellschaft mied.

Wäre nicht innerlich alles so trocken gewesen, hätte sie vielleicht weinen können. So blieb nur ein bißchen Hoffnung, daß er ihr die Schnitte im Rücken verzieh, wie er ihr bisher alles verziehen hatte, weil sonst niemand da war, der seine Brote schmierte, seinen Hintern wusch und ihm das Hemd zuknöpfte.

Nachdem sie eine Weile gesessen hatte und all das Schwere ein wenig tiefer gerutscht war, verließ sie das Haus durch den Keller, zog Gummistiefel an, holte die Mistgabel und ging in den Schweinestall, um sich mit Arbeit ein wenig abzulenken.

Mit nur zwei Schweinen hatte sie im Vergleich zu früher, als der Stall noch voll war, kaum Arbeit. Die Tiere waren zutraulich wie Hunde, rieben sich an ihren Beinen und stießen sie mit dem Maul an. Trude tätschelte mal dem einen, mal dem anderen den speckigen Rücken und ließ ihrem gesamten Elend freien Lauf.

«Er muß was auf dem Rücken getragen haben», sagte sie zu sich oder zu den Schweinen. Und irgendwer antwortete mit ihrer Stimme: «Natürlich hat er was auf dem Rücken getragen. Einen stark blutenden Körper.»

Es war, als ob sich außer den Schweinen noch jemand im Stall aufhielt. Er stand immer direkt hinter Trude, so daß sie ihn nicht sehen konnte. Und er benutzte ihre Stimme. Es mußte ihr Verstand sein.

«Das glaube ich nicht», widersprach Trude ihrem Verstand. «Es muß was Kleineres gewesen sein. Wenn er die Frau getragen hätte, wäre sein Hemd auch vorne dreckig geworden und an den Armen. Da war es aber sauber, die Hose auch. Und die Jacke hat nichts abbekommen. Als er sich die umhängte, muß sein Hemd schon wieder trocken gewesen sein.» Inzwischen war sie dabei, das triefende Stroh in die Schubkarre zu laden. Wenig später ging sie zur Scheune, um auf dem Zwischenboden etwas frisches zu holen. Paul Lässler hatte nichts dagegen, wenn sie sich an seinem Bestand bediente. In dem modernen Schweinestall brauchte er kaum noch etwas davon.

Als sie die Leiter hinaufstieg, bemerkte sie bei der Luke einen dunklen Fleck auf den Holzbohlen. Seine Bedeutung begriff sie erst, als sie weiter hinten einen losen Strohhaufen aufnahm. Darunter lag er, ein Rucksack aus dunkelblauem Perlonstoff, der vom Blut ebenso steif war wie Bens Hemdrücken.

Trude vergaß die beiden Schweine, die jetzt auf nacktem Beton standen. Der blutsteife Beutel war das Ende jeder Hoffnung. Er war groß, aber nicht groß genug, einen Menschen darin zu transportieren, jedenfalls nicht komplett. In Einzelteilen, dachte Trude, fühlte ein heißes Würgen in der Kehle, sah sich von abgeschlagenen Fingern, abgetrennten Beinen, von aufgeschnittenen Rümpfen und herausgerissenen Eingeweiden umgeben.

Ein Metzger, ein Schlächter, ein Haarmann!

Sie erinnerte sich noch an das Lied, das sie als Kinder gesungen hatten. An den Fall selbst nicht, das war vor ihrer Geburt gewesen. Sie wußte nur, was man sich darüber erzählt hatte. Grauenhafte Dinge; kleine Buben und junge Männer durch den Fleischwolf gedreht und zu Wurst verarbeitet. Und sie hatten ein Spottlied daraus gemacht. «Warte, warte noch ein Weilchen, dann kommt Haarmann auch zu dir. Mit dem kleinen Hackebeilchen klopft er leis' an deine Tür.»

Hackebeilchen!

Abgeschlagene Finger!

Das Pendel Mutterherz schlug wieder in Richtung Unschuld. Abgeschlagen, nicht abgeschnitten, da war sie völlig sicher, hatte der Anblick der Wundstellen sie doch an den Finger ihres Vaters erinnert, der war abgehackt worden. Und Ben hatte höchstens mal ein Messer. Man konnte zwar auch mit einem großen, scharfen Messer zuschlagen. Doch in der vergangenen Nacht hatte er nur eins vom Eßbesteck bei sich gehabt, mit Wellenschliff und abgerundeter Klinge. Und damit einen Körper so zu zerlegen, daß er sich in einem Rucksack transportieren ließ, erschien Trude unmöglich.

Daß sich seit fünfzehn Jahren ein Springmesser in seinem Besitz befand, daß es manchmal unter zusammengeschobenem Stroh auf dem Zwischenboden lag und manchmal irgendwo draußen in einem Erdloch, wußte Trude nicht. Sie hatte die Waffe, mit der höchstwahrscheinlich Althea Belashi getötet worden war, die Ben entweder in Gerta Frankens Garten oder eher noch neben dem Pütz gefunden hatte, in all den Jahren nie bei ihm gesehen. So dumm war er nicht einmal mit sieben Jahren gewesen, nicht zu wissen, daß seine Mutter ihm diesen Schatz auf der Stelle weggenommen hätte, wäre es ihr unter die Augen geraten.

Trude bückte sich, griff nach einem der Tragegurte, an denen sich wie vor Wochen an Svenja Krahls Handtasche nur die verschmierten Abdrücke blutiger Finger befanden, und zog den steifen Rucksack traumverloren hinter sich her zur Luke. Als sie ins Haus ging und die Treppe hinauf zu seinem Zimmer stieg, wußte sie noch nicht, was sie als nächstes tun sollte. Aber dann ging es automatisch.

Sie öffnete die Tür, schaute mit einem liebevollen Blick zum Bett und sagte: «Du bist doch mein guter Ben. Du bist mein Bester. Zeig mir, wo du das hingelegt hast, was hier drin war.» Dabei hielt sie den Rucksack am ausgestreckten Arm von sich. «Wenn du es mir zeigst, gibt es etwas Feines zur Belohnung. Ein Kuchen bei Sibylle und ein großes Eis. Jetzt komm, ich tu dir nicht weh, bestimmt nicht. Ich nehme es dir auch nicht weg. Ich will es nicht haben. Ich will es nur mal sehen.»

Er drehte den Kopf zur Seite und war auch mit viel gutem Zureden nicht zum Gehorsam zu bewegen. Ehe sie ihn dazu brachte, aufzustehen und ihr zu folgen, mußte sie ein Vanilleeis aus der Gefriertruhe holen. Bei der Gelegenheit stopfte sie den Rucksack unter den Haufen alter Kleidung, den sie für die nächste Kleidersammlung aussortiert hatte. Ihn jetzt zu verbrennen, fehlte die Zeit.

Dann lief er vor ihr her, die Eiswaffel in der Faust, nicht in Richtung Bruch, wie sie gedacht hatte. Er hielt sich auf dem Weg und bog bei der Abzweigung nach links. Es ging zur Apfelwiese, das wurde rasch klar. Trude hetzte und keuchte hinter ihm her am Stacheldraht entlang, rechnete damit, daß er haltmachte und sich unter dem Draht durcharbeitete. Aber er lief bis zum letzten Holzpflock, blieb endlich stehen und schaute sich nach ihr um. Als er sah, daß seine Mutter noch hinter ihm war, schob er sich behutsam Stück für Stück seitlich am Zaun entlang und nach etwa acht Metern vorsichtig in die dornige Wildnis, die einmal Gerta Frankens Garten gewesen war.

Trude sah nur noch seinen Kopf über das Gesträuch ragen. Er steuerte auf den Birnbaum zu. Es war ein Fehler, ihm das Eis sofort zu geben, dachte Trude. «Nein, nein», rief sie, preßte beide Hände auf die stechende Brust. «Komm wieder her, du sollst nicht in den Baum steigen.» Sie griff in die Kitteltasche, hielt einen mit Haselnüssen gefüllten Schokoladenriegel hoch, damit er zurück auf den Weg kam.

«Gehen wir zum Bruch», sagte sie. «Du zeigst mir, wo du heute morgen warst, wo du immer die feinen Sachen findest.»

Er aß erst einmal, dann lief er wieder vor ihr her den gesamten Weg zurück zum Hof und daran vorbei. Mehr als zwei Kilometer. Trude war mit ihrer Kraft fast am Ende. Immer wieder mußte sie stehenbleiben und nach Atem ringen. Er blieb ebenfalls stehen und wartete, bis sie wieder neben ihm war.

Nach mehr als einer Stunde erreichten sie die Kante zum Bruch. Er schaute sich erwartungsvoll nach ihr um.

Sie kam langsam und schleppend die letzten Meter, blieb auf der Kante stehen, während er in die Senke hinunterstieg.

Trude rang nach Luft und drängte: «Wo hast du es vergraben?» Damit er auch wirklich verstand, was er ihr zeigen sollte, fügte sie mit leichtem Stocken hinzu: «Wo ist das ... Rabenaas? Es war doch im Rucksack. Wo hast du es hingelegt?»

Er stand unten, etwa fünfzehn Meter von ihr entfernt neben einem moosüberwachsenen Trümmerberg. Es schien, als wolle er einige Brocken herausziehen. Doch nach ihren Worten setzte er sich erneut in Bewegung und kam die Kante wieder herauf.

Dann lief er weiter auf dem schmalen Weg, der zum Lässler-Hof führte. Trude hetzte ihm nach und wußte nicht, woher sie die Luft für den nächsten Atemzug nehmen sollte. Sie sah Jakobs alten Mercedes vor Lässlers Haus stehen. Es war ein Moment von Aufgebenwollen. Bei Antonia ein wenig verschnaufen. Sich von Jakob heimfahren lassen. Und ihm erklären müssen, wo sie gewesen und was sie dort gesucht hatte? Sie lief weiter. «Nicht so schnell, Ben», keuchte sie. «Ich kann nicht mehr.»

Hundert Meter weiter, zweihundert Meter, er hielt sich jetzt neben ihr und musterte sie besorgt von der Seite. «Weh?» fragte er.

«Ja, ein bißchen.» Trude rieb mit der Hand über die Rippen, hinter denen es stach und brannte. «Es ist das Herz. Aber es geht schon. Ich kann nur nicht so schnell laufen wie du. Wie weit ist es denn noch? Wo bringst du mich hin?»

«Rabenaas», sagte er.

Trude mußte stehenbleiben, weil das Herz in dem Moment für einen Schlag aussetzte. Sie kniff die Augen zusammen, als der Schwindel das Hirn erfaßte und eine

Handtasche, zwei abgetrennte Finger, ein neongelbes Unterhöschen und den blutgetränkten Rucksack darin herumwirbelte. Hinter den Rippen polterte es wieder los, der Kopf füllte sich mit Rauschen und Brausen, als wüte ein Sturm darin.

Rabenaas! Noch vierhundert Meter bis zum Mais. Er lief weiter, sie folgte ihm wie mit Bleigewichten an den Füßen, den Kopf voll mit diesem widerlichen Summen und Brausen. Als Jakobs Mercedes neben ihr hielt, zuckte sie zusammen wie unter einem Schlag. Sie hatte ihn nicht kommen hören.

Nachdem sie sich von dem Schreck erholt hatte, stieg sie ein, nur noch dankbar, nicht weiterlaufen und nicht sehen zu müssen, wozu sie ihn aufgefordert hatte, es ihr zu zeigen. Morgen, dachte sie, oder am Montag, wenn es mir bessergeht und Jakob bei der Arbeit ist, versuchen wir es noch mal.

Ben war auch mit gutem Zureden nicht zu bewegen, ins Auto zu steigen. Jakob fuhr langsam vor ihm her, vergewisserte sich im Innenspiegel, daß er folgte, und erkundigte sich, was Trude draußen gesucht habe.

«Ich dachte», sagte sie, «vielleicht zeigt er mir, wo er die Jacke gefunden hat.»

«Und», drängte Jakob. «Hat er es dir gezeigt?»

Sie schüttelte nachdrücklich den Kopf, ehe sie antwortete: «Er hat überhaupt nicht verstanden, was er mir zeigen sollte.» Die Angst, daß er jetzt noch haltmachte und Jakob zum Nachschauen bewegte, tobte wie ein wildes Tier durch ihre Eingeweide.

Jakob schaute wieder kurz in den Rückspiegel, sah Ben in seinem gewohnten Trab dem Mercedes folgen und bog bei Lukkas Bungalow in den breiten Weg ein. Dabei erzählte er von seinem Versuch, etwas in Erfahrung zu bringen, und der Erfolglosigkeit. Als er erwähnte, daß die gesamte Familie Lässler beim Kaffee gesessen hatte, hörte er

Trude mühsam nach Atem ringen. «Was ist los?» fragte er.

Trude war sicher, daß Annette mit Albert Kreßmann über Jakobs Besuch und den Grund sprach. Und Albert hatte Ben gesehen – mit der Jacke. «Da fällt mir gerade ein», flüsterte sie so leise, daß Jakob sie kaum verstand. «Als ich ihn rausgelassen hab heute morgen ... Es kann sein, daß er die Jacke nicht auf dem Weg gefunden hat. Als er heimkam, ich meine, da wäre er vom Bruch gekommen.»

«Du meinst?» fragte Jakob scharf. «Da kommst du doch jetzt auch her. Dann erzähl mir doch nicht, er hätte nicht verstanden, was er dir zeigen sollte! Verdammt noch mal, lüg mich nicht an. Du hast mich heute nachmittag auch belogen, gib es zu! Er war nicht im Bett, er war draußen. Wir fahren zurück.»

Zuletzt war er immer lauter geworden. Er trat auf die Bremse, schaute in den Rückspiegel. Aber hinter ihnen war niemand mehr zu sehen. «Verdammt», fluchte Jakob. «Wo bleibt er denn?»

Trudes Herz stockte erneut, im Hirn zuckte nur ein Gedanke. Nicht jetzt! Jakob legte den Rückwärtsgang ein. Mit nach hinten gewandtem Kopf fuhr er bis zur Kreuzung, konnte nun die vier Wege einsehen. Keine Spur von Ben. «Das gibt's doch nicht», zischte Jakob. «Wo ist er hin?»

Der Mais, dachte Trude, sie liegt im Mais! Da kann Heinz ihm von der Terrasse aus bequem zuschauen, da muß er sich nicht mal die Schuhe dreckig machen. Gott steh uns bei! Wenn er sie jetzt rausholt, das halte ich nicht aus.

Ben war tatsächlich in den Mais getaucht, hüpfte auf der Stelle, schoß bei jedem Sprung mit Kopf und Schultern über die Pflanzen hinaus, winkte mit beiden Händen und rief: «Freund!»

Trude und Jakob hörten ihn rufen, Heinz Lukka hörte ihn ebenfalls. Die Terrassentür stand weit offen. Heinz Lukka trat auf die Terrasse hinaus, winkte zu Ben hinüber, hörte das Brummen des Dieselmotors und ging zur Hausecke. Er sah Jakobs Wagen bei der Abzweigung stehen und kam langsam näher. Als er den Mercedes erreichte, drehte Jakob die Scheibe ganz herunter und rief: «Los, Ben, mach, daß du herkommst.»

«Laß ihn doch», meinte Heinz Lukka. «Ich bin sowieso gleich draußen. Da kann er bei mir bleiben.»

«Kann er nicht», sagte Jakob. «Ich hab auch was mit ihm zu tun. Und er muß nicht den Mais platt machen.»

«Platt machen», wiederholte Heinz Lukka und lächelte. «Ich glaube, er hätte den ersten Halm noch zu knicken.» Das Lächeln erlosch. «Hast du etwas von Frau Stern gehört?» fragte er.

Jakob schüttelte den Kopf. Trude fühlte, wie ihr Herz sich erneut verkrampfte. Heinz Lukka schaute über das Wagendach in Richtung Landstraße. «Ich auch nicht», sagte er. «Ich dachte, sie hätte vielleicht für den Rest der Nacht ein Zimmer genommen in Lohberg. Ich habe herumtelefoniert, aber abgestiegen ist sie nirgendwo. Sie kann natürlich auch zum Bahnhof sein und dort gewartet haben. Der erste Zug ging kurz nach sechs. Denkst du immer noch, du müßtest die Polizei einschalten? Ich meine, wegen einer verlorenen Jacke muß man keinen Aufstand machen. Sie wird längst in einem Flugzeug sitzen.»

Trude hörte ihn reden, hörte Jakob antworten und verstand kein Wort von dem, was gesagt wurde. Sie sah nur Ben aus dem Mais kommen, sah den blutsteifen Rucksack in der Scheune liegen. Wenn er nun Blut an den Händen hatte oder an den Schuhen ... «Ich kann nicht mehr», murmelte Trude. «Ich krieg keine Luft.» Die letzten Worte waren nur noch ein Röcheln.

Jakob erschrak. Leichenblaß war sie. Ihre Lippen hatten sich blau gefärbt. «Entschuldige, Heinz», sagte er eilig. «Ich muß Trude nach Hause bringen.»

«Ja, natürlich.» Heinz Lukka beugte sich herunter und nickte Trude aufmunternd zu. Auch er erschrak, als er sie sah. Und Trude sah nur den Mais.

«Komm, Ben», rief Jakob noch einmal, ließ den Wagen wieder langsam vorwärts rollen, diesmal nur im Schritt. Er ließ die Augen nicht von Trude. Sie saß neben ihm, als könne jeder Atemzug der letzte sein. Ihre mühsam krampfhaften Atemzüge schnitten auch Jakob die Luft ab. Er warf kaum noch einen Blick in den Rückspiegel, hatte nur noch Angst, Trude könne zusammenbrechen – oder sterben.

Zusammenbruch

Nachdem Ursula Mohn im August 87 im Bruch beinahe verblutet und vielleicht lebendig begraben worden wäre, löste sich für Trude der Traum, auf dem Schützenball als Königin zu tanzen, in Rauch und Asche auf. Auch wenn es anscheinend keine Zeugen gegeben hatte, wußte jeder, was tatsächlich geschehen war. Thea Kreßmann sorgte dafür, daß jeder im Dorf erfuhr: Ben hatte an jenem Nachmittag nicht unter Antonias Aufsicht auf dem Lässler-Hof gespielt. Antonia log das Blaue vom Himmel herunter und stiftete sowohl ihren Mann als auch ihren armen, herzkranken Sohn an, mit ihr um die Wette zu lügen.

Der Schützenverein vertrat unter Richard Kreßmanns Führung die Ansicht, es sei unter diesen zweifelhaften Umständen unmöglich, daß Jakob und Trude sich in der offenen Kutsche durchs Dorf fahren ließen, womöglich ihren Sohn in der Mitte. Ohne viel Aufhebens übernahm Richard das Amt, und Jakob trat aus dem Verein aus.

Es schien nur eine Frage der Zeit, bis Trude unter der Last ihrer Schuldgefühle zusammenbrach. Doch damit ließ sie sich Zeit. Als es endlich geschah, waren die Diskussionen, daß man nun mit zwei Mördern im Dorf lebte und Gerta Franken es immer prophezeit hatte, fast schon wieder verstummt. Kaum einer nahm noch Notiz davon, daß die wunde Seele sich ein Ventil gesucht hatte. Nicht einmal Trude sah noch einen Zusammenhang.

Sie war in dem Herbst einundfünfzig Jahre alt, doch funktionierte ihr Körper wie der einer Zwanzigjährigen – alle vier Wochen. Sie hatte es sich nie leisten können, um ihr Frausein viel Aufhebens zu machen. Es wäre ihr undenkbar gewesen, sich mit einem Migräneanfall ins Bett zu legen, wie Maria Jensen es tat. Sie hatte keine Zeit für Bauchkrämpfe, die Thea Kreßmann allmonatlich heimsuchten. Sie klagte nicht einmal über leichtes Unwohlsein wie Antonia und Renate Kleu. Was kam, das kam, und Trude brachte es hinter sich, ohne einen überflüssigen Gedanken daran zu verschwenden.

Doch im November 87 wollte es kein Ende nehmen. Die ersten Tage vergingen noch wie gewohnt. Die erste Woche verging, und kein Anzeichen des Nachlassens. Die zweite Woche brach an, allmählich spürte Trude eine gewisse Müdigkeit. Erst Anfang der dritten Woche hörte es auf. Und nach nur zwei Wochen ging es von neuem los, schlimmer als zuvor. Manchmal hatte es den Anschein, als wolle sie ausbluten und es auf diese Weise hinter sich bringen.

Bis in den Februar 88 plagte sie sich, machte sich Sorgen, weil die Kraft nachließ. Die Müdigkeit wollte nicht mehr weichen. Kaum aus dem Bett, hätte sie sich am liebsten wieder hineingelegt und nur noch geschlafen.

Es war bereits Ende Februar, als Trude sich auf eindringlichen Rat Antonias aufraffte und einen Termin beim Gynäkologen in Lohberg vereinbarte. Recht war es ihr nicht. «Ich kann mich nicht für drei oder vier Wochen ins Krankenhaus legen.»

So lange hatte die Sache bei Hilde Petzhold gedauert. Daran erinnerte Trude sich nur zu gut. Zuerst eine Ausschabung, dann ein paar Tage warten, bis der Befund kam, danach die schwere Operation. Anschließend hatte Otto gesagt: «Das wird nichts mehr» und den Hof aufgegeben.

«Jetzt mach dich nicht verrückt», sagte Antonia. «Vielleicht hat es nur etwas mit den Hormonen zu tun. Dann bekommst du ein paar Pillen, und die Sache gibt sich.»

Doch so einfach war es nicht. Das Krankenhaus mußte sein, zwei Wochen, meinte der Arzt. Eine Woche höchstens, sagte Trude und überlegte mit Jakob, wie sie diese Woche hinter sich bringen könnten.

Irgendwie ginge es schon, meinte Jakob leichthin. Der Zeitpunkt sei ja günstig. Noch war der Boden gefroren, da konnte man draußen überhaupt nichts tun. Wenn es im Frühjahr passiert wäre, hätte es anders ausgesehen. Aber jetzt, dabei lachte Jakob, um ihr zu zeigen, daß es wirklich nicht so tragisch sei, komme er schon zurecht.

An einem Montag Ende Februar stieg Trude, den Mantel über dem Arm und das kleine Köfferchen in der Hand, in ein Taxi. Sie winkte noch einmal zu Ben hinüber. Er stand neben Jakob bei der Haustür, beäugte mißtrauisch das Taxi und trat nervös auf der Stelle. Jakob hatte ihm einen Arm um die Schultern gelegt, um ihm zu zeigen, daß er nicht alleine blieb. Trude hatte ihm zuvor ausführlich erklärt, daß sie Weh habe und zum Doktor müsse für ein paar Tage. Aber bald sei sie wieder da. Und bis dahin bekäme er jeden Abend ein großes Eis vom Vater. Er müsse nur lieb sein und beim Vater bleiben.

Es schien, als habe er sie verstanden. Doch kaum rollte das Taxi vom Hof, schüttelte Ben Jakobs Arm ab und hetzte wie von einer Bremse gestochen hinter dem davonfahrenden Mercedes her. «Finger weg!» brüllte er. Jakob lief ihm nach, aber so schnell war er nicht.

Trude tippte dem Fahrer auf die Schulter und bat ihn, anzuhalten, damit sie sich noch einmal von ihrem Sohn verabschieden und ihm klarmachen konnte, daß er beim Vater bleiben müsse. Aber was Trude auch sagte, es wirkte nicht. Es war ein herzzerreißender Abschied, in dem er wohl zwanzigmal nach Trudes Handgelenk griff, mit beiden Händen daran zerrte, daß sie sich kaum im Wagen halten konnte. Er schüttelte den Kopf mit einer Miene, als stehe ihm der Weltuntergang bevor, murmelte Finger weg und weh.

Trude ließ ihn gewähren, strich ihm über das lockige Haar, drückte sich sein Gesicht gegen die Schulter, damit er ihre Tränen nicht sah, und flüsterte: «Ich hab nur ein bißchen weh. Aber ich komme bald zurück. Das habe ich dir doch versprochen. Es ist nur für ein paar Tage. Jetzt sei lieb.»

Jakob, dem der Halt des Taxis Gelegenheit gegeben hatte, Ben einzuholen, machte der Sache ein Ende. Mit ein paar energischen Worten brachte er Ben dazu, Trudes Arm loszulassen, dann hielt er ihn fest, bis der Wagen außer Sicht war. Ben trottete mit gesenktem Kopf neben ihm zurück und murmelte ein paarmal Rabenaas. «Das will ich nicht mehr hören», sagte Jakob streng. «Mutter ist kein Rabenaas. Sie läßt dich nicht im Stich.»

Ben verkroch sich im Hühnerstall. Auch der Teller voll Rührei, mit dem Jakob ihn in die Küche lockte, half nicht viel. Er kam zwar mit, doch dann saß er am Tisch und schaufelte den gelben Berg mit trübsinniger Miene in sich hinein.

Jakob versorgte das Vieh, suchte aus Trudes Vorräten

eine Tafel Nußschokolade und etliche Schokoladenriegel heraus, steckte sich alles in die Hosentasche und lockte Ben mit einem Vanilleeis ins Freie, um ihn ein wenig abzulenken.

Es war der erste gemeinsame Spaziergang, das Debüt sozusagen. Und es war das erste Mal, daß Jakob zu seinem Sohn sprach wie zu einem Menschen, der ihm selbst in nichts nachstand, der raten und helfen konnte. «Glaub nur nicht, daß du der einzige bist, der sie vermißt und Angst um sie hat», begann er.

Und es war nur der bedrückte Ton, der Ben dazu brachte, an seiner Seite zu bleiben. War er ihm zuerst mit verzweifelter Miene gefolgt, drückte sein Gesicht bald eine gewisse Aufmerksamkeit aus. Hin und wieder nickte er und gab Jakob das Gefühl, daß er verstanden wurde, daß sein Sohn die Sorge um Trude ebenso empfand wie das unterschwellige Bewußtsein von Furcht. Wenn es nun doch etwas Schlimmes war? Hatte es nicht bei Pauls Mutter genauso angefangen? Und die war daran gestorben. Was sollte dann werden aus ihm und aus Ben?

«Das Gerede hat Mutter krank gemacht», sagte Jakob. «Ich hätte nicht übel Lust, Thea das Maul mit dem Dreck zu stopfen, den sie verbreitet. Wir hätten den Spieß umdrehen sollen, Thea anzeigen wegen Verleumdung. Vielleicht tu ich's noch. Da scheiß ich auf Richards Geld. So arm bin ich auch nicht, daß ich mir keinen guten Anwalt leisten kann. Aber einen wirklich guten, nicht so einen Arschkriecher wie Lukka. Den kann Richard nehmen.»

«Freund», sagte Ben.

Jakob schüttelte energisch den Kopf. «Quatsch. Lukka ist eine linke Zecke. Er tut freundlich, und wenn man den Rücken gedreht hat, bückt er sich nach einem Stein. Er hat dir schon mehr als einen Stein in den Weg geworfen, und eines Tages wirst du drüber stolpern. Wenn ein Mensch gutmütig und harmlos ist, muß ich es nicht allen erzählen. Über Tatsachen muß man nicht reden. Wenn man es tut, und wenn man es so oft tut wie Lukka, fangen die Leute an zu zweifeln. Der kann mir nicht erzählen, daß er dich mag.»

Jakob war bei seinem Lieblingsthema, sprach kreuz und quer über die Demütigungen, die ihm als Vater von einem angeblich wohlmeinenden Bürger, in Wirklichkeit jedoch von einer linken Zecke zugefügt worden waren. Darüber kam er wieder auf Thea Kreßmann und deren Behauptung, Ben habe das behinderte Mädchen vom Lerchenweg verletzt.

«Ich meine», sagte Jakob, «es ist ein großer Unterschied, ob ich einer Puppe ein Loch in den Bauch steche oder einem Menschen, der zu bluten und zu schreien anfängt. Weißt du, was ich denke? Ich sollte das nicht sagen, aber hier hört uns ja keiner. Wenn dem Mädchen einer Gewalt angetan hätte, zusätzlich, meine ich, da käme so schnell keiner auf die Idee, du wärst es gewesen. Das würden sie dir nämlich nicht zutrauen. In deinem Alter fängt das ja gerade erst an.»

Jakob betrachtete Ben von der Seite. Gerade fünfzehn Jahre alt geworden und schon größer als er selbst. Die Schultern um einiges breiter, die Hände um einiges kräftiger. Aber das Gesicht, es war noch ein Kindergesicht mit weichen Konturen. Die Augen von langen, gebogenen Wimpern beschattet, darunter ein sanfter Blick. Dann fiel ihm Bruno Kleus Bemerkung ein: «Wenn er jetzt schon reihenweise Puppen vögelt ...» Geändert hätte sich wohl kaum etwas am Gerede, wenn Ursula Mohn vergewaltigt worden wäre.

Jakob seufzte und sprach weiter: «Das ist eine Sache, die mir nicht in den Kopf will. Warum vergreift sich einer an einem Mädchen, sticht und schneidet nur blindwütig drauflos und tut ihm sonst nichts? Es ist mir schon klar, daß ein paar Leute dabei an dich denken. Aber es soll auch ältere geben, die nicht können. Und das macht sie fuchsteufelswild. Da lassen sie ihre Wut auf so eine Art raus. Aber da muß einer doch richtigen Haß haben, wenn er ein armes Ding, das sich nicht wehren kann, so zurichtet.»

Sie schlenderten in weitem Bogen durch die Dunkelheit zurück. Jakob hatte die Lampe neben der Haustür brennen lassen. Als er das fahle Licht wieder vor sich sah, war ihm ein wenig leichter. Er machte Abendbrot, danach saßen sie noch eine Weile in der Küche beisammen. Aber seit sie das Haus betreten hatten, war Ben wieder nur Ben. Mit sichtlicher Unruhe huschten seine Augen umher, glitten über Tisch und Schränke, über Jakobs Gesicht und immer wieder zur Tür.

«Eine Woche höchstens», sagte Jakob. «Das hat sie versprochen. Morgen früh wird sie operiert, am Nachmittag besuchen wir sie. Da mußt du aber ganz lieb sein. Und nächste Woche um die Zeit sitzen wir hier wieder zu dritt. Auch wenn sie noch nicht so kann, wie sie will, Hauptsache, sie ist wieder bei uns.»

Kurz vor zehn brachte Jakob ihn hinauf, steckte ihn für eine halbe Stunde in die Badewanne. Auch eines der Mittel, mit denen Trude gewisse Launen bei ihm bekämpfen konnte. Und bei Jakob, der es sich für die halbe Stunde auf dem Klodeckel gemütlich machte und eine Zigarette rauchte, zeigte sich ebenfalls ein bißchen Wirkung. Anschließend frottierte er ihn trocken und veranlaßte ihn zu einem glucksenden Kichern, als er mit einem Handtuchzipfel zwischen den Zehen rieb. Als er ihn endlich ins Bett brachte, war Jakob überzeugt, er habe die Situation im Griff.

Er legte sich ebenfalls schlafen, lag aber noch eine Zeitlang wach, fragte sich, wie es Trude in diesem Augenblick ergehen mochte, und schlief darüber ein. Gegen drei erwachte er vom Schlagen einer Tür. Draußen war starker

Wind aufgekommen. Was da schlug, war die Haustür, die Jakob ab- und Ben aufgeschlossen und nicht richtig hinter sich zugezogen hatte, als er das Haus verließ.

Wie man einen Schlüssel in der Tür drehte, hatte er auf dem Lässler-Hof gelernt. Und höchstwahrscheinlich hatte er am Bruch die Verbindung zwischen blutenden Wunden und einem hellen Mercedes hergestellt, hatte zum zweitenmal erlebt, daß andere keinen Unterschied machten zwischen Mensch und Tier, daß ein Mädchen nicht mehr Wert haben konnte als ein Huhn oder eine Katze.

Er war unschuldig an Ursula Mohn, unschuldig an jedem Küken, das in seiner Hand verreckte, an jeder Raupe, jedem Käfer, an jedem Leben, das zerdrückt in seinen Hosentaschen angekommen war. Schuld war nur die Kraft in seinen Fäusten, die der Kopf nicht steuern und nicht bremsen konnte, weil es keine Vorrichtung zum Steuern und Bremsen gab.

Sein Kopf war wie ein Irrgarten, in dem niemand den richtigen Weg finden und an ein Ziel gelangen konnte. Er gewiß nicht. Er trottete nur ewig im Kreis herum, getrieben von diffusen Wünschen, Begierden und Ängsten. Zärtlichkeit, etwas anderes hatte er nie gewollt. Und bekommen hatte er sie meist nur von flaumigen Federbüscheln an der Wange, vom Kribbeln und Krabbeln der winzigen Tierchen in seiner Hand. Er war der Hüter, der Sammler, der Jäger, immer auf der Jagd nach Freude, nach Lust. Und wie oft hatte er statt dessen Schmerz erfahren.

In der Mitte seines Irrgartens gab es einen hellen Raum – sein Gedächtnis. All die Erfahrungen, Erlebnisse und Widersprüchlichkeiten verwahrte er dort. Nichts war sortiert, aber alles war greifbar. Und alles wurde überragt vom größten Widerspruch in seinem Leben, seiner Mutter, sein Schutz und sein Untergang.

Und nun war seine Mutter in ein Auto gestiegen, das Blut und Verderben brachte. Erschwerend kam noch hinzu, sie hatte einen Koffer bei sich gehabt. Koffer gab es bereits in dem hellen Raum. Den einen hatte Anita aus dem Haus getragen, den zweiten Bärbel. Weder die Koffer noch die Schwestern waren zurückgekommen. Nicht, daß er sie sonderlich vermißt hätte, aber sie waren weg. Mochte sein Vater erklären und reden, soviel er wollte.

Mitten in der Nacht hatte er es nicht mehr ausgehalten in seinem Bett und brach auf, nach seiner Mutter zu suchen an den Stellen, an denen sie seiner Erfahrung nach zu finden sein mußte. Zuerst lief er zum Bruch. Dort war sie nicht. Dann lief er zur Apfelwiese, quälte sich schlotternd vor Kälte in seinem fadenscheinigen Schlafanzug unter dem Stacheldraht durch und kroch zu dem längst verschlossenen Pütz. Die Stelle sah nicht aus, als hätte man noch jemanden hineinwerfen können. Aber man konnte nie wissen. Sie taten häufig Dinge, die er nicht erwartet und für unmöglich gehalten hatte.

Für ihn waren wir die wunderlichen Wesen, die Zerstörer, deren Verhalten er nicht durchschaute und nicht verstand. Die ihn nicht verstehen wollten, da mochte er noch so deutlich sprechen mit den Worten, von denen er wußte, daß sie immer richtig waren.

Daß er sich an all den anderen Worten nicht versuchte, hatte viele Gründe. In den ersten Jahren unter der Fuchtel seiner Großmutter hatte sich niemand die Mühe gemacht, ihm vorzusprechen, daß der Tisch ein Tisch und das Bett ein Bett war. Und später, als er das alleine herausgefunden hatte, traute er den Worten nicht mehr. Es waren zu viele falsche dabei, zu viele, die er nicht einordnen konnte, und einige, bei denen er nicht wußte, zu wem sie nun wirklich gehörten. Wie hätte er seine Mutter Mama nennen können, wenn Albert Kreßmann mit diesem Wort nach Thea rief, Dieter Kleu nach Renate und es auf dem Lässler-Hof für Antonia galt?

Die halbe Nacht lag er auf dem Bauch im gefrorenen Gras, jammerte nach Trude und versuchte mit bloßen Fäusten die harte, kalte Erde aufzubrechen. Irgendwann gab er auf und kroch unter dem Zaun durch in Gerta Frankens ehemaligen Garten, der nie ein richtiger Garten gewesen war. Er suchte im dornigen Gestrüpp, irrte in der Wildnis umher, wimmerte und weinte sein: «Fein?» in die Nacht, während sein Vater die Gegend nach ihm absuchte.

Es war ein aussichtsloses Unterfangen. Jakob wußte nicht einmal, in welche Richtung sein Sohn sich davongemacht hatte. Während Ben durch den Bruch stolperte, lief Jakob auf die Abzweigung zu, weil er annahm, Ben habe den Weg eingeschlagen, den das Taxi mit Trude genommen hatte. Der Wind brauste und pfiff ihm um die Ohren und machte jedes Rufen zu einer Farce. Trotzdem brüllte Jakob sich fast die Lungen aus dem Leib, trieb den Strahl einer Taschenlampe in die Nacht und stemmte sich gegen die Böen.

Dann lief Jakob zum Bruch und zum Bendchen und wieder zurück. Was ihn am meisten beunruhigte, war die Tatsache, daß Ben nur einen dünnen Schlafanzug aus Flanell trug. Und er fror noch in seiner dick gefütterten Jacke und trotz der Anstrengung. Er holt sich den Tod in der Kälte, dachte er mehrfach.

Jakob fand ihn erst gegen fünf in der Früh unter dem Birnbaum, durchgefroren bis auf die Knochen, mit den Zähnen klappernd, am ganzen Körper zitternd. Jakob half ihm auf die Beine, legte ihm seine Jacke um, schleppte ihn heim, steckte ihn in die heiße Badewanne und anschließend ins Bett.

Während Trude auf dem Operationstisch lag, beugte sich Antonia über Bens Stirn, fragte nach dem Fieberthermometer und befand, es sei besser, den Hausarzt zu rufen. Doch außer Zäpfchen gegen das Fieber und zusätzlichen Wadenwickeln wußte der Arzt keinen Rat.

Den ganzen Tag und die Nacht saß Jakob neben dem Bett seines Sohnes, schlief hin und wieder für Minuten ein und wurde jedesmal aufgeweckt, wenn Ben sich herumwälzte, stöhnte, jammerte oder plötzlich losschrie: «Finger weg! Rabenaas!»

Erst am nächsten Morgen kam Jakob dazu, sich telefonisch nach Trudes Befinden zu erkundigen. Sie war noch etwas schwach auf den Beinen, kam jedoch selbst ans Telefon. Mit keinem Wort beschwerte sie sich, daß sie am Vortag vergebens auf einen Besuch gewartet hatte. Sie erkundigte sich nur nach Ben und wie Jakob mit ihm zurechtkomme.

«Bestens», sagte Jakob mit einer vor Müdigkeit tonlosen Stimme. «Wirklich prima. Ich hab ihn schon zweimal gebadet. Ich glaub, das hat ihm gefallen.»

Kurz vor Mittag kam Antonia, um nach Ben zu schauen und einen Eintopf auf den Küchentisch zu stellen. Als sie den Vorschlag machte, Ben mitzunehmen, lehnte Jakob mit halbem Herzen ab. «Das kann ich wirklich nicht von dir verlangen. Ich komm schon klar mit ihm. Das Fieber ist hoch, er phantasiert, aber ...» Dann war er doch erleichtert, als Antonia darauf bestand. Er half ihr, den vor sich hin dämmernden Jungen in den Wagen zu tragen, und legte sich selbst für eine Stunde auf die Couch. Anschließend besuchte er Trude im Krankenhaus.

Mit ihrer Entlassung hatte es nun keine Eile mehr. Statt der beabsichtigten Woche blieb sie zehn Tage, erholte sich gut in dieser Zeit, trug Jakob täglich ihren Dank und liebe Grüße an Antonia und Paul auf. Als sie endlich heimkam, war auch Ben soweit auskuriert und Antonia überzeugter denn je, daß er mit Ursula Mohns Verletzungen nichts zu tun hatte und es richtig gewesen war, die Polizei von ihm fernzuhalten.

Nachdem Jakob den Lässler-Hof verlassen hatte, kam es im Wohnzimmer seines Freundes zu einer Auseinandersetzung. Tanja Schlösser war mit ihren dreizehn Jahren nicht mehr klein und dumm. Sie hatte sehr wohl begriffen, daß man ihren Bruder einer furchtbaren Sache verdächtigte. Auch wenn niemand es offen aussprach.

Solange ihr Vater anwesend war, hatte sie gedacht, es sei dessen Aufgabe, für Ben einzutreten. Aber Jakob hatte nach seinem heftigen Widerspruch die Zähne nicht mehr auseinanderbekommen. Als er wie ein alter Mann aus dem Zimmer schlich, mit hängenden Schultern, den Kopf so tief dazwischen gezogen, daß er einen halben Meter kleiner wirkte, sprang Tanja auf, wollte ihm nach, ihn schütteln und mit dem gesamten Gerechtigkeitssinn ihres Alters zur Rede stellen.

Antonia deutete den Gesichtsausdruck ihrer Ziehtochter richtig und hielt sie zurück. «Laß ihn jetzt in Ruhe, Kind. Es ist für deine Eltern nicht leicht. Das war es nie. Sie sollten Ben wirklich für eine Weile festhalten, wenigstens in der Nacht.»

«Aber er tut doch nichts», protestierte Tanja.

«Das weiß ich», sagte Antonia. «Das wissen viele, leider wissen es nicht alle.»

«Und was wißt ihr, was Papa nicht weiß?» Sie schaute Paul an. «Was war mit Ursula Mohn vor acht Jahren, die du gefunden hast?»

Paul schüttelte den Kopf und richtete den Blick auf seine Frau. «Ich hab dir mehr als einmal gesagt, es war ein Fehler.»

Antonia zuckte mit den Schultern. Vielleicht hatte Paul recht. Ob Ben mit seinen damals vierzehn Jahren für die Behörden als Täter in Betracht gekommen wäre oder ob sie sich nur an ihn gehalten hätten, weil sie keinen anderen fanden, ließ sich heute nicht mehr beantworten. Es war auch nicht mehr wichtig. Für einige Leute im Ort war er der Täter gewesen und bis heute geblieben, nur das zählte.

Ben war kein Bruno Kleu, der sich jede Verdächtigung unter Androhung einer Schlägerei verbat. Er war kein Richard Kreßmann, der zur Polizei lief oder einen Rechtsanwalt einschaltete, sobald ihm ein Gerücht zu Ohren kam. Ben war nicht einmal ein Toni von Burg, der lächelnd zur Kenntnis nahm, daß man ihn für schuldig befand am Tod des alten Wilhelm Ahlsen. Toni hatte dazu nur gesagt: «Hätte ich Zyankali gehabt, hätte ich es mit Genuß in Ahlsens Bier gekippt. Schade, daß ich nicht auf die Idee gekommen bin, mir welches zu besorgen.» Ben war nur Ben, konnte sich mit Worten nicht wehren.

Antonia hatte in der vergangenen Woche bei ihren Besuchen im Dorf mehr als eine Stimme gehört, die an den Fall Ursula Mohn erinnerte und die Ansicht vertrat, das behinderte Mädchen hätte trotz allem großes Glück gehabt, im Gegensatz zu Erichs Tochter.

Allmählich spaltete sich das Dorf in zwei Lager. Die eine Seite schaute auf Bruno Kleu, nicht auf seinen Sohn. Dieter war mit seinen knapp drei Jahren wohl noch zu jung gewesen, als Althea Belashi verschwand. Die andere Seite schaute auf Ben und Ursula Mohn. Erich und Maria Jensen gehörten dazu, das wußte Antonia, sie kannte sogar sämtliche Gründe.

Paul hatte vor acht Jahren den Fehler begangen, seiner Schwester gegenüber anzudeuten, daß die offizielle Version der Vorgänge im Bruch nicht die richtige war. Paul hatte es nur gut gemeint, wollte den Gerüchten Einhalt gebieten.

Maria hatte es natürlich Erich erzählt. Und Erich hatte gelacht. «Ben soll versucht haben, das Mädchen zu verbinden? Wer hat dir denn den Floh ins Ohr gesetzt?

Deine Frau, vermute ich. Ihr seid doch alle nicht ganz bei Trost. Weißt du, was Ben getan hätte, wenn Andreas nicht gekommen wäre? Verbuddelt hätte er das arme Ding, er hatte doch schon angefangen. Der mit seiner verdammten Graberei!»

Wenn nicht bald ein Wunder geschah, wenn die Stimmen erst laut wurden ... Erich würde am lautesten schreien. Er hatte nie verstanden, daß Jakob einerseits auf seinen Sohn eindrosch wie ein Berserker, ihm damit die letzten funktionsfähigen Hirnzellen zu Klump schlug, wie Erich das ausdrückte, und sich andererseits weigerte, ihn in eine geschlossene Anstalt zu geben, wo er nach Erichs Meinung spätestens seit seinem vierzehnten Lebensjahr hingehörte.

Erich argumentierte mit dem Begriff Nachahmungstäter, den auch Thea Kreßmann gerne auf Ben anwendete. Dabei dachte Erich nicht an die junge Artistin. Daß Ben ihrem Sterben zugeschaut hatte, wußte er ebensowenig wie Antonia. Nur Gerta Franken war Zeugin des Geschehens jener Augustnacht gewesen. Damals hatte man ihr nicht geglaubt, und heute konnte man sie nicht mehr fragen. Erich dachte nur an Hühner und wollte seine Hand ins Feuer legen, daß Ben mehr als einmal gesehen hatte, wie ein Körper aufgeschlitzt und ausgenommen wurde. Schließlich lebte er seit seiner Geburt auf einem Bauernhof und nicht in einer Sakristei. Und Ben mußte doch nur einmal sehen, daß jemand einen Handgriff ausführte, schon machte er ihn nach.

Erich und Thea, es war die richtige Mischung. Bedauerlich, daß Erich sich damals eingebildet hatte, sie würden nicht zueinander passen. Antonia fand, sie hätten vortrefflich harmoniert und glatt eine neue Partei gründen können. Maria hätte dann eben Bruno Kleu genommen oder besser noch Heinz Lukka, der sie ja auch heftig verehrt hatte.

Heinz Lukka wäre im Gegensatz zu Bruno Kleu kaum einmal die Hand ausgerutscht. Er wäre auch gewiß nicht auf den Gedanken gekommen, fremdzugehen oder ein junges Mädchen wegen einer Sechs in Mathe in seinem Zimmer einzuschließen, wie Erich es getan hatte. Vermutlich hätte Heinz Marlene dreimal in der Woche nach Lohberg gefahren und auf dem Parkplatz beim «da capo» gewartet, bis ihr vom Tanzen die Füße schmerzten. Auf Händen hatte er sie getragen, zusammen mit Maria. Der Altersunterschied – ach Gott, was machten ein paar Jahre schon aus? Antonia hatte noch nie bereut, einen zwanzig Jahre älteren Mann geheiratet zu haben.

Junge Männer hatten auch ihre Tücken, speziell wenn sie sich in der Politik engagierten und sich für ihre Ansichten das sozial-demokratische Mäntelchen umhängen durften. Für solche wie Ben sei die Allgemeinheit zuständig, derartig schwere Fälle dürften nicht einem einzelnen Elternpaar aufgebürdet werden. Mit dem Satz hatte Erich Jensen seine Schwägerin mehr als einmal auf die Palme gebracht. Ein paarmal hatte Antonia geantwortet: «Sei doch froh, daß Trude ihn daheim hält. Bei euren Defiziten in der Stadtkasse.»

Nur gingen ihr rasch die Argumente aus, wenn Erich die seinen anführte. Für die Kosten einer Heimunterbringung war nämlich der Landschaftsverband zuständig und nicht die Stadtkasse. So konnte Erich seine Trümpfe ungeniert ausspielen. Erbarmen mit einer geplagten Mutter, deren Gesundheit nicht die beste war, wie er zur Genüge wußte. Reichte er Trude doch meist persönlich die diversen Herzpillen, das Nitrospray und die blutdrucksenkenden Mittel über den Verkaufstisch. Verständnis für einen zum Jähzorn neigenden Vater, den die Kapriolen seines Sohnes an den Rand der Verzweiflung trieben. Und nicht zuletzt Mitleid mit der armen Kreatur, die zwischen Gut und Böse nicht unterscheiden konnte, die ein Recht hatte auf ein friedlich geregeltes Leben hinter dicken Mauern, die man als verantwortungsbewußter Bürger vor dem Schaden bewahren mußte, den sie sich bei der Freiheit in Feld, Wald und Wiesen zuziehen oder den sie anrichten konnte.

Daß in Feld, Wald und Wiesen ein anderer herumlaufen könnte, wollte Erich nicht wahrhaben. Dabei war er meist die erste Adresse, wenn es galt, Gerüchte über Bruno Kleu auszustreuen. Aber ehe er einen Ton über Bruno hätte verlauten lassen, hätte Erich sich eher die Zunge abgebissen. Bruno hätte sich revanchieren können, und der Skandal wäre perfekt gewesen.

Daß Heinz Lukka im Oktober 69 in Gerta Frankens Garten alles andere als eine Vergewaltigung verhindert hatte, wußte Erich Jensen zur Genüge. Antonia wußte auch, daß Maria damals verrückt nach Bruno gewesen war. Daran hatte sich nie etwas geändert. Deshalb wußte Antonia auch, daß Maria einen triftigen Grund gehabt hatte, ihrer Tochter einzureden, Dieter Kleu sei nun wirklich nicht der richtige Umgang für sie. Wer wollte denn eines Tages einen Enkel in den Arm gelegt bekommen, aus dem eventuell ein zweiter Ben wurde?

Maria hatte in den ersten Jahren ihrer Ehe die gleichen Schwierigkeiten gehabt wie Trude. Sie wurde einfach nicht schwanger, pilgerte von Arzt zu Arzt, ließ alle möglichen Untersuchungen über sich ergehen und hörte immer nur, es sei alles in Ordnung. Erich hatte sich damals geweigert, klären zu lassen, ob es eventuell an ihm lag.

Maria vermutete, daß er diesen Test später hatte machen lassen. Da war sie allerdings schon zum zweitenmal schwanger gewesen. Aber das endete in heftigen Krämpfen, einer starken Blutung und der Notoperation. Und bevor Maria Krämpfe bekam, war sie angeblich gestürzt. An diesen Sturz hatte Antonia niemals geglaubt.

Aus Erichs Vermutung oder Wissen resultierte die

Strenge gegenüber «seiner» Tochter. Und daß ein erwachsener Mann ein junges Mädchen büßen ließ für die Seitensprünge seiner Mutter, war für Antonia nicht nachvollziehbar. Daß Erich statt auf dem Mann, der ihm Hörner aufgesetzt und auch noch Druck damit ausgeübt hatte, als es nach Bens Sturz in den Pütz um die Heimeinweisung ging, auf Ben herumhackte, verstand Antonia erst recht nicht.

Es war Erich gewesen, der Paul veranlaßt hatte, «seine beiden» zu warnen. Und das nicht erst nach Marlenes Verschwinden, sondern schon im Juni, als ihm zu Ohren kam, daß Ben sich an Annette vergriffen hatte. «Habe ich euch nicht immer gesagt, mit dem erlebt ihr noch eine böse Überraschung? Stell dir nur vor, Albert Kreßmann wäre nicht in der Nähe gewesen.»

«Dann wäre garantiert nichts passiert», hatte Antonia ihrem Schwager geantwortet.

«Das glaubst aber auch nur du», hatte Erich erwidert. «Er hat einen Trieb wie jeder Mann, das kannst du ihm nicht absprechen.»

Antonia wollte Ben nichts absprechen. Natürlich hatte er einen Trieb. Aber daß er in Albert Kreßmanns Mercedes gefaßt und Annettes Brüste gestreichelt hatte, während Albert ein bißchen tiefer beschäftigt gewesen war, hatte eher mit Bens Nachahmungstrieb zu tun gehabt. Antonia war überzeugt, daß Ben nicht hingefaßt hätte, wären es nicht ausgerechnet Annette gewesen, die er gut kannte, und Albert, von dem er tausendmal gehört hatte: «Mach mal, Ben.»

Paul hatte sich nicht aufraffen können, es so zu sehen. Ihm war mulmig geworden.

Das alles konnte man einem dreizehnjährigen Mädchen nicht erklären, das für seinen Bruder durchs Feuer ging. Aus den wenigen Sätzen, zu denen Antonia sich hinreißen ließ, und aus den vielen, die sie verschwieg, hörte Tanja Schlösser nur heraus, daß man im Dorf einen Dummen suchte, dem man etwas in die Schuhe schieben konnte.

Und wie Trude seit Jahren, allerdings erheblich lauter und vom Fuß unterstützt, der einmal kräftig auf den Boden stampfte, erklärte Tanja: «Ben ist nicht gefährlich. Ihr könnt mich eine ganze Woche mit ihm einschließen. Und wenn er drei Messer hätte, würde er mir nichts tun – und auch sonst keinem Mädchen.»

«Das weiß ich», sagte Antonia noch einmal besänftigend.

«Nein! Wenn du es wüßtest, würdest du nicht sagen, Mama soll ihn einsperren. Du kannst ihm gar nichts Schlimmeres antun, als ihn einzusperren. Ihr seid alle so gemein.»

Sie rannte aus dem Zimmer. Antonia wollte sie erneut zurückhalten. Diesmal sagte Paul: «Laß sie in Ruhe. Du weißt, wie sehr sie an ihm hängt. Es ist nicht leicht für sie.»

Es war auch für Paul nicht leicht. In all den Jahren hatte er Ben nie mit eigenen Augen etwas Böses tun sehen, hatte nur gehört, was im Dorf erzählt wurde. Meist hatte er den Kopf geschüttelt und gedacht, daß das Volk einfach einen Buhmann brauchte. Ob es nun ein Wilhelm Ahlsen war, ein Bruno Kleu oder ein Ben, spielte gar keine Rolle. Hauptsache, es war jemand da, über den man sich das Maul zerreißen, vor dem man sich gruseln konnte.

Doch inzwischen hatte Paul einen Punkt erreicht, an dem zu viele Wenn und Aber zusammenflossen. Es waren Schatten aufgezogen. Das verhärmte Gesicht seiner Schwester, das verbitterte und in zwei Wochen um Jahre gealterte Gesicht seines Schwagers, das verlassene Zimmer seiner Nichte. Und als er seine jüngste Tochter vor einigen Tagen erneut zu ein wenig Vorsicht ermahnt hatte, hatte Britta ihm geantwortet: «Mach dir um uns keine Sorgen, Papa. Wenn wir zur Schule fahren, wartet Ben schon auf uns. Er paßt auf, bis wir an der Landstraße sind. Und wenn wir zurückkommen, liegt er wieder im Mais. Was meinst du, wenn da mal einer käme, was Ben mit dem täte?»

Daß Ben gegenüber einem Mann handgreiflich würde, der ein Mädchen bedrängte, bezweifelte Paul. Als Wachhund war er kaum zu gebrauchen. Von Albert Kreßmann jedenfalls hatte er sich beschimpfen und verscheuchen lassen. Der Mais drückte Paul auf die Seele. Ben lag nicht nur morgens und mittags dort mit wachsamen Augen und guten Ohren, die alles registrierten, was sich auf den Wegen tat, sondern auch nachts. Das wußte Paul. Und wohin lief ein Mädchen, das nachts aus einem Auto geworfen wurde, wenn Onkel und Tante in der Nähe wohnten? Marlene wäre zu ihnen gekommen, das stand für Paul außer Frage. Vorausgesetzt, die beiden Burschen, die man in Lohberg hatte laufenlassen müssen, hatten die Wahrheit gesagt.

Paul wußte nicht mehr, was er denken und glauben sollte. Wäre Ben statt zwei Metern nur knapp eins fünfzig groß gewesen, hätte er achtzig oder neunzig Pfund weniger durch die Gegend getragen und statt der vermaledeiten Messer, von denen er die Finger nicht lassen konnte, statt des Spatens und des Fernglases ein Eimerchen und ein Schäufelchen bei sich gehabt, hätte niemand einen schlimmen Gedanken an ihn verschwendet.

Das Dorf suchte nicht nach einem Sündenbock. Es suchte nach einem jungen Mädchen, eigentlich nach zweien, genaugenommen schon nach dreien. Aber um Svenja Krahl machte sich niemand Gedanken, Edith Sterns kurzen Besuch hatte kaum jemand registriert.

Und niemand kam auf die Idee, der Polizei von Bruno Kleus nächtlichen Touren zu erzählen, die mehr Leuten bekannt waren als nur Heinz Lukka. Niemand meldete auf der Wache in Lohberg, daß Albert Kreßmann mit Marlene Jensen gerne einmal Verstecken gespielt hätte. Niemand machte die Beamten darauf aufmerksam, daß Dieter Kleu schon in der bewußten Nacht allen Grund gehabt hätte, dem Wagen von Klaus und Eddi zu folgen. Niemand sprach vor offizieller Seite von Benjamin Schlösser, der nicht so denken konnte wie andere, der gerne mit Messern spielte und tiefe Löcher grub, die man anschließend mit der Lupe suchen mußte.

Während Paul noch grübelte, warf Tanja Schlösser in dem Zimmer, daß sie mit Britta Lässler teilte, wahllos ein paar Kleidungsstücke in ihre Schultasche, nachdem sie zuvor die Hefte und Bücher herausgenommen hatte. Mit der Tasche über der Schulter erschien sie Minuten später in der Diele, dicht gefolgt von Britta, die inständig bettelte: «Bleib doch hier.»

Tanja baute sich wie die Göttin des Zorns im Türrahmen auf und erklärte nachdrücklich: «Ich gehe nach Hause. Meine Familie braucht mich jetzt.» Es war etwas zuviel Pathos, aber den entschuldigten ihre dreizehn Jahre.

Bis zu dem Moment waren Paul und Antonia, Andreas und Achim, Annette und Britta ihre Familie gewesen. Tanja hatte sich nie gefragt, wie ihrem Vater zumute sein mochte, wenn er auf einen Besuch kam, um sie in den Arm nehmen zu können.

Auf ihre Weise liebte sie Jakob, der ohne Murren die Börse zückte und den zweiten Kinobesuch in einer Woche finanzierte, der noch einen Zehner zulegte für die Eisdiele, wo Tanja noch nie hatte bezahlen müssen, weil sie Brittas Großvater der Einfachheit halber ebenfalls Opa nannte und er sich darüber freute. Jakobs Zehner sammelte Tanja für größere Anschaffungen, zum Beispiel eine Jeans, von der Antonia behauptete, sie sei überteuert. Bei ihrem Vater konnte Tanja dann behaupten, Onkel Paul habe bezahlt.

Jakob hatte nie etwas verlangt, war immer der Sonntagspapa gewesen, an ihm gab es keine Schattenseiten. Mit der Liebe zu ihrer Mutter war es nicht so weit her. Trude hatte dazu auch wenig Anlaß gegeben. Zu ihren älteren Schwestern hatte Tanja gar kein Verhältnis. Ben dagegen ...

Mit einem Funkeln in den Augen fügte sie hinzu: «Und wenn Papa es erlaubt, schlafe ich in Bens Zimmer.»

«Du gehst nicht allein», sagte Paul. «Wenn du unbedingt willst, fahre ich dich.»

Sie antwortete ihm mit einem trotzigen Lächeln: «Ich brauche keinen Leibwächter, Ben ist mein Bruder.»

Paul stand trotzdem auf und folgte ihr. Er ließ ihr einen Vorsprung von gut dreißig Metern, weil sie sich immer wieder mit wutblitzenden Augen nach ihm umschaute. Ihr Fahrrad hatte sie nicht mitgenommen, es war ein Weihnachtsgeschenk von Paul und Antonia. Und so aufgebracht, wie sie im Augenblick war, hielt sie es wohl für besser, einen deutlichen Strich zu ziehen zwischen den Familienbanden.

Außer ihr war auf dem Weg weit und breit niemand zu sehen. Paul ließ den Blick und die Gedanken schweifen. Der Mais machte ihm Sorgen, nicht nur wegen Ben. Nach den letzten Wochen brütender Hitze waren die Blätter gerollt von der Trockenheit. Die Kolben verloren ihre Körner. Ein verdammt schlechtes Jahr, das hörte man von Richard Kreßmann, von Bruno Kleu, von Toni von Burg, das hörte man von allen. Ein verdammter Sommer, in jeder Hinsicht.

Dort, wo das Maisfeld begann, machte der Weg eine leichte Kehre. Paul verlor Tanja vorübergehend aus den Augen, ging ein wenig schneller und erreichte die Rückseite von Lukkas Grundstück. Der Bungalow versperrte die Sicht auf den breiten Weg. Aber er hörte sie reden, nicht mehr so aufgebracht wie vorhin. Eher unbekümmert und leichthin, wie es sonst ihre Art war, grüßte sie Heinz Lukka. Der erwiderte ihren Gruß charmant: «Ebenfalls einen guten Tag, kleines Fräulein. Heute mal allein unterwegs?»

Ihre Antwort klang ein wenig schnippisch. «Nein, Onkel Paul ist hinter mir. Er meint, ich brauche einen Bodyguard.»

Paul ging weiter und bog um die Ecke. Sie hatten seine Schritte beide gehört und schauten ihm entgegen.

«Da kommt er ja», sagte Heinz Lukka lächelnd und stützte sich auf den Stiel einer Harke, mit der er im Vorgarten beschäftigt war.

Nach einem kleinen Geplänkel mit Heinz Lukka, das sich um die unerträgliche Hitze drehte, ging Paul mit ihr zusammen weiter. «Hast du dich beruhigt», fragte er.

Sie lachte verlegen. «Es war nicht böse gemeint. Ich finde nur, es kann nicht schaden, wenn ich ein paar Tage bei Ben bin.»

Als sie ihr Elternhaus erreichten, blieb Paul stehen. «Dann lauf», sagte er. «Und paß gut auf dich auf.»

«Mach ich!» Es klang wieder ein bißchen Trotz durch. Aber auch diesmal war es nicht so gemeint. Sie reckte sich auf Zehenspitzen und drückte ihm einen Kuß auf die Wange. «Komm doch mit rein. Papa freut sich bestimmt.»

«Heute nicht», meinte Paul. «Ein andermal.»

Er schaute ihr nach, wie sie zur Tür lief und sich noch einmal nach ihm umdrehte, schaute sie sich genau an; das hübsche Gesicht umrahmt von den dunklen Haaren, die sonnengebräunten Arme und die runden Schultern. Die Schultasche baumelte an ihrer Seite. Nicht auszudenken, wenn so einem Kind etwas zustoßen sollte. Bis ans Lebensende müßte man sich quälen, daß man nicht alles getan hatte, es zu verhindern. Es wurde Zeit, daß jemand ein offenes Wort mit der Polizei sprach.

Er schlenderte am Bendchen und am Bruch entlang zurück und nutzte die Zeit für ein paar Überlegungen, bei denen er sorgfältig abwägte zwischen Freundschaft, eigenen Erfahrungen und den Spekulationen.

Alles in ihm sträubte sich gegen die Vorstellung, daß ein Mann wie Bruno Kleu, an dessen Seite er jahrelang gearbeitet, mit dem er gelacht, geschwitzt, Milchkaffee und Bier getrunken hatte, über wehrlose Mädchen herfallen sollte, wenn sie ihm allein über den Weg liefen. Gut, er hatte Bruno selbst zweimal energisch in die Schranken verweisen müssen, weil er Maria nicht in Ruhe ließ. Aber damals war Bruno achtzehn gewesen, später hatten sie beide darüber gelacht.

Daß Bruno letztlich doch auf seine Kosten gekommen war, wußte Paul nicht. Es gab Dinge, über die sprach seine Schwester nur mit Antonia. Aber als sie gemeinsam darüber lachten, hatte Bruno eine komische Bemerkung gemacht. «Schon gut, Paul. Immer nur Maria wäre auf Dauer langweilig geworden. So kann ich mir doch hin und wieder ein Zuckermäuschen vornehmen.»

Zuckermäuschen! Paul wußte nicht, was er davon halten sollte. Vornehmen, das klang auch eher nach einer Schlägerei als einer Affäre. Und daß einer, der als gutmütiger Tölpel an seinem Tisch saß und um Freundlichkeit bettelte, sich in eine Bestie verwandelte, wenn ihm ein junges Mädchen unfreundlich kam, wollte ihm noch weniger in den Sinn. Nur hatte Antonia Ben nie beigebracht, auf Unfreundlichkeit gelassen zu reagieren.

Es wurde wirklich höchste Zeit, mit der Polizei zu sprechen. Nicht mit denen in Lohberg, da funkte Erich nur wieder dazwischen. Die Kriminalpolizei mußte her, fand Paul. Sie hatten die Möglichkeit zu prüfen, ob Edith Stern auf dem Heimweg war.

Er wollte keine Anschuldigungen erheben, wollte weder Renate Kleu und ihren Söhnen noch Trude und Jakob den Boden unter den Füßen entziehen, nur klare Verhältnisse wollte er schaffen. Doch als Paul Lässler sich endlich zu seinem offenen Wort aufraffte, hatte er selbst keinen Boden mehr unter den Füßen.

Friedenszeit

Paul hatte sich häufig gefragt, mit welcher Berechtigung oder Gewißheit Thea Kreßmann die Behauptung in die Welt gesetzt hatte, Ben habe Ursula Mohn verletzt. Ob vielleicht irgend jemand vom Kreßmann-Hof Ben an dem Nachmittag im Bruch oder auf dem Weg dorthin gesehen hatte? Antonia war immer der Ansicht gewesen, Thea habe nur die Aufregung im Dorf mitbekommen und sich den Rest aus den Fingern gesogen, um an Trudes Stelle als Königin auf dem Schützenball zu tanzen.

Irgendwann hatte Paul sich dieser Meinung angeschlossen, weil niemand etwas unternahm. Und kein Mensch im Dorf, davon war er immer überzeugt gewesen, hätte irgendwelche Rücksichten genommen oder aus lauter Sympathie beide Augen zugedrückt, wenn es darum ging, Ben hinter Gitter zu bringen. Er war nur gut, sich das Maul zu zerreißen. Und das Gerede über ihn war fast schon verstummt, als Trude sich im Frühjahr 88 dem Eingriff unterziehen mußte. Es war wie immer, wenn andere sich ins Gespräch brachten.

Richard Kreßmann wurde seinen Führerschein endgültig los. Albert flog mit Pauken und Trompeten vom Gymnasium. Da konnte Thea vor der eigenen Tür kehren. Eine Leuchte war ihr Sohn wahrhaftig nicht. Ob er sich auf der Realschule halten konnte, war noch die Frage.

Bruno Kleu ging fremd wie eh und je, diesmal angeblich mit einer knapp Zwanzigjährigen aus Lohberg. Und während er sich in fremden Betten amüsierte, brach sein Zuchtbulle aus und richtete beträchtlichen Schaden an, ehe er wieder eingefangen war. Anschließend wurde sein Sohn Dieter im Supermarkt beim Klauen erwischt. Eine Mutprobe, hieß es. Bruno wollte dem Geschäftsführer bei Nacht und Nebel einen saftigen Denkzettel verpassen, weil der Mann Dieter Ladenverbot erteilt hatte. Zu bedauern war dabei nur Renate, sie konnte nun ihren Ältesten nicht mehr zum Laden schicken, rasch ein Döschen Kaffeesahne zu besorgen.

Toni und Illa von Burg hatten zwar keine Probleme miteinander, auch keinen Ärger mit ihren Söhnen. Sogar Uwe, der Filou, knatterte nicht mehr jeden Sonntag mit einer anderen auf dem Sozius des Mofas durch Lohberg. Er hatte zurückgefunden zu Bärbel, ging treu und brav mit ihr in die Eisdiele, ins Kino oder, wenn das Taschengeld alle war, nur spazieren. Und noch lieber hielt sich Uwe in Bärbels möbliertem Zimmer auf.

Aber mit dem Mietshaus am Lerchenweg hatten Toni und Illa nichts als Ärger. Sobald eine Wohnung frei wurde, meldete die Stadtverwaltung Ansprüche an. Sie waren immer auf der Suche nach Quartieren für Sozialhilfeempfänger und Asylbewerber. Da wurde über Tonis Kopf hinweg eine Drei-Zimmer-Wohnung mit acht Personen belegt.

Es ging wie ein Lauffeuer durchs Dorf, daß es sich um eine Zigeunersippe handeln solle. Es blieb auch nicht bei den acht Leuten in der Wohnung. Wochenlang waren die Parkplätze, die den Mietern vorbehalten sein sollten, von einer Wohnwagenarmada blockiert. Auf der Polizeiwache in Lohberg häuften sich die Einbruchs- und Diebstahlsmeldungen. Es kamen auch ein paar Anzeigen wegen sexueller Belästigung, ein unhaltbarer Zustand. In der

Folge wurden weitere Wohnungen frei, jeder, der etwas auf sich hielt, zog weg. Und Toni hatte das Nachsehen.

Auch mit der Geflügelzucht ging es abwärts. Die Truthähne setzten sich nicht durch. Bei den Eiern aus der großen Legebatterie hatte der Absatz stark nachgelassen. Die Leute wollten zurück zur Natur, aber nur fünfzehn oder zwanzig Pfennig zahlen pro Ei. Es hieß, Toni verhandle jetzt mit einem Großabnehmer und wolle zusätzlich Enten und Gänse züchten fürs Weihnachtsgeschäft, eventuell auch Rehe.

Über Erich und Maria Jensen gab es nicht viel zu sagen. Sie hielten ihr Privatleben unter Verschluß. Ihre Ehe galt als vorbildlich. Nie fiel ein lautes Wort. Was sich hinter der Fassade abspielte, erfuhr nicht einmal Thea Kreßmann. Erich engagierte sich in der Politik, wie er es immer getan hatte. Es hieß, er strebe nun das Landratsamt an und schiele bereits mit einem Auge auf ein Abgeordnetenmandat im Bundestag.

Maria verhätschelte ihre Tochter, pflegte das Familiengrab, schaffte sich jedes Jahr ein neues Auto an und fuhr ihr einziges Kind damit zum Ballettunterricht, Reitstunden oder der Boutique für Kinderbekleidung, die neu in Lohberg eröffnet hatte. Die einsamen Abende verbrachte Maria im Theater, mit Opernbesuchen und dergleichen – hieß es. Ob Maria tatsächlich Richtung Lohberg und von dort aus weiter zur Autobahn fuhr oder andere Wege einschlug, sah niemand. Die Apotheke jedenfalls florierte prächtig, Thea Kreßmanns Unkenrufen zum Trotz. Maria wußte nicht, wohin mit Erichs Geld.

Da wußte Heinz Lukka schon mehr mit seinen Honoraren anzufangen. Er fuhr dreimal jährlich in Urlaub – hauptsächlich nach Thailand. Die Kultur und das Essen dort bekämen ihm gut, das Klima sei auch sehr angenehm und man könne äußerst günstig antike Kunstgegenstände kaufen, erzählte er oft.

Hinter Lukkas Rücken tippte man sich in Ruhpolds Schenke an die Stirn. Antike Kunstgegenstände – in Thailand? Das konnte Heinz auf dem Friedhof seiner Mutter erzählen. Jeder halbwegs vernünftige Mensch wußte, was man in Thailand billig kaufen konnte.

Aber Richard Kreßmann sagte, das habe Heinz nicht nötig. Er habe eine Freundin, eine überaus attraktive Frau, mit der er sehr glücklich sei. Wahrscheinlich verbrachte er den Urlaub sogar mit ihr zusammen und wollte nur nicht darüber reden, weil er wußte, wie das im Dorf war; daß ihm hier niemand den Dreck unter seinen Fingernägeln gönnte – und gewiß nicht so eine Frau.

Richard kannte sie zwar nicht persönlich, seine Frau jedoch hatte sie schon mehrfach gesehen. Thea sah auch den Wagen der Dame jeden Freitagabend, wenn sie an Lukkas Haus vorbei zum Lässler-Hof fuhr, um sich von Andreas die komplizierten Rechenaufgaben für Albert erklären zu lassen.

Ein tolles Auto und eine phantastische Frau, erzählte Thea jedem, der es hören wollte oder nicht. Höchstens Anfang Dreißig. Und der Wagen, bei den Typenbezeichnungen kannte Thea sich nicht aus, aber Albert hatte gesagt, es sei eine Corvette. Wenn er auch nicht rechnen konnte, mit Autos wußte Albert Bescheid. Er sammelte kleine Bildchen von ungewöhnlichen Typen, die in ein Album geklebt wurden.

Eine Corvette also. Und die Kleidung, ziemlich auffällig, aber sehr elegant. Heinz Lukka hatte Geschmack, das mußte ihm der Neid lassen. Thea Kreßmann wußte bereits, daß er über kurz oder lang seinen Anwaltstalar an den Nagel hängen und sich mit dieser Dame aus dem Berufsleben zurückziehen wollte. Doch wie so oft lag Thea auch mit dieser Behauptung weit neben der grauen Realität. Heinz Lukka hatte eben kein Glück mit seinen Romanzen.

In jungen Jahren hatte seine Mutter ihm alles verdorben. Seine große Liebe Maria Lässler hatte sich für Erich Jensen entschieden. Und seine Verlobte aus Lohberg fand den Tod auf der Landstraße. Was er sich möglicherweise in Thailand preiswert kaufte, konnte er nie mit heimbringen. Und die Dame mit der Corvette verschwand ebenso plötzlich, wie sie aufgetaucht war.

An einem Freitagabend im September 89 hatte Thea Kreßmann den ungewöhnlichen Wagen noch gesehen. Und am Samstag nachmittag tauchten zwei junge Männer bei Heinz Lukka auf. Was genau dann passierte, brachte niemand in Erfahrung, nicht einmal Thea. Aber die Folgen waren für jedermann sichtbar.

Offiziell hieß es, Heinz Lukka sei in seinem Bungalow von zwei Fremden überfallen und in übelster Weise zusammengeschlagen worden. Geraubt wurden ihm eine größere Menge Bargeld und einige antike Kunstgegenstände, die er aus dem Urlaub mitgebracht hatte. Ein Jadebuddha sei dabeigewesen, das wußte Thea mit Sicherheit.

Über lange Wochen war der Überfall das Gespräch im Dorf. Die Spekulationen wollten kein Ende nehmen. Darüber geriet Ben beinahe in Vergessenheit. Nur wenn er sonntags neben Trude im Café Rüttgers saß, wenn er zu Sibylle Faßbender in die Backstube schlich, dort geherzt und geküßt wurde, daß er mit roten Ohren wieder hervorkam, erinnerte man sich an ihn – und an Ursula Mohn.

Herr und Frau Mohn hatten nach der Genesung ihrer Tochter die Wohnung am Lerchenweg aufgegeben und waren fortgezogen. Auch Ben sah man nur noch selten im Dorf. Nur Paul Lässler sah ihn, wenn Ben für Achim die schweren Futtersäcke schleppte oder mit den beiden Mädchen spielte. Bruno Kleu, wenn Ben Löcher in den Waldsaum grub oder die Nesseln im Bruch umpflanzte.

Jakobs Entschluß, mit Ben zum Bruch zu gehen, ließ sich nicht mehr in die Tat umsetzen. Trudes elender Zustand hatte Vorrang. Jakob brachte seinen Sohn hinauf und schloß ihn in seinem Zimmer ein. Dann stand er neben der Couch, hielt Trudes Hand und versuchte, ihr das Einverständnis abzuringen, den Arzt zu rufen. Sie wollte nicht, sprühte sich etwas von ihrem Nitrospray in den Mund und bat: «Laß mich nur ein bißchen liegen. Gleich geht es wieder.»

Nach einer Weile hatte sie sich tatsächlich erholt. Sie schleppte sich in die Küche und machte Abendbrot, obwohl Jakob anbot, ihr die Arbeit abzunehmen. Jakob brachte einen Teller mit Broten und einen Becher Milch hinauf zu Ben und drehte nach dem Verlassen des Zimmers den Schlüssel erneut in der Tür.

Noch während sie aßen, klingelte es an der Haustür. Seine Jüngste stand draußen. So sehr Jakob sich auch über ihr Erscheinen freute und über ihre Erklärung, daß sie jetzt daheim bleiben wolle, die Freude wurde gedämpft von der Vorstellung, was wohl bei Paul und Antonia noch auf den Tisch gekommen sein mochte, nachdem er den Lässler-Hof verlassen hatte.

An eine geruhsame Stunde mit seiner Tochter war nicht zu denken. Auch den Wunsch, in Bens Zimmer zu schlafen, mußte Jakob ihr abschlagen, was sie überhaupt nicht einsehen wollte. Trude ging hinauf und bezog das Bett in dem Zimmer, welches ursprünglich für Bärbel gedacht gewesen und nie genutzt worden war, mit frischer Wäsche. Dann kam Trude wieder herunter und bedeutete mit ein paar Blicken, daß es für junge Mädchen nun Schlafenszeit sei.

Das paßte Tanja ebenfalls nicht, es war noch viel zu früh. Bei Onkel Paul und Antonia dürfe sie speziell samstags immer sehr lange aufbleiben. Aber Jakob stellte sich hinter Trude. Es gab hier Dinge zu besprechen, die für Kinderohren nicht geeignet waren. Sie protestierte lauthals. Von wegen Kinderohren, immerhin war sie schon dreizehn, und es ging um ihren Bruder.

Das spielte keine Rolle, überhaupt keine, erklärte Jakob nachdrücklich. So verzog sie sich schmollend, ging allerdings nicht in das ihr zugewiesene Zimmer. Entgegen Jakobs ausdrücklichem Befehl drehte sie den Schlüssel um, öffnete die Tür, blinzelte verschwörerisch und rief ihrem Bruder halbwegs fröhlich zu: «Na, du Waldmensch, haben sie dich eingeschlossen?»

Er stand am Fenster und winkte sie mit einer Geste zu sich, die ebenso verschwörerisch wirkte wie ihr Blinzeln. Dann zeigte er mit einem alles umfassenden Wink ins Weite, nickte bedeutsam und erklärte mit gedämpfter Stimme: «Finger weg. Rabenaas.»

Sie dämpfte die Stimme ebenfalls, schmiegte sich an ihn und schob ihren Kopf unter seine Achsel. «Keine Angst», sagte sie. «Ich passe auf, großes Ehrenwort.»

Während im Wohnzimmer Trude und Jakob ein Gespräch in Ruhe versuchten und Jakob zum ersten Mal hörte, daß sein Sohn vor acht Jahren als erster im Bruch gewesen war und Ursula Mohn in seiner unbeholfenen, aber gutmütigen Art Erste Hilfe geleistet hatte, erzählte Ben seiner jüngsten Schwester mit immer denselben Worten, von Svenja Krahl, Marlene Jensen und Edith Stern.

Jakob und Trude sprachen anschließend noch über verbrannte Zeitungen, über Heinz Lukka, Bruno und Dieter Kleu, Albert Kreßmann und ihren Sohn, der nicht reden konnte, dem man irgendwann aus seinem Schweigen einen Strick drehen würde. Dabei verschwieg Trude alles Wesentliche und beschränkte sich auf das, was Jakob ohnehin wußte oder zumindest vermutete. Seinen Vorschlag, Ben von einem Psychologen befragen zu lassen, lehnte sie kategorisch ab.

«Was soll dabei rauskommen?» fragte sie. «Wenn nicht mal wir ein vernünftiges Wort von ihm hören.»

Es war fast ein Uhr nachts, als sie endlich ins Bett gingen. Jakob lag noch lange wach, dachte an Pauls Worte: «Ich habe meine beiden gewarnt.» Auch vor Bruno Kleu? Jakob dachte an das junge Mädchen im Nebenzimmer. «Keine Sorge, Papa, wenn er mir weh tut, brülle ich ...» Ob sie auch bei Bruno brüllen würde? Aber Bruno hatte es doch nicht nötig, sich mit Gewalt ein Mädchen zu nehmen. Und dann wußte auch Jakob nicht mehr, was er denken sollte. Darüber schlief er ein.

Trude lag wach, wälzte sich von einer auf die andere Seite. Den blutigen Rucksack der jungen Amerikanerin vor Augen und eins von ihren Unterhöschen, zwei abgeschlagene Finger vermutlich von Marlene Jensen, die Handtasche von Svenja Krahl, das Unterhöschen einer Unbekannten. Und einen Knochen, der möglichwerweise von einem Bein der ersten Edith Stern stammte, vielleicht auch von einer, deren Verschwinden nie bekannt geworden war.

Am Sonntag morgen fühlte Trude sich wie durch einen Teich von geronnenem Blut gezogen. Jakob gab sich etwas zuversichtlicher. Das mochte an dem vierten Gedeck und der munteren Stimme seiner Tochter liegen, die ihm noch beim Frühstück ihre Pläne für die nächsten Tage eröffnete.

«Mittags holt mich Ben an der Landstraße ab. Das haben wir schon besprochen. Er weiß, wo er auf mich warten muß. Und nachmittags gehe ich mit ihm im Dorf spazieren. Man darf ihn jetzt nicht verstecken, Papa. Man muß allen Leuten zeigen, daß er gutmütig ist. Dann hört das Gerede auf.»

Jakob brach nach dem Frühstück auf, fuhr allein zum

Bruch, schaute sich bis Mittag dort gründlich um und fand nichts von Bedeutung. Für Trude tropfte eine Sekunde der anderen hinterher und füllte das Minutenglas. Die Minuten füllten das Stundenglas, und die Stunden wurden lang und länger. Ein blutiger Rucksack, gefüllt mit Einzelteilen. Irgendwo draußen lagen diese Teile jetzt. Es konnte jeden Augenblick einer darüber stolpern. Dann würden sie kommen, dann ganz gewiß.

Kurz nach Mittag kam Britta Lässler auf ihrem Fahrrad, um Tanja die Hefte und Bücher zu bringen, die sie am nächsten Morgen in der Schule brauchte. Gleichzeitig wollte Britta ihre Freundin und Fastschwester zur Rückkehr bewegen. Trude ließ sie ins Haus und rief nach ihrer Tochter, die sich in Bens Zimmer aufhielt und kurz darauf gefolgt von Ben die Treppe hinunterkam.

Die beiden Mädchen gingen hinauf in das andere Zimmer. Ben, der ihnen hoffnungsfroh folgte, wurde gebeten, vor der Tür zu warten. «Setz dich schön da hin, Bär», wies ihn seine Schwester an und zeigte auf den Fußboden. «Wenn wir miteinander gesprochen haben, spielen wir noch ein bißchen mit dir.»

Trude spülte in der Küche das Geschirr und stellte mit einem schweren Seufzer fest: «Er tut keinen Schritt aus dem Haus, wenn sie in der Nähe ist. Wir hätten sie schon früher heimholen sollen.»

«Hätten», sagte Jakob. «Wir hätten viel und haben nicht. Jetzt ist sie jedenfalls hier.»

Britta Lässler blieb bis um acht, versuchte ihr Glück mit Bitten, Flehen und Tränen. Tanja blieb hart. «Du hast zwei Brüder, ich nur einen, und der braucht mich jetzt.»

Der Abschied vor der Haustür wurde von einigen Schluchzern verlängert. Als erneut Tränen über Brittas Wangen liefen, entschied Tanja: «Ich komme noch ein Stück mit, dann können wir ja noch mal darüber reden.»

Wie nicht anders zu erwarten, lief Ben nebenher, strich

einmal über das dunkle Haar seiner Schwester, dann über Brittas blonden Schopf. Schließlich legte er tröstend seinen Arm um Brittas Schultern, faßte mit einer Hand nach dem Lenker des Fahrrades und half ihr, es zu schieben.

«Jetzt wein doch nicht so», bat Tanja mehrfach. «Es ist ja nicht für lange.»

Britta blieb dabei, daß sie sich noch nie in ihrem Leben so verlassen gefühlt habe wie in der vergangenen Nacht.

Bei der ersten Abzweigung kam der nächste Abschied. Weiter wollte Tanja nicht mitgehen, um nicht doch noch von Brittas Tränen umgestimmt zu werden. Noch ein Händedruck, eine Umarmung. Jetzt weinten sie beide, und Tanja fluchte: «So eine blöde Scheiße.» Dann drehte sie sich um und lief mit großen Schritten die sechshundert Meter zum Elternhaus zurück.

Ben war unschlüssig, wem er folgen sollte. Er schaute seiner Schwester nach, blieb jedoch stehen. Als Britta ihr Rad erneut anschob, schloß er sich ihr an.

Es war ein heißer Nachmittag gewesen. Der Abend dagegen war mild. In einigen Gärten entlang des Weges genoß man die späte Sonne. Es waren genug Leute draußen, die Ben und Britta Lässler sahen und später Auskunft geben konnten.

Das laute Weinen machte ihn nervös, immer wieder legte er ihr den Arm um die Schultern. Immer wieder schüttelte sie ihn ab, erklärte ihm zwischen Schluchzen und Schniefen, er könne ja nichts dafür, aber genaugenommen sei alles nur seine Schuld. Wenn er sich vernünftig benehmen würde, wäre es nicht so weit gekommen. Er nickte, als stimme er mit ihr überein, nannte sie Fein, wie er es in all den Jahren getan hatte, und erkundigte sich mitfühlend. «Weh?»

Sie näherten sich langsam dem Stacheldraht und entschwanden den Augen der Beobachter in den Gärten. Aber es waren auch Spaziergänger unterwegs. Nicole

Rehbach, eine junge Frau, die erst im Mai dieses Jahres aus einer kleinen Mietwohnung in Lohberg ins Dorf gezogen war, schob einen Rollstuhl an Lukkas Bungalow vorbei auf die beiden zu und sah, daß Ben mit einer Hand den Lenker des Rades hielt und mit der anderen nach Brittas Arm griff, als sie den Mais erreichten.

Der Rollstuhl war der Grund, daß Nicole Rehbach sich bisher weder um Dorfklatsch noch um sonst etwas gekümmert hatte. Ihr Mann Hartmut war im Dorf aufgewachsen. Seine Eltern hatten ein Haus an der Bachstraße und waren um drei Ecken mit Thea Kreßmann verwandt. Eine Großmutter war die Cousine von Theas Vater gewesen. Kontakte pflegten sie nicht bei dieser weitläufigen Verwandtschaft. Nicole Rehbach wußte nicht einmal davon. Und selbst wenn sie es gewußt hätte, es hätte sie kaum interessiert. Ihre persönlichen Probleme wogen zu schwer, als daß sie sich daneben noch mit etwas anderem hätte beschäftigen können.

Seit gut einem halben Jahr verheiratet, hatte sie nur drei Wochen eine Ehe geführt. Anfang März, genau einundzwanzig Tage nach der standesamtlichen Trauung, war Hartmut Rehbach mit seinem Motorrad gestürzt. Er hatte einen komplizierten Armbruch erlitten, in dessen Folge der Arm steif blieb. Den rechten Unterschenkel hatte man amputieren müssen. Aber das waren nicht die schlimmsten Verletzungen gewesen.

Nicole Rehbach wußte noch nicht, wie sie weiterleben sollte mit einem Mann, der kein Mann mehr war. Sie wußte an diesem Abend auch nicht, wen sie vor sich hatte, und griff nicht ein, als Ben und Britta auftauchten.

Ben wollte Britta zur Seite ziehen. Sie entriß ihm ihren Arm und funkelte ihn wütend an: «Laß das! Wir bleiben auf dem Weg. Papa hat gesagt, immer schön in der Mitte bleiben, dann hat man Zeit wegzulaufen.»

Ben griff erneut nach Brittas Arm, hielt ihn diesmal fester und schüttelte heftig den Kopf. «Finger weg», sagte er und beugte sich so tief hinunter, daß er mit den Lippen ihr Ohr streifte. «Freund», sagte er. Dabei glitten seine Lippen über ihre Wange.

«Hör auf, du Idiot», schluchzte Britta. «Du bist selber schuld, wenn alle so was von dir denken. Du kannst nicht mein Freund sein. Du kannst überhaupt keine Freundin haben.»

Sie riß sich erneut los. Und dann machte Britta Lässler den entscheidenden Fehler. Sie stieß ihn heftig mit einer Faust vor die Brust und schlug nach ihm. Dabei schluchzte sie noch einmal laut auf und rief: «Hau ab, du Idiot!»

Ben ließ auf der Stelle den Lenker des Rades los. Es kippte um. Britta hob es auf, warf den Kopf in den Nakken und ging an Nicole Rehbach vorbei auf Lukkas Bungalow zu.

Nicole Rehbach schob ihren Mann im Rollstuhl weiter und drehte sich mehrfach um, um zu sehen, was weiter geschehen würde. Ben folgte Britta zögernd, rief ein paarmal Rabenaas, jedesmal ein wenig lauter. Er war sehr erregt, seine Sprache undeutlich. Nicole Rehbach verstand: «Haben das.» Sie nahm im ersten Moment an, er wolle das Fahrrad haben. Irgendwie tat er ihr leid. Seinem Äußeren war keine Beeinträchtigung anzusehen, aber sein Gebaren war typisch.

Bens Geschrei brachte Heinz Lukka an die Haustür. Er sah das weinende Mädchen und Ben ein paar Meter dahinter. Die junge Frau und den Mann im Rollstuhl beachtete er nicht sofort.

«Na, na, na», sagte Heinz Lukka besänftigend, schaute Ben an und lächelte. «Wer wird denn so laut schreien? Das machst du doch sonst nicht.»

Dann sprach er Britta an. «Kummer, kleines Fräulein?» Immer noch lächelnd und trotzdem sehr ernst, meinte er: «Du solltest nicht so weinen, wenn er in der Nähe ist. Ich glaube, das macht ihn nervös.»

Ben war stehengeblieben, als die Haustür geöffnet wurde. Er begann auf der Stelle zu tänzeln, schaute mit vor Erregung zuckender Miene zwischen Heinz Lukka und Britta hin und her. Seine Hände öffneten und schlossen sich wie die eines Kleinkindes, das etwas Bestimmtes haben will. Er schrie laut und so deutlich, daß Nicole Rehbach jedes Wort verstand: «Finger weg, Freund!»

«Aber sicher», sagte Heinz Lukka. «Du bist mein Freund, und du mußt die Mädchen in Ruhe lassen. Das weißt du auch, nicht wahr? Ich bin sicher, du wolltest Britta nichts tun. Dir tut auch niemand etwas. Geh nach Hause, Ben. Geh zu Mutter.»

Ben tänzelte weiter auf der Stelle, schüttelte heftig den Kopf und brüllte wieder: «Finger weg!»

Heinz Lukka zog unbehaglich die Schultern zusammen und erkundigte sich bei Britta: «Warum ist er denn so aufgeregt? So habe ich ihn ja noch nie erlebt. Hast du ihm etwas getan?»

Britta zuckte mit den Achseln und schürzte die Lippen. Nicole Rehbach hatte längst haltgemacht und rief zu Lukka hinüber. «Er hat sie auf die Wange geküßt. Da hat sie ihn beschimpft und geschlagen.»

«Misch dich da nicht ein», murrte ihr Mann. «Los, ich will nach Hause.»

«Vielen Dank», rief Heinz Lukka zurück. «Ich kümmere mich darum.» Er wandte sich Britta zu, meinte tadelnd: «Das darfst du nicht machen. Wenn du ihn schlägst, wird er genauso wütend wie jeder andere. Komm einen Moment herein, dann beruhigt er sich bestimmt.»

«Finger weg!» brüllte Ben erneut.

Für Nicole Rehbach sah es aus, als wolle er sich im nächsten Moment auf den alten Mann an der Tür stürzen. Sie sagte später: «Ich hab nicht gleich geschaltet, dabei war es offensichtlich. Er wollte das Mädchen, nicht das Fahrrad. Mehrfach rief er, der alte Mann solle die Kleine nicht anfassen. So hat er das nicht ausgedrückt. Aber ich habe ihn so verstanden. Und ich fand, daß der alte Mann irgendwie komisch reagierte.»

Britta schaute unschlüssig und nun auch ängstlich zu Ben hinüber, der wüst auf der Stelle tänzelte und mit den Armen um sich schlug. Noch ein winziger Augenblick des Zögerns. Dann lehnte sie ihr Rad an den niedrigen Zaun vor Lukkas Vorgarten. Als sie hinter Heinz Lukka zur Haustür ging, geriet Ben völlig außer sich. Er kam in großen Sätzen auf das junge Ehepaar zu, gestikulierte heftig mit beiden Händen und schrie: «Rabenaas! Finger weg!»

Nicole Rehbach bekam nun doch Angst vor ihm. So schnell wie mit dem Rollstuhl möglich lief sie los. Ben rannte noch ein Stück hinter ihnen her. Sie hörte seine Schritte und wagte es nicht, sich nach ihm umzudrehen. Erst als sie den Stacheldraht hinter sich gelassen hatte und sah, daß noch Leute in den Gärten waren, blieb sie stehen und schaute sich noch einmal um. Von dem tobenden Riesen war nichts mehr zu sehen. Sie nahm an, er sei um den Bungalow herumgelaufen.

Es war ihrem Mann nicht recht, daß sie eine ältere Frau in einem der Gärten ansprach. Er verlangte wieder, sie solle sich nicht einmischen. Doch sie waren zuvor an der Rückseite des Bungalows vorbeigekommen. Nicole Rehbach hatte gesehen, daß die Terrassentür offenstand. Und sie dachte, wenn dieser Koloß durch die offene Tür eindringt – so ein schmächtiger Mann und das junge Mädchen, was sollen sie ausrichten gegen diesen Brocken?

Aber die Frau im Garten sagte: «Da machen Sie sich mal keine Sorgen. Lukka wird schon mit ihm fertig, der weiß, wie man mit ihm umgehen muß. Außerdem geht Ben nicht in Lukkas Haus, bestimmt nicht über die Terrasse. Das hat Lukka ihm schon vor Jahren abgewöhnt.»

Nachdem Lukka seinen letzten Schäferhund hatte einschläfern lassen müssen, hatte er lange gezögert, sich einen neuen Hausgenossen anzuschaffen. Wie er Thea Kreßmann mehrfach erklärte, war er zu der Einsicht gelangt, daß vielleicht nicht allein die enge Mietwohnung eine Verhaltensstörung bei dem Tier verursacht hatte. Die Einsamkeit tagsüber mochte ihren Teil dazu beigetragen haben. Und an dieser Einsamkeit änderte auch der Umzug ins neue, große Heim nichts. Tagsüber war er nun einmal in der Kanzlei in Lohberg, eine Stunde am Morgen und die Abende, mehr Zeit hatte er nicht, sich mit einem Hund zu beschäftigen. Nach dem brutalen Überfall im September 89 jedoch entschloß er sich zum Kauf eines robusten Bullterriers, der fertig abgerichtet und nicht so sensibel war wie ein Schäferhund.

Es war ein häßliches und bösartiges Vieh, das er frei im Haus laufen ließ, wenn er nicht daheim war. Antonia Lässler sah den Hund jedesmal, wenn sie vorbeikam. Mit gefletschten Zähnen hetzte er von einem Fenster zum anderen. Er bellte nie, war nur da und schien darauf zu warten, seine Zähne einsetzen zu dürfen. Antonia sagte oft: «Ich warte darauf, daß er durch die Scheibe geht. Das ist ein Killer.»

Paul sprach Heinz Lukka mehrfach auf die Gefahr an. Heinz beschwichtigte jedesmal. Der Hund war im Haus, Türen und Fenster waren geschlossen. Es konnte überhaupt nichts passieren.

Es passierte auch nichts. Antonias Furcht verlor sich allmählich. Der Bullterrier in Lukkas Bungalow wurde zu einer festen Einrichtung, um die man sich kaum noch kümmerte. Manchmal zuckte man zusammen, wenn man vorbeiging und er plötzlich an einem Fenster auftauchte. Im Frühjahr 90 jagte er Paul einen höllischen Schrecken ein, als er abends einen Inspektionsgang durch den jungen Mais machte und der Hund plötzlich auf der Terrasse stand und ein Grollen von sich gab. Aber ein kurzer Ruf von Heinz Lukka genügte, und das Tier trottete zurück ins Haus. «Er gehorcht ihm aufs Wort», sagte Paul anschließend zu Antonia.

An einem Abend im Juni 90 verließ Ben den Lässler-Hof kurz nach sieben. Bis dahin hatte er mit den Kindern neben der Garage gespielt. Heinz Lukka war bereits seit einer halben Stunde daheim, saß in seinem Arbeitszimmer und setzte einen Schriftsatz auf, wozu er am Nachmittag nicht gekommen war. Der Hund lag unter seinem Schreibtisch. Die Tür zur Diele stand offen, die zum Wohnzimmer ebenfalls. Auch die Terrassentür war in der milden Abendluft weit geöffnet.

Bevor Ben an diesem Tag auf dem Lässler-Hof erschienen war, hatte er eine Weile im Bruch gespielt und etwas gefunden. Eine ausgewachsene Ratte, die sich leider nicht mehr bewegte.

Antonia war von seinem Fund nicht begeistert gewesen und hatte ihn angewiesen, den Kadaver in die Mülltonne zu werfen. Das hatte er auch getan. Doch bevor er heimging, holte er sich seinen Schatz zurück.

Auf dem Weg zu Lukkas Bungalow hielt er den Kadaver in der Hand. Er roch ein wenig streng, aber das störte ihn nicht. Als er sich dem Bungalow näherte, stopfte er die Ratte in die Hosentasche. Er ging langsam, spähte über den Mais zur Terrasse, sah die offene Tür und hoffte auf einen Schokoladenriegel.

Angst vor dem Bullterrier hatte Ben nicht. Er war mit Tieren aufgewachsen und zeigte normalerweise nicht einmal Furcht vor Bruno Kleus Zuchtbullen. Wenn ihm eine Art fremd war, hielt er respektvoll Distanz. Das hatte er zu Anfang auch bei dem Bullterrier getan. Heinz Lukka hatte ihm tausendmal erklärt, wie er mit dem Hund umgehen sollte. Ben hatte nicht alle Worte verstanden, aber das Ergebnis war leicht zu begreifen. Freund Lukka war der Herr, und der Hund gehorchte. «Sitz!» Und er saß. «Bei Fuß!» Und er stand neben Freund Lukkas Bein. «Still!» Und er knurrte nicht einmal mehr.

Man mußte vorsichtig sein, durfte sich nicht hastig bewegen, wenn man das Haus betrat. Man sollte leise sprechen und die Hand nicht zurückziehen, wenn der Hund daran schnüffelte. Das alles hatte Ben gelernt. Er wußte sogar, daß der Hund es mochte, am Kopf gekrault zu werden, aber nur von seinem Herrn.

Ben kam auf die Terrasse, näherte sich langsam der offenen Tür und rief leise: «Freund!» Er erreichte die Tür, betrat den großen Wohnraum. Der Hund kam ihm aus der Diele entgegen. Ben streckte ihm eine Hand entgegen, wie Heinz Lukka es ihm gezeigt hatte. Es war die Hand, die die Ratte getragen hatte. Und ohne das geringste Warnsignal biß der Bullterrier zu.

Ben schrie auf, zerrte an seiner Hand, vergrößerte damit noch den Schmerz, den die tief ins Fleisch vergrabenen Hundezähne verursachten. Aus einem Reflex schlug Ben mit der freien Hand zu und traf die empfindliche Hundenase mit der Handkante. Es war ein äußerst heftiger Schlag gewesen. Trotz seiner guten Erziehung ließ der Hund los und schüttelte sich benommen.

Ben betrachtete voller Angst die Löcher in seiner Hand und das Blut, das auf den dicken Teppich tropfte. Er kreischte: «Freund!», was seine Lungen hergaben. Aber Freund Lukka erschien nicht, um ein Kommando zu geben.

Der Hund sprang ihn an, prallte mit geballter Kraft gegen Bens Brust und brachte ihn zu Fall. Ben riß einen Arm hoch, auch nur ein Reflex, doch damit schützte er sein Gesicht und die Kehle. Die Hundezähne gruben sich in seine Schulter, rissen und zerrten am Fleisch. Er schrie nicht mehr, wimmerte auch nicht vor Schmerz. Starr und stumm vor Furcht lag er auf dem Boden, vor seinen Augen begannen feurige Kreise zu tanzen. Und keine Hilfe kam. Kein Laut war zu hören, auch der Hund gab keinen Ton von sich.

Jeder andere hätte vielleicht mit letzter Kraft auf den Hund eingeschlagen oder sonst etwas Sinnloses getan. Ben tat etwas auf den ersten Blick Widersinniges. Er brachte den Arm, mit dem er Kehle und Gesicht schützte, nach unten, umklammerte mit beiden Armen den Hundekörper, zog ihn sich an die Brust wie zu einer innigen Umarmung. Dabei preßte er dem Bullterrier die Rippen zusammen und drückte gleichzeitig seine Fäuste gegen die Wirbelsäule des Tieres. Wieviel Kraft in Bens Fäusten steckte, ahnte niemand, weil er sie normalerweise nicht einsetzte.

Nach ein paar Sekunden gab es ein Knacken. Der Hund jaulte auf, die Zähne lösten sich aus Bens Fleisch, die Vorderläufe ruderten Halt suchend, die Hinterläufe hingen schlaff zur Seite. Ben schaffte es, sich von der Last des Hundekörpers zu befreien und auf die Beine zu kommen. Voll Abscheu und Zorn betrachtete er das Tier, das sich auf dem Fußboden krümmte und jaulte. Dann holte Ben aus und hieb mit der unverletzten Hand nach unten. Er traf – wieder mit der Handkante – den Hund dicht hinter dem Kopf. Das Jaulen verstummte auf der Stelle. «Finger weg!» schrie Ben.

Anderthalb Stunden später sagte Heinz Lukka zu Jakob und Trude: «Es tut mir so furchtbar leid. Ich war in der Garage. Ich hatte noch Akten im Auto und habe nichts gehört. Als ich ins Haus kam ... mein Gott, tut mir das leid. Aber der Arzt sagte, es sind nur Fleischwunden. Das wird wieder.»

Ben saß mit blassem Gesicht, dicke Verbände um Schulter und Hand, neben Trude auf der Couch.

«Und der Köter?» fragte Jakob. «Ich meine, wo er es jetzt einmal getan hat, wird er es bestimmt wieder tun.»

«Nein», sagte Heinz Lukka. «Er tut keinem mehr was. Ben hat ihm das Rückgrat und das Genick gebrochen.»

Aber das wußte Ben nicht. Von dem Tag an betrat er Lukkas Haus nicht mehr. Und das wußten einige – beispielsweise die alte Frau im Garten, die Nicole Rehbach beruhigte.

27. August 1995

Es war kurz vor zehn Uhr am Abend. Trude hatte Tanja hinaufgeschickt, sich die Zähne zu putzen und ins Bett zu gehen. Anschließend wollte sie Ben suchen, Jakob bestand darauf. Von seiner Jüngsten hatte Jakob erfahren, daß Ben Britta Lässler noch ein Stück begleitet, wahrscheinlich bis vor die Haustür gebracht hatte.

Jakob befürchtete, daß Paul auf die Begleitung seiner jüngsten Tochter anders reagiert hatte, als Ben es von ihm gewohnt war. Trude befürchtete ganz andere Dinge. Und noch hatte man draußen einen Rest Tageslicht, nicht mehr lange, und es war stockfinster. Zur Sicherheit steckte Jakob eine starke Taschenlampe ein, die im freien Feld nicht viel helfen würde.

Tanja kam noch einmal herunter auf einen letzten Gutenachtkuß für Jakob und küßte auch Trude flüchtig auf die Wange. Jakob ging zur Haustür. Er kam noch einmal zurück, als das Telefon klingelte.

Es war Paul, der sich in erzwungen leichtem Ton erkundigte, wann seine Kleine denn ans Heimkommen denke. Trude sah, daß Jakob sich auf die Lippen biß und bleich wurde. Sein Adamsapfel ruckte auf und ab. Er schloß die Augen und würgte hervor: «Ist sie noch nicht da, aber sie ist doch um acht ...»

Mehr hörte Trude nicht. Sie hatte nicht gewußt, daß es für die inneren Nöte noch eine Steigerung geben konnte. Vielleicht war es auch keine Steigerung. Vielleicht war nur der Gipfel erreicht und wurde nun überschritten. Hinter dem Gipfel ging es steil bergab auf das Ende zu. Und bergab ging es so rasend schnell, wie ein Meteorit durch den Weltraum flog. Rechts und links keine Sonnen mehr, keine Sterne, nicht die Löcher des Alls, nur noch grell flackernde, langgezogene, unendliche Streifen.

Als Trude den Blick endlich von diesen Streifen abwenden konnte, hatte Jakob den Hörer längst aufgelegt, stand mit wachsbleichem Gesicht vor ihr im Hausflur, schabte mit den Füßen über den Boden, räusperte sich wieder und wieder, weil er kaum ein Wort durch die Kehle brachte. Dann sagte Jakob, was Trude längst wußte. «Britta ist nicht heimgekommen. Paul will eine Suchmannschaft zusammenbringen, jetzt sofort, vielleicht kann man noch etwas retten.»

Jakob drehte sich der Treppe zu, an deren Fuß Tanja stand und mit ungläubigen Augen zu den Eltern hinsah, während sie flüsterte: «Aber Ben ist doch mit ihr gegangen.»

«Du gehst jetzt in dein Zimmer», befahl Jakob. «Schließ die Tür von innen ab. Schieb das kleine Schränkchen vor, klemm einen Stuhl zwischen das Schränkchen und das Bett. Und egal, was passiert: Du machst die Tür erst wieder auf, wenn ich davor stehe. Ich und sonst niemand. Hast du mich verstanden?»

Trude konnte nicht einmal mehr vor Entsetzen oder Entrüstung die Augen aufreißen. Sie ließ den Kopf hängen, betrachtete die Finger und blutigen Fetzen, die sich im Abgrund zu ihren Füßen häuften. Und plötzlich sah sie einen Balken. Es gab viele Balken in der Scheune. Sollte

Ben wirklich ... Sollte er eingesperrt werden, wo dann andere für ihn sorgten, wußte Trude, was sie zu tun hatte.

Jakob ging durch das Haus, von Zimmer zu Zimmer, ließ die Rolläden hinunter, ging in den Keller, schloß dort sämtliche Fenster und befestigte die Gitter davor. Zuletzt versperrte er die Kellertür, durch die Ben immer ins Haus kam.

Trude hörte, wie ein Riegel, ein Schloß nach dem anderen einschnappte, und innen war alles hohl und dunkel. Als Jakob zurück in den Hausflur kam, schlich sie hinter ihm her ins Freie, schaute ihm zu, wie er die Haustür absperrte, und hatte Mühe, wenigstens den oberen Teil der Lunge mit frischer Luft zu füllen.

«Das hätte er nicht getan! Das nicht! Ein Mädchen aus Lohberg, das er nicht kannte. Erichs Tochter, die ihn wahrscheinlich angebrüllt hat. Die junge Amerikanerin, die ihn vermutlich auch beschimpft hat. Das könnte vielleicht sein. Aber nicht Britta! Er hat sie als Baby im Arm gehalten. Er hat sie auf seinem Rücken reiten lassen. Sie ist doch für ihn wie seine Schwester.»

Sie wußte nicht, ob sie es nur dachte oder auch aussprach. Jakob reagierte nicht. Er stampfte davon, Trude hinter ihm her.

Zur gleichen Zeit nahm Antonia auf dem Lässler-Hof Paul den Telefonhörer aus der Hand und erledigte die restlichen Anrufe. Pauls Hände zitterten so stark, daß er keine Nummer mehr wählen konnte. Andreas war bereits mit seiner Frau und dem Schwiegervater auf dem Weg. Er hatte bei der Diskothek in Lohberg haltgemacht und seinen Bruder informiert. Achim sammelte im «da capo» ein paar Freunde um sich, in mehreren Wagen brachen sie auf.

Richard Kreßmann und Toni von Burg versprachen, sofort zu kommen mit allen zur Verfügung stehenden Leuten. Antonia mußte immer nur einen Satz sagen:

«Unsere Britta ist nicht heimgekommen.» Zu mehr war sie auch nicht in der Lage. Bruno Kleu war nicht daheim. Renate versprach, ihn zu schicken, sobald sie ihn sah. Vorab schickte sie ihre beiden Söhne. In Ruhpolds Schenke hielten sich noch sieben Männer auf, die sich zusammen mit Wolfgang Ruhpold auf den Weg ins Feld machten. Bei Heinz Lukka wurde nicht abgehoben, auch in der Wohnung über der Apotheke ging niemand ans Telefon. Erich Jensen und Heinz Lukka befanden sich zu diesem Zeitpunkt in einer Stadtratssitzung. Maria war nicht daheim.

Während das halbe Dorf aufbrach, um nach Britta Lässler zu suchen, und kein Mensch auf den Gedanken kam, die Polizei zu verständigen, verlor Trude den Rest ihres Kampfgeistes. Obwohl sie nicht dorthinwollte, lief sie mit trippelnden Schritten hinter Jakob her zum Bruch, zu der Stelle, an die Ben sie gestern geführt hatte.

Von Ben war weit und breit nichts zu sehen. Jakob ließ den Strahl der Lampe zwischen den moosbewachsenen Trümmern wandern, prüfte den Boden, den er bereits am Vormittag gründlich abgesucht hatte, erneut auf Winzigkeiten und Veränderungen. Nach einer halben Stunde bekamen sie Gesellschaft: Toni, Uwe und Winfried von Burg, Andreas Lässler und seine Frau Sabine. Andreas hatte einen Spaten dabei und begann augenblicklich an der Stelle zu graben, an der vor acht Jahren die Grube für Ursula Mohn ausgehoben gewesen war. Die anderen suchten das Gestrüpp ab. Um Trude kümmerte sich niemand. Sie irrte zwischen den Trümmerbergen umher, ohne Sinn und Verstand.

Kurz darauf trafen Richard und Albert Kreßmann ein, auch sie hatten einen Spaten dabei und eine Stange. Richard war halbwegs nüchtern und prüfte mit der Stange, ob der Boden irgendwo aufgelockert war. Albert schaute sich die Steinhaufen an und machte Jakob auf frische Spuren an dem großen Trümmerberg aufmerksam. Sie waren so winzig, daß Jakob sie zuvor übersehen hatte.

Uwe von Burg und Andreas Lässler kamen dazu. Zwanzig Minuten brauchten sie, um mit vereinten Kräften so viele der überwachsenen Steine fortzuschaffen, daß der Eingang zum Gewölbekeller freigelegt war. Andreas und Albert zwängten sich unter einem schräg liegenden Balken durch, während Jakob mit angehaltenem Atem auf einen Ruf des Entsetzens oder etwas anderes wartete.

Es fand sich in dem Gewölbe eine Menge, in der Hauptsache Schutt. Auf einem halb verrotteten Regal standen ein paar verbeulte Töpfe aus Aluminium, darin lagen uralte Besteckteile, Scherben von Porzellanfigürchen, Holzstücke und Unmengen von Knochen. Alles war ordentlich sortiert. Bei den Knochen handelte es sich meist um die Überreste von Feldmäusen, ein paar größere mochten von Ratten stammen. Von einem Menschen fand sich nichts.

Die jungen Leute machten sich daran,weitere der überwucherten Steinhaufen abzutragen. Ohne Ergebnis. Toni von Burg, Jakob und Richard Kreßmann kontrollierten die andere Seite der Senke und den Weg, der dort entlang führte. Um vier in der Nacht brachen die meisten zum Bendchen auf, um die freiwilligen Helfer dort zu unterstützen. Jakob nahm Trude beim Arm und folgte der Gruppe. Richard Kreßmann setzte sich am Rand der Senke auf den Boden, um ein wenig zu verschnaufen. Albert grub an seiner Stelle weiter.

Die Gruppe um Wolfgang Ruhpold war aufgebrochen und hatte mit der Suche beim Schlösser-Hof begonnen. Dort hatten sich die Männer geteilt. Vier von ihnen waren den Weg zum Bendchen abgeschritten und arbeiteten sich langsam in den Wald vor. Die anderen kontrollierten mit starken Lampen den gesamten Weg, den Britta Lässler hätte nehmen müssen.

28. August 1995

Bis um sechs in der Früh arbeiteten sich etwa dreißig Leute systematisch in den Wald hinein. Jakob wollte unbedingt bei ihnen bleiben, er war überzeugt, daß Ben über kurz oder lang auftauchte. Irgendwo mußte er schließlich sein. Trude schlich umher wie ihr eigener Schatten. «Du solltest sie heimbringen», riet Uwe von Burg seinem Schwiegervater. «Sie kann sich doch kaum noch auf den Beinen halten.»

Und Toni von Burg sagte: «Mach dir keine Sorgen um Ben, Jakob. Wenn ich ihn sehe, bringe ich ihn heim.»

Mit Trude im Arm brauchte Jakob länger als eine Stunde, ehe er den Hof erreichte. Unentwegt murmelte Trude etwas vor sich hin. Jakob verstand sie nicht, zog sie nur fester an sich, weil sie ständig über ihre eigenen Füße stolperte. Als sie in die Hofeinfahrt einbogen, sahen sie ihn sitzen – auf den Stufen vor der Haustür. Er spielte mit seinem Springmesser, ließ die Klinge herausschnappen, wieder verschwinden, erneut herausschnappen. Und vor ihm auf dem Boden lag Brittas Rad.

«Fein, Finger weg», sagte er und fuchtelte mit der Klinge herum.

Trude schrie auf und begann zu wimmern. Jakob setzte sie neben Ben auf die Stufe und riß seinem Sohn das Messer aus der Hand. Er preßte die Zähne aufeinander, daß es knirschte. «Wo ist das Mädchen?» fragte er. «Wo ist Britta?»

«Rabenaas», sagte Ben.

Jakob holte aus und schlug mit der geballten Faust zu. Er schlug so lange, bis Trude ihm in den Arm fiel. Aus ihrem Wimmern war ein Kreischen geworden. «Hör auf! Hör auf, du schlägst ihn ja tot.»

«Das wäre das beste!» sagte Jakob.

Ben saß noch auf der Stufe. Er war bei jedem Schlag

mit dem ohnehin wunden Rücken gegen die scharfe Kante einer anderen Stufe geprallt. Sein Gesicht war an zwei Stellen aufgeplatzt. Von der linken Augenbraue lief ihm ein dünner Streifen Blut die Schläfe entlang. Seine Nase blutete ebenfalls, eine Lippe war eingerissen. Und jetzt, fand Jakob, sah er aus wie ein Teufel.

Nachdem er von ihm abgelassen und die Haustür geöffnet hatte, erhob sich ein Teil von Trude und brachte Ben in die Küche, drückte ihn auf einen Stuhl, holte ein sauberes Tuch und machte sich daran, die aufgeplatzten Stellen mit kaltem Wasser zu betupfen.

Wie oft in all den Jahren hatte sie das tun müssen? Wie viele Beulen, Schrammen und Striemen hatte er heimgebracht? Wie viele Schläge, Tritte, Bisse und Kratzer hatte er eingesteckt?

Der andere Teil Trudes blieb vor der Haustür zurück, hob Brittas Rad vom Boden, stieg in den Sattel und radelte davon. Und während dieser Teil kräftig in die Pedale trat, während der Fahrtwind ihm das Haar aus dem Gesicht blies und die Gedanken kühlte, verschmolz etwas mit dem Rahmen, den Reifen, dem Lenker, tauchte tief und tiefer ein in Metall, Gummi und Vergangenheit, um zu ergründen, was das Rad gesehen hatte in den letzten Stunden. Den Mais! Zwischen den Speichen des Vorderrades hatte sich ein Stückchen von einem vertrockneten Blatt verfangen. Jakob hatte es nicht bemerkt in seiner hilflosen Wut und Verzweiflung.

Der Teil Trude, der in der Küche stand, fragte: «Willst du nicht die Polizei rufen?»

«Nein», sagte Jakob. «Jetzt lohnt sich das nicht mehr. Wenn er das Kind angerührt hat, wozu soll ich ihn da noch einsperren lassen?»

Trude schloß die Augen und hielt sich an der Tischkante fest. Jakob kontrollierte die lange Messerklinge. Spuren von Blut gab es daran nicht, nur ein paar Rostflecken. Er steckte es in seine Hosentasche, stieg die Treppe hinauf und ließ Tanja, die bereits heftig gegen die Tür klopfte, aus dem Zimmer. Zu zweit kamen sie zurück in die Küche. Jakob blieb bei der Tür stehen und beobachtete mit steifer Miene, wie Trude sich abmühte.

Tanja war mit zwei entsetzten Sprüngen neben dem Stuhl, ging in die Knie, legte den Kopf auf ein Bein ihres Bruders und strich mit einer Hand über das andere Bein. «Mein armer Bär, was haben sie mit dir gemacht?»

«Komm da weg», verlangte Jakob.

Als sie sich nicht von der Stelle rührte, kam er herein, riß sie am Arm in die Höhe, stieß sie beiseite und schaute Ben an. «Wenn du dich an der Kleinen vergriffen hast», sagte Jakob ruhig. «Wenn du ihr auch nur ein Haar gekrümmt hast, gehen wir beide auf eine lange Reise.»

Trude reagierte nicht. Tanja schrie auf und machte ihrer Entrüstung Luft in einem Ton, den Jakob nicht von ihr kannte. «Du bist ja völlig übergeschnappt. Was redest du für einen Mist?»

Jakob reagierte nicht. Er inspizierte Bens Hemd und die Hose, schaute sich Bens Hände genau an. Sie waren nicht schmutziger als sonst. Und sein Klappspaten lag im Keller. Er hatte ihn am vergangenen Abend nicht mitgenommen, als er seine Schwester und Britta Lässler begleitete. Möglich, daß er ihn irgendwann in der Nacht hatte holen wollen, aber die Türen und Fenster waren alle geschlossen gewesen.

«Wo ist das Mädchen?» fragte Jakob noch einmal.

«Freund», nuschelte Ben mit geschwollenen Lippen und vom Blut verstopfter Nase.

Tanja schimpfte ohne Unterbrechung, Jakob solle mit dem Blödsinn aufhören. Er solle sich lieber um die kümmern, die Ben geschlagen hätten.

«Das war er», sagte Trude teilnahmslos. «Er hat ihn immer so furchtbar geschlagen. Es ist alles nur seine

Schuld. Sibylle hat damals gesagt, mach einen Hund scharf, und du hast einen Beißer. Er hat ihn scharf gemacht.»

Trude hatte noch nicht zu Ende gesprochen, als Tanja mit beiden Fäusten auf ihren Vater losging. Im ersten Augenblick war Jakob viel zu überrascht, um sie von weiteren Schlägen abzuhalten. Dann hielt er ihr die Handgelenke fest, atmete tief durch und erklärte ihr, was er und viele andere in den letzten Stunden getan hatten und was draußen vor der Haustür lag. Danach war es eine Weile still in der Küche.

Tanja weinte. «Ich hätte mitgehen sollen.» Dann erhob sie Vorwürfe gegen Jakob. «Warum bist du nicht mit ihr gegangen? Onkel Paul hat mich auch nicht alleine gehen lassen.» Anschließend wollte sie sofort zu Onkel Paul, weil der sie jetzt nötiger brauchte. Aber zuerst mußte sie mit Ben reden, weil er wissen mußte, was mit Britta passiert war. «Wo ist sie? Du warst doch bei ihr.»

«Rabenaas», murmelte Ben noch einmal.

Jakob nickte voller Bitterkeit. «Da hörst du es.»

Was Jakob sagte, beachtete sie nicht. Mag sein, daß sie ihren Bruder besser verstand als alle anderen, weil Kinder ihre eigene Sprache haben und der Phantasie dreizehnjähriger Mädchen keine Grenzen gesetzt sind. Sie schaute Ben ins Gesicht, die Augen weit aufgerissen, die Lippen zitterten. Dann drosch sie plötzlich mit beiden Fäusten auf ihn ein, trommelte gegen seine Brust und schrie mit sich überschlagender Stimme: «Warum hast du denn nicht besser aufgepaßt? Warum hast du sie allein gelassen? Jetzt hat das Schwein auch noch Britta totgemacht.»

Trude zog sie an sich, nahm sie in die Arme und wiegte sie, bis das Schluchzen nachließ. Jakob nutzte die Zeit, um Ben nach oben zu bringen. Er schloß die Tür ab. Den Schlüssel steckte er ein, damit Trude nicht auf dumme Gedanken kam. Aber Trude war in Gedanken wieder mit dem Rad unterwegs. Einmal zum Mais und wieder zurück, vorbei an den Feldern, den Rückseiten der Gärten. Und noch einmal kehrt. Und wieder und wieder. Jakob nahm ihr die Tochter aus den Armen, ohne daß sie etwas davon merkte.

Schweren Herzens fuhr Jakob seine Jüngste zurück zum Lässler-Hof. Er wollte gleich weiter, um denen, die noch draußen waren, bei der Suche zu helfen. Aber Antonia, die zu Hause geblieben war in der Hoffnung, daß Britta noch heimkäme, bat ihn, wenigstens auf einen Kaffee zu bleiben.

Jakob setzte sich in einen Sessel, spürte ein wenig Hunger und die vergangene Nacht in den Knochen. Vor allem die Fäuste taten ihm weh. Antonia brachte ein Frühstück auf den Tisch, setzte sich zu ihm und Tanja. Sie war so ruhig, daß Jakob es nicht begreifen konnte. Nichts in ihrer Stimme verriet Sorge oder Schmerz, als sie sich erkundigte, ob Ben am vergangenen Abend und in der Nacht draußen gewesen sei.

Jakob nickte nur, der Bissen blieb ihm im Hals stecken. An seiner Stelle rasselte Tanja herunter, was ihr bekannt war. «Was Papa sagt, stimmt nicht, Antonia. Ben ist nach Hause gekommen, da waren sie gerade weg. Er hat gerufen, aber ich konnte ihn nicht reinlassen, Papa hatte mich eingeschlossen. Ich hab ihm gesagt, er soll sich vor die Tür setzen, das hat er auch gemacht, glaube ich. Er ist bestimmt nicht mehr weggegangen. Er hat Britta nichts getan. Du kennst ihn doch, er tut uns nichts.»

«Ja», murmelte Antonia und nickte. Nach einer kleinen Pause fuhr sie wie in Gedanken versunken fort: «Wie oft war er hier, hat mit euch gespielt. Immer war er sanft, egal, wie ihr ihm zugesetzt habt. Und wenn ihr ihn fortgeschickt habt, ist er gegangen. Vielleicht hat sie ihn fortgeschickt. Paul hatte ihr doch gesagt, daß sie sich von ihm fernhalten soll.»

Endlich brachte Jakob den feststeckenden Bissen hinunter, goß noch einen Schluck Kaffee durch die rauhe Kehle und erklärte heiser: «Er hat ihr Rad heimgebracht, Antonia.»

Das schien sie außer Fassung zu bringen, aber nicht für lange. Jakob bewunderte sie. Für einen winzigen Moment verzog sie ihr Gesicht wie unter starken Schmerzen. «Tu es in die Scheune, Jakob», verlangte sie anschließend. «Oder nein. Sieh zu, ob du es schaffst, daß er es dorthin zurückbringt, wo er es gefunden hat. Da hätte man einen Anhaltspunkt.»

Ob Ben das Fahrrad bereits bei sich gehabt hatte, als er kurz nach zehn heimkam, wußte Tanja nicht. Sie hatte sich nur aus dem Fenster beugen können, als sie ihn rufen hörte. Das Zimmer lag an der Rückseite des Hauses neben Bens Zimmer. Er war um die Hausecke gekommen – und wieder gegangen, als sie ihm auftrug, sich vor die Tür zu setzen und zu warten. Aber ob er tatsächlich die ganze Nacht dort gesessen hatte, konnte Tanja nicht sagen.

Brittas Rad hatte Trude bereits auf den Zwischenboden der Scheune gebracht, gleich nachdem Jakob weggefahren war. Und vorerst kam niemand auf die Idee, bei ihr nach etwas zu suchen oder sie mit Fragen zu belästigen. So fand sie auch Zeit genug, den blutigen Rucksack zu verbrennen.

Die Stimmung im Dorf hatte den Siedepunkt überschritten. Untereinander sprachen einige offen von dem Schaufelblatt, mit dem man Ben erschlagen müsse wie einen tollwütigen Hund. Andere vermißten Bruno Kleu bei der Suche und debattierten sogar in Gegenwart seiner Söhne über den starken Ast und den Strick, mit dem man Bruno aufknüpfen müsse.

Es war fast so wie früher. Da hatten sie auch nur hinter vorgehaltener Hand geflucht auf die Sterns und die Goldheims, die in ihren noblen Häusern saßen und als Viehhändler oder mit ihrem Fahrradgeschäft den Leuten das Geld aus der Tasche zogen. Und nur wenn sie unter sich waren, hatten sie gelästert über die kleine Christa von Burg, deren blödes Grinsen ihr Vater nicht mit all seinem Land und all seinem Geld aus der Welt schaffen konnte. Aber es wäre kein Mensch auf die Idee gekommen, die kleine Christa, die Sterns oder die Goldheims bei Wilhelm Ahlsen oder der Polizei anzuschwärzen.

So dachte auch niemand daran, ein offenes Wort zu verlieren über Ben, Bruno oder gar über Albert Kreßmann, der immer noch – inzwischen fast allein, sein Vater war am Rand der Senke eingeschlafen – im Bruch grub, als wolle er dort einen zweiten Keller ausheben. Erst Heinz Lukka tat, was getan werden mußte.

Der alte Rechtsanwalt war an diesem Montag kurz nach acht in seine Kanzlei gefahren. Um zehn hatte er einen Termin vor dem Amtsgericht. Als er um eins zurück in die Kanzlei kam, richtete seine Sekretärin ihm aus, es habe schon zweimal eine Frau Lässler angerufen und gebeten, er möge sich doch bitte umgehend melden.

Heinz Lukka zeigte sich erschüttert, als Antonia ihm erklärte, warum sie ihn so dringend sprechen wollte. «Um Gottes willen», sagte er. «Das kann doch gar nicht sein. Sie war noch bei mir gestern abend. Sie hatte einen kleinen Streit mit Ben. Es ging um ihr Fahrrad, glaube ich. Er war ziemlich aufgeregt. Ich habe sie ins Haus gerufen und ihn heimgeschickt. Aber viel Zeit hatte ich nicht. Ich mußte noch zu einer Sitzung und war ohnehin spät dran. Als wir aus dem Haus kamen, war ihr Rad weg. Ich nehme an, Ben hat es genommen. Ich habe ihr angeboten, sie rasch mit dem Wagen heimzubringen. Aber sie wollte ihr Rad suchen.»

«Hast du jemanden gesehen auf dem Weg?» fragte Antonia.

«Nicht, als wir aus dem Haus kamen», sagte Heinz Lukka. «Vorher war eine junge Frau da mit einem Mann im Rollstuhl. Ben war jedenfalls nirgends zu sehen. Hast du die Polizei verständigt?»

«Die können auch nicht mehr tun als die Männer draußen», meinte Antonia.

«Sag das nicht», widersprach Heinz Lukka. «Sie haben doch andere Möglichkeiten, Spürhunde, Hubschrauber, was weiß ich. Du solltest sie verständigen.»

Als Antonia ihm darauf nicht antwortete, meinte Heinz Lukka noch: «Zwei Mädchen aus einer Familie, das ist kein Zufall, Antonia. Und da glaube ich auch nicht mehr daran, daß Marias Tochter ausgerissen ist. Da sollte man eher annehmen, es hat jemand einen furchtbaren Haß auf euch. Mach den Trotteln in Lohberg die Hölle heiß, daß sie endlich die Kripo informieren. Oder soll ich es für dich tun?»

Nachdem er das Gespräch beendet hatte, bat Heinz Lukka seine Sekretärin, die Termine für den Nachmittag und den nächsten Tag abzusagen. Wenige Minuten später verließ er die Kanzlei und fuhr zur Polizeistation. Von seinem persönlichen Erscheinen versprach er sich mehr als von einem Anruf. Um den Beamten den nötigen Druck zu machen, schaltete er auch die Presse ein. Heinz Lukka verschwieg allerdings, daß Britta Lässler in Bens Begleitung gewesen war und er sie ins Haus gerufen hatte, weil Ben auf dem Weg tobte.

Der Dienststellenleiter persönlich machte sich sofort auf den Weg zum Lässler-Hof. Er traf nur Antonia und Tanja Schlösser an. Von Antonia hörte er, daß seit dem vergangenen Abend das halbe Dorf auf den Beinen war und man bisher keine Spur von ihrer Tochter gefunden hatte. Tanja Schlösser erklärte, sie habe Britta bis zur Abzweigung begleitet. Daß damit die Abzweigung zum Schlösser-Hof gemeint war, erfuhr er nicht. So mußte er davon ausgehen, Britta Lässler sei auf den letzten achthundert Metern zwischen Lukkas Bungalow und ihrem Elternhaus verschwunden. Und da gab es theoretisch nur eine Möglichkeit – ein Auto.

Kurz vor drei am Montag nachmittag wurde ich verständigt.

Von Ben war dabei mit keinem Wort die Rede. Ich habe Jahre gebraucht, um alle Fakten zusammenzutragen.

Als ich die Ermittlungen aufnahm, lag Ben hinter verschlossener Tür auf seinem Bett, müde und zerschlagen, verwirrt und verängstigt. Trude saß in der Küche, aß nicht, trank nicht, dachte nicht, schwebte nur haltlos über dem Abgrund. Antonia hatte dafür gesorgt, daß sie von der Polizei unbehelligt blieb. Der Dienststellenleiter hatte Antonia so verstanden, daß Tanja Schlösser nur deshalb auf dem Lässler-Hof war, weil ihre Mutter – also Trude – einen Herzanfall erlitten hatte, als sie von Brittas Verschwinden hörte. Man ging davon aus, Trude sei im Krankenhaus.

Und Jakob war draußen. Er war vom Lässler-Hof aus nicht zurück nach Hause gefahren, hatte nicht getan, worum Antonia ihn gebeten hatte. Es waren zu viele Leute unterwegs, um Ben das Fahrrad durch die Gegend schieben zu lassen. Aber das war nur einer von vielen Gründen. Bis zum frühen Nachmittag beteiligte Jakob sich noch an der Suche. Als die ersten Uniformen im Gelände auftauchten, fuhr er zum Baumarkt Wilmrod. Den Dienstag hätte er gerne freigenommen. Das ginge nur am Nachmittag, wurde ihm gesagt.

Am Montag abend fuhr er mit steifem Herzen zuerst heim, schaute kurz nach Trude, sah sie reglos am Tisch sitzen, überzeugte sich, daß Ben in seinem Zimmer war, und fuhr zum Lässler-Hof. Immer noch seltsam berührt von Antonias Haltung, erhoffte er sich ein ähnliches Entgegenkommen von Paul. Aber mit Paul war nicht zu reden.

Jakob streichelte seine Tochter, die neben Paul auf der Couch saß, mit Blicken. «Ich möchte sie gerne wieder mitnehmen», sagte er. «Damit Trude jetzt nicht alleine ist. Es geht ihr nicht gut. Und ich muß morgen früh zur Arbeit.»

Paul legte einen Arm um Tanjas Schultern und zog sie an sich. «Sie bleibt hier, bis meine Kleine wieder da ist. Das ist gerecht, oder?»

«Das kannst du nicht machen», sagte Jakob.

«Ich kann noch viel mehr machen», erklärte Paul. «Ich mache dir einen Vorschlag. Wenn du dafür sorgst, daß Ben in eine Anstalt kommt, können wir weiterreden. Heinz war am Nachmittag hier und hat die Hand für ihn gehoben. Wenn Ben nicht mehr hier ist und es weitergeht, kann ich auch schwören, daß er keinem Menschen etwas antut. Aber wenn es dann aufhört, haben wir getan, was schon viel früher hätte getan werden müssen.»

«Hör nicht auf ihn, Jakob», sagte Antonia. «Ich glaube, Heinz hat recht. Wer uns das antut, muß einen furchtbaren Haß auf uns haben. Und Ben weiß nicht, was Haß ist. Hat er dir gezeigt, wo er das Rad gefunden hat?»

Jakob konnte ihr darauf nicht antworten, er schüttelte nur den Kopf und ging.

Antonias Sünden

Wäre Britta Lässler vier Jahre früher etwas zugestoßen, hätte kaum einer im Dorf Mitleid mit Paul und Antonia gehabt. Es war das Jahr, in dem Jakob das Vieh verkaufte, seine Ländereien verpachtete und auf den Gabelstapler in Wilmrods Baumarkt stieg.

Es war ein schlimmes Jahr für Jakob. Die Arbeitsgemeinschaft mit Paul und Bruno, die sich lange Zeit bewährt hatte, war aufgelöst worden. Toni von Burgs Beispiel hatte Schule gemacht. Spezialisierung hieß das Zauberwort. Sogar Richard Kreßmann war auf den Geschmack gekommen, schaffte den kompletten Viehbestand ab und widmete sich nur noch dem Ackerbau. Da hatten seine Arbeiter wenigstens am Wochenende frei.

Paul konzentrierte sich auf die Schweinemast, nur den Futtermais baute er noch selbst an. Bruno verlegte den Schwerpunkt auf Milchwirtschaft und Zuckerrüben. Nur Jakob tat noch von allem etwas. Für teure Investitionen fehlte das Geld. Und auch ein hochmoderner Betrieb brauchte mehr als zwei Hände. Allein war es für ihn nicht zu schaffen.

Im Winter 90/91 waren er und Trude sich einig geworden, daß es keinen Sinn mehr hatte, so weiterzumachen wie bisher. Natürlich war Jakob kräftig, konnte es, was die Arbeit anging, noch mit einem Dreißigjährigen aufnehmen. Aber auch ein Dreißigjähriger wäre gescheitert, hätte er alles alleine machen müssen. Zwei Monate lang, für Jakob waren es entsetzlich lange Monate, hingen sie praktisch in der Luft, rechneten hin und her. Und unter dem Strich blieb immer nur so viel übrig, daß man dafür einen Strick hätte kaufen können.

An einem Abend im Februar sprach Jakob mit Wolfgang Ruhpold über die düstere Zukunft. Heinz Lukka stand daneben, und meinte: «Den Kopf in den Sand stekken hilft dir nicht weiter. Ich werde mich mal umhören, vielleicht kann ich etwas für dich tun.»

Mehr wollte Heinz Lukka nicht sagen, damit Jakob sich keine voreiligen Hoffnungen machte. Aber da Wilmrod den günstigen Bauplatz im Gewerbegebiet und ein paar weitere Vergünstigungen vor allem dem Einsatz des Rechtsanwalts zu verdanken hatte, war die Sache von

Anfang an aussichtsreich. Und schon zwei Tage später wurde es amtlich. Heinz Lukka kam spätabends vorbei und erklärte Jakob, zu welchen Bedingungen er fortan arbeiten könne. Reich werden konnte er nicht dabei, aber der Lebensunterhalt war sichergestellt, und das war die Hauptsache.

Schon in der nächsten Woche ging für Jakob das geregelte Leben los. Kein Vieh mehr, das Sommer wie Winter, wochentags wie feiertags versorgt werden wollte. Kein Weizen, der in einem Jahr so viel Regen bekam, daß er an den Halmen faulte, und im Jahr darauf vertrocknete, weil es nicht regnen wollte. Keine Kartoffeln, die in dem einen Jahr von so schlechter Qualität waren, daß die Leute sich beschwerten. In anderen Jahren waren es solche Massen, daß sie kaum etwas einbrachten.

Genießen konnte Jakob es trotzdem nicht. Er vermißte den Himmel über dem Kopf, schaute wohl zwanzigmal zu der hohen Decke in Wilmrods Baumarkt hinauf. Auch die Lohnabrechnung am nächsten Ersten versöhnte ihn nicht mit dem Dankeschön, daß er zu Heinz Lukka hatte sagen müssen.

Aber Trude blühte ein wenig auf. Das brachte Jakob zu der Ansicht, die richtige Entscheidung getroffen zu haben. Im September machten sie Urlaub, den ersten richtigen, drei volle Wochen, in denen er hätte ausschlafen können. Er tat es nicht, es war doch hier und dort etwas zu richten. Das erledigte er frühmorgens, danach ging er zu Paul und fragte, ob er ein wenig helfen könne.

So verging die erste Woche. Anfang der zweiten sagte Paul, während sie nebeneinander im Schweinestall arbeiteten: «Statt bei mir zu schuften, solltest du lieber mit Trude für ein paar Tage wegfahren. Es täte ihr bestimmt gut. Und dir auch.»

Der Vorschlag kam nicht von Paul selbst. Antonia hatte anklingen lassen, daß Trude nach all den aufreibenden Jahren ein wenig Erholung verdient habe, Jakob natürlich auch. Und was Ben anging, er sei doch ein Schaf. Ein Frühstück am Morgen, ein Mittagessen und zum Abend noch eine Mahlzeit, ein Bett für die Nacht, ansonsten brauchte er nur Freiheit.

Nach dem Frühstück lief er zum Bendchen. Nach dem Mittagessen trieb es ihn zum Bruch. Irgendwann am Nachmittag tauchte er dann auf dem Lässler-Hof auf. Zuerst saß er mit den Kindern am Tisch. Während sie ihre Aufgaben für die Schule lösten, fuhr er mit der Fingerspitze über die Tischplatte, als wolle er ebenfalls schreiben oder rechnen. Aber auch ein Blatt und einen Stift, um etwas zu kritzeln, lehnte er ab. Er war kein Schüler, er war der Wächter. Wenn Antonia dazukam, um die Aufgaben der Kinder zu kontrollieren, lachte und blinzelte er sie an, immer in Sorge, daß sie ihn wegschickte, weil er die Kinder störte, und im Bemühen, sie sich wohlgesinnt zu machen.

Später lief er hinter den Kindern her über den Hof, trug ihnen die Puppenwagen von einem trockenen Fleck zum nächsten, damit sie diese nicht durch den Dreck schieben mußten. Und wenn sie in den kleinen Töpfen vom Puppengeschirr eine Brause anrührten oder ein wenig Vanilleeis auf den Tellern schmelzen ließen, setzte er sich erwartungsvoll auf die Stufen vor die Haustür, schlürfte die Brause oder leckte das geschmolzene Eis samt den hineingeratenen Sandkörnern von den Puppentellern.

Manchmal schickten sie ihn um die Hausecke. Dann war er der Vater, mußte zur Arbeit in den Schweinestall und durfte erst wieder neben ihnen auf den Stufen sitzen, wenn Tanja rief: «Jetzt ist Feierabend, Bär, jetzt kommen die Männer zum Essen.» Und bis sie ihn riefen, zog er hinter dem Haus seine Kreise. Nickend und murmelnd überdachte er wohl seine Erkenntnisse des Lebens.

Gutmütig, das war alles, was Antonia dazu einfiel. Ein

achtzehnjähriges Riesenkind, das mit Puppen spielte und sich von zwei kleinen Mädchen kommandieren ließ. Warum sollte Trude da nicht für ein paar Tage eine Freiheit genießen, die sie nicht kannte? Aller Sorgen und Pflichten ledig.

Als Jakob an dem Abend heimkam und von dem Vorschlag berichtete, den Paul und Antonia gemacht hatten, faßte Trude es gar nicht, wollte zunächst auch nicht so recht. Aber Jakob hatte bereits Gefallen daran gefunden, erinnerte an ihren Aufenthalt im Krankenhaus, wo das doch auch prima geklappt habe mit Ben und Antonia.

Drei Tage später lud Jakob zwei Koffer ins Auto. Für eine Woche in den Schwarzwald, eine kleine Pension, Doppelzimmer mit fließend Wasser und Frühstück. Vor der Abfahrt versah Trude Antonia mit Ratschlägen, Hinweisen, Verhaltensmaßregeln und der Telefonnummer der Pension für Notfälle.

Als sie zu Jakob ins Auto stieg, rechnete sie fest damit, daß Ben sie zurückhielt, daß er an ihrem Arm riß, tobte und jammerte. Aber Ben stand vor Lässlers Haustür, links und rechts ein kleines Mädchen neben sich. Ben strahlte wie die Sonne an einem klaren Frühlingsmorgen und hob erst den Arm und winkte, als Antonia ihn dazu aufforderte.

Richtig genießen konnte Trude ihren Urlaub trotzdem nicht. Hundertmal am Tag fragte sie sich, was er wohl gerade tat. Dreimal rief sie abends bei Antonia an. Jedesmal lachte Antonia und umriß in knappen Worten, womit Ben sich die Zeit vertrieb. Spielen, essen und schlafen. Und wenn sie ihm, natürlich nur unter Aufsicht, ein kleines Küchenmesser und eine dicke Kartoffel überließ, ritzte er ein Muster in die Schale. Was es darstellen sollte, wußte Antonia nicht, aber es sah hübsch aus.

In den ersten Tagen blieb Antonias gutes Werk unentdeckt. Wäre das so geblieben, hätte sich niemand aufgeregt. Daß Trude und Jakob im Schwarzwald weilten, war keinem bekannt. Aber dann machte Antonia den Fehler, am Sonntag nachmittag mit drei Kindern die Eisdiele ihres Vaters aufzusuchen. Ihr Vater setzte sich zu ihnen an den Tisch. Illa und Toni von Burg stießen dazu. Und zwei Tische weiter saß Thea Kreßmann mit ihrem Sohn.

Antonia berichtete über die zurückliegenden Tage, wie gutmütig Ben war, wenn man ihm nur ab und zu ein gutes Wort, ein Lächeln oder eine sanfte Hand gönnte. Er könne schmusen wie ein alter Kater, erzählte Antonia. Ein Wunder, daß er nicht schnurrte dabei. Vor allem morgens, wenn er aus dem Bett kam, war er weich wie ein Federkissen, blieb bei der Küchentür stehen, bis sie sich zu ihm umdrehte und die Arme ausbreitete. Dann kam er mit verschämtem Grinsen näher, ließ sich umarmen und auf die Stirn küssen, wobei er den Kopf tief hinunterbeugen mußte, und dann rieb er sein Gesicht in Antonias Halsbeuge. Es sei eine Schande um ihn, sagte Antonia, daß ihm die Liebe für sein ganzes Leben versagt bleiben würde.

Toni von Burg betrachtete Ben mit wehmütigem Blick, stimmte Antonia zu und erinnerte an seine kleine Schwester, der ihr gesamtes Leben versagt geblieben war.

Wenn es nach ihr ginge, sagte Antonia, und Paul Bens Vater wäre, würde sie verlangen, daß er mit ihm in gewisse Häuser ginge. Daß Paul sorgfältig auswählte, damit Ben nicht schlecht behandelt und eilig abgefertigt wurde.

Es sprach sich schnell herum, wie Antonia dachte. Und jeder halbwegs vernünftige Mensch im Dorf schlug die Hände über dem Kopf zusammen. Diese Südländer, heißblütig und leichtlebig! Nichts anderes im Kopf als Schweinereien. Mit Ben in gewisse Häuser! Auf solch eine Idee konnte nur Antonia kommen. Da mußte sich niemand wundern, wenn sie eines Tages auf die Idee kam, ihre eigenen Töchter zu ihm ins Bett zu stecken. Jeder im Dorf wartete auf das Unglück, das zwangsläufig kommen mußte. Aber es kam nicht, nicht in jenem Jahr.

29. August 1995

Ein Tag, eine Nacht und wieder ein Morgen. Die ganze Nacht hatte Trude am Küchentisch gesessen. Jakob hatte sich auf die Couch im Wohnzimmer gelegt, um in ihrer Nähe zu sein, falls sie ihn brauchte. An einen Wecker hatte er nicht gedacht und verschlafen. Es war schon neun, als er aufstand. Er holte die Zeitung herein und legte sie aufgeschlagen vor Trude auf den Tisch.

Brittas lachendes Mädchengesicht schaute Trude an. So jung noch und so unschuldig. Da reagierte sie endlich. «Darf ich ihm wenigstens ein Frühstück bringen?» fragte sie. «Er hat gestern gar nichts bekommen.»

Gewimmert hatte er die Nacht hindurch, manchmal zaghaft gegen die Tür gepocht, ein paarmal gerufen: «Freund» und «Finger weg» und «fein macht». Was bedeuten mochte, daß er es gut mit allen meinte, daß er wußte, was ihm verboten war, daß er sich doch nur bemüht hatte, das Richtige zu tun. Aber es konnte auch ganz etwas anderes heißen. Trude hatte ihn gehört, aber nichts für ihn tun können.

«Meinetwegen», sagte Jakob. «Aber laß ihn nicht raus.»

Er legte den Schlüssel auf den Tisch, faltete die Zeitung zusammen und klemmte sie sich unter den Arm. Während er zur Tür ging, erklärte er: «Ich bin kurz nach Mittag wieder da. Dann zeig ich ihm das Foto. Mal sehen, was passiert.»

Trude blieb am Tisch sitzen, hörte den Dieselmotor

brummen, das Geräusch entfernte sich rasch. Als es verklang, stieg aus der Dunkelheit im Innern eine Flamme auf. Sie fraß sich so rasend schnell durch Trudes Adern ins Hirn, daß alles in der Hitze erstickte. Nicht einmal Furcht blieb übrig, nur heiße, trockene, staubige Ruhe.

Trude ging zur Scheune, stieg auf ihr Rad und verriegelte das Scheunentor hinter sich, damit niemand während ihrer Abwesenheit über Brittas Rad stolperte. Dann fuhr sie ins Dorf. Am Anfang der Bachstraße gab es einen kleinen Kiosk. Dort erstand sie ein zweites Exemplar der Tageszeitung, fuhr zurück und saß wieder am Küchentisch, betrachtete das lachende Mädchengesicht auf der ersten Seite, erfüllt von der Ruhe, die sich während der Fahrt abgekühlt hatte und nun einem großen Eisblock glich.

Nachdem sie sich Brittas Gesicht eine halbe Stunde lang angeschaut hatte, ohne das Geringste zu empfinden, machte sie für Ben ein kräftiges Frühstück. Zusammen mit dem Teller trug sie die Zeitung hinauf.

Er lag auf dem Bett und schlief. Das Geräusch des Schlüssels weckte ihn. Als Trude eintrat – mit einem Lächeln auf dem Gesicht und dem Essen in der Hand –, lächelte er auch. Er richtete sich auf und griff hastig nach dem ersten Brot.

Trude setzte sich zu ihm auf die Bettkante, die Zeitung hielt sie unter dem Arm. Der Teller war rasch leer. Sie strich ihm das Haar aus der Stirn und murmelte: «Du armer Kerl. Sicher hast du auch Durst.»

Dann nahm sie ihn mit hinunter in die Küche, obwohl Jakob es strikt verboten hatte. Aber Jakob zählte nicht mehr. Es ging nur noch um sie und um ihn, um eine Frau und um das, was ihr Leib in die Welt gespuckt hatte. Es mochte nicht gut sein, aber es war auch nicht böse. Niemand hatte das Recht, es zu töten, auch nicht der eigene Vater.

Er kippte zwei Becher Milch hinunter und wollte anschließend zur Tür. «Nein, nein», sagte Trude rasch.

Er blieb stehen.

«Gleich», sagte sie. «Gleich darfst du raus. Komm erst einmal her und paß auf. Paß gut auf, was ich sage.»

Er kam zurück zum Tisch und schaute sie aufmerksam an. Sie tippte mit dem Finger auf das Mädchengesicht. «Das ist Britta», sagte Trude bedächtig. «Wir alle mögen Britta sehr gern. Ich hab immer gedacht, du magst sie auch sehr gerne. Wenn du ihr weh gemacht hast, warst du nicht lieb. Hast du ihr weh gemacht?»

«Freund», sagte er.

«Ja», sagte Trude, «du bist ihr Freund. Und du bist auch Antonias Freund, nicht wahr? Du hast Antonia doch lieb?»

«Fein», sagte er.

«Ja», sagte Trude. «Antonia ist fein. Aber jetzt ist Antonia traurig und weint, weil Britta weg ist. Wenn Britta nicht zurückkommt, muß ich auch weinen. Willst du, daß ich weine?»

Er schüttelte den Kopf, als habe er jedes Wort verstanden. Trude atmete tief durch, mobilisierte damit die letzten noch unter staubiger Ruhe schlummernden Kräfte und fuhr fort: «Es haben schon viele Leute nach Britta gesucht und sie nicht gefunden. Aber du findest doch immer die schönen Sachen. Du hast mir schon viel gebracht, eine Tasche und eine Jacke und Brittas Rad. Das hast du fein gemacht. Da freue ich mich immer, wenn du mir etwas Feines bringst. Und jetzt bringst du mir Britta, ja?»

Ihr Finger tippte unentwegt auf das Mädchengesicht in der Zeitung. «Du bist doch mein guter Ben, du bist mein Bester. Du kriegst ein großes Eis, wenn du sie zu mir bringst. Aber du mußt dich beeilen und aufpassen, daß dich keiner sieht.»

Es war niemand in unmittelbarer Nähe, der ihn hätte

sehen können. Die freiwilligen Helfer hatten die Suche inzwischen aufgegeben. Unsere Ansicht, daß Britta Lässler in einem Auto verschleppt worden war, hatte sich herumgesprochen und deckte sich mit den Ergebnissen der Suchaktion. Es ging niemand mehr davon aus, das Mädchen in der Umgebung des Dorfes zu finden.

Nachdem Ben das Haus durch den Keller verlassen hatte, schlich Trude hinauf in sein Zimmer. Sie hatte eigentlich mit ihm gehen wollen. Aber das hätten die Beine nicht geschafft, der Kopf und das Herz auch nicht. Sie stellte sich ans Fenster, konnte ihn aber nicht entdecken.

Kurz vor zwölf klingelte es an der Haustür. Trude schleppte sich hinunter, öffnete bereits den Mund, um der Polizei zu sagen, daß ihr Mann auf der Arbeit und ihr Sohn unterwegs sei. Aber vor der Tür stand nur Tanja mit verweintem Gesicht. Antonia hatte sie heimgeschickt, um mit Ben zu reden.

Trude setzte sich mit ihr in die Küche. «Ich hab ihn rausgelassen», sagte sie. Und obwohl sie einander sonst kaum etwas zu sagen hatten, Ben brachte sie ein wenig näher.

Tanja weinte wieder, um Britta und um den Bruder. «Wenn ich mitgegangen wäre … Ich verstehe nicht, warum er sie nicht nach Hause gebracht hat.»

Dann klappte unten die Kellertür. Trude seufzte leise. «Da kommt er, du gehst jetzt besser.»

Aber Tanja wollte unbedingt mit ihm reden. «Laß es mich versuchen, Mama. Antonia meint auch, daß er vielleicht etwas weiß. Und ich verstehe ihn bestimmt. Ich verstehe nämlich eine ganze Menge. Weißt du, wenn er zum Beispiel Rabenaas sagt. Ihr denkt immer, er schimpft. Aber das tut er nicht. Er meint damit nur, daß jemand tot ist oder daß etwas passieren kann, wenn man nicht aufpaßt.»

Als Ben in die Küche kam, sprang Tanja auf, machte

einen Schritt auf ihn zu und sah, daß er einen Beutel in der Hand hielt. Es war ein schmutziger, blauer Plastiksack. Trude kannte die Art von Säcken. Einige im Dorf benutzten sie für Grünabfälle. Sie hatte auch eine Rolle davon im Keller und ging davon aus, daß er im Hinausgehen einen Sack genommen hatte. Es war nicht viel darin, nur ein runder Gegenstand – wie ein Ball.

«Du gehst jetzt besser», wiederholte Trude und streckte die Hand nach dem Sack aus. «Du kannst morgen mit ihm reden.»

Tanja schüttelte den Kopf, fragte mit gerunzelter Stirn: «Was hast du da, Bär?»

Er lächelte schief mit geschwollenen Lippen. «Fein», sagte er. Dann trat er mit dem Sack in der Hand auf den Küchentisch zu. Trude wußte, daß kein Ball in dem Sack war. Sie hatte ihn nicht aufgefordert, nach einem Ball zu suchen. Und in der Zeitung war nur das Gesicht abgebildet. Er griff in den Sack und legte den Kopf auf den Tisch. Brittas Gesicht lächelte nicht mehr, es war erschlafft und blutig.

Den Schrei ihrer Tochter hörte Trude nicht. Sie sah auch nicht, daß Tanja aus der Küche stolperte und Ben hinterherlief, hörte nicht, daß die Haustür hinter beiden ins Schloß fiel. Trude sah nur das erschlaffte, blutige Gesicht und hörte, wie das eigene Blut durchs Hirn dröhnte.

Sie faßte den Kopf vorsichtig bei den Haaren, steckte ihn zurück in den Sack und trug ihn hinaus in den Garten. Bis Jakob heimkam, verging noch eine halbe Stunde, in der Trude ein Loch grub, den Sack hineinsteckte, Erde darauf häufte und ein paar von den welken Salatköpfen hineinsteckte. Sie war gerade fertig, als Jakob auf den Hof fuhr.

Für die Menschen im Dorf war Marlene Jensen das erste Opfer dieser furchtbaren Sommerwochen. Von Svenja Krahl wußte nur Trude – allerdings nichts Genaues. An Althea Belashi dachte kaum noch jemand. Und niemand ahnte, daß für Ben im November 94 ein Wunder geschehen war. So wie für Jakob Edith Stern von den Toten auferstanden war, wurde auch Bens Warten auf die Artistin belohnt. Bei der Hochzeit von Andreas Lässler und Sabine Wilmrod sah er sie wieder, die vor fünfzehn Jahren so freundlich gewesen und in der Erde verschwunden war.

Gefeiert wurde im Saal von Ruhpolds Schenke. Das Brautpaar hätte es lieber etwas stiller gehabt. Aber da hätte es am Ende geheißen, der Baumarkt Wilmrod werfe nicht genug ab. Da die Hochzeit vom Brautvater ausgerichtet wurde und er sich nicht lumpen lassen wollte, war alles geladen, was Rang und Namen hatte. Mit Ausnahme von Heinz Lukka, er machte Urlaub.

Jakob hatte lange gezögert, die Einladung anzunehmen, schließlich war er doch nur noch ein Lagerarbeiter. Dabei war Wilmrod ein patenter Kerl, der nie vergaß, daß er sich aus kleinsten Anfängen hatte hocharbeiten müssen. Mit ein paar Nägeln und Schrauben hatte er in der kleinen Eisenwarenhandlung begonnen, die ihm von seinem Vater vererbt worden war. Wilmrod kehrte nicht bei jeder Gelegenheit den Chef heraus, wie andere das taten.

Mit dem Prokuristen trank er oft nach Feierabend noch ein Bier. Aber das war etwas anderes, fand Jakob. Vermutlich hatte Wilmrod nie daran gedacht, eines Tages mit seinem Lagerarbeiter das Hochzeitsmahl seiner einzigen Tochter einzunehmen.

Für Jakob war es fast, als wolle er sich anbiedern. Er

saß während der Messe mit gesenktem Kopf neben Ben und bemerkte nicht, was vorging. An Bens rechter Seite saß Trude und hielt eine Hand auf seinem Bein, weil er so unruhig zappelte. Still in einer Kirchenbank zu sitzen war nicht seine Sache.

Der neue Pfarrer redete ziemlich lange und langsam, unterstrich seine Worte mit Gesten, ließ die Meßdiener das Weihrauchfäßchen schwenken, so daß der halbe Altar vernebelt wurde. Sogar die Braut rutschte unruhig auf dem Polsterbänkchen herum. Auch mit der Feierlichkeit konnte man es übertreiben.

Aber dann bemerkte Trude, daß es nicht die ausufernde Zeremonie war, die Ben zappeln ließ. Sie saßen in einer der letzten Bänke im linken Kirchenschiff. Zwei Bänke vor ihnen saßen Erich und Maria Jensen mit ihrer Tochter Marlene. Ben schaute nicht zum Altar, konnte den auch gar nicht sehen, weil ihm eine dicke Säule den Blick versperrte. Er blickte nur auf den zierlichen Rücken zwei Bänke vor ihnen, auf das von Maria sorgfältig frisierte Haar, das in blonden Locken um Marlenes Schulter wogte.

Wenn das junge Mädchen gelangweilt den Kopf zur Seite drehte, schaute Ben auch auf das Profil. Und jedesmal quälte sich ein langer Seufzer durch seinen mächtigen Brustkasten zu Trudes Ohren. Sie beugte sich zu ihm und flüsterte: «Jetzt sei still, es ist gleich vorbei. Dann gibt es einen leckeren Nachtisch.»

Und Ben flüsterte, ohne den Blick von den zarten Konturen zu lösen: «Fein.»

Trude begriff rasch, wen er meinte. Auch sie stutzte und fühlte sich erinnert an den grazilen Körper, der über ihren Köpfen durch die Luft schwang. Sie sah das hübsche Gesicht der jungen Artistin noch einmal deutlich vor sich, wie sie zu Ben kam, sich für den donnernden Applaus bedankte, wie sie ihn mit in die Manege nahm, ihn später auf beide Wangen küßte. Trude schüttelte die Erinnerung ab, es war so lange her, fünfzehn Jahre.

Daß es in seinem Kopf keine Zeit gab, nur jetzt und vorbei, daß auch vorbei immer präsent war, als sei es vor einer Stunde gewesen, wußte Trude nicht. Für sie war Marlene Jensen ein bildschönes junges Mädchen mit einer verblüffenden Ähnlichkeit. Und er war ein junger Mann, wurde bald zweiundzwanzig und hatte – wie Jakob es einmal treffend ausdrückte – vielleicht mehr Gefühl als seine Eltern, konnte es nur leider nicht so steuern wie andere.

Es war der Augenblick, vor dem Trude sich seit langem fürchtete. Daß er sein Herz entdeckte. Sie setzte all ihre Hoffnung auf die Kinder, die ihn normalerweise immer auf andere Gedanken brachten.

Kurz nach elf war der Bund endlich geschlossen. Andreas Lässler führte seine junge Frau auf das Portal zu. Eltern und Gäste folgten langsam. Draußen stand eine Kutsche mit vier Schimmeln davor. Festlich geschmückt, herausgeputzt mit Girlanden und Federbüschen am Zaumzeug. Niemand dachte dabei an die verstaubten Decken und die bunten Plakate, mit denen der Zirkus für sich geworben hatte. Nur Ben sah das noch deutlich in dem hellen Raum, der sein Gedächtnis war. Und hätte sich einmal jemand die Mühe gemacht, mit einer Lupe zu betrachten, was er in Kartoffelschalen ritzte, niemand hätte ihn mehr einen Idioten schimpfen dürfen. Mit bloßem Auge war aus den wirren Mustern kein Bild zu erkennen, dafür versuchte er, zuviel auf einer Schale unterzubringen.

Marlene Jensen ging zu den Pferden, tätschelte einem Tier den Hals. Und er machte einen Satz, als wolle er in einen nicht vorhandenen Sattel steigen. Mit beiden Händen griff er dem Tier in die Mähne. Trude hatte Mühe, seine Finger daraus zu lösen. Dann stieg Marlene mit ihren Eltern in einen Wagen. Und er rannte so eilig hinterher, daß Jakob und Trude kaum Schritt halten konnten.

Sie hatten das Auto nicht genommen, weil er nicht in den Mercedes stieg. Bei Paul und Antonia machte er keine Probleme. Sie fuhren einen Kombi. Aber Trude war noch nie der Gedanke gekommen, daß es etwas mit dem Auto zu tun haben könnte. Sie nahm an, es läge an Jakob, mit dem er nicht gerne allein in engen Räumen war.

Als sie im Saal von Ruhpolds Schenke eintrafen, waren die Plätze fast alle schon eingenommen. Es gab Kärtchen vor jedem Gedeck. Die Jensens saßen am Ende der langen Festtafel. Weil daran nicht alle Gäste Platz fanden, waren noch Tische an den Seiten verteilt. Auf einem davon entdeckte Jakob seinen Namen.

Ben ließ sich widerstandslos auf den Stuhl niederdrükken. Dann saß er so, wie Trude ihn sich in der Kirche gewünscht hatte, still und andächtig, den Blick unverwandt auf das Ende der langen Tafel gerichtet. Nicht einmal schaute er dorthin, wo das Brautpaar, wo auch Tanja und Britta saßen.

Es machte Trude ganz hilflos. Armer Ben! So cin hübsches Mädchen und so verzogen, bis zum Kragen des Festkleides voll mit der Arroganz der Schönheit. Trude gab ihr Bestes, ihn mit Pastetchen, Suppe, Braten und diversen Eis- und Puddingsorten abzulenken. Es half jeweils nur für kurze Zeit. Nach dem Essen versuchte sie es mit einem Spaziergang. Er folgte ihr nur deshalb bereitwillig, weil auch Marlene Jensen hinausging, um sich die Beine zu vertreten. Dabei wurde Marlene von einem jungen Mann begleitet, ein Verwandter von Wilmrods Seite. Trude kannte ihn nicht. Er mochte etwas jünger sein als Ben. Auf Trude machte er einen albernen Eindruck.

Beim Kaffee saßen sie wieder an ihrem kleinen Tisch. Ben zerbröselte ein Stück von der Hochzeitstorte, brauchte fast eine halbe Stunde, um die Krümel vom Teller zu picken, weil er die Augen nicht von Marlene Jensen ließ.

Nach dem Kaffee lockerte sich die Runde. Jakob ging nach einigem Zögern hinauf an die Festtafel, setzte sich zu Paul und sprach mit ihm über dies und das. Antonia kam zu Trude und prüfte verstohlen, ob das dunkle Samtband, das Ben statt einer Krawatte unter dem Hemdkragen trug, nicht zu fest gebunden war. Auch Antonia bemerkte seinen sehnsüchtigen Blick und trug den beiden Mädchen auf, sich ein wenig um Ben zu kümmern. Aber da war nicht viel zu tun, es half kein Streicheln, kein Locken. Er saß nur da und schaute Marlene an.

Am Abend gab es ein kaltes Büfett, Trude häufte ihm einen Teller voll Köstlichkeiten auf, achtete darauf, daß er sein Hemd nicht mit Mayonnaise beschmierte, und begriff endgültig, daß es Dinge gab, die sie nicht für ihn tun konnte.

Er hatte nicht weniger Gefühl als Albert Kreßmann, der Annette Lässler unter dem Tisch über die Beine streichelte und dabei gleichzeitig Marlene Jensen mit den Augen verschlang. Er hatte nicht weniger Verlangen als Dieter Kleu, der mit ein paar großen Tönen Marlenes Aufmerksamkeit erringen wollte. Er hatte nicht weniger Herz als Achim Lässler, der nach dem Abendessen losfuhr, seine Freundin zu holen. Er hatte nicht weniger Lust als Bruno Kleu, der Maria Jensen verstohlen musterte. Er hatte nicht weniger Liebe als Uwe von Burg, der Bärbel in diesen Stunden eine zweite Hochzeit versprach. Und nicht weniger als Andreas Lässler, der die Vorfreude auf die bevorstehende Nacht genoß.

So wie an diesem Tag hatte Trude ihren Sohn noch nie erlebt. Daß er Stunde um Stunde auf einem Stuhl sitzen konnte. Sich erinnerte und sich wunderte, daß die, die so freundlich zu ihm gewesen war, ihm weder ein Wort noch ein Lächeln schenkte.

Es entging Marlene Jensen nicht, daß er keinen Blick von ihr ließ. Bei jedem anderen hätte sie es genossen, aber ausgerechnet Ben! Sie machte Erich darauf aufmerksam. Er winkte ab. Es war nicht verboten, ein Mädchen anzuschauen. Auch wenn man sich stundenlang damit aufhielt, war es noch kein Verbrechen. Verbieten konnte man es keinem, nicht einmal Bruno, und dessen Blicke auf Maria waren Erich unangenehmer.

Nach dem Büfett gab es Musik und Tanz. Das Brautpaar eröffnete mit einem Walzer, andere schlossen sich an. Gezwungenermaßen führte Erich Jensen seine Frau auf die Tanzfläche, bevor Bruno Kleu sich erdreisten konnte, Maria aufzufordern. Jakob hätte auch gerne einmal getanzt. Aber Trude wagte es nicht, blieb an Bens Seite, bis Antonia sie für zehn Minuten ablöste.

Von der Tanzfläche aus sahen sie, daß Antonia Ben etwas zuflüsterte und ihn dann zu ihrer Nichte führte. «Einmal streicheln darfst du», sagte Antonia. Marlene Jensen lächelte gequält, wagte es jedoch nicht, Einwände zu erheben, um sich die Sympathie ihrer Tante nicht zu verscherzen. Ihr Protest kam lange Monate später, als Ben sich ihr in den Weg stellte.

August 1995, der letzte Tag

Für meinen Kollegen Dirk Schumann und mich kam das Ende, kaum daß wir den Anfang gemacht hatten. Das war – wie ich schon erwähnte – am Montag, siebzehn Tage nach Marlene Jensens Verschwinden. Ich hatte mich, als der Fall Ursula Mohn im September 87 ungeklärt abgelegt werden mußte, ein wenig mit der Dorfgeschichte beschäftigt. Dabei war ich auch über die alte Vermißtensache Althea Belashi gestolpert. Ich kannte die Aussagen von Maria Jensen, Heinz Lukka und Bruno Kleu.

Bruno hatte vor fünfzehn Jahren folgendes zu Protokoll gegeben: «Ja, es stimmt, ich habe mich auf dem Marktplatz kurz mit der Artistin unterhalten. Ich hatte eine Verabredung in Lohberg, sie fragte, ob ich sie mitnehmen könnte. Sie wollte zum Bahnhof. Für mich wäre das nur ein kleiner Umweg gewesen. Aber dann wollte sie vorher noch zur Gemeindewiese. Dort hatte sie ihren Koffer deponiert. Ich habe bei der Landstraße auf sie gewartet, etwa zehn Minuten. Dann wurde mir das zu lang, und ich bin gefahren, weil ich nicht zu spät zu meiner Verabredung kommen wollte.»

Etwas anderes hatten wir Bruno Kleu nie beweisen können. Seine «Verabredung» hatte bestätigt, daß er bei ihr gewesen war. Und eine Leiche war nie gefunden worden.

Als Ursula Mohn verletzt wurde, hatte ich Bruno mehrfach verhört, er war mein Hauptverdächtiger gewesen. Daß Ben dem Mädchen die Stich- und Schnittwunden zugefügt haben könnte, hätte ich vermutlich auch dann nicht in Betracht gezogen, wenn mir seine Existenz damals bekannt gewesen wäre. Ein Rechtsmediziner hatte die Verletzungen begutachtet und beim Täter anatomische Kenntnisse vorausgesetzt. Einige der Stichwunden waren tief, keine war lebensgefährlich. «Wer das getan hat, wollte sie schreien hören», hatte der Rechtsmediziner gesagt.

Das war bei Ben damals wie heute auszuschließen. Anatomische Kenntnisse besaß er kaum, laute Schreie machten ihm normalerweise angst. Und Bruno Kleu kannte die Gegend wie seine Hosentasche. Er wußte, wie man am Lässler-Hof vorbeikam, ohne gesehen zu werden. Und selbst wenn man ihn gesehen hätte, die Tatsache, daß er da draußen Land hatte, erklärte jede Fahrt.

Ich hatte seinen Wagen, den Mercedes, den später Jakob fuhr, auf Spuren untersuchen lassen – ohne Erfolg. Ich hatte Bruno Kleu sogar mit Ursula Mohn zusammengebracht, nachdem sie von ihren Verletzungen genesen war. Sie hatte nicht auf ihn reagiert und auch sonst keine Angaben machen können.

Aber vielleicht hätte Ben uns helfen können, wenn wir damals mit ihm gesprochen hätten. Seine heftige Reaktion auf das Taxi, von dem Trude sich im Februar 88 ins Krankenhaus bringen ließ, läßt heute nur den Schluß zu, daß er zumindest gesehen hatte, mit welchem Wagentyp Ursula Mohn zum Bruch gebracht worden war. Es hatte 1987 mehr als einen Mercedes im Dorf gegeben. Toni von Burg fuhr einen weinroten, Erich Jensen einen dunkelblauen. Auf dem Kreßmann-Hof gab es zwei, darunter einen beigefarbenen. Heinz Lukka und Bruno Kleu fuhren jeweils einen weißen.

Das kleine Geduldsspiel mit dem Katzengesicht wäre für uns vermutlich noch aussagekräftiger gewesen als das Auto. Wenn Ben die Plastikdose im Bruch lediglich gefunden hätte, woher wußte er dann, daß man die silbernen Kügelchen in die Katzenaugen rollen mußte? Es wäre unfair ihm gegenüber, völlig auszuschließen, daß er es alleine herausfand. Aber naheliegender ist einfach die Vermutung, daß ihn jemand mit dieser Dose ablenkte, und dieser Jemand mußte sehr vertraut mit ihm sein. Hätte man uns die Möglichkeit eingeräumt, ihn zu befragen, vielleicht hätten wir ihn ebenso verstanden, wie seine kleine Schwester ihn verstand. Aber wie ich schon sagte, ich erfuhr nicht einmal, daß er existierte. Ebensowenig hörte ich von den Gerüchten, die über Bruno und die junge Artistin kursierten.

Trotzdem galt mein erster Gedanke wieder Bruno, als

man mich montags über das Verschwinden eines dreizehnjährigen Mädchens in Kenntnis setzte. Beiläufig wies man mich auch darauf hin, daß die siebzehnjährige Cousine dieses Mädchens ebenfalls vermißt wurde, aber da hätte es familiäre Probleme gegeben und so weiter und so weiter. Niemand wollte ein Versäumnis eingestehen, niemand sprach von Svenja Krahl. Zur Ehrenrettung der Beamten in Lohberg muß ich einräumen: von Edith Stern wußten sie nichts.

Wie vor acht Jahren fuhr ich zusammen mit Dirk Schumann hinaus. Bruno Kleu erwartete uns bereits. Er war sehr kleinlaut und wollte keine Angaben machen, wo und mit wem er den Sonntagabend verbracht hatte. Wir stellten wieder einmal seinen Wagen sicher und nahmen ihn mit nach Lohberg. Im Dorf konnten Dirk Schumann und ich zu dem Zeitpunkt nicht viel tun. Die Suche nach Britta Lässler war noch in vollem Gange. Drei Hundertschaften der Polizei und zahlreiche Freiwillige durchkämmten an dem Montagnachmittag die Umgebung des Ortes.

Wir hofften, daß Bruno uns freiwillig und vor allem schnell sagte, wo das Mädchen war. Aber wir hörten von ihm nur: «Herrgott noch mal, warum soll ich mich denn an einem Kind vergreifen? Das ist doch hirnverbrannt.»

Bis in den späten Montagabend ging das erste Verhör. Mit dem zweiten begannen wir am Dienstag morgen. Die Nacht in der Zelle hatte Bruno Kleu etwas umgänglicher gemacht. «Ich habe wirklich keine Ahnung, wo die kleine Lässler sein könnte», begann er. «Und sie ist ja nicht die einzige. Hören Sie sich mal im Dorf um. Da ist am Freitag abend eine junge Amerikanerin in Ruhpolds Schenke aufgetaucht. Sie wollte zu Lukka, und kein Mensch weiß, wo sie abgeblieben ist. Albert Kreßmann hat's überall rumerzählt. Warum reden Sie nicht mal mit Lukka? Wenn es darum geht, daß jemand einen besonderen Haß auf die Familie Lässler haben soll, muß er sich nämlich an die eigene Nase packen.»

Wie ihm in der kurzen Zeit zu Ohren gekommen war, was Heinz Lukka gegenüber Antonia geäußert hatte, erfuhr ich nicht. Es interessierte mich auch nicht. Für uns stand Heinz Lukka nicht zur Debatte. Zum einen hatte er die Polizei eingeschaltet, zum anderen war er am Sonntagabend in einer Stadtratssitzung gewesen.

«Ich hab ja auch nicht behauptet, er sei es gewesen», sagte Bruno. «Ich sage nur, Lukka hat bei Maria in die Röhre geschaut, ich nicht. Deshalb sollten Sie mal ein ernstes Wort mit Erich Jensen sprechen über – seine Tochter. Und dann fragen Sie ihn am besten gleich, wie Gerta Franken tatsächlich gestorben ist.»

Die sonderbare Betonung fiel mir auf. Doch ehe ich nachhaken konnte, was es damit auf sich hatte und wer Gerta Franken war, fuhr sich Bruno mit beiden Händen durchs Gesicht und sagte: «Wenn Maria schon früher einen Ton hätte verlauten lassen, da hätte ich meinem Sohn persönlich auf die Finger geschlagen. Aber sie hat mir erst vor zwei Tagen gesagt, daß ich 'ne Tochter habe und es beinahe zwei geworden wären. Die Fehlgeburt, das war auch ein Mädchen. Und irgendwann drehe ich Erich dafür das Gesicht auf den Rücken, das können Sie mir glauben.»

Wenig später gestand Bruno, daß er vor fünfzehn Jahren ein bißchen geschwindelt hatte. Althea Belashi hatte nicht mit ihm zum Bahnhof, und er hatte auch nicht nach Lohberg fahren wollen. Er hatte sich auf dem Marktplatz mit der jungen Artistin unterhalten, damit niemandem auffiel, daß er auf ein Zeichen von Maria Jensen wartete. Sie hatten es damals immer so gehalten, daß er über den Marktplatz schlenderte und sie ihm vom Fenster aus signalisierte, ob sie wegkonnte oder nicht. An dem Abend hatte er ihr Zeichen so verstanden, daß sie Zeit für ihn hatte. Er war vorausgefahren zum Bruch und hatte Althea Belashi bis zur Gemeindewiese mitgenommen. Aber offenbar hatte Maria die kleine Unterhaltung auf dem Marktplatz falsch gedeutet. Sie war nicht am üblichen Treffpunkt erschienen, hatte ihn statt dessen mit ihrer Aussage in die Klemme gebracht. Er hatte zu der Notlüge Bahnhof gegriffen und der Kellnerin einer Gaststätte fünfhundert Mark für sein Alibi gegeben, um sich das zu ersparen, was er jetzt erlebte.

«Maria war immer ein bißchen zickig. Zum Heiraten war ich nicht gut genug, da mußte ein Mann mit feinen Manieren her. Aber ab und zu braucht sie es weniger fein, dafür bin ich dann zuständig», erklärte Bruno fast resignierend und fügte hinzu: «Erich ist ja immer ziemlich beschäftigt mit der Politik. Und wenn ich mal rechts oder links schaue, ist der Teufel los. Sie ist schon sauer, wenn sie meint, ich hätte mit meiner Frau geschlafen.»

«Waren Sie am Sonntag abend mit Frau Jensen zusammen?» fragte ich.

Bruno schüttelte nachdrücklich den Kopf und erklärte: «Maria wird schwören, daß sie daheim gesessen und sich die Augen aus dem Kopf geweint hat. Geweint hat sie tatsächlich, wo, das geht keinen etwas an.» Er grinste müde. «Und jetzt will ich einen Rechtsanwalt. Ich schätze, ohne Alibi brauche ich einen. Irgendeinen, bloß nicht Lukka, der wird mich hier mit Freuden schmoren lassen, und ich will heute noch nach Hause.»

Brunos Aussage muß ungefähr zu dem Zeitpunkt aufgenommen worden sein, als Ben Brittas Kopf auf Trudes Küchentisch legte. Während Trude die welken Salatköpfe einsetzte, hetzte Ben hinter seiner jüngsten Schwester her, den Feldweg entlang. Geschüttelt von Entsetzen und würgendem Ekel weinte Tanja nicht, schrie auch nicht mehr, murmelte statt dessen Wortfetzen, die niemand hätte verstehen können. Die Augen weit aufgerissen, sah sie kaum etwas anderes als Brittas Kopf, der dreizehn Jahre lang neben ihr im zweiten Bett auf dem Kissen gelegen, mit dem sie sämtliche Geheimnisse und Zukunftspläne geteilt hatte.

Zweimal hatte Ben nach ihrem Arm gegriffen, zweimal hatte sie ihn in die Seite gestoßen, hatte ihn angefaucht: «Geh weg! Du bist schuld. Du hättest bei ihr bleiben müssen!» Hatte danach wild aufgeschluchzt und ihr Tempo gesteigert. Nun hielt er sich einige Meter hinter ihr. Er wurde langsamer, als sie den Mais erreichte und daran vorbei auf Lukkas Bungalow zulief.

Heinz Lukka war mit einer Rosenschere im Vorgarten beschäftigt. Er sah sie kommen und Ben dicht hinter ihr. Er sah die Panik in ihrem Gesicht, verließ den Garten, stellte sich ihr in den Weg und fing sie mit ausgebreiteten Armen auf.

«Na, na», sagte er besänftigend. «Du läufst doch nicht etwa vor deinem Bruder weg?»

Da kamen die Bröckchen, wirr und sinnlos, aber jeder hätte zumindest den Satz verstanden: «Er hat Mama Brittas Kopf gebracht.»

Heinz Lukka schloß sekundenlang entsetzt die Augen, fing sich wieder und meinte: «Und jetzt willst du zu Onkel Paul und ihm das erzählen. Das wäre aber nicht gut. Das wollen wir lieber der Polizei überlassen.» Während er sprach, führte er sie langsam durch den Vorgarten auf die Haustür zu.

Als Heinz Lukka die Tür schloß, fuhr Jakob den alten Mercedes in die Scheune. Er hatte einen weiten Bogen genommen für den Heimweg und sich überzeugt, daß die Bahn draußen frei war. Nun wollte er tun, was Antonia verlangt hatte; er wollte Ben dazu bringen, das Rad wieder dorthin zu legen, wo er es fortgenommen hatte.

Jakobs erster Weg führte die Treppe hinauf. Die Tür stand offen, Bens Zimmer war leer. Als er das Haus betrat, hatte er mit einem Blick gesehen, daß Trude nicht in der Küche war. Er nahm an, sie sei ihm zuvorgekommen. Doch als er wieder hinunterkam, stand sie vor dem Tisch, rieb und wischte, scheuerte mit einem nassen Lappen so heftig über die Platte, daß ihr das Haar in die Stirn hing.

Etwas in Jakob kochte über. Er wußte nicht, ob es Wut oder Verzweiflung war. Ihrem Treiben schenkte er keine Beachtung. Er fragte nach dem Rad, hörte, daß es in der Scheune lag, und brüllte los. Was ihr in den Sinn gekommen sei, Ben rauszulassen? Was noch alles passieren müsse, ehe sie zur Vernunft käme und einmal über alles nachdenke, wie ein erwachsener Mensch?

Trude hörte für einen kurzen Moment mit der Wischerei auf, strich sich mit der linken Hand das Haar aus der Stirn und erklärte sanft: «Er ist auch ein Mensch. Ein Tier bringt nämlich keine Disteln heim, um seiner Mutter eine Freude zu machen. Du hättest ihn nicht schlagen dürfen, nur weil er das Rad gefunden hat.»

«Und das Messer?» brüllte Jakob. «Hat er das auch nur gefunden?»

Eine Antwort bekam er nicht. Als er bemerkte, daß Trude mit ihren Kräften am Ende war, atmete er tief durch. «Ist er schon lange weg?»

«Nein», sagte sie nur und scheuerte weiter über die Tischplatte.

Jakob blickte zur Decke hinauf, um nicht den Rest seiner Beherrschung zu verlieren. «Wann hast du ihn rausgelassen?»

Ebenso monoton, wie sie seine erste Frage verneint hatte, erzählte sie, daß sie Ben ein Frühstück gebracht und ihn danach ein wenig auf den Hof gelassen habe, nur auf den Hof und ein paar Schritte ums Haus herum.

Dann sei Tanja gekommen, habe ein Weilchen mit ihm gespielt und sei wieder zu Antonia gegangen. Und Ben habe seine Schwester begleitet. Da müsse man sich keine Sorgen machen, daß ihr unterwegs etwas zustieß.

Es war Jakob mit jedem Satz schwerer gefallen, ihr ruhig zuzuhören. Das ausdruckslose Gesicht und die unermüdlichen Hände auf der Tischplatte, die vorgebeugten Schultern und das wirre Haar, die Augen, in denen blanker Irrsinn flackerte und leuchtete, alles zusammen widerlegte, was sie gerade gesagt hatte.

Jakob stolperte aus der Küche, durch den Hausflur und die Stufen vor der Tür hinunter. Den Wagen aus der Scheune zu holen kam ihm nicht in den Sinn. Er hetzte auf die Abzweigung zu. Noch bevor er sie erreichte, wurde ihm die Luft knapp, in beiden Seiten stach es, vor den Augen tanzten farbige Kreise. Gezwungenermaßen verlangsamte er seine Schritte. Die Augen jagten den Füßen voraus. Weit und breit war kein Mensch zu sehen.

Wenn sie nun recht hatten? Trude, Antonia. Natürlich konnte er das Rad gefunden haben, auch dieses vermaledeite Springmesser, das ausgesehen hatte, als hätte es längere Zeit im Freien gelegen. Und von anderen Dingen wußte Jakob doch nichts. Er hatte in seiner Wut nicht einmal bemerkt, was Trude so eifrig von der Tischplatte schrubbte.

Aber ob sie nun alle recht hatten oder nicht. Es gab nur eine Lösung: Ben mußte für kurze Zeit in sichere Obhut gegeben werden. Nur für kurze Zeit, nur zur Sicherheit für ihn und ein wenig für den eigenen Frieden. Daß man mit sich selbst wieder ins reine kam, die Faustschläge vergessen konnte und den wunden Blick, mit dem er sie eingesteckt hatte. Das mußte Trude verstehen.

Es würde nicht leicht sein, ihr das zu erklären, nicht in der Verfassung, in der sie jetzt war. Aber auch für Jakob war es nicht leicht. In seinem Innern hielt es sich die

Waage: in der einen Schale der entsetzliche Verdacht und die Schuldgefühle, die sich aus der Verantwortung als Vater ergaben, in der anderen Schale die Hoffnungsfunken. Und bis die Waage wieder voll in Richtung der Funken ausschlug, bis er wieder ohne Zweifel auf den breiten Rücken schauen konnte, so lange mußte er ihn sich aus den Augen schaffen, damit es kein Unglück gab.

Er erreichte Lukkas Bungalow und lief daran vorbei, inzwischen mit den Gedanken bei Paul. Wenn er ihm sagte, was ihm durch den Kopf ging, vielleicht half es Paul.

Mechanisch, aber eilig einen Fuß vor den anderen setzend, bog Jakob in den schmalen Fahrweg ein, Meter um Meter vorbei an Heinz Lukkas Grundstück. Er hatte den Mais, der sich der Terrasse anschloß, noch nicht erreicht, als er die Stimme hörte, das sinnlose Stammeln, die Wortfetzen, die vor Erregung durcheinanderwirbelten.

Jakob blieb stehen, als habe er einen Schlag ins Genick bekommen. Er drehte sich nach links, lief über das Rasenstück, das die Terrasse umschloß, sprang die Stufen zur Terrasse hinauf. Die Tür war verschlossen, das Glas darin zerbrochen. Es steckten nur noch ein paar Scherben dicht am Rahmen.

Vor dem ummauerten Kamin lag Heinz Lukka auf dem Boden. Blut an den Händen, den Armen, auf dem Hemd, an den Hosenbeinen, den Kopf so seltsam zur Seite gedreht, das Gesicht fast auf dem Rücken – Jakob wußte sofort: Heinz lebte nicht mehr. Zu Lukkas Füßen lag Tanja, der kurze weiße Rock mit Blut besudelt, das dünne Blüschen nur noch ein blutiger Fetzen.

Ben stand neben ihr, das lockige Haar hing ihm wirr über die Augen. Die Arme fuchtelten unkontrolliert in der Luft herum, zu seinen Füßen lag ein blutiges Messer. Der Mund kam nicht so schnell nach, wie er etwas hervorbringen wollte. Aber Jakob kannte die Worte, kannte sie alle: Freund, Finger weg, Fein, Weh, Freund, Rabenaas, fein macht?

Jakob hörte es im Bruchteil einer Sekunde, auch wenn er es so schnell nicht in sich aufnehmen konnte. Er hörte sich selbst brüllen, machte einen Satz auf den Kamin zu, griff nach einem der langen Schürhaken, sprang zurück, den Arm bereits zum Schlag erhoben. «Jetzt ist Schluß!» schrie er. «Ein für allemal.»

Der Schürhaken sauste hinunter. Ben stand noch einen Moment schwankend zwischen den beiden Körpern. Dann brach er zusammen.

Und Trude wischte immer noch über die Tischplatte, konnte nicht denken, nicht fühlen, nicht einmal richtig sehen. Vor den Augen waberte ein grauer Schleier, der sich zeitweise auf das Gehör legte. Irgendwann wurde der Schleier über den Ohren von gleichmäßig auf- und abschwellenden Geräuschen zerrissen. Sie waren weit weg, sehr weit. Martinshörner, die plötzlich wieder verstummten. Trude wußte nur, es war etwas passiert.

Sie legten den Lappen zur Seite und setzte sich auf einen Stuhl. Den Kopf mußte sie mit der Hand abstützen, die zweite Hand gegen die Brust pressen. Hinter den Rippen brannte es. Das Feuer zog bis in die Schulter, strahlte in den linken Arm und machte ihn lahm. Doch den Kopf machte es klar. So klar, daß Trude mit einem Schlag begriff: Jakob war auf dem Weg zum Lässler-Hof, mußte längst dort angekommen sein und wissen, was Ben diesmal gefunden hatte. Die Martinshörner galten wohl Paul und Antonia, vielleicht auch Jakob.

Da war noch ein kleiner Rest Verstand unter der Asche, nicht viel größer als der von Ben. Dieser kleine Rest war ein Motor. Er trieb sie vorwärts. Sie konnte doch ihren Sohn nicht ins offene Messer laufen lassen, solange sie noch einen Finger rühren und einen Fuß für ihn heben konnte.

Sie quälte sich in die Scheune, stieg, mühsam nach Luft ringend und das Brennen in der Brust ignorierend, in den alten Mercedes. Seit ewigen Zeiten hatte sie nicht mehr am Steuer gesessen wegen ihrer Herzprobleme. Aber jetzt ging es nicht anders, mit dem Rad hätte sie es nicht mehr geschafft, das Allerschlimmste zu verhindern, Ben zu holen und mit ihm wegzugehen – weit weg – in die Scheune, wo es viele Balken gab.

Die Augen fast blind von dem grauen Schleier, innerlich halb verbrannt, die linke Hand ohne jede Kraft im Schoß, fuhr sie auf die Abzweigung zu, bog in den breiten Weg ein, fuhr bis zur nächsten Abzweigung. Dort ging es nicht weiter. Die gesamte Kreuzung war blockiert von drei Rettungswagen, zwei Streifenwagen und dem Notarztwagen.

Heinz Lukkas Haustür stand weit offen. Trude stieg aus. Es war ein Gefühl, als ginge sie über Watteberge auf den offenen Schlund zur Hölle zu. Der Kommandeur und sein Henker, einen anderen Gedanken gab es in ihrem Hirn nicht mehr.

Sie kam noch bis zu der Tür, die in den Wohnraum führte. Auch die stand weit offen. In dem großen Raum herrschte ein unübersichtliches Gewimmel. So viele Leute, die am Boden hockten, bei der Terrassentür standen, auf Bahren lagen. Es dauerte noch zwei oder drei Sekunden, eine endlos lange Zeit, in der Trude versuchte, das Feuer im Innern zu ignorieren, alles in sich aufzunehmen und zu begreifen, was geschehen war.

Da lag der zierliche Körper ihrer jüngsten Tochter, um den sie zu dritt knieten, mit Verbandmull, gefüllten Beuteln und anderen Dingen hantierten. Vor dem Kamin lag einer, den sie bereits zugedeckt hatten. Und daneben noch einer, von dem Trude nicht viel sah, weil auch um ihn zwei Sanitäter und der Notarzt beschäftigt waren, aber ihn hätte sie noch erkannt, wenn er in absoluter Finsternis unter einem Haufen alter Knochen gelegen hätte.

Das Feuer in ihrer Brust schnitt ihr endgültig den Atem ab, stieß ihr in den Rücken wie ein Beil, riß ihr die Beine weg und ließ sie mit dem Gesicht voran auf den teuren Teppich schlagen. Wie eine Eisenkralle bohrte sich etwas in den zuckenden Muskel und quetschte ihn zusammen. Ein Teil von ihm starb auf der Stelle ab, brachte die Sache für Trude mit einem letzten rasenden Schmerz zum bitteren Ende.

Die Tage und Wochen danach

Die Ereignisse in Lukkas Bungalow machten erstaunlich schnell die Runde, dafür sorgte schon Thea Kreßmann. Im Café Rüttgers erinnerte sie bereits am nächsten Tag an die Warnungen, die Gerta Franken ausgesprochen, die leider niemand ernst genommen hatte. Thea bedauerte das Schicksal des rechtschaffenen Bürgers Heinz Lukka, der sein Vertrauen in Ben und den Versuch zu helfen mit dem Leben bezahlt hatte. Sie sprach ihre Achtung aus für Jakob, der sich seiner Verantwortung letztendlich doch noch bewußt geworden war und seinem Sohn den Schädel eingeschlagen hatte, damit dieses Monstrum nicht auch noch in einer Anstalt verschwand und dem Steuerzahler zur Last fiel.

Trudes Schicksal, überschattet vom schweren Infarkt, dem Grab näher als dem Leben, stellte Thea nicht zur Debatte. Sollte man Mitleid haben und Erbarmen zeigen für eine Mutter, die seit langem hätte wissen müssen, daß sie eine Bestie in Schutz nahm und gegen jeden Angriff verteidigte? Und mit so etwas hatte man nun jahrelang verkehrt und an einem Tisch gesessen.

Es half nicht viel, daß Sibylle Faßbender aus der Backstube zur Schwingtür kam und Thea darauf hinwies, daß es im Dorf Leute gab, die besser ihr Maul hielten, bevor sich jemand daran erinnerte, mit wem sie sonst noch an einem Tisch gesessen hatte. Thea unterbrach sich nur für einen Augenblick, stammelte entrüstet: «Unverschämtheit» und kam wieder zum Thema zurück.

So weit hätte das alles nicht kommen müssen. Sie hatte Trude doch schon im Juni gewarnt, als dieses Vieh über Albert und Annette hergefallen war. Und was hatte Trude unternommen? Einen Scheißdreck. Es war leider nicht mehr zu ändern. Es blieb nur noch zu hoffen, daß Bens kleine Schwester überlebte und der Himmel ein Einsehen hatte und ihn an seinem Schädelbruch krepieren ließ.

Sibylle Faßbender stampfte mit Tränen in den Augen in die Backstube, griff nach dem großen Tortenmesser, kam zurück bis zur Schwingtür und drohte: «Noch ein Wort, und ich schlag dir hiermit den Schädel ein. Nur damit du siehst, wie das ist. Kannst du nicht abwarten, bis die Polizei den Fall geklärt hat? Da kommt schließlich noch einer in Frage.»

«Mach dich doch nicht lächerlich», widersprach Thea. «Heinz mit seinen siebenundsechzig Jahren. Warum soll ein Mann in dem Alter über junge Mädchen herfallen?»

Zweifel an Theas Version gab es in den ersten Tagen nicht. Es fragte sich nur manch einer, woher sie es so genau wissen wollte. Sie ging allen entsetzlich auf die Nerven, wenn sie Einzelheiten beschrieb, als sei sie dabeigewesen. Sie war es nicht, zumindest, als wir Britta Lässlers Kopf fanden und ihr Fahrrad sicherstellten, gab es keinen Schaulustigen aus dem Dorf.

Die Situation in Lukkas Bungalow war für uns nicht auf Anhieb eindeutig gewesen, zwei Schwerverletzte, ein Toter, ein blutiges Messer und ein gebrochener Vater, der mit seinen ersten Worten an uns die gesamte Schuld auf sich nahm. «Ich hätte dafür sorgen müssen, daß er in eine

Anstalt kam, als er anfing, Puppen zu zerreißen», sagte Jakob.

Es war nach diesem Hinweis naheliegend, eine Durchsuchung seines Anwesens zu veranlassen. Wir wurden rasch fündig. Das Fahrrad in der Scheune und der vergrabene Kopf im Garten sprachen für Bens Schuld. Hinzu kam Heinz Lukkas Alibi für den Sonntagabend. Er war kurz nach neun im Versammlungsraum erschienen. Gegen halb neun hatte er Britta Lässler ins Haus gerufen, wie Nicole Rehbach bezeugte. Für die Fahrt nach Lohberg mußte man mindestens zehn Minuten ansetzen. Es war demnach nicht viel mehr Zeit gewesen, als den Moment abzuwarten, bis der tobende Riese außer Sichtweite war. Und das passierte ziemlich schnell.

Vor allem Nicole Rehbachs Aussage belastete Ben stark. Wieder und wieder rief sich die junge Frau in Erinnerung, wie sie sich noch einmal umgedreht und niemanden mehr auf dem Weg hinter sich gesehen hatte. Sie war auch ziemlich sicher, Brittas Rad nicht mehr vor Lukkas Grundstück gesehen zu haben.

Das deckte sich mit der Erklärung, die Heinz Lukka gegenüber Antonia Lässler abgegeben hatte. Das Rad war mit Sicherheit im Mais gewesen, das bewies das Stückchen vertrockneten Blattes, welches auch Trude zwischen den Speichen des Vorderrades bemerkt hatte.

Wir gingen davon aus, daß Ben Brittas Rad versteckt hatte, um zu verhindern, daß sie ihm noch einmal entwischte. Er hatte nur abwarten müssen – im Höchstfall fünf oder zehn Minuten.

Und dann? Wohin war Britta geschleppt, wo war sie getötet worden? Was war mit Edith Stern geschehen, als sie Lukkas Haus verließ? Wie war Ben in den Besitz ihrer Jacke gelangt? Wo war Marlene Jensen? Stammte der Fetzen aus dem Einweckglas, den Jakob erwähnte, tatsächlich von ihrer Jacke? Von Svenja Krahl, die den grauenhaften Reigen dieses Sommers eröffnet hatte, wußten wir immer noch nichts.

Aber wir kannten die Aussagen von Klaus und Eddi, die regelmäßig auf Höhe des Stacheldrahts angehalten hatten. Und Bruno Kleu, der uns in seiner ersten Erleichterung eine große Hilfe war, erklärte, die Apfelwiese sei Bens Refugium von frühster Jugend an gewesen. Von Lukkas Grundstück waren es nur fünfhundert Meter. Wir kontrollierten den Zaun der Wiese und entdeckten – nur einen knappen Meter vom Weg entfernt – an der Seite, die an Gerta Frankens ehemaligen Garten grenzte –, eine Stelle, wo der Stacheldraht mehrfach entfernt und wieder angebracht worden sein mußte. Die Krampen, die ihn auf den Holzpfosten hielten, saßen so locker, daß ich sie mit den Fingern herausziehen konnte.

Ich forderte einen Leichenspürhund an, weil Bruno Kleu sagte: «Wenn Ben das Mädchen vergraben hat, brauchen Sie eine Lupe.» Für den Kopf hatten wir keine gebraucht. Und nach Lage der Dinge mußten wir annehmen, daß Ben ihn im Garten seiner Mutter versteckt hatte.

Der Hund führte uns zu einer Senke zwischen den Apfelbäumen. An andere Stellen zog es ihn nicht, gewiß nicht in die dornige Wildnis nebenan. Insgesamt drei blaue Müllsäcke lagen in einer flachen Grube, ähnlich der, die acht Jahre zuvor im Bruch für Ursula Mohn ausgehoben worden war. In den Säcken befanden sich die Überreste von Britta Lässler. Sie waren notdürftig mit Erde und etwas Unkraut bedeckt.

Und Bruno Kleu sagte: «Das paßt nicht zu Ben. Ich habe ihn so oft beobachtet, wenn er sich im Bruch oder am Bendchen beschäftigte. Ehe er ein Loch aushob, entfernte er das gesamte Grünzeug. Anschließend setzte er jeden Grashalm wieder ein.»

Die Frage, ob Ben sich diese Mühe gemacht hätte,

wenn er den Leichnam nur vorübergehend auf der Wiese deponieren und bei Gelegenheit die gesamten Überreste auf den elterlichen Hof hätte bringen wollen, stellte sich uns nicht mehr. Mit dem Obduktionsbericht schloß ich mich Bruno Kleus Meinung an.

Die Rechtsmediziner stellten fest, daß Britta Lässler erst am Montag nachmittag getötet worden war. Zu diesem Zeitpunkt war Ben in seinem Zimmer eingeschlossen gewesen – und Heinz Lukka nach seinem Auftritt in der Polizeiwache daheim. Darüber hinaus brachten die kriminaltechnischen Untersuchungen im Bungalow genügend Beweismaterial für eine Schuldzuweisung.

Die Spurensicherung stellte zwei Flaschen sicher; eine aus dem Kühlschrank, die andere aus der verspiegelten Bar im Wohnraum; in denen sich außer Coca-Cola und Edelkirschlikör ein starkes und rasch wirksames Betäubungsmittel befand. Sie fanden sogar im Geschirrspüler noch das Glas, aus dem Britta getrunken hatte.

In Lukkas Garage wurde ein Spaten entdeckt, an dessen Schaufelblatt sich noch Erdklumpen befanden. Die labortechnischen Untersuchungen bewiesen zweifelsfrei, daß diese Erde von der Apfelwiese stammte. Die Bodenbeschaffenheit dort unterschied sich stark von der Umgebung. Auch wenn die Sandpütze seit langem erschöpft waren, war die Erde doch noch mit Sand durchsetzt.

Der Hobbykeller mit dem gefliesten Boden und den pflegeleichten Wänden machte auf den ersten Blick einen unverfänglichen Eindruck. Der Boden war blitzblank, die Wände makellos. Unter der Bestrahlung mit Speziallampen jedoch schien es, als wate man durch ein Meer von Blut. Zwischen Hanteln, Bauchtrainer und sonstigen Gerätschaften fand sich ein Chirurgenbesteck und anderes Werkzeug, daß sich selbst den Abgebrühten unter uns der Magen umdrehte.

Auch an Heinz Lukka gab es schlüssige Indizien. Obwohl er über und über mit Blut beschmiert gewesen war, ließ sich keine äußere Verletzung feststellen. Sein Genick und das Zungenbein waren gebrochen. Tanjas Verletzungen waren von einem Tranchiermesser verursacht, das neben Lukkas Leiche gelegen hatte. Auf dem Messergriff befanden sich nur Lukkas Fingerabdrücke. Ein paar verwischte Fingerspuren fanden sich auf der Klinge. Und da Bens Handflächen und Fingerkuppen zerschnitten waren, ebenso der rechte Ellenbogen und die rechte Schulter, war der Fall für mich eindeutig. Der Staatsanwalt sah es ebenso.

Benjamin Schlösser hatte versucht, das Leben seiner jüngsten Schwester zu retten, indem er mit Schulter und Ellenbogen voran durch die gläserne Terrassentür brach, mit Heinz Lukka um das Messer rang und, als das nichts half, den Anwalt bei Hals und Nacken packte. Ob er Heinz Lukka hatte töten wollen oder ob nur die Kraft in seinen Fäusten, die das Hirn nicht kontrollieren konnte, zu Lukkas Tod geführt hatte, konnte niemand beurteilen.

Aber ich traute mir sehr wohl ein Urteil über sein Verhalten nach Brittas Verschwinden zu. Er muß gewußt haben, welche Gefahr jungen Mädchen und Frauen im Haus seines Freundes drohte, folglich mußte er entsprechende Beobachtungen gemacht haben. Er hatte gesehen, daß Lukka noch einmal wegfuhr. Und er hatte versucht, seine Eltern auf den Weg zu bringen, um das Mädchen zu retten.

Und Britta Lässler wäre zu retten gewesen, hätte Ben daheim jemanden angetroffen – außer seiner eingeschlossenen Schwester. Britta Lässler wäre noch zu retten gewesen, hätte Jakob am Montag morgen nicht erneut zugeschlagen. Britta Lässler wäre sogar am frühen Montag nachmittag noch zu retten gewesen, als wir Bruno Kleu abholten. Wenn ich nur begann, darüber nachzudenken, wurde mir übel.

Offiziell war der Fall geklärt, soweit er Britta und Tanja betraf. Da stellte sich uns nur die Frage, wie der Kopf in Bens Hände gelangte, ob er zufällig aufmerksam geworden war, wie Bruno Kleu annahm. «Als Trude ihn am Dienstag rausließ, hat sein erster Weg garantiert zur Wiese geführt», meinte Bruno. «Das war seine übliche Tour. Und ich halte jede Wette, ihm ist sofort aufgefallen, daß drei Disteln anders standen. Sie hätten ihn erleben müssen, wie er sich nach der Suchaktion um das Kraut im Bruch bemüht hat.»

Es waren noch unzählige Fragen mehr. Warum hatte Heinz Lukka Bens Schwester angegriffen? Warum hatte er sich mit Britta Lässler so viel Zeit gelassen? Was hatte er sich von seinem Auftritt in der Polizeiwache versprochen? Hatte er sich darauf verlassen, daß Ben mit seinen beschränkten verbalen Mitteln niemandem verraten konnte, wo Britta Lässler war? Aber es hatte schließlich noch eine Zeugin gegeben. Hatte Heinz Lukka also nur ein widerliches Spiel mit den Beamten in Lohberg getrieben? «Bitte sehr, ihr Trottel, hier steht der Mann, den ihr fragen solltet. Begleitet mich nach Hause und macht der Sache ein Ende.»

Ich war sicher, daß ihm auch Marlene Jensen und Edith Stern zum Opfer gefallen waren. Doch dafür gab es keine Beweise. Und wie das so ist bei grausamen Mordfällen, dem Staatsanwalt sitzt die Presse im Nacken, die Öffentlichkeit will ein rasches Ergebnis sehen. Das hatten wir, allerdings nur im Fall Lässler.

Der Staatsanwalt wollte die Sache abschließen und sagte: «Wenn Lukka auch die beiden anderen Frauen getötet hat, hat er die Leichen vermutlich im Auto weggeschafft, in beiden Fällen hatte er mehr Zeit. Fragen können wir ihn leider nicht mehr. Versuchen Sie Ihr Glück von mir aus bei dem Jungen. Aber ich bezweifle, daß er eine vernünftige Auskunft geben kann. Die Frage ist ja auch, ob er von den beiden anderen etwas mitbekommen hat.»

«Das muß er», sagte ich. «Sonst hätte er keinen Grund gehabt, sich aufzuführen wie ein Wilder.»

Bens Kopfverletzung war nicht so schwerwiegend, wie Thea Kreßmann es sich gewünscht hatte. Er war zwei Tage nach der Operation aus der Bewußtlosigkeit erwacht, starrte seitdem ängstlich und verwirrt in fremde Gesichter, wimmerte, wenn jemand an sein Bett trat. «Freund, Finger weg, Fein, Rabenaas.» Niemand wußte, was er meinte, niemand fand ein Wort, ihn zu beruhigen und zu trösten. Ich auch nicht.

Bei seiner Mutter konnte ich mir keinen Rat holen, wie man mit ihm umgehen mußte. Trude kämpfte auf der Intensivstation einer Kölner Klinik noch immer um ihr Leben. Die Ärzte hielten sie in künstlichem Koma. Jakob war mir erst recht keine Hilfe. Er verbrachte die Vormittage am Bett seiner Frau. Nachmittags saß er bei seiner jüngsten Tochter, deren Leben ebenfalls am seidenen Faden hing. Abends suchte er Trost bei etlichen Biergläsern in Ruhpolds Schenke, brach oft unvermittelt in Tränen aus und flüsterte: «Wie soll ich ihm je wieder in die Augen sehen – oder Paul? Das kann ich doch nie gutmachen.»

Jedesmal legte ihm Wolfgang Ruhpold die Hand auf den Arm und mahnte: «Mach dich nicht kaputt, Jakob. Jeder macht mal einen Fehler. Du hast die Situation falsch eingeschätzt. Das hätte mir auch passieren können.»

Ich dachte, mit einem vertrauten Gesicht an meiner Seite hätte ich bei Ben eher Erfolg. Aber von Jakobs Begleitung versprach ich mir nichts. Abgesehen davon, daß es für ihn eine Tortur gewesen wäre, wollte ich es auch Ben nicht zumuten. Man mußte nicht schwachsinnig sein, um den Mann zu fürchten, der einem den Schädel eingeschlagen hatte.

Antonia Lässler mochte ich nicht um ihre Begleitung bitten. Bärbel von Burg redete sich mit einem Schwangerschaftsproblem heraus. Frau Doktor Anita Schlösser hatte ihren Bruder seit Jahren nicht mehr gesehen und bezweifelte, daß er sie noch kannte. Illa von Burg wäre bereit gewesen, mir zu helfen, wenn sie sich etwas davon versprochen hätte. Aber sie meinte: «So vertraut bin ich nicht mit ihm. Und mehr als das, was er bisher gesagt hat, kann er gar nicht sagen. Wenn er zu toben beginnt, weil er nach Hause will, das halte ich nicht aus.»

Ben war noch weit davon entfernt zu toben. Den zweiten Besuch an seinem Bett machte ich mit Uwe und Toni von Burg. Ich hatte ein Foto von Marlene Jensen dabei. Seinen Schwager und Toni von Burg beachtete Ben nicht. Er warf einen kurzen Blick auf das Foto, schaute mich an und sagte: «Rabenaas.»

Als ich über die Botschaft der USA endlich ein Foto von Edith Stern erhielt, versuchte ich mein Glück zum drittenmal mit Unterstützung eines Psychologen. Das Ergebnis blieb dasselbe. Da Ben sein obligatorisches «Rabenaas» in meine Richtung sprach, gelangte der Psychologe zu der Ansicht, Ben fühle sich von mir bedrängt und bringe nur zum Ausdruck, was er von mir dachte.

Als Sibylle Faßbender sich bei uns meldete, hatte ich mich bereits damit abgefunden, das Schicksal von Edith Stern und Marlene Jensen nicht klären zu können. Sibylle Faßbender hatte von Illa erfahren, daß Ben wieder bei Bewußtsein war und ich händeringend jemanden suchte, zu dem er Vertrauen hatte.

An einem Freitagnachmittag Mitte September holte ich sie im Café Rüttgers ab und fuhr mit ihr nach Lohberg. Sie hatte ein Tablett mit Kuchenstücken dabei und betrat das Zimmer mit einem Lächeln auf dem Gesicht, nach dem ihr gewiß nicht zumute war. Er saß aufrecht im Bett; als er sah, wer hereinkam, lächelte er auch. Mich kannte er inzwischen. Aber für mich hatte er weder einen Blick noch ein Schimpfwort übrig.

«Das ist ja mein Bester», sagte Sibylle. «Jetzt werde ich aber feste gedrückt. Und dann gibt es ein feines Stück Torte.»

Sie nahm ihn in die Arme, und ich sah, wie er sein Gesicht an ihrer Schulter rieb. Als sie ihn freigab, faßte er sich an den Kopf und sagte: «Weh.»

«Ja, du armer Kerl», tröstete Sibylle, «hat der Vater dich wieder geschlagen. Dabei warst du so lieb. Du hast es so fein gemacht.»

Er schien zufrieden mit diesem Lob und machte sich über den Kuchen her. Meine Fragen konnte er nicht beantworten, auch nicht, als Sibylle sie stellte. Er fragte nur immer wieder: «Fein?» Und Sibylle erklärte ihm, daß Trude, Tanja, Antonia, daß alle sehr krank seien, ebenso krank wie er. Aber es werde bestimmt bald besser, und dann dürfte er wieder nach Hause.

Unverrichteter Dinge fuhren wir zurück ins Dorf. «Was wird jetzt aus ihm?» fragte Sibylle.

Ich konnte ihr diese Frage nicht beantworten.

«Jakob wird ihn nicht heimholen», meinte sie. «Er verkraftet es nicht, daß er ihn geschlagen hat. Und wenn Trude stirbt ...»

Trude starb nicht. Ende September erhielt ich von den behandelnden Ärzten die Erlaubnis, kurz mit ihr zu sprechen. Die Aussage ihrer Tochter hatte ich schon zwei Tage zuvor zu Protokoll genommen. Angaben zum Tatgeschehen konnte Tanja Schlösser nicht machen. Sie erinnerte sich nur noch daran, daß Ben den Kopf auf den Tisch gelegt hatte und sofort hinter ihr hergerannt war. Für mich war das noch einmal eine verblüffende Wendung gewesen. Aber Trude wußte inzwischen, daß Bens Unschuld bewiesen war. Sie hielt es mit mir nicht anders als mit Jakob in all den Jahren.

«Ben hat öfter was heimgebracht», sagte sie. «Er hat ja immer draußen gebuddelt. Und wenn was auf dem Weg lag, hat er es natürlich aufgehoben. Vor zwei Jahren hat er mal einen uralten Knochen angeschleppt.»

«Frau Schlösser», sagte ich, «das war kein alter Knochen, es war der Kopf eines jungen Mädchens, nach dem das halbe Dorf fieberhaft suchte.»

«Und was hätten Sie damit gemacht an meiner Stelle?» fragte Trude. «Sie hätten auch nicht die Polizei gerufen, wenn er Ihr Sohn wäre und Ihnen nicht sagen könnte, wo er die Sachen findet. Sie hätten genauso wie ich gewußt, daß jeder denkt, er hätte es getan. Wenn Sie mich dafür bestrafen müssen, dann tun ...»

«Hat er noch mehr gefunden als einen uralten Knochen und den Kopf?» unterbrach ich sie.

«Nur die Jacke von der Amerikanerin», sagte Trude. «und da sind wir mit ihm den ganzen Weg abgegangen, aber er konnte uns nicht zeigen, wo sie gelegen hatte.»

Meine Hoffnung auf eine restlose Klärung begrub ich damit endgültig. Niemand dachte daran, Trude für die Aktion in ihrem Garten zu belangen. Der Staatsanwalt hielt ihr den Schock zugute.

Epilog

Während der Fahrt sprachen sie nicht miteinander. Jakob tat, als müsse er sich auf den Verkehr konzentrieren. Nicht ein einziges Mal schaute er zur Seite. Einen Tag zuvor war Trude endlich aus der Klinik entlassen worden. Weitgehend genesen, dürr geworden, das Gesicht so knochig, blaß und voller Trauer, daß Jakob es bisher noch nicht geschafft hatte, sie länger als eine flüchtige Sekunde anzusehen. Dabei hatte er sich so auf ihr Heimkommen gefreut.

In den letzten Wochen hatte er fast jeden Abend bei einem Glas Mineralwasser zusammen mit Wolfgang Ruhpold von der Zukunft geträumt. Und immer hatte er dabei dasselbe Bild vor Augen gehabt. Den gedeckten Frühstückstisch, vier Teller, vier Tassen, vier kleine Löffel und vier Messer. Jedesmal hatte Trude gesagt: «Nimm nicht so viel Butter aufs Brot, Ben.»

Dann hatte Tanja gesagt: «Ich muß los, Bär, sonst komme ich zu spät zur Schule. Läufst du noch ein Stück mit?»

So war es nie gewesen, und so würde es wohl auch nie sein.

Vor zwei Tagen, als Jakob es endlich schaffte, Tanja bei Paul und Antonia zu besuchen, war Paul sofort aus dem Zimmer gegangen.

«Es hat ihn zerrissen», hatte Antonia gesagt und plötzlich geschrien: «Es ist deine Schuld, Jakob. Es ist nur deine Schuld. Wenn du mit ihm gegangen wärst, statt ihn zu schlagen ...» Dann war auch sie aus dem Zimmer gerannt.

Tanja war auf seinen Schoß gekrochen, immer noch dünn und blaß, leicht wie ein mit Daunen gefülltes Kissen. «Ich hab es dir gesagt, Papa. Ich hab es dir immer gesagt, er tut keinem etwas. Bitte, Papa, wenn Mama heimkommt, will sie ihn bestimmt sofort besuchen. Und ich muß mich doch bei ihm bedanken. Wenn er nicht gekommen wäre ...» Dann die Tränen, das jämmerliche Schluchzen, von dem Jakobs Ohren zuschwollen. «Nimm mich mit, Papa, bitte.» Aber ihr Betteln half nichts.

Später! Später vielleicht, wenn er es aushalten konnte, dem Bär in die Augen zu schauen, während sie in der Nähe war.

Als sie gestern ins Haus gekommen waren, hatte Trude den Koffer abgestellt und gefragt: «Warum hast du ihn noch nicht heimgeholt?» Viel mehr hatte sie nicht gesagt, nur daß es ihr soweit gutginge. Daß sie sich eben in Zukunft ein bißchen vorsehen und regelmäßig ihre Medikamente nehmen müsse.

Jetzt saß sie neben ihm, und sie sprachen nicht miteinander. Jakob konnte ihr das nicht erklären. Er hatte viele Fehler gemacht, und beim letzten hatte er sofort gewußt, daß es ein Fehler war. So wie er in all den Jahren gewußt hatte, daß man Lukka nicht trauen durfte.

Erich Jensen war in den letzten Wochen so freundlich gewesen, so verständnisvoll und hilfsbereit.

Als Ben von seinen Verletzungen genesen war, hatte sich die Frage gestellt, wohin mit ihm? Im Krankenhaus konnten sie ihn nicht behalten, sie brauchten das Bett. Und Erich hatte gesagt: «Jakob, du mußt den ganzen Tag arbeiten. Du kannst ihn hier nicht alleine lassen. So gut geht es ihm noch lange nicht, daß er herumlaufen könnte. Denk an seine Gesundheit, Jakob. Stell dir nur vor, er stürzt da draußen und liegt hilflos im Feld.»

Ben litt noch unter erheblichen Gleichgewichtsstörungen, das hatten die Ärzte Jakob bereits erklärt. Arbeiten mußte Jakob zwar nicht mehr unbedingt, aber das mochte er Erich Jensen nicht auf die Nase binden. Theoretisch hätte er Ben auf seinen Streifzügen begleiten, für ihn kochen, ihn baden können, aber nur theoretisch. Und so hatte er zugestimmt. Erich hatte versprochen, ein nettes, freundliches Heim zu suchen und persönlich dafür zu sorgen, daß Ben genügend frische Luft bekam. Aber als Erich ihn erst mal in seinen Klauen hatte …

Zuerst war es wirklich ein nettes Haus gewesen. Jakob hatte sich davon überzeugt. Eine sogenannte offene Wohngruppe in heller, freundlicher Umgebung, fünf Männer, von denen sich drei alleine versorgen konnten und ein Auge auf ihre Hausgenossen hielten, wenn der Betreuer nicht da war, der kam immer nur tagsüber. Jakob hatte sofort gedacht, daß die Männer mit Ben ein bißchen überfordert seien. Er hatte das auch zu bedenken gegeben, aber Erich hatte abgewinkt. Es war gekommen, wie es kommen mußte, dreimal war Ben entwischt. Und dann hieß es eben, das sei doch nicht der richtige Platz für ihn. Ehe Jakob etwas unternehmen konnte, hatte Erich bereits einen Amtsrichter eingeschaltet.

Trude erstarrte förmlich, als sie ihr Ziel erreichten. Sie stieg aus, Jakob ging hinter ihr her auf das Tor in der Mauer zu. Er war schon einmal hier gewesen und wußte, was sie erwartete. Hinter dem Tor nur ein bißchen Gras, ein paar Bäume. Gitter vor den Fenstern. Auch innen so viele Gitter, daß sich Jakobs Magen zusammenschnürte.

Die Abteilung für die schweren Fälle lag im zweiten Stock. Ein paar Gestalten liefen über den langen Flur, wüst und zerzaust. Die Blödheit tropfte ihnen aus den Mündern. Trudes Gesicht wurde zu Stein. Im Geist sah sie den breiten Rücken im karierten Hemd, wie er quer durch Bruno Kleus Rüben zum Bruch lief.

Ben war nicht auf dem Flur, er lag im Bett. Trudes Gesicht hellte sich für Sekunden auf, dann versteinerte sich ihre Miene wieder. Mit breiten Lederstreifen hatten sie ihn festgebunden. Sein Haar stand ihm in Stoppeln vom Kopf ab, sein Gesicht war aufgeschwemmt, irgendwie fett geworden. Er schlief.

Jakob warf nur einen kurzen Blick über Trudes Schulter, räusperte sich verhalten und erklärte: «Ich seh mal zu, daß ich den Arzt auftreibe. Da kläre ich gleich, wann wir ihn abholen können.»

«Wir nehmen ihn sofort mit», sagte Trude. «Hier bleibt er keine Stunde länger.»

Aber so einfach war das nicht. Es gab diese richterliche Verfügung, inzwischen hatten auch die Ärzte einen Eindruck gewonnen. Ben wurde als gewalttätig beurteilt.

Man mußte ihn ständig ruhigstellen. Zweimal hatte man es gewagt, ihn auf den Flur zu lassen. Da hatte er beinahe die Gitter abgebrochen. Drei Pfleger waren nötig gewesen, ihn zu bändigen. Und man durfte nicht vergessen, er hatte einen Menschen getötet.

«Das war kein Mensch», widersprach Jakob. «Das war eine blutrünstige Zecke. Außerdem war es Notwehr, hat die Polizei gesagt. Wenn Ben ihm nicht das Genick gebrochen hätte, hätte Lukka unsere Kleine abgestochen und ihn wahrscheinlich auch.»

Die Einschätzung der Polizei interessierte nur am Rande. Was hieß schon Notwehr bei einem, der es nicht abschätzen konnte?

Trude kam dazu. Sie hatte es nicht länger ertragen, neben dem Bett zu sitzen und Bens fahle Haut zu betrachten, hatte ihm nur noch einmal über die Stoppeln gestrichen und geflüstert: «Du bist doch mein guter Ben, du bist mein Bester. Ich hol dich hier raus, das verspreche ich dir. Und wenn es das letzte ist, was ich tue.»

Den Rest der Erklärung, mit der Jakobs Verlangen abgeschmettert wurde, hörte Trude noch. «Da ist aber das letzte Wort noch nicht gesprochen», sagte sie. «Er kann es sehr wohl abschätzen. Haben Sie seine Hände nicht gesehen? In die Klinge gefaßt hat er, um Lukka aufzuhalten. Wenn Lukka ihm das Messer freiwillig gegeben hätte, könnte er noch leben. Daß Ben hier tobt, wundert mich nicht. Hier würde ich auch toben. Er will nur raus. Mehr wollte er nie.»

Auf der Rückfahrt hatte Trudes Gesicht ein wenig Farbe bekommen. Anfangs war es hilflose Wut, die ihre Wangen rosig überzog. Nur blieb sie nicht lange hilflos. Zuerst schwieg sie noch, ließ sich alles durch den Kopf gehen. Dann erklärte sie: «Wenn Erich meint, er hätte gewonnen, irrt er sich gewaltig. Wir brauchen bestimmt einen guten Anwalt, wenn ich der Polizei alles sage. Aber jetzt, wo ich wieder da bin, soll er auch wieder da sein, wo er gerne ist.»

Und Jakob sollte nicht allein sein mit seiner Schuld, sollte sich nicht unentwegt fragen müssen, was geschehen wäre, wenn er gesprochen hätte. Gleich damals, 1945, als es vorbei war und man wieder offen reden konnte, als Werner Ruhpold und alle Welt hätten erfahren müssen, daß Edith Stern nie auf den Weg nach Idaho gelangt war. Doch das sprach Trude nicht aus.

Jakob war nicht einverstanden, als sie ihm erklärte, was sie vorhatte. Die ganze Nacht bettelte er. Es sei keinem geholfen, auch Ben nicht. Aber Trude ließ sich auf nichts ein.

Am nächsten Tag rief sie mich an und schlug mir einen Deal vor. Ihre gegen Bens Freiheit. Einen Anwalt hatte sie noch nicht konsultiert. Er hätte ihr garantiert abgeraten und wohl auch erklärt, daß es völlig überflüssig war, sich selbst in Schwierigkeiten zu bringen.

Für Bens Entlassung aus der Landesklinik war nicht die Polizei zuständig. Als Trude das begriff, war es zu spät. Da hatte sie mir bereits erzählt von Svenja Krahls Handtasche, den beiden Fingern, dem blutigen Rucksack und daß sie Ben geschickt hatte, ihr den Kopf zu bringen. Sie erzählte mir auch von Althea Belashi und daß Marlene Jensen noch leben könnte, hätte nicht fünfzehn Jahre vor ihr die junge Artistin sterben müssen.

«Das ist mir bei der Hochzeit im November aufgefallen», sagte Trude. «Sie war dem Mädchen vom Zirkus wirklich sehr ähnlich. Und da hat er vielleicht gedacht, noch mal soll sie nicht verschwinden. Aber sie hätte nicht an Lukkas Tür geklingelt. Sie wäre bestimmt zu Paul und Antonia gelaufen, wenn Ben nicht versucht hätte, sie aufzuhalten. Und er hat sicherlich Rabenaas gesagt, das sagt er seit fünfzehn Jahren zu den Mädchen. Es ist sein Wort für tot, und Freund ist sein Wort für Mörder. Unsere

Kleine hat mich darauf gebracht. Er wollte sie doch nur warnen, und wir haben es nicht begriffen.»

Trude war überzeugt, daß die Leichen noch in der Nähe waren. «Wenn Lukka sie im Auto weggeschafft hätte, hätte er das auch mit Britta getan und bestimmt nicht irgendwelche Sachen verloren», sagte sie. «Dann hätte Ben nichts heimbringen können.»

Was sie erklärte, war ungeheuerlich. Der Staatsanwalt geriet außer sich: «Das war wiederholte Vernichtung von Beweismaterial. Darüber kann ich nicht hinwegsehen, es war Begünstigung. Das hat strafrechtliche Konsequenzen. Stellen Sie sich nur einmal vor, die Frau hätte Alarm geschlagen, als er die Tasche nach Hause brachte. Das war im Juli. Wenn wir zu dem Zeitpunkt hätten aktiv werden können, wäre es vielleicht bei einem Opfer geblieben. Jetzt sind es vier. Denken Sie auch mal an die betroffenen Familien, die werden das nicht stillschweigend hinnehmen.»

Es war Trude sehr wohl bewußt, in welche Situation sie sich gebracht hatte. Sie hätte ihre Aussage widerrufen können, Beweise gegen sie gab es nicht. Ihre älteste Tochter beschaffte ihr eine gute Strafverteidigerin, die dringend zum Widerruf riet. Trude lehnte ab. «Die Mädchen sollen ein ordentliches Grab bekommen, und wenn Ben weiß, wo sie sind ...»

Als der Amtsrichter Anfang März endlich – mit ein wenig Druck von seiten des Staatsanwalts – Bens Entlassung aus der Landesklinik verfügte, weigerte Jakob sich, seinen Sohn heimzuholen, er war noch nicht soweit, sich wieder mit Ben auseinanderzusetzen. Trude rief mich an. «Wenn Sie vielleicht so nett wären, Frau Halinger, wir können dann sofort einen Versuch mit ihm machen.»

Sie wollte es nur noch hinter sich bringen, hatte bereits ein Köfferchen gepackt und war überzeugt, ich würde sie festnehmen, sobald die Leichen gefunden waren. Sie war sehr gefaßt, als ich sie abholte, und sehr erleichtert, als ich ihr erklärte, daß in ihrem Fall eine Untersuchungshaft unangemessen sei und sie bis zur Verhandlung zu Hause bleiben könne.

Auf dem langen Flur im zweiten Stock hielt sie sich noch aufrecht, aber als sie ihm dann gegenübertrat ... Ihren ersten Besuch an seinem Bett hatte er nicht registriert. Von weiteren Besuchen hatte Trude Abstand genommen, um ihm den jeweiligen Abschied zu ersparen. Er hatte sie seit sieben Monaten nicht mehr gesehen, sprang auf sie zu, umklammerte sie mit beiden Armen, wohl zwanzigmal stammelte er: «Fein.»

Seine Freude gab Trude Zeit, ihre Fassung zurückzugewinnen. Als er sie endlich losließ, strich sie ihm über die Wange und sagte: «Wir fahren jetzt mit dem Auto nach Hause. Da mußt du aber ganz lieb sein.»

Er war lieb, saß bei ihr im Wagenfond, strich immer wieder durch ihr Gesicht, drückte sich ihre Hand gegen seine Wange und legte schließlich den Kopf an ihre Schulter. Ich sah es im Rückspiegel, ich sah auch, wie Trude gegen die Tränen ankämpfte.

Mich akzeptierte er als nette Frau, jedenfalls nickte er, als Trude ihm die entsprechende Frage stellte. Er war auch bereit, mir eine Freude zu machen, weil ich ihn doch nach Hause brachte. Und dafür blamierte er mich zum Dank bis auf die Knochen.

Er führte uns tatsächlich zum Grab der vermißten jungen Frauen. Es lag nur gute dreißig Meter von der Stelle entfernt, an der wir Britta Lässlers Überreste geborgen hatten. Unter der alten Viehtränke beim Birnbaum in Gerta Frankens ehemaligem Garten war eine Grube von fast anderthalb Metern Tiefe ausgehoben und sorgsam wieder aufgefüllt worden. Darin lag das, was noch übrig war von Svenja Krahl, Marlene Jensen und Edith Stern.

Nur dreißig Meter! Und wir hatten der dornigen Wildnis keine Beachtung geschenkt, waren nicht einmal auf den Gedanken gekommen, dort könne sich in den letzten Jahren noch jemand herumgetrieben haben. Nie zuvor hatte ich mich derart inkompetent gefühlt, nie vorher waren mir die Grenzen so bewußt geworden, die einem logisch denkenden Menschen gesetzt sind, der sich an Fakten orientiert, an dem, was er sieht und hört.

Trotzdem, ich hatte mein Ziel erreicht mit Bens Hilfe. Mir war auch klar, daß Heinz Lukka die Leichen dort nicht vergraben haben konnte. Zumindest in dieser Hinsicht mußte Ben der Täter sein. Aber ich fragte mich keine Sekunde lang, in welcher Situation ich ihn zurückließ. Ich hatte noch keine Ahnung von den diversen Banden und Stricken und machte mir keine Gedanken um Lukkas Erbe.